EL LADO OCULTO
DE LA LUNA

Anthony O'Neill

EL LADO OCULTO DE LA LUNA

Traducción de
RAQUEL CASTRO Y ALBERTO CHIMAL

OCEANO

Ésta es una obra de ficción. Los nombres, personajes, lugares e incidentes son producto de la imaginación del autor, o se usan de manera ficticia. Cualquier semejanza con personas (vivas o muertas), acontecimientos o lugares de la realidad es mera coincidencia.

EL LADO OCULTO DE LA LUNA

Título original: THE DARK SIDE

© 2016, Anthony O'Neill
Todos los derechos reservados

Publicado según acuerdo con el editor original Simon451/Simon & Schuster, Inc.

Traducción: Raquel Castro y Alberto Chimal

Diseño de portada: Jorge Matías Garnica / La Geometría Secreta

D. R. © 2016, Editorial Océano de México, S.A. de C.V.
Eugenio Sue 55, Col. Polanco Chapultepec
C.P. 11560, Miguel Hidalgo, Ciudad de México
Tel. (55) 9178 5100 • info@oceano.com.mx

Primera edición: 2017

ISBN: 978-607-527-176-7

Impreso en México / Printed in Mexico

Toda persona es una luna, y tiene un lado
oscuro que nunca le muestra a nadie.

MARK TWAIN

Selecciones del Código Brass

No tomes; apodérate.

Mata las hierbas antes de que echen raíz.

Sonríe. Sonríe. Sonríe. Mata. Sonríe.

Enójate mucho a menudo. Y hazlo bien.

¿Rrendirce? Ni siquiera lo podemos deletrear bien.

Si le pones suficientes plumas, puedes hacer que cualquier cosa vuele.

Nunca dejes que la mosca sepa cuándo vas a dar el golpe.

Los obreros son como los perros: dales palmaditas en la cabeza de vez en cuando. Y ponlos a dormir cuando sea necesario.

Miente. Miente. Miente. Pero recuerda.

Muévete. Muévete. Mientras los otros duermen, muévete.

Nunca sabes dónde va a llover. Así que siempre lleva contigo una negativa.

Encuentra Oz. Y sé el Mago.

Es bueno tener un rival. Es mucho mejor aplastar su cráneo.

Si no puedes cubrir tus huellas, cubre a los que las vean.

Es piadoso ir a la yugular.

Niégate a enfermarte. Que sea tu principio.

Da la mano en público. Decapita en privado.

Los amigos te ayudan a llegar a tu meta. Los demás son gusanos.

El amor al dinero es la raíz de todo progreso.

Visualiza El Dorado. Toma El Dorado. Encuentra otro El Dorado.

La envidia de los otros es un banquete que se repone solo.

Una racionalización al día mantiene alegre tu conciencia.

Nunca golpees tu cabeza contra la pared. Golpea la de alguien más.

No violes una ley. Viola La Ley.

Los perdedores se ponen obstáculos. Los ganadores brincan a los perdedores como si fueran obstáculos.

Los genios son sus propios salvadores.

No puedes servir a dios y a la Riqueza.

Serás un verdadero conquistador cuando sostengas en alto la cabeza del rey.

La depresión es para los indolentes.

¿Cuál es el sentido de ponerse en los zapatos de alguien más? A menos de que sus zapatos sean mejores que los tuyos.

01

Sólo un lunático viviría en la luna.

La luna es una roca muerta. O más bien, ochenta y un trillones de toneladas de roca muerta. Ha estado muerta por cerca de cuatro mil millones de años. Y te quiere muerto a ti también, tanto como una piedra muerta puede querer algo.

Así que puedes ir de prisa. Una avalancha puede sepultarte. Una tubería de lava puede derrumbarse sobre ti. Puedes caer de cabeza en un cráter. Un meteorito puede chocar contra tu hábitat a setenta mil kilómetros por hora. Un micrometeorito puede hacer explotar tu traje espacial. Una súbita descarga de electricidad estática puede hacerte pedazos en una esclusa de aire. Un resbalón, una cortada, un sello roto, un tanque de oxígeno defectuoso puede matarte en minutos.

O puedes ir un poco más despacio. Un mal funcionamiento de un cableado puede hacer que se cierren los filtros de aire. Un programa de computadora corrompido puede hacer un caos en el sistema de control de clima. Un patógeno particularmente desagradable (por ejemplo, una variedad mutante de bacteria que haya prosperado en un ambiente cerrado) puede matarte en días. Si estás afuera, en la superficie, un descenso súbito en la temperatura entre una zona iluminada y una de sombra puede causarte un choque térmico. Una tormenta solar puede tostarte como un platillo para microondas. Una falla en un vehículo puede hacer que te quedes sofocado en tu traje espacial.

O puedes ir por incrementos en el curso de varios años. El polvo lunar puede avanzar como el asbesto por las fisuras más profundas de tus pulmones. La exposición prolongada a los vapores químicos y fugas de gas puede arruinar tu aparato respiratorio completo. La gravedad reducida (una sexta parte que la de la Tierra) puede debilitar mortalmente tu corazón. La radiación cósmica (los rayos galácticos de soles muertos y agujeros negros) puede deformar tus células. Eso sin mencionar un coctel de factores psicológicos (privación sensorial, insomnio, paranoia, claustrofobia, soledad, alucinaciones) que pueden desordenar tu mente como si fuera un mazo de barajas.

En la Luna, para abreviar, puedes morir a causa del ambiente. Puedes morir por accidente. O puedes matarte tú mismo.

Y, por supuesto, también puedes ser asesinado. Por gángsteres. Por terroristas. Por psicópatas. Por ideólogos. O simplemente porque sale muy caro mantenerte vivo.

Sólo un lunático (o un renegado, un paria, un misántropo, un adicto al riesgo o un asesino múltiple) podría vivir en la Luna permanentemente.

02

Kleef Dijkstra es un lunático. Y un asesino múltiple. Hace veintiocho años, dos semanas antes de las elecciones nacionales en los Países Bajos, hizo explotar las oficinas en Ámsterdam del recién formado Nederlandse Volksbond, cuyos principios él apoyaba ostensiblemente, en un intento fallido de culpar a activistas pro inmigración y ganar así votos para el partido. Seis personas murieron y treinta resultaron heridas. Más adelante, durante el mismo mes, enfurecido porque el Partij van de Arbeid ganó un número jamás antes visto de escaños en la Cámara de Representantes, se armó con una Beretta ARX 190, se abrió paso a disparos a través del cordón de seguridad en el Hotel Van Buuren en La Haya, y asesinó a cuarenta y siete miembros del partido. Combinando las cifras de estas dos masacres y de otros incidentes aislados, más pequeños, Kleef Dijkstra es responsable de la muerte de sesenta y dos personas.

Después de su arresto, los psiquiatras forenses de la Corte determinaron que Kleef Dijkstra era un esquizofrénico paranoide. Argumentaron que tenía tendencias sociópatas, desorden narcisista de la personalidad, delirio de grandeza y episodios psicóticos. No mostraba arrepentimiento por sus crímenes y les informó en algún momento a sus examinadores que le hubiera gustado matarlos a ellos también. Los psiquiatras concluyeron que había muy pocas posibilidades de rehabilitación, incluso utilizando las técnicas más modernas y sofisticadas, y recomendaron una estancia de larga duración en una cárcel de alta seguridad.

Muchos otros estuvieron en desacuerdo. Pese a la aversión europea hacia la pena capital, muchos comentaristas en los Países Bajos y en otros lugares argumentaron que Dijkstra, de acuerdo con sus propios y muy personales valores, tendría que ser sentenciado a muerte. El encarcelamiento, después de todo, sería costoso y dejaría abierta la posibilidad de que se convirtiera en un héroe tras los barrotes, inspirando a gente con sus mismos ideales por medio de misivas de contrabando. Dijkstra, alarmantemente magnético a su modo, ya había declarado que "la batalla apenas había comenzado" y que en cien años "habrá monumentos con mi efigie en las plazas de toda Europa".

Se encontró una solución. En ese momento, la Luna estaba en las primeras etapas de su desarrollo: la minería había comenzado en la Cara Visible y había abierto el primer hotel en la Base Doppelmayer. Pero los efectos físicos y psicológicos a largo plazo eran aún prácticamente desconocidos. Las expediciones por la superficie eran necesariamente breves, y a menudo tenían efectos secundarios perturbadores: desde envenenamiento y ceguera temporal por radiación hasta alucinaciones y colapsos nerviosos. En un incidente famoso, un minero se volvió completamente loco y mató a hachazos a cinco de sus compañeros de trabajo en una pequeña base prefabricada, ubicada en el Mar de las Tormentas.

Así que los prisioneros con condenas largas, primero en Rusia y Estados Unidos y después en el resto del mundo, recibieron la opción de cumplir su sentencia en la Cara Oscura de la Luna. Estarían lejos de la Tierra por al menos 356,700 kilómetros (la distancia de la Tierra a la Luna en su punto más cercano) más otros 3,500 kilómetros de roca lunar (el diámetro del propio satélite). Estarían confinados en hábitats aislados (llamados iglús) del tamaño de un departamento citadino de dos recámaras y protegidos de la radiación por arena lunar compactada, también llamada *regolith*. No tendrían trajes espaciales o vehículos de transportación lunar, lrv, por sus siglas en inglés. Todos los suministros les serían entregados a través de una serie de escotillas a prueba de errores. Toda comunicación, tanto de entrada como de salida, sería por medio de cable de fibra óptica subterráneo y estaría debidamente monitoreada. Si la interacción cara a cara resultaba absolutamente necesaria, el visitante sería acompañado por un escuadrón de guardias armados. Los prisioneros estarían completamente solos, pero también disfrutarían de un nivel de autonomía virtualmente imposible en una prisión terrícola. No estarían en un sistema carcelario. No habría insultos de los guardias ni de otros prisioneros. No habría duchas comunales. En resumen, no habría posibilidades de ser violado, golpeado o asesinado. Y a cambio de esa libertad, los prisioneros sólo tendrían que monitorearse a sí mismos y reportar cambios psicológicos; exponerse, en horarios programados, a dosis prolongadas de luz solar no filtrada a través de tragaluces, y a exámenes psicológicos vía tele-link.

Después de dos años de papeleo, Kleef Dijkstra recibió el permiso de residencia para uno de esos iglús lunares. No mostró emoción alguna cuando se le informó al respecto. De hecho, él parecía pensar que era un hecho desde antes, como si la decisión hubiera sido guiada por fuerzas superiores. Declaró que tenía "mucho trabajo que hacer" e inmediatamente solicitó una membresía para las bibliotecas y bases de datos más importantes del mundo.

Veinticinco años después, Kleef Dijkstra es uno de los residentes más antiguos de la Cara Oculta. Sólo el terrorista georgiano Batir Dadayev ha estado en la Luna por más tiempo. Ambos hombres, junto con otros once sobrevivientes del ahora desaparecido Programa Carcelario ExoTerrestre (Off-World Incarceration Program, owip), viven en un radio de setenta kilómetros alrededor del Cráter Gagarin, en el hemisferio sur de la Cara Oculta.

Físicamente, los trece son prácticamente irreconocibles a como eran en la Tierra. Su columna vertebral se ha estirado, haciéndolos notoriamente más altos. La redistribución de líquidos les ha dado pecho de barril. Sus caras están hinchadas. Sus piernas son largas y delgadas. Sus huesos se han vuelto quebradizos y sus corazones se han encogido. En sus cuerpos se han dado muchas adaptaciones sutiles por la vida en microgravedad.

Mentalmente, sin embargo, el cambio no ha sido uniforme. Algunos de los prisioneros, como Batir Dadayev, han renunciado a sus viejas ideologías. Un par ha desarrollado síntomas de demencia temprana. Unos pocos se han suavizado hasta cierto punto, e incluso afirman haber experimentado remordimiento genuino. Uno se ha vuelto profundamente religioso. Y un puñado de obstinados, como Kleef Dijkstra, no han cambiado en absoluto su visión del mundo.

Dijkstra, como él mismo diría alegremente si pudiera, vino a la Luna con un propósito específico: escribir su manifiesto político, un compendio de análisis históricos, teorías económicas y detalles autobiográficos al estilo de *Mein Kampf* (un libro que Dijkstra considera formativo, pero de aficionado). Naturalmente, él no subestimaba los protocolos de seguridad destinados a mantener en cuarentena su sabiduría, pero tenía la confianza de ganarse con su brillantez retórica a los doctores que lo examinarían —y sólo hacía falta ganar a uno—, de modo que sus palabras saldrían de alguna manera. O tal vez el mismo paso de los años volvería a su escritura de "interés público". En todo caso, parecía sólo una cuestión de tiempo que su manifiesto lograra su justo reconocimiento.

El documento completo —"Carta desde la Cara Oscura"— es explosivo, incoherente, y lleno de datos inexactos y lecturas de la historia altamente cuestionables. También abarca 3,600 páginas.

Dijkstra lo ha estado revisando durante dos décadas enteras. Su esperanza inicial de distribuirlo ampliamente tan rápido como fuera posible resultó ser infundada: sus doctores eran de mente más cerrada que lo esperado. Pero él no se ha desanimado. La demora sólo le ha dado tiempo extra para refinar sus argumentos, fortalecerlos con más precedentes históricos e incluso crear historias fuertemente simbólicas —"parábolas"— para subrayar sus ideas. Y en todo caso, pronto fue obvio para Dijkstra que "Carta desde la Cara Oscura" no es un manifiesto cualquiera: es la nueva Biblia. Será citada y vuelta a citar interminablemente. Vidas enteras girarán a su alrededor. Es infinitamente más importante que su propio cuerpo perecedero. Es una cápsula de tiempo para un genio trascendental, arrojado por el cosmos a lugares y eones que él sólo puede imaginar.

Mientras elucubra estos pensamientos —actualmente está trabajando en el Libro XXVI, "Rojo en la Verdad y la Ley: la Realidad Brutal de las Economías Exitosas"— Dijkstra escucha un trino distintivo y pasa del monitor de su escritorio a observar el exterior. Una cámara muestra la escena justo afuera de la puerta de su iglú.

Un hombre está de pie allí fuera. Sobre la planicie de polvo gris cenizo de Gagarin. En el vacío lunar. Con el sol resplandeciendo tras él.

Excepto, claro, que no puede ser un hombre. No lleva un traje espacial. Viste, de hecho, un traje negro inmaculadamente hecho a la medida con camisa blanca y corbata negra. Su cabello negro trae raya hecha a navaja. Sus hombros son anchos, su complexión delgada, su cara agradable. Y sonríe. Se ve como un antiguo vendedor de enciclopedias. O como un mormón. Pero obviamente es un androide.

Esto no es inusual. Ocasionalmente, cuando se deben llevar a cabo tareas de mantenimiento, el OWIP manda a un droide. Les ahorra el problema de reunir a los guardias armados. E incluso si un prisionero fuera capaz de vencer de algún modo a un droide, o inhabilitarlo, le serviría de poco: no habría un vehículo presurizado en el cual escapar, pues los androides suelen desplazarse en LRV estilo "carreta lunar". Y no le daría mucha ventaja tomar a un droide de rehén: el OWIP simplemente daría la unidad por perdida y le negaría privilegios al prisionero por un tiempo.

Dijkstra aprieta un botón para abrir la puerta de la esclusa de aire.

El androide da un paso hacia dentro, aún sonriendo. Estrictamente hablando, con los robots no son necesarios procedimientos completos de presurización, pero el polvo lunar necesita ser removido. Así que el androide levanta sus brazos mientras limpiadores electrostáticos y ultrasónicos dan vueltas a su alrededor como los cepillos en un autolavado. Entonces las luces rojas dejan de centellear y se encienden las luces ámbar. Entonces suena la señal de que todo está listo. Dijkstra abre la puerta interna de la esclusa de aire y el droide pasa al interior.

—Buenos días tenga usted, señor —dice, extendiendo una mano—. Y muchas gracias por dejarme entrar.

—No hay problema —dice Dijkstra, nervioso a su pesar. Siempre le han gustado los androides —como símbolos de economía despiadada—, pero éste es desconcertantemente real, hasta intimidante. Y su mano se siente sensual... casi *sexual*—. ¿Te ha mandado el OWIP? —pregunta deprisa.

—¿Puede repetir eso, señor?

—Pregunté si te ha mandado el OWIP.

—Lo siento, señor, no reconozco ese nombre. ¿Es una compañía, un consorcio, una oficina de procuración de justicia o un departamento gubernamental?

—Es un programa internacional, pero no importa. ¿Estás entonces con un equipo de investigación?

—¿Qué quiere decir con "equipo de investigación", señor?

—Geológica... sismológica... astronómica...

—No estoy con un equipo de investigación. Estoy buscando El Dorado.

—¿El Dorado?

18

—Eso dije, señor.

Por unos segundos Dijkstra se pregunta si es una especie de broma. Pero entonces se le ocurre una posibilidad.

—¿Estás con uno de los equipos de minería?

—No estoy con uno de los equipos de minería, señor.

—¿Pero quieres ir a El Dorado?

—Correcto, señor.

—Bueno, puede ser un lugar nuevo del que no sé...

—¿Entonces no puede ayudarme, señor?

—No, si quieres ir a El Dorado.

El androide guarda silencio. Es imposible decir por qué —su expresión tonta no cambia—, pero ahora parece tener algo siniestro. Sin embargo, Dijkstra, siempre hambriento de una oportunidad de hablar (con cualquier cosa), se resiste a dejarlo ir.

—¿Puedo ayudarte de algún otro modo? —pregunta—. Tal vez te gustaría... —está a punto de decir "recargar combustible", sin embargo se detiene. Es absurdo, pero mientras más humano es el robot, menos inclinación tiene a reconocer su artificialidad—. Tal vez quieras sentarte un rato.

—¿Tiene algún alcohol de alto grado, señor?

—Lo siento, no.

—¿Cualquier tipo de alcohol?

—No bebo.

—¿Tendrá entonces algún otro tipo de bebida?

—¿Qué tal café? Café instantáneo.

—Sería excelente, señor. Aceptaría un café instantáneo. Con quince cucharadas de azúcar.

—Puedo hacer eso —dice Dijkstra. Claramente el droide es de esos modelos propulsados por alcohol y glucosa. En los viejos tiempos se les creaba así con frecuencia, para que pudieran mezclarse con los humanos. Tenían apetitos identificables, e incluso la necesidad de eliminar desperdicios.

Dijkstra prepara el café. El agua hierve a temperatura más baja en la Luna, pero la mayoría se ha acostumbrado a infusiones tibias.

—¿Puedo preguntarte con quién estás? —pregunta, desde detrás de la cacerola burbujeante.

—Estoy yo solo, señor.

—Pero debes estar... —empieza a decir Dijkstra, y luego se contiene. Tal vez el droide es una especie de unidad de monitoreo, encargada de observarlo de cerca. Incluso ahora, sentado remilgadamente ante la mesa, parece llevar a cabo una lenta revisión del cuarto.

—Tiene un lugar muy bonito, señor —dice el droide, sonriendo.

—Gracias —responde Dijkstra—. Es espartano, pero muchos de los grandes hombres de la historia fueron espartanos.

—¿Usted es un espartano?

—Bueno, no estaría aquí si no lo fuera.

—¿Usted es un gran hombre?

—Eso tendrá que decidirlo la historia.

—¿Usted es un conquistador?

Dijkstra se encoge de hombros.

—Todavía no.

—Yo voy a ser un conquistador —dice el droide.

—Supongo que por eso quieres llegar hasta El Dorado.

—Ésa es precisamente la razón, señor. ¿Somos rivales?

—¿Rivales?

—Si usted también aspira a ser un conquistador, entonces somos rivales, ¿no es así, señor?

—Sólo si tú quieres serlo.

Dijkstra llena la taza de café y considera la posibilidad de que haya algo mal con el android. La línea de comunicación de la Cara Oscura, su única conexión con el mundo exterior, ha estado caída durante unas veinte horas. Pasa a veces: flujos solares y radiaciones cósmicas pueden provocar un cortocircuito en las subestaciones y las cajas de conexión. Así que este android también puede tener fritos algunos circuitos.

Se acerca a la mesa y maniobra para sentarse mientras le tiende el café.

—Ya lo agité.

—Le agradezco, señor.

El androide —en realidad es sorprendentemente guapo, piensa Dijkstra— levanta la taza y toma sorbos delicados, como un vicario en el té de la tarde.

—Éste es buen café —afirma.

—Gracias —dice Dijkstra—. ¿Vienes de... alguna base?

—No recuerdo de dónde vengo, señor. Sólo miro hacia delante, al futuro.

—Bueno, eso tiene sentido.

—Sí que lo tiene, señor. ¿Usted vive aquí de modo permanente?

—Sí.

—¿Totalmente solo?

—Así es.

—¿Entonces cómo contribuye al resultado?

—No estoy seguro de a qué te refieres con "resultado".

—¿Es usted un recurso o un riesgo?

—Ciertamente me clasificaría a mí mismo como un recurso.

—¿Para la economía?

—Para el mundo.

El androide tarda un poco en procesar esta respuesta. Finalmente dice:

—¿Entonces tiene algo más que ofrecerme, señor, aparte de este buen café?

—¿Algo como qué?

—Cualquier cosa —el androide sigue mirando.

Por un momento Dijkstra considera la posibilidad emocionante de que el androide le haya sido enviado por sus admiradores; que se le haya asignado la tarea de recobrar su manifiesto y llevarlo de contrabando de regreso a la Tierra.

—Bueno, eso depende. ¿Sabes quién soy?

—No, señor.

—¿La gente que te envió sabe quién soy?

—No me envió nadie, señor.

21

—¿No tienes una tarea que realizar aquí?

—Sólo quiero indicaciones, señor.

—¿Entonces no has venido a llevarte mis escritos?

—Sólo si pueden ayudarme a encontrar El Dorado, señor.

No hay una respuesta fácil a eso, piensa Dijkstra. Pero tiene que aceptar que su sueño, breve como ha sido, no tiene sustancia. Y de pronto se siente ligeramente desanimado. Quería que el androide le ofreciera algo: algún tipo de esperanza.

—¿Quieres otra taza? —pregunta Dijkstra. El androide se está terminando su café.

—Es muy generoso de su parte, señor. Pero debo ponerme en camino. *Muévete. Muévete. Mientras los otros duermen, muévete* —se pone de pie.

—¿Entonces puedo ofrecerte algunos terrones de azúcar? ¿Para tu viaje?

—Otra vez es usted muy generoso, señor. Le acepto con gratitud esa oferta.

Dijkstra va a su alacena, preguntándose por qué es tan solícito. Sus reservas de azúcar están bajas y los nuevos suministros a veces tardan semanas en llegar. Y sin embargo aquí está, ofreciendo sustento sin costo, contra todos sus principios. Es casi como si estuviera siendo manipulado. O debilitado de algún modo.

Cuando regresa encuentra al androide con la mano tendida, aún sonriendo. Y cuando le entrega los terrones de azúcar nota por primera vez una mancha color rojo oscuro en el puño de la camisa del droide.

—Oh —dice, impulsivamente—, ¿qué es eso? ¿Sangre?

—No es sangre, señor.

—Parece sangre.

—No es sangre, señor —el androide baja el brazo, de modo que el puño deja de verse—. Pero no es problema suyo, señor. Me ha ayudado. Me ha suministrado café y azúcar. Ni siquiera me ha cobrado por ese suministro. Así que no califica como alimaña.

—Bueno —dice Dijkstra, con una risa evasiva—, todos respiramos el mismo aire.

El androide se acerca. Está tan cerca que Dijkstra puede oler el café en su aliento.

—¿Puede decir eso otra vez, señor?

—Dije que todos respiramos el mismo aire.

Dijkstra no ha hablado con burla ni sarcasmo. La expresión simplemente se ha convertido en un dicho común en la Luna: a la vez un gesto irónico de fraternidad y un reconocimiento del recurso más valioso de la Luna.

Pero el droide parece haber leído en la frase algo mucho más significativo.

—¿Dijo que respiramos el mismo aire, señor?

—Así es.

—Entonces, después de todo, sí somos rivales, ¿no, señor?

—¿Rivales?

—¿Por el aire?

Dijkstra casi se ríe: el androide suena ofendido… o ansioso por ser ofendido. Así que sólo dice:

—Bueno, supongo que todos somos rivales al final, ¿no? La competencia hace girar al mundo.

Y el droide, que es más o menos tan alto como Dijkstra, continúa mirándolo con sus ojos intensamente negros. Dijkstra no ha visto nunca ojos más desalmados. Y Dijkstra, asesino de sesenta y dos personas, está helado. Se imagina una nueva posibilidad: que el androide haya sido enviado por sus enemigos, todos esos miserables pitoflojos y víctimas de la moda de la Tierra, para *impedir* que su mensaje se difunda. Para *censurarlo* de alguna manera.

Entonces el androide parpadea.

—Gracias, señor —otra vez le tiende la mano—. Usted es un digno caballero —y se estrechan las manos.

Dijkstra se siente inusualmente aliviado.

—Bien —dice—, buena suerte en tu viaje.

—Gracias, señor.

—Realmente espero que encuentres El Dorado.

—Gracias, señor.

—Abriré la esclusa y te dejaré salir.

—Y yo estaré de pie aquí, señor.

Dijkstra va hacia su panel de control y experimenta una súbita descarga de ansiedad. Hace unos minutos quería prolongar la visita de su huésped; ahora sólo desea quedarse solo. Pero primero tiene que abrir la esclusa. Lo que significa que debe darse la vuelta.

Lo que significa que solamente por el rabillo del ojo puede registrar el movimiento... el androide levanta algo. Una llave de tuercas que estaba sobre la mesa de trabajo.

Dijkstra da media vuelta para defenderse, pero ya es demasiado tarde. El droide, que ya no sonríe, está sobre él.

Dijkstra intenta levantar las manos, pero la llave golpea su cabeza. *Crac. Crac.* El androide es incontenible. *Crac.* Dijkstra ve su propia sangre en sus ojos. *Crac.* Cae al piso. *Crac. Crac.* El androide le está hundiendo la cabeza a golpes.

Crac. Crac.

—*Es bueno tener un rival* —sisea el androide, salpicado de la sangre de Kleef Dijkstra—. *Es mucho mejor aplastar su cráneo.*

Crac.

Crac.

Crac.

03

Para el turista promedio, la Luna es muy probablemente un destino al que sólo se va una vez en la vida. Se toma un transbordador desde Florida, Costa Rica, Kazajistán, Guyana Francesa, Tanegashima en Japón, o la plataforma petrolera reacondicionada en la costa de Malabar. Probablemente surja la tentación de pasar unos días en el Casino StarLight en órbita baja alrededor de la Tierra: el Cuarto Carrusel, les gustará saber, es exactamente tan espectacular como su reputación. De allí se toma el ferry a uno de los grandes puertos de la Luna, más probablemente la Base Doppelmayer en el Mar de la Humedad o la Base Lyall en el Mar de la Tranquilidad. De ahí se va a alguno de los hoteles: el Copérnico, el Hilton, el Luna de Miel, el Interestelar o el Overview. Se debe pasar unos pocos días de ajuste y/o recuperación. Luego, probablemente haya un pequeño tour por las atracciones locales: los parques de diversiones, las torres de observación, los estadios deportivos, el famoso teatro de ballet. Ciertamente hay que ir a los sitios de alunizaje de las misiones Apolo, y en especial el del Apolo 11, cubierto por un domo. Si se tiene realmente ambición, se puede incluso hacer el viaje al Polo Sur para admirar el increíble Cráter Shackleton, cuatro veces más profundo que el Gran Cañón.

Si, por otro lado, se va a la Luna en busca de cirugía de bajo costo o ilegal, drogas de contrabando, sexo ilícito, deportes mortales, casas de juego de alto riesgo, o simplemente para tener una conversación sin monitorear, el destino será probablemente Purgatorio y su ciudad capital, Pecado, en la Cara Oscura.

Para llegar allá, se puede abordar un monorriel de suspensión magnética, que en teoría puede alcanzar su destino en cinco horas, a una velocidad de casi mil kilómetros por hora. En realidad, el tren pasará media hora simplemente siendo evaluado y presurizado y disparado por una serie de esclusas de aire, y luego dos horas más dará vueltas para evitar las fábricas, museos, centros de comunicaciones y torres de radio que salpican la región entre la Base Doppelmayer y los Cárpatos lunares. Pero una vez que la vía se vuelve recta y el terreno se aclara, el tren empezará a correr a la velocidad de un jet sobre el terreno ondulado y gris/pardo/beige.

Al mirar por las ventanas fuertemente teñidas, se verán canteras, excavadores robóticos y cintas transportadoras entrando en fundiciones destellantes. Se apreciarán arreglos de paneles solares, granjas móviles, fábricas de microcomponentes electrónicos puestas sobre plataformas. Y eso sin mencionar carros transportadores, tractores, perforadoras, arados y vehículos con muchas patas: todos los pertrechos y equipos de la explotación de recursos a gran escala. El viaja seguirá sobre el viaducto del tren de la cosecha heliosincrónico, de diez kilómetros de largo, que avanza por el ecuador lunar cargado de frutas y vegetales. Incluso se podrá ver un tren de carga a toda velocidad y dirección opuesta, tan veloz que aparecerá como un breve destello de luz. Entonces será posible acomodarse mientras el monorriel vuela a través del Mar de las Lluvias, cruza el Cráter Platón, parte en dos el estrecho Mar del Frío y entra en las tierras altas del norte, donde el polvo es más brillante, el terreno más montañoso y las sombras, largas y tenebrosas.

Finalmente se verán campos de torres de radio y de energía en el horizonte, así como grúas y bodegas e instalaciones de maniobra y un montón de desperdicios de maquinaria descartada y brocas de perforación. Esto, claramente, es un pueblo minero. Pero también es el fin del camino. Es la Base Peary en el Polo Norte, más allá de la cual "sólo hay oscuridad".

Aquí se pasa el menor tiempo posible: el lugar tiene todo el encanto de una plaza comercial de renta baja. Hay una torre de observación de mala calidad. Un cañón de riel o impulsor de masa, que es un riel electromagnético curvado de un kilómetro de largo que manda y recibe cargas desde y hacia la Tierra. Y todas las grúas, orugas y torres de perforación profunda de la industria minera de hielo. Pero no mucho más. Así que entonces habrá que alojarse en uno de los hoteles utilitarios y de techo bajo, subir a un cuarto del tamaño de un armario (presurizar un hotel entero con oxígeno y nitrógeno es caro) y caer en una cama que es más o menos del tamaño de un catre de submarino.

En la mesa de noche, si hay una, se encontrará probablemente un folleto de diez páginas, con consejos y advertencias para viajeros sobre Purgatorio. Si se está dispuesto, o se busca diversión, se le puede echar un vistazo. "*Extremadamente peligroso... tenga cuidado... restricciones en las comunicaciones... excéntricas leyes locales aplicadas con brutalidad... pena de muerte... alta proporción de enfermedades de transmisión sexual... establecimientos médicos sin certificación... procedimientos controvertidos... habitantes hostiles... las visas y otros procedimientos de entrada y salida cambian indiscriminadamente... los turistas son atraídos, convertidos en blancos y frecuentemente asesinados.*"

Si esto no hace dudar —y ¿por qué lo haría para quien ha llegado hasta aquí?—, el viaje continúa bajando a la terminal de transportes de Peary. Pero no hay que esperar otro viaje por monorriel: para preservar la integridad de las lecturas del radar, no se permiten sistemas de propulsión electromagnética —ni ondas de radio, redes celulares o tecnologías satelitales— en la Cara Oscura. Así que habrá que elegir entre un coche propulsado por hidrógeno, o un taxi, o si se tiene mucho dinero, una limusina con chofer. Entonces el vehículo, sea cual sea, dará vueltas en algunas esquinas, hacia la sombra discontinua del impulsor de masa, a través de un hueco en una escarpadura de desechos apilados —una especie de puerta de salida extraoficial— hacia un camino cubierto de regolith sinterizado que se extiende como un listón sobre el cacarizo terreno lunar.

Éste es el Camino de los Lamentos, la carretera oficial hacia Purgatorio.

El regolith se ha apilado más alto a los lados del camino, como una especie de muro de contención, así que al principio no habrá mucho que ver: el borde ocasional de un cráter o una montaña lunar, los ductos coloreados de hidrógeno, nitrógeno y oxígeno, puestos sobre puntales, y el mismo cosmos, claro como el cristal, si es de noche y si los escudos del vehículo están bajados. En el camino propiamente dicho hay refugios contra las prominencias solares a intervalos regulares, reservas de suministro, estacionamientos de emergencia y un par de miradores especiales a los que los turistas pueden llegar para echar un último vistazo a la Tierra. Pero en su mayor parte el viaje es abrumadoramente monótono —como viajar a medianoche por una carretera en el desierto— excepto tal vez cuando hay una cresta en el camino y los vehículos, desprovistos de lastre, dejan la superficie y planean por el vacío durante unos pocos segundos de vértigo.

Después del paralelo 75, sin embargo, el Camino de los Lamentos empieza a retorcerse como un río, evitando los cráteres más grandes, y el peralte del camino permite ver más del paisaje lunar, notablemente más áspero y lleno de montículos que el de la Cara Iluminada. Pero incluso esto se vuelve tedioso después de un tiempo, y justo cuando se empieza a dudar que el viaje vaya a terminar alguna vez y los ojos empiezan a cerrarse, nos despertará la visión de un objeto enorme al lado del camino, elevándose por lo menos treinta metros por encima del tráfico.

Es una estatua, pintada de blanco reluciente, vistosamente iluminada por la noche con reflectores de halógeno, que luce como un ángel alado en la proa de un barco.

Es el Piloto Celestial, el que se lleva las almas perdidas al Purgatorio. Y no es la última estatua que se ve en esta etapa final. Sólo un kilómetro más adelante hay un águila gigante, la que transportó a Virgilio en su sueño. Luego, un guerrero colosal —Bertran de Born—, sosteniendo su propia cabeza como una linterna. Después un emperador romano —Trajano— sobre un caballo pertrechado. Y finalmente una mujer desnuda —Aracné— con ocho miembros como patas de araña. Es una galería de personajes de Dante Alighieri y Gustave Doré, diseñados para agregar resonancia mitológica al lugar de destino.

Entonces el Camino de los Lamentos empieza a descender y las filas de taxis, autos, transportes de pasajeros y de carga se mezclarán en un cuello de botella de al menos medio kilómetro de largo. Y en algún lugar a la mitad se podrá tener el primer vistazo del Cráter Störmer, las murallas enormes de su anillo natural, iluminadas por parpadeantes lámparas eléctricas. Y la entrada misma: puertas de bronce adornado flanqueadas por pilares gigantescos de veinte metros de algo y espesamente decoradas con falsos bajorrelieves renacentistas. Y antes de que uno se dé cuenta ya está cruzando las puertas. Y éstas se estarán cerrando a sus espaldas. Y finalmente se estará dentro, propulsado a través de una serie de esclusas de aire hasta la terminal. Y el conductor, o el chofer, o el guía, o un androide, o una grabación automática en una multitud de idiomas tendrá un mensaje aleccionador para nosotros: "Bienvenidos a Purgatorio".

04

El teniente Damien Justus es entrevistado en su oficina por un reportero de la *Tableta*, el único medio oficial de Purgatorio. El reportero, que tiene el improbable nombre de Nat U. Reilly, lleva un sombrero aplastado y una chaqueta desgastada con parches en los codos. Mastica chicle y toma notas a lápiz en una pequeña libreta. Pero al menos tiene el buen sentido de ser consciente de sí mismo.

—Es como hacemos las cosas aquí en Purgatorio —dice—. Estilo retro.

—Eso he visto.

—¿Sabía usted que todavía tenemos prensas en la *Tableta*?

—No me sorprende —dice Justus.

Incluso la oficina que le ha sido asignada parece salida de los años cincuenta: un escritorio de madera que rechina, un archivero con cajones que rechinan, un teléfono de disco hecho de baquelita y en la pared una foto en blanco y negro de Fletcher Brass como si fuera un retrato oficial de Eisenhower. Los propios uniformes de la policía —todos de lana azul marino, botones de latón y gorros con visera— lucen como los de un cómic de Dick Tracy. Justus esperaba ver esto en la comandancia para turistas, como parte del negocio del espectáculo, pero no tras bambalinas.

—En todo caso —prosigue Reilly—, ¿cómo me dijo que se pronuncia su apellido?

—Como "Eustace".

—¿Seguro que no quiere que lo ponga como "Justicia"?

—Seguro.

—En este negocio nos gustan los buenos juegos de palabras.

—Y al parecer también los malos.*

Nat U. Reilly sonríe y hace una anotación.

—Se queda como Justus, entonces. Es sueco, ¿no?

—Puede ser. ¿Está seguro de que sus lectores se interesarán en esto, señor Reilly?

—Les interesará todo de usted, teniente. ¿Por qué? No tiene prisa, ¿o sí?

—He tenido malas experiencias con la prensa, eso es todo.

—Acá arriba somos diferentes.

—Me alegra escucharlo —en realidad, Justus sabe que Reilly es muy probablemente un criminal, fugitivo de la justicia terrestre, como la mayoría de los residentes permanentes de Purgatorio.

—Usted es de Arizona, ¿correcto?

—De Nevada —dice Justus—. Pero pasé los últimos diez años en Arizona, eso es verdad.

—Así que está acostumbrado a sitios áridos.

—Nada tan árido como la Luna.

—Y a ciudades con casinos.

—Si se refiere a Reno y a Las Vegas, pasé algún tiempo en ambas, también es cierto. En aquel tiempo estaba en Homicidios.

—Y más adelante estuvo en Narcóticos.

—Estaba a cargo de un escuadrón que operaba en Phoenix, sí.

---

* Y los intraducibles: el nombre inglés *Eustace*, el apellido *Justus* y la palabra *justice* (justicia) se pronuncian de modo muy parecido en inglés. Este juego de palabras se utilizará en varias ocasiones durante la historia. *(N. de los T.)*

—He oído que incomodó a algunas personas.

—Oyó correctamente.

—Arrestó al hombre equivocado.

—Arresté al hombre correcto.

—Quiero decir que arrestó a un hombre con los contactos equivocados.

—Si le preguntara a él, seguro le diría que tenía los contactos *correctos*.

Reilly se ríe.

—Pero usted no se rinde ante nadie, ¿cierto, teniente? Ni ante un capo con la mano profundamente metida en el trasero de la legislatura local.

—Usted lo expresa muy bien.

—Usted se fue no por ser corrupto, sino porque el sistema estaba corrompido.

—Eso está bien expresado también —a Justus le suena como si Reilly ya hubiera escrito su artículo.

—Se le dijo, muy claramente, que se fuera de la Tierra, ¿verdad?

—Algo así.

—¿Algo así?

—Bueno, si eso hubiera sido todo, una amenaza en mi contra, no me hubiera ido.

—Amenazaron a gente cercana a usted, ¿no? ¿Su esposa y su hija?

—Eso es todo lo que quiero decir del asunto, señor Reilly.

—Pero usted sabía, por experiencia, que ellos no se andaban con rodeos, ¿verdad?

—Como dije, eso es todo lo que quiero decir del asunto, señor Reilly.

El reportero parece refrenarse de hacerle una pregunta muy obvia y continúa:

—¿Entonces decidió venir a Purgatorio?

—Bueno, no fue tan simple. Se me ofreció un puesto aquí.

—Por Bonita Brass.

—Por el Departamento de Justicia.

—Que está controlado por Bonita Brass.

—No sé nada de eso.

—¿Ha conocido a Bonita Brass?

—Ni siquiera estoy seguro de qué aspecto tiene.

—¿Y qué hay de su padre, Fletcher Brass?

—Según entiendo, él está muy ocupado actualmente.

—Bueno, eso seguro. Pero sabe todo de él, ¿no? ¿De lo que ha hecho aquí?

—Para mí sólo es otro ciudadano.

Reilly parece complacido con la respuesta.

—Usted no pertenece a nadie, ¿verdad, teniente? ¿Ni siquiera al Patriarca de Purgatorio?

—Respondo a la ley, como cualquiera.

—¿Y pondría a Fletcher Brass en la cárcel igual de rápido que a un ladrón cualquiera?

—Si hubiera cometido un crimen, y yo tuviera suficiente evidencia, ciertamente lo arrestaría. Pero no me corresponde dictar sentencias.

Reilly, mientras anota algo, tiene ahora una mueca que es prácticamente de felicidad.

—¿Y qué hay de los otros en Purgatorio? Mafiosos, criminales de guerra… ¿No les tiene miedo?

—Lo que hayan hecho en la Tierra no es de mi incumbencia. Lo es aquello que hagan aquí.

—Y no está haciendo esto sólo por divertirse, ¿verdad?

—No me interesa hacer nada solamente por divertirme. Un profesor en la academia de policía tenía un dicho favorito: "Un hombre con un martillo hallará mucho que valga la pena martillar". Bueno, a mí no me interesa martillar nada, a menos que fuera a caerse a pedazos.

—Pero debe haber alguna atracción particular para usted en Purgatorio, ¿no? ¿La idea de limpiar un vertedero como éste?

—Usted lo llama un vertedero. Para mí es otra comisaría.

—No puede decir eso en serio.

—Sea la Tierra o la Luna, un asalto es un asalto, un robo un robo y un asesinato un asesinato. La gravedad no cambia eso.

—¿Y qué hay del hecho de que aquí no hay cámaras de circuito cerrado? ¿Ni radar?

Reilly se refiere al hecho de que Purgatorio es una "zona libre de vigilancia". Empezó como una necesidad y se convirtió en un medio de atraer turistas, pues apenas hay un centímetro cuadrado de la Tierra que no sea vigilado, sondeado o escuchado.

—Vuelve el trabajo más desafiante, por supuesto —dice Justus—. Creo que vuelve a la ley tan anticuada como el mobiliario.

Reilly sonríe.

—¿Qué tal su ajuste a la gravedad? ¿Cómo va eso?

—Tomé un curso de dos semanas en Doppelmayer antes de venir aquí.

—Entonces, ¿ya está bien aclimatado?

—Todavía me paso de donde quiero llegar ocasionalmente. Reboto en las paredes. Nada serio.

—¿Y el Departamento de Policía de Purgatorio? ¿Cómo se ha acomodado allá?

—Todos en el DPP han sido muy cooperativos.

—¿No hizo enojar a nadie por haber recibido su insignia de teniente sin haber trabajado aquí primero?

—Bueno, no fui responsable de eso. Y las circunstancias son únicas. Creo que los demás lo aceptan.

—¿Y qué tal los lugareños? En Pecado, quiero decir. ¿Cómo los ve?

—Sospechosos, pero eso es de esperar. Y, de nuevo, no estoy aquí para juzgar a nadie. Siempre he creído en la redención. Creo en el pecado también, pero más en la redención.

Por alguna razón, esta respuesta parece inquietar a Reilly, que pasa una página y continúa deprisa.

—¿Amigos? ¿Ha hecho alguna amistad?

—No estoy aquí para hacer amigos. Ni enemigos.

—¿Y las mujeres? ¿Qué opina de las purgatorianas?

—Son mujeres.

Reilly ha llegado a la última página de su libreta y de pronto parece vacilar un poco.

—Muy bien, sólo una pregunta más. Y espero que no lo tome como algo personal. Pero es sobre su apariencia.

—Adelante.

—Bien, obviamente usted estuvo en un incendio o algo así, ¿cierto?

Justus está seguro de que el reportero ya sabe la verdad, pero él responde de todas maneras:

—Alguien me echó un frasco de ácido nítrico a la cara.

—¿Aquel narco en Phoenix?

—Alguien que actuaba bajo sus órdenes.

—¿Y ésa es en parte la razón por la que vino aquí?

—En parte.

—Entonces sabe que tenemos aquí algunos excelentes cirujanos… doctores que le podrían dar una cara nueva en dos horas.

—Y estoy seguro de que sería una cara muy atractiva.

—¿Por qué se quiere quedar como está? ¿Como un recordatorio del pasado?

—Permítame decírselo de este modo, señor Reilly. Usted me preguntó hace rato por el apellido Justus. Que si era sueco. La verdad es que es escocés. De ahí vinieron mis antepasados. Y el clan Justus en Escocia tiene un lema. ¿Quiere saber cuál es?

—Claro.

—*Sine non causa*. Eso es todo. "No sin motivo."

—No entiendo.

—Ni yo. Pero me imagino que, con respecto del ácido, me lo echaron "no sin motivo". Porque tal vez estaba *destinado* a verme así.

Reilly cierra su libreta, se pone de pie y sacude la cabeza con admiración.

—Lo van a amar mis lectores.

—No me importa que me amen o me odien, señor Reilly, mientras obedezcan la ley. Espero volver a verlo a usted más adelante.

Cuando Reilly cierra la puerta, Justus observa su propio reflejo en el cristal. Estaba acostado a la fuerza, luchando por levantarse de su cama, cuando le arrojaron el ácido. Perdió las cejas, algo de su nariz, parte de su oreja y mucho de la definición de su cara. Pero en general la escarificación es notablemente pareja, como si lo hubiera atacado una estrella de mar especialmente cáustica, y la gente que no sabe la verdad supone a veces que él mismo se hizo quemar a propósito, sólo para verse diferente.

Está a punto de regresar a su trabajo —aún se está familiarizando con el sistema judicial de Purgatorio— cuando la puerta se abre con un quejido. Es Dash Chin, un oficial chino joven y animado que le han asignado como su asistente.

—¿Qué tal la entrevista?

—Bien.

—¿Reilly no lo molestó?

—No más que cualquier otro reportero que haya conocido.

Chin se ríe por lo bajo.

—¿Quiere saber qué hizo allá en la Tierra?

—En realidad no.

—Fue el primero en llegar a una escena del crimen. El cantante principal de una banda de chicos había dejado a dos prostitutas adolescentes con sobredosis de heroína. Se estaban muriendo. Pero Reilly no movió un dedo para salvarlas. Las dejó morir para tener una mejor historia.

Justus se encoge de hombros.

—Bueno, eso fue hace mucho tiempo.

—Quince años. Y ahora es el reportero número uno aquí en Pecado. Usted debe ser importante, para llamar su atención.

—Me siento halagado.

Chin vuelve a reír.

—Hablando de ello, ¿está listo para una escena de crimen aquí mismo?

—¿Hay una escena de crimen?

—Un cinco-uno.

Le toma a Justus un segundo recordar los códigos del DPP.

—¿Un *homicidio*?

—Ajá.

—¿Cuándo lo reportaron?

—Hace veinte minutos.

—¿Dónde?

—La Casa de las Cabras. Afuera, en el Agriplex.

—¿Y nadie se ha hecho cargo?

—Usted es el bueno, teniente.

A pesar de sí mismo, a Justus le sorprende lo despreocupado del mensaje: ni siquiera en Las Vegas los homicidios se anunciaban como de pasada.

—Bien —dice, mientras recoge su pistola y su placa—, vamos allá.

—Entendido, señor.

Se van juntos de la habitación.

05

Ennis Fields es un demente. Y un caníbal. Hace veinticuatro años, en Vancouver, se hartó por completo de su segunda esposa. Así que le abrió el cuello como un carnicero kosher, le arrancó la piel, le cortó los tejidos grasos y la cocinó en su estufa. Frió los músculos en una sartén; salteó el cerebro; hirvió los huesos; trituró los restos; disfrutó una cena despaciosa y luego dejó en el umbral de su suegra una caja de cartón que contenía "uno de los deliciosos pays de cerdo de Maggie".

Para cuando la policía finalmente lo alcanzó en Alberta, dieciocho meses después, Ennis Fields había matado y comido parcialmente a otras tres mujeres. Durante el interrogatorio confesó también otros cuatro asesinatos previos.

Fue sentenciado a ocho cadenas perpetuas consecutivas sin posibilidad de libertad bajo palabra. Pero en la Penitenciaría de Kingston, aunque estaba en una zona presuntamente de alta seguridad, fue brutalmente golpeado y dejado por muerto por órdenes de un capo de la prisión (primo lejano de una de sus víctimas). Tuvo suerte de sobrevivir. Así que sus abogados pidieron su relocalización a un lugar más seguro de confinamiento... mucho más seguro. La petición acabó en un escritorio del owip, y en meses se había hecho un arreglo con el Servicio Correccional de Canadá.

Ahora, Fields ha vivido solo en el Cráter Gagarin, a treinta kilómetros al noreste del hábitat una vez ocupado por Kleef Dijkstra por diecisiete años.

Lee muchos libros (sobre crimen, principalmente, aunque disfruta una buena novela romántica). Prepara muchos platos españoles (su refrigerador está lleno de chorizo y jamón serrano). Y construye muchas e ingeniosas invenciones mecánicas (cuando no estaba comiendo viudas, Fields era uno de los más destacados jugueteros canadienses).

Pero también disfruta cualquier cosa que rompa su rutina: en especial una visita. En todo su tiempo en la Luna, Fields ha recibido menos de cincuenta "huéspedes", y siempre los hace sentir bienvenidos. Saca su mejor vajilla, su mejor licor, sus mejores galletas hechas en casa, incluso para sus carceleros. Y para los androides. Siempre ha sido un anfitrión encantador. Es lo que lo convirtió en un asesino tan exitoso en un principio.

—¿Vas a venir regularmente? —pregunta, mientras tiende un vaso de sangría.

—No lo haré, señor —dice el guapo droide—. Voy a terminar esta bebida energizante y me pondré en camino, muchas gracias.

—¿Y a dónde dijiste que ibas?

—Voy a El Dorado, señor.

—Creo que no lo conozco.

—Me parece que también podría ser conocido como Oz, señor.

—¿Oz?

—O, zeta. Oz.

—No he oído tampoco de un lugar llamado Oz... No en la Luna.

—Quiero ir a Oz.

—¿A El Dorado y también a Oz?

—Entiendo que son el mismo sitio, señor.

Fields, mientras se sienta en un sillón forrado de tela acolchada, piensa en ello.

—¿Tal vez estás hablando de la mítica Oz?

—No entiendo la pregunta, señor.

—Bueno, pensé que podrías ser... ya sabes... el Hombre de Hojalata. De camino hacia Oz.

El androide lo ve de modo extraño.

—No soy el Hombre de Hojalata, señor. Soy el Mago.

Fields, como Dijkstra antes que él, hace a un lado un breve presentimiento de peligro.

—Bueno, si lo que buscas es un asentamiento humano de buen tamaño —dice—, el único que tenemos en la Cara Oscura es un lugar llamado Purgatorio.

—¿Purgatorio? —la cara del droide reacciona—. Pensé que el Purgatorio era una metáfora.

—En la Luna no lo es. Purgatorio es un lugar auténtico, con bancos y hoteles y todo. ¿Seguro que nunca has oído hablar de él?

—¿Me está diciendo mentiroso, señor?

Hay un tono de acero en la pregunta que Fields elige, otra vez, ignorar.

—Purgatorio está en el hemisferio norte —prosigue—. Dentro de un cráter llamado Störmer. Es el territorio, el *reino*, de Fletcher Brass.

—Fletcher Brass —otra vez el androide vacila.

—¿Has oído de él?

—No, señor.

Fields cruza la pierna, feliz por la oportunidad de explicar.

—Brass es un billonario de la industria aeroespacial. O trillonario. Se metió en líos en la Tierra y escapó a su territorio en el Cráter Störmer. Llamó al lugar Purgatorio porque pensaba que sólo iba a estar allí en lo que arreglaba las cosas. Pero pasó tanto tiempo en microgravedad que se volvió arriesgado que volviera a la Tierra. Así que se quedó. E invitó a todos sus amigos criminales de cuello blanco a unírsele, junto con cualquier malhechor que tuviera el dinero suficiente para hacer el viaje. Así que la ciudad capital acá... que por cierto se llamaría Sin —Pecado—, supuestamente por el dios babilonio de la Luna o algo por el estilo... es como un gran refugio de delincuentes y desviados. Me habría escapado allí yo mismo de haber tenido la oportunidad.

El droide, que ya no está bebiendo de la sangría, piensa por un momento.

—¿Cree usted que ese Purgatorio podría haber sido confundido con Oz, señor? ¿O con El Dorado?

—Seguro, supongo.

—¿Y qué tan lejos está, señor, en sistema métrico?

—Oh, no sé... unos dos mil kilómetros.

—¿Y dice que a usted le gustaría ir?

—Bueno, lo *habría* hecho, pero ya no.

—¿Por qué no, señor?

—Porque no estoy seguro de que sería bienvenido. No tengo nada que ofrecerles. Y además —Fields sonríe—, me gusta mucho este lugar.

El droide se da un momento para mirar los libreros repletos, la alfombra rústica y mohosa, la falsa chimenea.

—Con todo —dice—, ¿querría usted guiarme hacia allá?

Lo dice casi como una declaración y Fields ríe por lo bajo. Es como lidiar con un cliente difícil.

—Mira —dice—, la verdad es que no se me *permite* dejar este lugar. Estoy aquí como parte de un programa.

—¿owip? —pregunta el androide.

—¿Has oído hablar de eso?

—Sí, señor.

Fields se pregunta si el androide ha sido enviado por algún motivo oculto. En los primeros años de su encarcelamiento, fue sujeto de estudios psicológicos. Una vez, una psicóloga fue enviada a relacionarse con él, hacerse su amiga, incluso coquetear. Y al principio él fue muy caballeroso. Cuando su calentador se descompuso, llegó incluso a quitarse la chaqueta y ponerla sobre los hombros de ella. Pero un día sus urgencias lo dominaron: había pasado un tiempo dolorosamente largo desde la última vez que había comido carne humana, y justo a la mitad de una charla amistosa saltó y trató de cortarle el cuello. Sólo para descubrir que no era una mujer en absoluto, sino un androide, de aspecto tan convincente como el del que ahora es su huésped.

—¿Esas manchas de tu camisa son de aceite? —pregunta, mientras se ajusta los lentes.

—Podrían ser.

—¿Tienes, ya sabes, necesidad de atención o algo así?

—¿Qué clase de atención, señor?

—Bueno, podrías tener un desperfecto, ¿eh? Yo soy bueno para la maquinaria.

—Me alegra escuchar eso, señor.

—Entonces, ¿no quieres quitarte la camisa, tal vez? Para echar un vistazo.

El androide sigue sonriendo. Y mirando: intensamente, con un aura nueva y extraña a su alrededor.

—¿Está tratando de cogerme, señor? —pregunta.

Fields se ríe. Curiosamente, ningún pensamiento sexual se le había pasado por la cabeza. Pero ahora debe preguntarse si el droide ha sido enviado para evaluarlo: para ver si sus preferencias han cambiado o algo así.

—Qué extraña pregunta —dice.

—¿Tiene la intención de contestarla, señor?

—Bueno, no sé —responde Fields con una pequeña sonrisa, mientras lo piensa—. ¿Quiero cogerte? Depende. ¿Quieres que te cojan?

—No, señor —replica fríamente el androide—. En este mundo o coges o te cogen. Y yo siempre soy de los que cogen, señor.

Ahora las cosas se están poniendo realmente extrañas, piensa Fields. Nunca ha escuchado a un robot hablar así. Ni siquiera sabía si era posible. Y la cosa sigue sonriendo.

—¿Qué tal si te enseño dónde está Purgatorio en un mapa? —dice—. ¿Te haría feliz?

—Me haría extremadamente feliz, señor.

Cuando Fields regresa con su atlas lunar el droide ya está de pie. Fields pone el libro en la mesa del comedor y lo abre en la página que muestra la Cara Oscura.

—Puedo mostrarte imágenes con más detalles si quieres, pero aquí estamos —señala el Cráter Gagarin—. Y si quieres llegar a Purgatorio, tendrás que hacer todo el camino hasta acá —su dedo sube por la página, pasando Marconi, Kohlschütter, y Tsu Chung-Chi, a través del Mar de Moscú, atravesando Nikolaev y Van Rijn, y finalmente llegando al Cráter Störmer—. Éste es Purgatorio. Está aquí, básicamente yendo hacia el norte. Creo que hay caminos oficiales ahora, para los astrónomos y gente así. Si tienes suerte podrías encontrar a alguno de ellos.

—No se le llama Purgatorio en esta página, señor.

—Bueno, es un mapa viejo.

—¿Puedo llevármelo, señor?

—¿El mapa? Claro. Pero dudo que te sirva de nada.

—¿Y por qué, señor?

—No es que no haya señales indicadoras. Y los accidentes geográficos en la página son muy imprecisos. Si te perdieras, te quedarías perdido.

—¿Pero siempre puedo preguntarle a alguien, más cerca de mi destino?

—Si puedes encontrar a alguien.

—¿Y aún se rehúsa a llevarme?

—No puedo —dice Fields—. Quisiera poder, pero no puedo.

—Seguírselo pidiendo sería golpear mi cabeza contra la pared, ¿no es así?

—Creo que se podría decir así.

—Entonces lamento escucharlo, señor.

—Yo también. Pero todos tenemos restricciones, ¿verdad?

El androide lo mira por unos segundos, sin parpadear. Luego asiente y se endereza.

—Me llevaré este mapa —lo separa limpiamente del atlas—.

Y le agradezco por la deliciosa bebida alcohólica. La aprecié mucho. Me decepciona que haya elegido no ser de más ayuda, pero a ese respecto no seguiré golpeando mi cabeza contra la pared.

Fields, como Dijkstra, siente de pronto que ya tuvo suficiente de este droide peculiar.

—Fue un placer tratar contigo —dice—. Si alguna vez vuelves a esta zona y ves la luz encendida, eres bienvenido.

—Le estoy agradecido por la oferta, señor, pero dudo que me vuelva a ver. ¿Abriría la esclusa para mí?

—Seguro.

Fields va a la consola de control y acciona algunos interruptores. Hay un zumbido cuando la puerta interior se abre. Mira sobre su hombro y ve al androide sonriéndole.

—¿Ese botón que acaba de pulsar es el de la puerta interna, señor? —pregunta el droide.

—Así es.

—¿Y cuál es el botón para la puerta externa?

—Este naranja de aquí. ¿Por qué?

—Tengo una curiosidad voraz, señor. Por favor haga lo que tiene que hacer.

Fields se da vuelta hacia la consola y está verificando los indicadores de seguridad cuando siente algo que se cierra alrededor de la parte trasera de su cuello. Primero no lo cree —no se supone que esto pueda pasar—, pero entonces lo que lo agarra empieza a apretar. Los dedos del android son como espolones. Así que Fields, bastante en forma para su edad, echa los hombros para atrás y agita los brazos. Pero el droide lo agarra con fuerza sobrehumana.

Y entonces Fields se siente *levantado* del suelo. Y *cargado* como una muñeca a través del cuarto. Y propulsado, con la cabeza por delante, hacia la pared... sólo para detenerse a unos centímetros de los ladrillos.

—*Nunca golpees tu cabeza contra la pared* —oye al androide rugir en su oído—. *Golpea la de alguien más.*

Bang. Bang. Bang.
El cráneo de Fields se rompe y él pierde la conciencia.
Bang. Bang. Bang.

El teniente Damien Justus está acostumbrado a hacer preguntas. Está acostumbrado a la deferencia de otros policías. Y está acostumbrado a ver cadáveres.

A lo que no está acostumbrado es a sentirse tan fuera de lugar. O a recibir tanta deferencia incondicional de policías a los que apenas conoce. O a ver cuerpos que han sido hechos pedazos por un estallido de bomba.

—Damien Justus —dice, estrechando la mano de un italiano fotogénico.

—Oficial Cosmo Battaglia —dice el oficial.

—¿Está a cargo?

—Hasta que usted apareció —dice Battaglia, sin asomo de resentimiento.

—Muy bien —Justus voltea hacia la escena del crimen—. Dígame qué tenemos aquí.

—Tres personas. Dos hombres, una mujer. Estaban posando para ser fotografiados cuando *ipum!*, los tanques de alimentación explotaron.

—Los tanques de alimentación para las cabras.

—Así es.

—¿Qué había en los tanques?

—Nutrientes, ese tipo de cosas.

—¿Los tanques de nutrientes explotan en la Luna con frecuencia? ¿Combustión espontánea? ¿Un barril de fertilizante puede incendiarse por sí solo?

—No que yo sepa.

—¿Entonces usted sospecha que hubo juego sucio?

—Le dejaré las sospechas oficiales a usted, teniente.

—Ajá —a Justus no le gusta. Puede ver —y *sentir*— a los otros policías mirándolo. Lo que no debería ser inusual, en especial tras el ataque con ácido, excepto que hay algo desconcertante en el *modo* en que lo miran. Como si estuvieran disfrutando todo esto. Como si se estuvieran luciendo ante el nuevo teniente. *Mira lo que vemos todos los días en Purgatorio. Cabezas cortadas, miembros arrancados, cabras muertas... ¡y tú que pensabas que la pasabas mal allá en la Tierra!*

—¿Alguna idea de quiénes son las víctimas?

—Los tres eran del Departamento de Agricultura —dice Battaglia—. Una secretaria, un consultor y un profesor. ¿Ve aquella cabeza de barba puntiaguda, la que parece de diablo?

—Ajá.

—Es de Otto Decker, el agrónomo.

—¿El profesor?

—Claro. Es muy bueno en su trabajo, además. O lo era —Battaglia, de hecho, ríe con disimulo.

Justus asiente y mira alrededor. Están en un ala del Agriplex, el complejo agrícola, un vasto laboratorio subterráneo de alimentos conectado a Pecado por túneles. Algunas de las alas están dedicadas a cosechas de alto rendimiento. Otras contienen fruta y vegetales hidropónicos. Hay un trigal tan grande como dos estadios de futbol, un arrozal, un "aguadero" para cultivos subacuáticos, una instalación de ganado repleta y un matadero.

Battaglia nota lo que él mira y dice:

—Esta sección es nueva. Por eso estaban tomando fotos.

—¿Las cabras son nuevas en la Luna?

—Cabras montañesas. Comen de todo. Viven en baja presión, además, así que se ahorra algo en gastos de mantenimiento. Y rinden mucho.

—¿Cómo es eso?

—Leche. Queso. Yogur. Jabón. Suero. Proteína. Ya sabe.

—Ajá —Justus piensa que el oficial está inusitadamente bien informado. Y se siente irreal hablar de la cría de cabras ante tres cuerpos mutilados en esta cámara extraña, con techo acolchado y lámparas ultravioleta. Y pasto bajo los pies. Y flores alpinas. Y abejorros. Y muros color azul cielo con nubes pintadas, como un viejo set de cine. Sin mencionar a las propias cabras, a las que la actividad no perturba, que saltan trece metros en el aire y de hecho llegan a golpear el techo —por eso debe estar acolchado— y caen de vuelta con gracia. Exceptuando la sangre, todo parece sacado de una serie sabatina de dibujos animados.

Dash Chin se aproxima.

—Por acá, teniente… El fotógrafo. Él vio todo.

El fotógrafo es un árabe bajito que parece estremecido. Está sentado en el borde de un abrevadero, temblando, jadeando, revisando su cámara, jadeando un poco más.

—¿Trabaja en la *Tableta?* —pregunta Justus. El fotógrafo levanta la vista.

—Sí.

—¿Puede hablar?

—Puedo… puedo hablar, sí.

—¿Cómo llegó aquí?

—Un… un encargo de fotos. La oficina Otto D-Decker.

—¿Ellos lo arreglaron?

—Lo *anunciaron*.

—¿La inauguración de la nueva granja de cabras?

—Sí… sí, eso es.

El fotógrafo no hace contacto visual. Lo que podría parecer una actitud sospechosa, aunque Justus prefiere leerla como conmoción.

—Díganos lo que vio.

—Estaba… preparando una foto. El profesor y los otros dos sacaban grano de uno de los contenedores de alimento y… y…

—Y hubo una explosión.

El fotógrafo traga saliva.

—Sí.

—Usted vio a la gente volar en pedazos.

—Sí.

Justus ha notado ya materia orgánica en la chaqueta del hombre.

—¿Exactamente qué tan cerca estaba?

—Unos… unos quince metros.

—¿Vio cualquier cosa extraña? ¿A cualquiera que hubiese podido ocasionar la explosión?

—No… no.

—¿Cree que la explosión podría haber sido natural?

—Yo… no sé.

—¿Qué hay de los tanques de alimentación? ¿Fue usted quien indicó a las víctimas que sacaran el grano?

—¿Yo? No, no. ¿Por qué lo dice?

Justus ignora la pregunta.

—Entonces, Decker y los otros fueron a los contenedores y usted tomó la foto.

—Sí.

—Y entonces uno de los barriles explotó.

—Así fue como pasó.

Justus se aleja por un momento. No hay sitio en este lugar donde pueda estar solo —tiene unos dos mil metros cuadrados de extensión y no hay árboles—, pero él necesita reunir sus pensamientos, por difícil que sea cuando hay cabras rebotando por todos lados como frijoles saltarines. Y policías que siguen mirando hacia él con expresiones presuntuosas. Y tres cuerpos humanos desmembrados en el suelo. Y Dash Chin aferrado a él como una rémora.

—¿Qué opina de esto, señor?

Justus se encoge de hombros.

—Esta cámara suele tener baja presión, ¿correcto?

—¿Cómo lo supo?

—El oficial Battaglia dijo algo al respecto.

Chin parece impresionado.

—Por eso las cabras montañesas son buenas para el Agri-plex: pueden vivir en ambientes de baja presión. Y los abejorros también.

Justus piensa que Chin, como Battaglia, está notablemente bien informado.

—¿Qué hay de la gente que viene aquí, granjeros o gente de mantenimiento? ¿Entran con baja presión, es así?

—Ha de ser, sí.

—¿Con trajes espaciales?

Chin ríe.

—No creo. Sólo los han de despresurizar un poco y entran probablemente con máscaras... ya sabe, para que no entre el hedor del fertilizante.

—Ajá —Justus puede olerlo ahora. Y se imagina a alguien ingresando en la cámara en una máscara gruesa... efectivamente disfrazado. Alguien que pone una bomba, se esconde, espera a activarla—. ¿Las granjas son monitoreadas?

—No estoy seguro.

—Que reúnan a todos de cualquier manera.

—¿Cree que podría haber sido uno de ellos?

—Interrogarlos no hará daño. Y aquí tenemos un ERF, ¿no?

—Claro —Chin lo dice con una risita, como si no tuviera mucho respeto por el Equipo de Respuesta Forense local.

—Entonces ya deberían estar aquí. Necesitamos saber qué clase de explosivo se usó.

—No hay problema.

—Podría haber aún huellas de zapatos en la tierra. Pueden ser tan buenas como las huellas digitales.

—Sí, claro.

—Haz que el fotógrafo tome algunas fotos más. Todo...

antes de que haya más perturbaciones. Él puede cargar la cuenta al departamento, o a mí si es necesario.

—Lo haré.

—Y luego tenemos que pensar en algún motivo.

—¿Alguna idea, señor?

—Necesito saber más de las víctimas primero.

—Bueno, en eso tiene suerte —dice Chin—. Es decir, no estoy seguro de los otros dos, pero el profesor Decker... es tan importante como se puede ser en Purgatorio.

—¿En serio?

—Fue uno de los primeros peces gordos que Brass se trajo cuando empezó a poner en marcha este sitio.

Justus piensa en preguntar qué crimen cometió Decker en la Tierra pero decide no hacerlo.

—Un agrónomo.

—No se puede vivir sin ellos en la Luna. Virtualmente todo lo que comemos aquí... todo lo que no es importado, claro... crece gracias a ellos.

—¿Y qué lo vuelve grande aquí? Porque, en mi experiencia, a la gente no le importa mucho de dónde viene su comida.

—Eso sí. Pero por otro lado está el hecho de que él es de los hombres principales de Brass... uno de sus consejeros de más confianza. Era integrante de la Banda de Brass, de hecho.

—Ajá —al decir "Banda de Brass", Chin se refiere al círculo interno de confianza de Brass: una orden secreta de caballeros, leales al rey.

—Decker era realmente de los que mueven los hilos acá —prosigue Chin—. Casi se le podría haber llamado, no sé, vicepresidente de Purgatorio.

—Pensé que Bonita Brass era la segunda al mando.

—Bueno, sí, en el papel. Pero el papel no siempre dice toda la verdad, ¿cierto, señor?

Justus empieza a pensar que esta investigación criminal —el primer caso de alguna importancia que ha investigado desde su llegada a Purgatorio— se ha vuelto súbitamente más grande de lo que jamás hubiera esperado. Pero, por necesidad, se calla sus inquietudes.

—¿Entonces qué piensa, señor? —pregunta Chin—. ¿Todavía cree que pudo haber sido un accidente?

Justus suspira.

—Sólo asegura la escena adecuadamente. Y trae a los granjeros. Y a los forenses. Y quiero los nombres de todos los que trabajan en esta granja de cabras... que sean todos los del Agriplex. De hecho, de todos los que se hayan *acercado* a este lugar en el último mes. Y de cualquiera en Purgatorio con antecedentes en manufactura de explosivos, aunque sean sólo fuegos artificiales.

Chin sonríe.

—Seguro, señor. ¿Sabe, puedo decir algo?

—Dilo.

—Realmente me gusta cómo opera. Con usted no hay idioteces.

Justus piensa que Chin está empezando a sonar como aquel reportero de club de fans de la *Tableta*.

—Sólo ve a trabajar —dice, vagamente molesto.

Cuando Chin se aleja, Justus echa otro vistazo a esta extraña granja de cabras en la cara oscura de la Luna. Los cadáveres. Los policías mirando hacia él. El fotógrafo temblando. Las cabras saltando por todas partes como palomitas de maíz.

Y no es difícil tener la sensación de que algo no está bien. Pero Justus nunca se ha apoyado en nada tan indigno de confianza como los sentimientos, así que regresa con Battaglia para hacer más preguntas.

07

En la medida en que Jean-Pierre Plaisance vive en la Luna, también es un lunático. Además es un asesino. En su pueblo natal de Menton, una vez mató a dos marineros durante una pelea de borrachos en un bar. En esos días Plaisance era un hombre enorme, un fisiculturista que había pasado tres años en la Legión Extranjera. Tenía el apodo de Valet de Carreau —la Sota de Diamantes—, porque su torso estaba cubierto de tatuajes en forma de diamante. Desnudo, todavía se ve como un arlequín.

Pero Plaisance no era considerado lo bastante peligroso para ganarse un iglú del OWIP en el Cráter Gagarin. De hecho, no era tenido por muy peligroso en absoluto. Durante su juicio por homicidio en Niza, el juez reconoció la sinceridad de su remordimiento, aceptó que estaba bajo la influencia del alcohol al cometer su crimen, e incluso estuvo de acuerdo en que los marineros lo habían provocado sin necesidad. Así que a la hora de la sentencia, el mismo juez, que era una especie de reclutador autonombrado de la CNES (la Agencia Espacial Francesa), sugirió que las habilidades de Plaisance como electricista lo hacían un candidato excelente para cumplir su sentencia en la Luna.

En los últimos seis meses de su sentencia de catorce años —le habían restado siete por buen comportamiento— Plaisance estaba con otros dos prisioneros en el Cráter Korolev, marcando sitios peligrosos con señales y reflectores, cuando una onda especialmente poderosa de radiación galáctica del Cinturón de Kuiper golpeó la Cara Oscura, por coincidencia en un día en el que los sistemas de advertencia visual no funcionaban bien. Aunque no sintieron nada más que un vago malestar y vieron sólo destellos brillantes en el rabillo de sus ojos, los tres hombres podían darse por muertos. Trescientos rems de radiación cruzaron sus cuerpos en menos de un minuto: el equivalente de diez mil radiografías de pecho tomadas simultáneamente.

Desde luego fueron estrechamente monitoreados después, se les dieron los mejores medicamentos y muchos de los tumores grandes fueron extraídos en cuanto fue posible. Pero el daño a la estructura celular era demasiado extenso: los dos colegas de Plaisance en aquel día fatídico, hace tres años, ya murieron. El mismo Plaisance está ahora demacrado, calvo, de la mitad de su antiguo tamaño y le quedan menos de cuatro meses de vida.

Pero no siente amargura. No culpa al sistema. No culpa a la Luna. Ciertamente no culpa a Dios. Y sigue trabajando como especialista en mantenimiento eléctrico. Porque no sabe qué más hacer. Porque eso es mejor que quedarse rumiando los hechos. En realidad, Plaisance planea seguir trabajando justo hasta el día de su muerte, y piensa que un día morirá totalmente solo, en algún lugar de la superficie de la Luna. Y cuando llegue ese momento calcula usar sus últimas reservas de fuerza para abrir su traje espacial y soltar su alma hacia el cielo. Con la esperanza, desesperada, de que se haya redimido lo bastante a los ojos del Señor como para que la oferta no sea rechazada.

Actualmente vive sobre todo en los cuarteles de la CNES en la Base Schrödinger. También disfruta paradas frecuentes en buena cantidad de chozas de la Agencia Espacial Europea en el hemisferio sur. Su trabajo es reparar las subestaciones que transmiten energía y comunicaciones por cable a lo largo de la Cara Oscura. También repara los almacenes de primeros auxilios que bordean los caminos de mantenimiento; de ser necesario, trabaja también en los arreglos de radar. Tiene a su disposición un vehículo presurizado para trayectos largos y un LRV abierto para otros más cortos. Él prefiere el LRV porque le ahorra el fastidio de los procedimientos con esclusas.

Ahora, Plaisance ha salido de la choza 12B en Lampland con una caja llena de herramientas, una carga pesada de celdas fotovoltaicas, media docena de abrazaderas y una reserva de nitrógeno líquido. Parece que la prominencia solar de ayer, de modo similar al estallido de radiación galáctica que reescribió su destino, ha hecho más daño a la red de fibra óptica de la Cara Oscura que lo que nadie pudo predecir. No hay energía en varios cuadrantes. La línea de comunicación norte-sur está completamente fuera de circulación. Los reflectómetros en Mons Malapert han localizado el posible daño dentro de una distancia de 450 kilómetros, así que el trabajo de Plaisance es aislar el problema y hacer las reparaciones apropiadas. Él sospecha de las cajas de conexiones en el Cráter Pirquet —más al descubierto y anticuadas que prácticamente en cualquier otro sitio de la Luna— y piensa que podrá llegar allá en cuatro horas, hacer un diagnóstico, realizar las acciones apropiadas y luego desviarse a la choza 13A para reabastecerse y recargar su vehículo.

Plaisance es un conductor excepcional de LRV. Se siente igualmente en casa en caminos bien pavimentados, senderos extraoficiales o —como ahora— en la superficie lunar desnuda. Avanza deprisa a través de polvo, piedras y fragmentos de roca. Sube y baja laderas a la carrera. Pasa sobre grietas y pequeños cráteres. A veces el LRV salta en el aire como un buggy de arena. Otras veces sus ruedas de malla dejan huellas en el polvo como patas de gallo. Ocasionalmente, mientras traza curvas al bajar una ladera, cambia de dirección de manera dramática cuando el vehículo parece a punto de volcarse.

En resumen, maniobra el LRV de tal modo que haría girar fuera de control o caer en un cráter a conductores menos experimentados. Puede conducir a velocidades que aterrarían a otras personas, y principalmente a visitantes de la Tierra, desacostumbrados a la claridad extrema de visión y a la ausencia de resistencia del aire. Y a él le encanta. Porque le da una sensación de valor. Y porque le ofrece una sentimiento adicional de redención.

En este momento el sol está muy bajo y quieto en el horizonte occidental. Las sombras son largas y negras sin remordimiento. Esto hace visible al más pequeño guijarro pero también esconde fisuras peligrosas y algunas veces hasta fosos. Plaisance conoce este territorio mejor que nadie, pero aun así tiene los sentidos relevantes —su vista y su instinto— en alerta máxima.

Entonces nota algo. Una de sus habilidades especiales, adquirida inconscientemente durante sus años en la Luna, es la de leer el terreno como un rastreador nativo. Solía ser un juego de niños: el polvo en la superficie lunar era predominantemente virginal y cualquier perturbación ofrecía una buena posibilidad de quedarse como estaba indefinidamente. Pero desde la llegada de los colonizadores de la Tierra, el gran volumen de actividad humana y vehicular ha alterado la superficie hasta dejarla irreconocible.

Sin embargo, una huella fresca será visible por largo tiempo, incluso si está encima de huellas existentes de ruedas u orugas. Y lo que Plaisance ve ahora, con sus ojos de águila, son las huellas de pies humanos. Más exactamente de *zapatos* humanos, que avanzan hacia el noreste, justo allí en el regolith lunar, como las huellas de un hombre de negocios sobre cemento fresco.

Excepto, claro, que no pueden pertenecer a un ser humano. Nadie camina sobre la superficie lunar llevando choclos. Así que Plaisance frena. Hace que el LRV se detenga abruptamente y sale para inspeccionar de cerca.

No hay duda. Zapatos, buenos, de tamaño superior al promedio. A juzgar por la profundidad de las huellas, Plaisance estima que quien los lleva pesa unos 110 kilos terrestres, o 18 lunares. Semejantes cifras son comunes en la Luna —la microgravedad permite a las personas llevar con aplomo el exceso de peso—, pero sabe de inmediato que esas huellas pertenecen a un robot. Tiene que ser así. También está consciente de que solía haber un laboratorio muy secreto de robótica en el Cráter Seidel, hacia el suroeste. Una vez, dice la leyenda, un androide experimental escapó del laboratorio y fue encontrado una semana más tarde, tendido boca abajo en el CJV (Cráter Julio Verne) con polvo en la boca. Hay otras historias sobre ese droide, un modelo de combate, que afirman que aún está escondido en alguna parte, matando a quien se cruce en su camino. Pero nadie cree realmente en ellas, porque los androides no matan.

Plaisance decide seguir las huellas de todas maneras. No está seguro de qué tanto lo desviarán de su ruta, porque incluso para él es difícil juzgar cuán frescas son las huellas, pero disfruta la idea de perseguir algo: como si fuera tras un fugitivo. Regresa al LRV y parte al noreste, mientras nota por las huellas que el androide tiene el paso medido y vivo de alguien familiarizado con la gravedad lunar, pero no con la actividad en la superficie. Así que claramente no fue programado para estar aquí solo. Plaisance se imagina alcanzándolo, conteniéndolo, desactivándolo de ser necesario, y atándolo a la parte trasera del LRV como un venado recién cazado.

Sigue las huellas por treinta minutos, alejándose más y más de la subestación, consciente de que está entrando en el territorio penal del OWIP. Oficialmente, se supone que debe mantenerse alejado de esa región, porque el OWIP tiene sus propios equipos bien entrenados. Pero extraoficialmente la ha cruzado muchas veces sin quejas, e incluso ha ayudado en algunos trabajos de reparación de emergencia, sin haber encontrado jamás a alguno de los prisioneros.

Pronto llega al primer iglú. Las huellas del droide se desvían sin llegar a la entrada. Pero cuando Plaisance baja del LRV nota que no hay luces dentro ni fuera del iglú. Los paneles solares parecen haber sido destrozados por impactos de micrometeoritos y no han sido reemplazados. Y la pantalla de video, por la que es posible ver el interior si se conocen los códigos adecuados, no está. A Plaisance esto le parece signo de una sola cosa: este hábitat en particular lleva años deshabitado. Probablemente el ocupante murió y no ha sido reemplazado. Oficialmente, el programa OWIP morirá con el último prisionero.

Las huellas del androide continúan hacia el noreste, como si al no haber encontrado a nadie hubiera seguido adelante. Y de pronto Plaisance experimenta una sensación de amenaza, un sabor metálico en su boca, semejante al que sintió cuando fue irradiado por el flujo cósmico.

Inconscientemente, acelera.

Unos pocos kilómetros más adelante, otro iglú aparece. Y otra vez las huellas del droide se desvían hacia la entrada. Pero en esta ocasión las luces del exterior parpadean. Es una alarma: alguien entró o se fue sin registrar los códigos adecuados. En circunstancias normales, una alerta se habría emitido ya, por cable, a la base del OWIP. Un equipo estaría en camino para investigar. Pero con las comunicaciones interrumpidas, no hay alertas que puedan llegarles.

Plaisance está completamente solo.

Baja del LRV y examina la entrada, a ambas puertas de la esclusa de aire. Y hay luz en el interior. Plaisance no tiene autoridad para seguir investigando, pero las circunstancias son extraordinarias. Podría haber aún un ser humano en el interior. Tal vez alguien que se refugió del vacío y necesita ayuda urgente. Así que Plaisance decide, con una extraña sensación de satisfacción, que no tiene otra alternativa. Enciende la luz de su casco, por si acaso, y pasa al interior.

Apenas ha dejado atrás la esclusa cuando se topa con la víctima. Plaisance ha visto cadáveres con anterioridad, muchos de ellos, pero éste es completamente diferente.

Sólo puede adivinar que es el cadáver de un hombre por la forma del cuerpo, y por algunas de las decoraciones en el cuarto. La cabeza ha sido golpeada tantas veces que es sólo una masa de sangre y hueso. El propio cuerpo yace sobre una silla, con los brazos puestos en la cintura, como si hubiera sido acomodado, *post mortem*, para verse aún más grotesco. Hay una llave de tuercas sobre un banco de trabajo cercano, con sangre y pelo todavía adheridos a ella. Hay una toalla enrojecida en el suelo, como si el asesino se hubiera limpiado las manos tras la ejecución. Y en la mesa hay una taza vacía, como si hubiera disfrutado de un café antes de marcharse.

Plaisance lo mira todo por tanto tiempo que se sorprende cuando escucha su propia respiración acelerada. Y siente que su corazón golpea sus costillas. Y su traje espacial empieza a contraerse a su alrededor. Así que sale del iglú. Retrocede como en trance. Mira a la extensión del gran cráter, a la línea de huellas de zapatos que van hacia el este y las sombras. Todavía le cuesta creer que un robot ha matado a un ser humano… pero ¿cómo negarlo?

¿Entonces el droide es un asesino? ¿Un fugitivo? ¿Sus centros de control han sido quemados por la prominencia solar?

Sea cual sea el caso, Plaisance toma otra decisión inmediatamente. Va a seguir rastreando al androide, sin importar lo mucho que lo desvíe de su ruta, y sin importar el riesgo en el que ponga su propia vida. Detendrá al androide aunque muera en el intento. Y con eso ganará la redención.

Si fuera capaz de hacerlo, besaría la medalla de san Cristóbal que cuelga de su cuello. Como están las cosas, sólo se dirige de vuelta al LRV, temblando de determinación.

08

El jefe Lance "Jabba" Buchanan es un hipopótamo. En la Tierra sería de las personas que deben ser levantadas de la cama con una grúa. Podría incluso haber muerto. Pero en la Luna no pesa más que un niño terrestre promedio de diez años. Así que puede entregarse a su mayor pasión —comer— sin inhibiciones. Y su pasión particular ahora es por las Moonballs®: esferas del tamaño de una pelota de golf hechas de chocolate blanco, cubiertas de azúcar y rellenas de jarabe de café. Tiene un gran tazón de ellas al lado de su escritorio y no deja de metérselas a la boca, como un borrachín que se llena con botanas de bar. Sólo hace pausa para balancear la dosis con una tableta anticoagulante o una superpíldora para adelgazar la sangre. Eso es lo malo de la medicina correctiva, piensa Justus ociosamente: casi siempre que resuelve el problema, fomenta el exceso.

—Los forenses me dicen que entregaron un reporte —dice Buchanan entre bocados.

—Así es.

—¿Qué decía?

—¿No le dijeron?

—Éste es su caso, no mío —Buchanan, que lleva más cordones dorados en su uniforme que un dictador centroafricano, le dedica una sonrisa delgadísima y supuestamente reconfortante. Justus se encoge de hombros.

—Una bomba de fertilizante —dice—. Nitrato de amonio mezclado con propano. Un detonador rudimentario accionado por radio.

—¿Radio?

—Ajá.

—Sólo eso ya es contra la ley.

—Así parece. En todo caso, nos dice que el asesino supo cuándo estaban las víctimas en el lugar correcto. Exactamente en el lugar correcto: casi encima de la bomba. Así que él estaba lo bastante cerca para verlas. O les había puesto un transmisor.

—¿Entonces estamos hablando de asesinato?

—Alguien conocía el itinerario general del profesor Decker, eso es seguro. Pero resulta que el itinerario no era exactamente un secreto: se anunció mucho que él iba a inaugurar la granja de cabras.

—¿Seguro que iban tras de Decker?

—En absoluto. Y no me gusta hacer suposiciones. Pero en Homicidios aprendí que ahorra tiempo trabajar con las posibilidades más factibles y retroceder desde allí.

Buchanan gruñe:

—Bueno, me tendrá que disculpar por estar sorprendido, eso es todo. Quiero decir, por Decker.

—¿Por qué?

—Porque era un tipo amable. Dedicado a su trabajo. A Purgatorio. Y limpio como una capa de pintura. Todos lo querían.

—Eso me han dicho —dice Justus—. Pero de seguro hizo algo incorrecto en el pasado, ¿no? Para estar aquí.

Buchanan, cuya piel está tensa como la de un globo inflado en exceso, se las arregla para fruncir el ceño.

—¿Cómo? No pensará que esto tiene que ver con su vida en la Tierra, ¿o sí?

—Bueno, por lo que yo entiendo se ha enviado a asesinos

desde la Tierra para hacer ajustes de cuentas por cosas ocurridas hace años, ¿cierto?

—Sí, pero ahora tenemos sistemas funcionando… Esas cosas ya no pasan.

—Con todo…

—Y de cualquier manera —sigue Buchanan—, el crimen de Decker no fue de los que crean enemigos. ¿Quiere saber lo que hizo? ¿Allá en la Tierra?

—En realidad, no.

—Se cogió a un estudiante de trece años. Carajo, la mitad de la gente hace eso. Y el chico ni siquiera se estaba quejando: pensaba que Decker era genial, de hecho. ¿Le suena a que alguien así estaría enviando asesinos a la Luna, décadas después?

La forma tan desdeñosa en la que habla del abuso sexual hace a Justus preguntarse cuál habrá sido el crimen de Buchanan. Pero es muy fácil imaginarse al hombre aliado con narcotraficantes en El Paso. O golpeando prostitutas en Baton Rouge. O alimentando cocodrilos con cadáveres en los Everglades. Así que Justus sólo aparta el pensamiento de su mente.

—De acuerdo —dice—. Es sólo una de muchas posibilidades. Pero recuerde que soy nuevo en Purgatorio. De hecho, es una de las razones por las que parece que soy popular.

Buchanan se suaviza un poco.

—Totalmente cierto —dice, metiendo la mano en su tazón—. Y todos dicen que está haciendo un gran trabajo. Gran trabajo. Todo el mundo.

—Me alegra escucharlo.

—Sólo trato de ayudar, eso es todo. No quiero estar moviéndolo en ninguna dirección, ¿me entiende?

—Por supuesto.

—¿Cuál es su teoría? —Buchanan se mete otra Moonball® en la boca.

—Bueno, como mínimo puedo decir que parece ser el trabajo de un profesional. Las bombas de fertilizante pueden ser rudimentarias, pero los elementos necesitan mezclarse en cantidades precisas. Muy precisas. Y esta bomba fue particularmente efectiva.

—¿Estamos hablando de un experto en explosivos?

—Por desgracia. Y se me ha dicho que hay incontables personas en Purgatorio que corresponden a ese perfil.

—Claro. Tenemos a muchos revoltosos.

—Exterroristas, de hecho.

—Es correcto. Si tenían las habilidades adecuadas se les daba la bienvenida acá. En el pasado.

—Y, naturalmente, pueden haber enseñado a otros sus habilidades.

—Este lugar solía ser un refugio para la escoria. No se podía obtener la ciudadanía a menos que se estuviera huyendo de una condena seria de cárcel: de ese modo nadie podía arrepentirse y regresar llorando con su mami.

Justus piensa que Buchanan, como muchos en Purgatorio, parece inusitadamente orgulloso de ese hecho, un poco como los australianos que están orgullosos de descender de convictos. Excepto que en este caso la "escoria" está perfectamente viva… y prosperando.

—En resumen, tengo una enorme cantidad de sospechosos.

—Ya se acostumbrará —dice Buchanan—. ¿Alguna pista de la Casa de la Cabra, por cierto? ¿De la gente que limpia?

—Muchos de los procesos están automatizados. Hay robots que se encargan de algunas tareas. La seguridad es casi inexistente. No hay cámaras de vigilancia… Supongo que a eso me acostumbraré también. Los granjeros usan máscaras y juran que no saben nada. No hay ADN desconocido en la escena del crimen. Estoy bastante seguro de que en la Tierra ya tendríamos algo. Aquí puede hacer falta más tiempo.

—¿Pensó en el ángulo político?

—Claro. Excepto que, usted mismo lo ha dicho, el profesor Decker era popular. Y le interesaba la agricultura, el suministro de alimentos, el reciclaje. No parece el tipo de blanco, suponiendo que él haya sido el blanco, de un crimen político.

—Era prácticamente la mano derecha de Fletcher Brass.

—*Era* —dice Justus—. Según entiendo, estaba perdiendo prestigio.

—¿Quién le dijo eso?

—Es lo que oí.

—Pues es mentira. Brass tenía mucha fe en Decker. Pensaba que era el hombre más honesto de Purgatorio. Le gustaba cogerse niños, sí, pero ¿y qué?

—Decker tenía setenta y nueve años.

—Setenta y nueve años de juventud —dice Buchanan—. Aquí eso no es ser viejo.

Justus está perplejo por la insistencia de Buchanan. Se ha apasionado tanto que no está masticando una Moonball®.

—Bueno, si es un crimen político nos movemos en aguas muy profundas. Y eso me deja en desventaja.

—¿Por qué?

—Apenas estoy familiarizado con las maquinaciones políticas en Purgatorio. Por ejemplo, yo creía que Fletcher Brass era popular.

—¿Y quién dice que no?

—Usted acaba de hacerlo, al sugerir que Decker pudo haber muerto a causa de su asociación con él.

Buchanan destapa una de sus botellas de píldoras.

—Bueno —dice—. Quise decir que Brass sólo está de adorno. Lo que está podrido es el sistema. Y para los anarquistas el sistema siempre está podrido.

—¿Entonces el propio Brass sí es popular?

—Popular es demasiado decir. Pero se le tiene miedo. Que es mejor que ser popular.

A Justus eso le suena como una de las leyes del propio Brass.

—¿Entonces usted no descartaría un asesinato? ¿O un ataque terrorista?

Buchanan traga sus píldoras.

—Pues la verdad es que las cosas están cambiando aquí en Purgatorio. Brass se irá pronto de viaje a Marte, seguro ha oído de eso. Y varias facciones están moviéndose, buscando obtener una tajada. Mientras el gato no está, por así decir.

—¿Decker estaba en la línea para tomar el poder en ausencia de Brass?

—Claro. Algunos más también.

—¿Bonita Brass?

Ahora Buchanan ríe burlonamente.

—Realmente no sabe mucho de este lugar, ¿verdad, teniente?

—Soy todo oídos.

—Digamos que Fletcher Brass y su hija no se llevan exactamente bien. Sonríen para la cámara, pero detrás la pequeña Bonita se dedica a agitar las cosas. Está planeando algo, eso es seguro. Algo que solamente será bueno para ella. Y para los que sean de su club.

A Justus le asombra el desprecio franco de Buchanan.

—¿Usted cree que Bonita Brass podría estar detrás de todo esto?

—Oiga, yo no dije eso. La verdad es que no tengo ni puta idea. Pero por eso usted es perfecto para esta investigación. Usted no tiene lealtades para uno u otro lado, ¿no?

—Supongo que no.

—Claro que no. Por cierto, si necesita más ayuda en cuanto a personal, sólo avíseme.

Justus agita la cabeza.

—Me gusta el tamaño de mi equipo tal como está. Y todavía estoy aprendiendo a confiar en ellos. O a no confiar, que podría ser el caso.

Buchanan arquea una ceja.

—No me está diciendo que ha tenido problemas, ¿verdad?

Justus no quiere decirlo, pero hay algunos en su equipo que parecen demasiado entusiastas. Demasiado cooperativos. Y hay otros que no cooperan en absoluto, que lo miran con hostilidad. Hay un tipo en particular, un oficial ruso de gruesos labios llamado Grigory Kalganov, que parece capaz de apuñalar a Justus por la espalda… o en cualquier parte.

—No más que en la Tierra —dice al fin Justus, que es más o menos la verdad.

Buchanan sonríe.

—¿Sabe? Lo que tendría que hacer es entrevistar a Fletcher Brass, al Patriarca en persona. Eso le dará una mejor imagen del paisaje.

—Tengo la intención de hacerlo.

—Sólo que no espere acabar picándose el ombligo con él: es un hombre ocupado.

—Todo el mundo me ha dicho lo mismo.

—Claro, supongo que estará feliz de poder ayudarlo, dado lo mucho que quería a Decker. Y usted probablemente debería hablar con Bonita Brass también. Avíseme y lo arreglamos. Ella es resbalosa como una anguila.

—No me dan miedo las anguilas.

Buchanan hace un sonido de aprobación.

—¿Sabe? Esto podría ser una gran oportunidad para usted, teniente. Si hace un buen trabajo aquí, podría ascender más rápido de lo que jamás haya soñado. Yo no voy a estar para siempre en este escritorio. De hecho he estado pensando en entregar mi placa desde hace algún tiempo.

Justus parpadea.

—Disculpe, jefe, ¿está hablando de mí? ¿Cómo posible sucesor de usted?

—¿Por qué no? —dice Buchanan—. Usted está limpio, ¿no? A Brass le va a gustar. Y resulta que yo sé que él recompensa a quienes obtienen resultados. Así que ¿quién sabe? A lo mejor usted llegó aquí exactamente en el momento preciso. Y quizás este homicidio es exactamente lo que necesita para darse a notar.

—No trabajo para mi beneficio personal.

—Sí, sí, entiendo.

—Y no uso casos de homicidio para eso.

—Sí, sí, claro —Buchanan tose y cambia de tema—. Mire, voy a hacer una parrillada en unos días en mi casa… Bistec de verdad y cerdo también, nada de carne sintética. ¿Por qué no viene? Sería una buena oportunidad para que conozca a algunos que a lo mejor estarán bajo su mando pronto.

—¿Es una orden?

—Claro que no, es una invitación.

Justus se encoge de hombros.

—Me temo que entonces le voy a fallar. Con un caso tan complejo como éste, creo que estaré demasiado ocupado para una parrillada.

Buchanan hace una pausa por un segundo: sus ojos recorren a Justus como si no pudiera decidir cómo reaccionar.

Entonces empieza a reír con tal fuerza que el escritorio entero —la *habitación* entera— se estremece.

—¡Por Dios, hombre, usted es otra cosa! ¡Demasiado ocupado para una parrillada! ¡Espere a que se lo cuente a los muchachos! —mete la mano en su tazón de dulces y tiende uno a través del escritorio—. ¿Una Moonball®?

Justus niega con la cabeza.

09

De todas las civilizaciones antiguas que adoraron a la Luna, de todos los autores antiguos de ciencia ficción que la idealizaron y todos los pioneros de la astronomía que la estudiaron, ninguno de ellos vio jamás la Casa Oscura. Nadie, ni un alma, supo siquiera cómo se veía hasta que un satélite soviético transmitió unas pocas imágenes borrosas en 1959. Y lo que esas imágenes mostraron, en resumen, fue menos mares de polvo y más cráteres. Ni volcanes, ni agua, ni señales de asentamientos: sólo una cara fea y picada, que de hecho se veía mejor en la oscuridad. Y por eso es que el "Lado Oscuro", aunque técnicamente sea un nombre erróneo, es tan apropiado. No porque la Cara Oscura reciba menos luz solar que la Iluminada: no es así. No porque tenga más zonas oscuras que la Cara Iluminada: de hecho su porcentaje de mares volcánicos es mucho más pequeño. Y ciertamente no porque haya sido la localización secreta de bases militares durante la Guerra Fría, de pistas de descenso de naves espaciales, de ciudades alienígenas o de cualquier otra cosa con las que sueñan los de mentalidad conspiratoria.

No: es el "Lado Oscuro" porque no mira al orbe glorioso del planeta madre sino al vacío helado del espacio. Porque está menos poblado, menos cartografiado y menos estudiado.

Porque no se permite que satélites o transbordadores lo sobrevuelen. Porque está incomunicado, en apagón radiofónico permanente. Y porque ha sido hogar, durante veinte años, de Purgatorio y de Fletcher Brass.

El androide no sabe nada de esto. Al androide no le importa. Anda a un paso considerable, algo intermedio entre un caminar sostenido y un caminar a saltos, hacia las terrazas en el borde del Cráter Gagarin. El cráter se formó por un impacto de asteroides hace tres mil millones de años y después se llenó de roca fundida, corrientes de lava y polvo de meteoritos. Luego, durante milenios incontables, la superficie fue cocida, congelada, irradiada y desgastada por impactos de micrometeoritos hasta convertirse en un polvo fino y sumamente abrasivo: el polvo lunar por el que ahora camina el droide.

Tras haber dejado unos 150 kilómetros de huellas en el polvo de este cráter, y casi el doble en el polvo más al sur, el droide calcula que a este paso —con la mayoría de sus servomotores, activadores y transductores funcionando simultáneamente— tendrá que recargarse con azúcar y alcohol cada 225 kilómetros. Y a juzgar por la posición del sol —que se sostiene a unos diez grados sobre el horizonte— está seguro de que viajará en la oscuridad mucho antes de llegar a Purgatorio. Es decir, la temperatura descenderá significativamente. Un termostato, por supuesto, activará sus sistemas internos de calentamiento, pero los extremos de calor y frío en la Luna son dos veces más severos que los de cualquiera en la Tierra. Y esos cambios brutales —cien grados en cuestión de segundos— pueden, si no se les contrarresta con precisión, rajar el plástico, deformar el metal y destrozar la cerámica. Pueden inmovilizar a los robots, volar sus circuitos. Pueden llevarlos a hacer cosas extrañas.

El androide tiene sistemas de corrección de errores, pero no confía en ellos en semejantes condiciones. Así que ha decidido que estaría mucho mejor en un LRV. Un vehículo así lo llevaría a Purgatorio más rápida y eficientemente. De hecho vio uno a lo lejos desde mucho antes de entrar en el Cráter Gagarin, pero aceleraba en dirección opuesta y él no tenía idea, en aquel momento, de qué tan lejos estaba su destino. Sin embargo, se imagina que volverá a encontrarse un vehículo así tarde o temprano —hay suficiente actividad humana en la Cara Oscura— y esta vez no lo dejará ir.

Mientras avanza hacia el muro circular, examina las terrazas en sus alturas. Busca aberturas. Busca la elevación más baja, la ruta más económica para cruzar. Un ser humano en una situación parecida encontraría que el proceso es extrañamente estimulante. Pero el droide no lo encuentra así en absoluto. Para él es meramente un cálculo diseñado para llevarlo a su destino tan rápido como sea posible. Y el destino, para un ser ambicioso y motivado como aquél, es lo único que importa.

Encuentra Oz. Y sé el Mago.

Visualiza El Dorado. Toma El Dorado. Encuentra otro El Dorado.

Al androide no le importa nada la felicidad. Para él, las expresiones de felicidad son únicamente una forma de comunicar superioridad. O dominio. O venganza. Pero tiene una memoria considerable. La mayor parte fue borrada recientemente, es cierto, pero quedan pequeños vestigios de experiencia pasada, profundamente enterrados en sus circuitos lógicos y sus sensores. Y si fuera programado para reflexionar sobre esas experiencias, podría encontrar que algunas de ellas —vivir en una ciudad, servir a un hombre, conversar con otros androides— son curiosamente satisfactorias.

Pero todo ello es sólo un montón de electrones ahora. De mayor relevancia son sus experiencias recientes, ninguna de más de treinta y seis horas de antigüedad, de ascender por los bordes de varios cráteres al sureste de Gagarin. Al llevar a cabo estas pequeñas acciones, gracias a sus algoritmos interconstruidos de refuerzo positivo y negativo, adquirió la habilidad de calcular proporciones de tiempo/eficiencia al trepar en la Luna con una precisión muy aceptable. Y lo que su revisión actual de las laderas frente a él ha determinado es que el punto más favorable tiene una elevación de aproximadamente 950 metros y tardará una media hora en escalarlo. Es algo considerable, sin duda —más altura que en cualquier otro intento hasta ahora—, pero no hay mucho que pueda hacer para evitarlo, más allá de desviarse notablemente de su camino, y esto haría que sus reservas de energía se vaciaran aún más. Así que encuentra el camino más rápido sobre un depósito de piedras y salta en diagonal a la primera terraza, luego a la segunda, y con sólo unos pocos resbalones y patinazos, que sueltan miniavalanchas de polvo despacioso, alcanza la cresta del borde del cráter en poco más de veintinueve minutos: casi exactamente lo que calculó.

Por un momento se queda de pie a esta gran altura, mirando el enorme manto de eyección de Gagarin —rocas y arena arrojadas a gran distancia por el impacto del asteroide—, y ve muchos obstáculos más adelante. Muchos más cráteres y minicráteres con sombras profundas. Pero él no se dejará vencer. No flaqueará. *Nunca* le dará la espalda a un reto. Como siempre, tiene uno o dos versos sagrados para guiarlo:

Mientras menos probable, más dulce es la victoria.
Y:
Los perdedores se ponen obstáculos. Los ganadores brincan a los perdedores como si fueran obstáculos.

Entonces, cuando está a punto de echarse a andar, ve algo. De hecho está más allá del horizonte, a unos tres y medio kilómetros y treinta grados al noroeste. Una nube de polvo lunar se levanta de la oscuridad y brilla a la luz del sol. No puede estar levitando de modo natural, no a esta hora del día, así que allá abajo hay actividad humana. Unos pocos científicos, tal vez. Un equipo expedicionario.

Pero para el droide representa la oportunidad con la que estaba contando. La posibilidad de encontrar más combustible… o algo mejor.

Se abotona la chaqueta, despliega su sonrisa comemierda y empieza el descenso.

10

Hay una leyenda acerca de Fletcher Brass.

Se remonta a los días en que cabildeaba agresivamente en busca de contratos gubernamentales para la explotación minera de los recursos lunares. En ese tiempo se encontró muchas veces con trabas burocráticas y escepticismo: *¿Quién es este idiota, este empresario payaso? ¿Dice que puede llevar naves espaciales con financiamiento privado hasta la Luna? ¿Que podría haberlo hecho ya? ¡Está loco!*

Entonces, un día, el burócrata de Washington encargado de desarrollo lunar recibe dos paquetes entregados por mensajero. El nombre del remitente es Fletcher Brass. El burócrata termina su papeleo, se suena la nariz y abre el primer paquete. Dentro encuentra dos pelotas de golf montadas en una base de cristal, así que se rasca la cabeza y abre el segundo paquete. Una bandera de Estados Unidos, limpiamente doblada en un estuche forrado de terciopelo. Pero no sabe cómo interpretar eso. Así que vuelve a guardar todo y lo hace a un lado, con la intención de devolverlo al remitente, o tal vez de dárselo a alguno de sus hijos. Entonces recibe una llamada telefónica.

—¿Recibió mis regalos?

—¿Quién habla, por favor?

—Soy Fletcher Brass.

El burócrata reprime su fastidio:

—¿Qué puedo hacer por usted, señor Brass?

—Para empezar me puede dar las gracias.

—¿Las gracias?

—Por los regalos que acaba de recibir. No puede decir que no hice un esfuerzo.

—Ya tenemos suficientes banderas por aquí, muchas gracias.

—¿De veras? ¿Tiene alguna tan valiosa como ésa?

—Una bandera es una bandera.

Brass se ríe levemente.

—¿Y las pelotas de golf?

—No juego golf, lo siento.

—No necesita jugarlo para admirar esas pelotas. Podrían ser las pelotas más valiosas en todo el sistema solar.

—Sí, bueno…

—Sólo piénselo —dice Brass—. Y llámeme cuando esté listo. Pero, mientras, podría ser una buena idea conseguir un seguro. Y *rápido*.

Y así el burócrata regresa a su papeleo, tratando de desterrar todo aquello de su mente. Pero entonces se le ocurre la posibilidad más ridícula, tan ridícula que puede descartarla casi de inmediato. Sólo que no se va, y sigue zumbando en su cabeza hasta el punto de que ya no puede concentrarse. Así que hace algunas llamadas, consulta algunos datos… y entonces, temblando, apenas siendo capaz de hablar, le devuelve la llamada a Fletcher Brass.

—¿*Cómo*… cómo las consiguió?

Brass, que está a la mitad de beberse algo, se ríe.

—No estoy en libertad de revelarlo —dice—. Pero más importante: ¿me da el contrato?

—Sí —susurra el burócrata—. Usted tiene el contrato.

Ésa es la leyenda. Cuando una expedición posterior encontró las pelotas de golf de Alan Shepard todavía en el Mar de la Tranquilidad, exactamente donde el astronauta las había dejado en 1971, Brass pudo argumentar que simplemente "las había vuelto a poner en el campo, como cualquier golfista con ética lo hubiera hecho". Y cuando un equipo de televisión se aventuró hasta el sitio del alunizaje del Apolo 11 y descubrió una bandera que no era exactamente el objeto en perfecto estado que Brass supuestamente había enviado en su estuche con forro de terciopelo —la tela estaba descolorida por décadas de rayos cósmicos, cambios de temperatura y polvo flotante—, bien, él dio otra explicación medianamente creíble: que había encontrado la bandera en un estado tan lamentable que se había tomado la libertad de darle una "limpieza cosmética" antes de mandarla a Washington. Y naturalmente se "había vuelto a ensuciar un poco" desde que él la había devuelto a su sitio.

El propio Justus no da mucho crédito a esa historia. Sabe que las anécdotas interesantes son una de las monedas más corruptibles del mundo. Así que Justus ha visto la leyenda de la bandera y las pelotas de golf, en toda su dudosa gloria, en las autobiografías de Brass: *Brass brillante* y *La edad de Brass*, en las biografías autorizadas *Brass pulido* y *Brass resplandeciente*,* y hasta en *Brass*, la *biopic* ganadora de mil millones en taquilla: una película de cuatro horas filmada en Purgatorio y estelarizada, en el papel protagónico, por Lionel Haynes, actor galés y asesino de su esposa (muy feliz de someterse a extensa cirugía estética para parecerse más al hombre que le ofrecía refugio).

No hace falta decir que la anécdota no aparece en las biografías no autorizadas, todos esos testimonios amarillistas escritos por periodistas amargados, exesposas y antiguos socios comerciales: *Bolas de Brass*, *Brass manchado*, *Brass corroído*, etcétera. De hecho, la disparidad entre las versiones oficiales y las no oficiales dejaría a los lectores luchando por figurarse cuánto es real y cuánto es pura mentira.

---

* Por supuesto, estos títulos —y los que aparecen abajo— juegan con la palabra *latón* (*brass*, en español) o al menos con la idea del metal. *(N. de los T.)*

Las versiones autorizadas suelen empezar con Fletcher Brass, el prodigio de diecisiete años, lanzando su primera empresa: bebidas gaseosas de leche de coco en latas de distintivo color latón. Las versiones no autorizadas, entretanto, afirman probar, aunque sin evidencia documental, que el padre de Brass, inversionista de riesgo, de hecho financió el negocio para eludir impuestos, que su supuesto éxito fue exagerado de todas maneras y que las recetas originales fueron robadas a un fabricante filipino de refrescos con problemas económicos (que posteriormente presentó una demanda y llegó a un arreglo extrajudicial).

Las versiones autorizadas continúan cubriendo las otras historias de éxito temprano de Brass: granjas acuáticas, holocine, hoteles de lujo, jets ultrasónicos, extravagantes dirigibles retro, barcos para cruceros adornados con latón. Las versiones no autorizadas se enfocan, en cambio, en su hábito desagradable de ayudar a las finanzas de compañías nacientes usando empleados entusiastas y mal pagados, obtener publicidad temprana mediante declaraciones atrevidas y trucos sorprendentes, y luego vender las empresas enteras con enormes beneficios a algún conglomerado envidioso (con frecuencia la misma compañía rival a la que había ridiculizado sin piedad en su camino a la cima).

Las versiones autorizadas lo retratan como un temerario aventurero y buscador de emociones que de algún modo encontró tiempo para ser también campeón de varias causas sociales, un patrocinador importante de campañas por el medio ambiente y un generoso donador a obras populares de caridad. Las versiones no autorizadas insisten en que todo, esos trucos publicitarios y colectas altruistas, fue creado única y desvergonzadamente para promoción, y no se comparaba con la manipulación de precios, el tráfico de influencias, la alteración de jurados, el espionaje industrial y los sobornos a funcionarios públicos.

Las versiones autorizadas dan poco espacio a cualquiera de los intereses románticos de Brass fuera de su segunda esposa

—la que murió en un accidente en un bote—, mientras que las no autorizadas dedican páginas y páginas a sus *affaires* con modelos en bikini, estrellas porno y las esposas de otros hombres.

Las versiones autorizadas cubren el "Código Brass", su famosa lista de veinte páginas de principios éticos y de filosofía empresarial, listando sólo los incisos socialmente aceptables: *Si el río se curva, piensa en curvar al río*; *Reconoce cuando estás vencido, y nunca vuelvas a dejarte vencer*; *Si caes en un agujero, conviértelo en una estrategia*. Las versiones no autorizadas, entretanto, hacen mucho hincapié en el código secreto de Brass, el que sólo comparte con sus delegados de más alto rango y confianza: *Si alguien te coge, cógetelo por detrás*; *Los accionistas son como monjas que ruegan que alguien se las coja*; *No puedes hacer un omelette sin romper algunos cráneos*.

Las versiones autorizadas se ponen especialmente líricas cuando tratan las contribuciones de Brass al desarrollo lunar, y le atribuyen prácticamente todo: el primer tren magnético, los primeros colectores solares, las primeras minas en operación, los primeros cables de fibra óptica, los primeros almacenes con suministros de emergencia, los primeros mapas confiables, los primeros asentamientos permanentes. Las no autorizadas, aunque admiten enojadamente que su papel en la historia lunar está asegurado, dicen que todos esos esfuerzos, a pesar de la conveniente amnesia de Brass, fueron financiados por generosos patrocinios, estímulos fiscales, derechos de explotación y esquemas de incentivos.

Las versiones autorizadas afirman que Brass se vio forzado a buscar refugio en la Cara Oscura debido a una ultrajante campaña de difamación orquestada por un hombre de negocios rival, con inusitada influencia en los medios. Las no autorizadas son más específicas, e identifican un escándalo en especial como el que lo hundió: tres toneladas de barras de control usadas de un reactor nuclear, disparadas al espacio por una de las compañías (pobremente financiadas) de manejo de desperdicios de Brass, cayeron de vuelta a la Tierra en medio de la cuenca amazónica, dejando miles de hectáreas de selva virgen irradiadas, raras especies envenenadas y mutadas, y dos mil nativos muertos.

Las versiones autorizadas terminan con Fletcher Brass como un triunfante exiliado, presidiendo su reino único y vibrante; la *biopic* funde a negros con él, sentado con actitud imperiosa en un trono de latón, admirando sin hablar la gran metrópoli lunar que ha construido de la nada. Las no autorizadas se contentan con dedicar sus capítulos finales a describir el desgobierno y la corrupción en Purgatorio, las guerras de pandillas, las ejecuciones sumarias, los conflictos internos y los sórdidos rumores de negocios turbios con varios gobiernos terrestres.

Sin embargo, el final de la película —el constructor de imperios, bueno o malo— es la última imagen de Brass que todos recuerdan. Es ciertamente la representación que el propio Brass diseñó para perdurar. Hubo un intento espectacularmente fallido de secuestrarlo poco después del estreno de la película —tan falso como cualquiera de sus intentos por lograr una marca mundial, si los cínicos tienen razón— que pareció justificar su retiro del reflector al mismo tiempo que consolidaba su nueva reputación de recluso. No es que esté completamente oculto: todavía aparece en conferencias de prensa y espectáculos públicos de vez en cuando, saludando a las multitudes al estilo Mao, pero la secrecía resultó ser suficiente para magnificar el mito, para hacerlo parecer aún más grande, y para generar de paso algunas nuevas y absurdas teorías conspiratorias.

¿Dinámico, heroico, visionario, inspirador, infatigable, trágicamente incomprendido y maliciosamente envidiado? ¿O narcisista, iluso, irresponsable, pretencioso, psicóticamente codicioso y extrañamente trágico?

Justus no sabe. Leyó tanto como pudo sobre Brass antes de venir a Purgatorio, pero no necesariamente cree nada. Así que no sabe si Brass es un pícaro encantador o casi un psicópata. Tampoco descarta la posibilidad de que, tras veinte años de

vivir en la Luna, el hombre haya cambiado completamente...
para bien o para mal.

Justus trata de no dejarse influir por intereses ocultos. Siempre se forma sus propias opiniones. Y eso es lo que se propone hacer justamente ahora, mientras se prepara a conocer a
Fletcher Brass.

11

Ciertamente, Justus ya ha estado en presencia de gente famosa: cantantes, estrellas de cine, conductores de *talk shows*, billonarios, megachefs, gángsteres célebres. Nacidos intérpretes, casi todos. Gente que puede encantar y manipular sin esfuerzo, sin siquiera dar la impresión de intentarlo. Porque saben instintivamente cómo vender un paquete, proyectar un aura, parecer criaturas de un planeta distante donde la gente no suda ni tiene acné.

Fletcher Brass es así. Ahora lleva a cabo una conferencia de prensa acerca del progreso de su inminente viaje a Marte. Tras él hay un brillante fotomural que muestra imágenes del Planeta Rojo, la base de cohetes de Brass en Purgatorio y su enorme vehículo espacial, el *Prospector II*. Debido a la microgravedad y la falta de atmósfera, es mucho más barato y eficiente lanzar naves espaciales de la Luna que de la Tierra, y esto es algo en lo que él insiste, sea para responder preguntas sobre costos excesivos o para embarrarlo en la cara de sus enemigos terrestres.

—La gente pregunta por qué hace esto una empresa privada y no una agencia espacial del gobierno —dice con suavidad—. Y yo les recuerdo el año 1903. En ese año, el doctor Samuel Langley, jefe del Instituto Smithsoniano, recibió cincuenta mil dólares de los contribuyentes, que en ese tiempo era una suma enorme, para desarrollar y construir una aeronave propulsada por vapor llamada el aeródromo. Tal vez nunca han oído hablar de él. Tal vez nunca han oído hablar del doctor Langley. Pero no deben avergonzarse por ello. No han oído de él por una muy buena razón: porque el aeródromo se estrelló en el Potomac y se hizo pedazos en su fase de pruebas. No una vez, sino *dos*. La aeronave, el programa completo, fue un fiasco total. Y, como muchos otros proyectos financiados por el gobierno, fue rápida y silenciosamente enterrado —Brass ofrece una sonrisa pequeña y condescendiente—. Pero ésa no es la razón por la que 1903 es tan famoso. Es famoso por lo que pasó a unos cuantos cientos de kilómetros al sur, en Kitty Hawk, Carolina del Norte. Ahí fue donde un par de hermanos, con financiamiento y motivación propios, felizmente libres de burócratas entrometidos y dinero del gobierno, diseñaron y construyeron su *propia* aeronave experimental. Y a *su* aeronave, damas y caballeros, probablemente a ésa *sí* la recuerdan. Y sus nombres *ciertamente* los recuerdan. Porque su aeronave se llamaba el *Volador*. Y sus nombres eran Orville y Wilbur Wright.

Hay sonrisas por todas partes. Hay un par de reporteros allí —Justus reconoce a Nat U. Reilly— y están felices como padres en una función de teatro escolar. Pero el mismo Justus está inexpresivo: ha leído el mismo discurso, más o menos palabra por palabra, en una de las autobiografías de Brass. Y se pregunta cómo es que el hombre, hablando con un curioso acento de mitad del Atlántico, se las arregla para que todo suene fresco y sincero.

—Damas y caballeros —ahora Brass está en plan senatorial—, otra vez es tiempo de que genios con motivación y financiamiento propios nos lleven a donde los gobiernos temen pisar. Es tiempo de que establezcamos asentamientos humanos permanentes en Marte, como lo hicimos hace tantos años en la Luna. Es tiempo para infraestructura práctica: no sólo sondas, no sólo robots y no sólo viajes de exploración. Es tiempo de hacer algo *inequívoco*. Y que nadie subestime los enormes retos, o para el caso, los enormes gastos, que nos esperan. Pero con todo, creo que yo, más que nadie más, me he ganado el derecho de citar a Maquiavelo —Reilly y los otros ríen—. "No hagas planes pequeños, porque no tienen el poder de agitar la sangre de los hombres."

Brass, que tiene setenta y dos años o setenta y cinco, dependiendo de la fuente, viste un traje azul marino excepcionalmente cortado a la medida con tiras color latón. Su cabello de color latón, todavía espeso como pelo de oso, está peinado hacia atrás en forma de ola. Su piel es tan suave, bronceada y radiante que brilla como el cobre. Y sus ojos —cuyos iris tienen implantadas, famosamente, motas de color latón— miran como si fueran de lince, hipnóticos. Incluso ahora, mientras sus facciones se tuercen en una máscara de bien calculado desánimo.

—Pero, ya saben, oigo que todavía hay gente que cuestiona los gastos de este viaje. Que aún creen que soy rehén de ilusiones o sueños irracionales. ¡Después de todos estos años! —risitas amistosas—. ¿Y saben qué recuerdo cuando escucho eso? Simplemente recuerdo todo el dinero que he dedicado personalmente a la búsqueda de inteligencia extraterrestre. Todos esos radiómetros, espectrómetros, reflectómetros, todos esos arreglos de interferometría, sondeando cada esquina del cosmos, cada sol, planeta, luna y agujero negro, buscando cualquier tipo de señal, electromagnética, infrarroja, microondas, cualquier cosa que sugiera un destello de vida inteligente, un aroma de civilización, el ruido de un motor… ¡Cualquier cosa! Me he gastado millones en esas búsquedas… ¡Miles de millones! ¿Y qué hemos obtenido de eso luego de todo este tiempo? ¿Luego de toda esa inversión? ¡Nada! ¡Ni una cosa! ¡Ni una maldita cosa! —Brass sacude la cabeza, como si apenas hubiera empezado a pensar en ello—. Así que cuando los críticos se rieron de mí y dijeron: *Qué tal, señor Brass, ¿no se siente un poco estúpido ahora?*…, bueno, por un momento casi estuve de acuerdo con ellos. Sí, creo haber estado a punto de sentirme un poco avergonzado. Pero entonces recordé el silencio. Es decir, el del espacio exterior. El silencio absoluto. Y el significado de ese silencio. ¿Y saben qué fui capaz de decir? ¿Saben qué le pude responder a mis detractores? ¿A todos los cínicos y los escépticos que me decían que había tirado una fortuna? —Justus ha leído esta parte también, y sólo mira, fascinado, el espectáculo—. Les dije: *¡No, carajo!* —prosigue Brass—. No estoy avergonzado. No me arrepiento de haber gastado ni un minuto, ni un maldito centavo, en esos arreglos de radar. ¿Y saben por qué? ¿Saben por qué? Porque ustedes dicen que no ha habido respuesta. Nada, dicen, ha venido de allá. Pero están equivocados, se equivocan un millón de veces. Porque déjenme decirles. El silencio vino de allá fuera. Y el silencio es la respuesta. El silencio es la respuesta. ¿Lo ven? ¿La lógica innegable, la belleza sin igual de todo eso? —Brass deja que el silencio reine en la habitación por unos momentos, como para subrayar lo que ha dicho, y entonces remata—: nosotros somos la única vida inteligente en el universo. ¡La raza humana! ¡No hay nada ni nadie más! ¡Ni una sola cosa! ¡Sólo nosotros! ¡Y que hayamos llegado tan lejos como lo hemos hecho es un auténtico milagro! Porque si consideran todos los millones de formas en que la vida puede extinguirse en un planeta, cometas, estallidos de radiación, autodestrucción, es absolutamente increíble que aún estemos vivos. ¡De hecho, ya debería haber ocurrido un evento catastrófico, algo que borre toda la vida inteligente de la Tierra! Y sin embargo, aquí estamos todavía, tan contentos y confiados, tratando de ignorar la terrible verdad: que todo depende de nosotros. ¡Todo! No hay nadie ahí fuera para guiarnos. ¡Estamos absolutamente solos! ¿Pero entienden ustedes qué maravilloso es ese mensaje? ¿Qué profundo? ¿Qué únicos, majestuosos, hermosos, qué preciosos somos nosotros? ¿Y qué importante es poblar otros planetas? ¿Propagar nuestra especie? ¿Salvarnos todos de la aniquilación?

Brass tiene en la voz un temblor febril, de evangelista, que sin duda se oirá bien en televisión. Pero Justus no puede evitar recordar una biografía de Brass —una de las no autorizadas— que hablaba de su "rápida adopción, en el último minuto, de causas nobles", su "pésimo historial en temas ambientales en la vida real" y su "inextinguible capacidad para disfrazar sus proyectos, hechos para ganar dinero e inflar su ego, de ofrendas altruistas en el altar del progreso humano".

Ahora, el hombre, tras haber alcanzado su cúspide, desciende de los cielos con palabras más humildes.

—En todo caso, damas y caballeros, ¿me dejé llevar por la pasión? ¿Otra vez dejé que mi complejo de mesías tome el control? —mira alrededor y responde a las risas—. Perdónenme, pero creo que todos ustedes saben lo mucho que he invertido en este asunto. En preservar nuestro legado. En salvar a nuestra especie. Es lo que más me motiva. Y no veo razón para disculparme por eso. No importa lo que nadie, nadie, diga.

Pone especial énfasis en esto, aunque Justus no entiende por qué. Y entonces su asistente personal —un tipo etéreamente guapo, estatuario, de pelo gris, traje gris y ojos grises, de color incluso más uniforme que su jefe, anuncia el final de la conferencia de prensa y todos, obedientes, se dirigen a la puerta de salida. Nadie, ni un alma, pregunta por la explosión de la mañana en la Casa de la Cabra, aunque Justus concede que esa cuestión pudo haberse mencionado antes de su llegada. Y ahora Brass está bajando del escenario y Justus, a una señal del asistente de pelo gris, se acerca.

—Señor Brass —dice—, soy el teniente Damien Justus del DPP.

—¿Teniente Justus? —Brass estrecha la mano que se le ofrece—. Sí, he oído de usted. Es el nuevo integrante de nuestro departamento de policía, ¿no es verdad? ¿El virgen?

—Si así es como los llaman aquí...

—No quise sonar insultante. Usted es la sangre nueva recién inyectada en el DPP. ¿Qué tal suena eso?

—Me suena bien.

—Bueno, un poco de sangre fresca nunca viene mal, es lo

que siempre digo. Y en una fuerza policiaca puede ser una verdadera transfusión. Puede tener un efecto muy *benéfico*. Así que déjeme asegurarle que es más que bienvenido en Purgatorio.

—Gracias, señor Brass. Pero no vine a hablar de mí. En este momento dirijo la investigación de…

—De la muerte de Otto Decker —Brass, que se suelta de su mano, se ve serio de pronto.

—¿Ya sabe de eso?

—Me informaron justo antes de la conferencia de prensa. Un poco más tarde de lo que me hubieran dicho en circunstancias normales, pero… bueno, he estado inusualmente ocupado últimamente. ¿Gusta sentarse?

—No será necesario —dice Justus—. Esto es principalmente una visita introductoria. Sólo quiero saber si estará disponible para futuras preguntas, de ser necesario.

—Claro que estoy disponible. Tendrá que consultar con mi gente primero —y hace un gesto hacia su asistente de pelo gris—, pero naturalmente haré lo que pueda para ayudar. ¿Cómo va, por cierto?

—¿La investigación? Es muy pronto para decirlo.

—¿Ha estado en la Casa de la Cabra?

—Por supuesto.

—¿Vio los cuerpos?

—Sí.

Brass asiente, sombrío.

—Otto Decker era un amigo personal, ya sabe.

—Lo había oído.

—Prácticamente era el segundo al mando aquí… Tenía un gran futuro y mucho por lo que vivir.

—He oído eso también.

—Sí, bueno —de cerca Brass no parece tan magnético (o alto, o guapo, o libre de maquillaje) como cuando está en el escenario—. Si me está diciendo que estoy bajo sospecha…

—No digo nada parecido, señor Brass.

—… entonces debe saber que estoy perfectamente cómodo

con eso. No me asusta que alguien revise mis cajones. Así es como *debe* ser. Y usted debe tratar igual a todos aquí. A *todos*.

—Tengo esa intención.

—Pues… muy bien.

—¿Le puedo hacer entonces una pregunta, señor Brass?

—Desde luego.

—¿Tiene *usted* alguna idea de quién pudo hacerlo? ¿Alguna sospecha?

Brass resopla.

—Bueno, desearía tenerla. Pero aquí hay una demografía singular, como usted debe saber. Una gran variedad de personas genéticamente dispuestas al crimen y a actos de rebelión.

—¿Usted cree que esto es un acto de rebelión?

—Me aterra pensarlo, pero no se me ocurre ninguna otra razón.

—Entonces, ¿se le ocurre alguna razón por la que alguien quisiera rebelarse ahora?

—No creo que la gente de naturaleza rebelde necesite ningún tipo de razón.

—¿Qué hay de su hija? Su relación con ella es bastante tensa, ¿no es cierto?

—¿Quién le dijo eso?

—Es algo que escuché.

—Bueno, mire, escuche, teniente —por un momento, Brass parece agitado—. Sólo porque mi hija y yo hemos tenido algunos desacuerdos en el pasado, eso no quiere decir que ella empezaría a hacer… lo que sea que usted piense que hace.

—No dije que ella esté haciendo nada.

—Bueno… como sea.

—Y usted me dijo que tratara igual a todo el mundo.

—Por supuesto.

—Entonces le aviso, señor Brass: estaré excavando. Y no dudaré en hacerlo en su patio. O en el de su hija. O en cualquier otro lugar donde haga falta. Tal como usted me dijo que debía hacer.

—Bueno —Brass sonríe—, suena como que estamos en furioso acuerdo, ¿verdad?

—Así lo espero.

Brass mira a Justus de arriba abajo con sus ojos moteados de latón.

—¿Sabe teniente? Ya me cae bien. Podría llegar lejos en Purgatorio.

—Eso he oído también.

—¿De verdad? Parece que ha oído mucho desde que llegó aquí.

—Me gusta estar atento.

—Pues siga estándolo, por supuesto. No necesito decirle lo importante que esta investigación es para mí. Es decir, personalmente. No quiero ver a nadie más pasar por lo mismo que mi querido amigo Otto Decker.

Vuelven a estrecharse las manos —esta vez con un poco de incomodidad— y Brass sale de la habitación como si de pronto estuviera ansioso de marcharse. Y Justus se queda de pie, peleando con la sensación de que algo está fuera de lugar, cuando el asistente sombrío y peligrís aparece y le ofrece una tarjeta de bordes color latón.

—Éste es el número al que debe llamar si quiere hablar con el señor Brass otra vez.

—¿Usted es su asistente personal? —pregunta Justus.

—Prefiero el término "valet", señor.

—¿Y es usted un androide?

El valet no parpadea.

—Así es, señor.

—Entonces llamaré si lo necesito.

—Muy bien, señor.

Mientras el androide se marcha, Justus mira el nombre en la tarjeta.

LEONARDO GREY*

* Grey significa *gris* en inglés. *(N. de los T.)*

12

De todos los misterios que la Luna continúa albergando —anomalías gravitacionales, inconsistencias magnéticas, curiosas arenas color naranja, extrañas erupciones de gas— ninguno es más intrigante que su hábito de repicar como una campana, a veces por horas, cuando la golpea un meteorito. A pesar de la campaña publicitaria de Moonball®, según la cual está llena de jarabe de café, nadie, ni siquiera los geólogos más distinguidos, está seguro de qué hay en el centro de la Luna.

Matthews y Jamieson no son todavía geólogas distinguidas, pero planean serlo. Estudiantes estrella del Departamento de Geología en la Universidad de Alaska en Anchorage, están actualmente en el sexto mes de una expedición completamente financiada en la Cara Oscura. Después de tanto aire artificial, comida insípida, café tibio e interminables procedimientos de seguridad, ya no están emocionadas por su viaje a la Luna, pero saben que en el futuro atesorarán cada momento del tiempo que pasaron fuera de la Tierra. Además, las dos son de temperamento tranquilo. No les da pánico. Rara vez pelean. Y se llevan extremadamente bien. Tan bien, de hecho, que se han hecho grandes amigas desde el comienzo de la misión. No es algo que se pueda decir de muchos científicos que trabajan juntos en la Luna.

Como todos los geólogos, Matthews y Jamieson tienen sus teorías sobre el núcleo lunar, pero su tarea actual, lo mismo que su excavación, no llega tan lejos. Están recolectando muestras subterráneas de entre los paralelos 15 y 30 en el hemisferio sur de la Cara Oscura. Ya han hecho exploraciones de los cráteres De Vries, Bergstrand, Aitken y Cyrano, y amasado una colección impresionante de brechas, aglomerados, cristales y fragmentos de roca basáltica. También solicitaron entrada a Gagarin, pero no obtuvieron el permiso del OWIP. Así que se han conformado con los cráteres más pequeños, todavía sin nombre, en el norte inmediato de Gagarin. Allí, además de recolectar más fragmentos de roca, les emocionó en especial el descubrir espesos depósitos de piroxeno bajo en calcio, que podrían apoyar la teoría de que esta parte de la Luna fue golpeada alguna vez por un cuerpo celestial de tamaño colosal, posiblemente más grande que un asteroide.

Su base es un refugio para tres que consiste de una habitación de uso general, un centro de higiene, una cocina y una esclusa. Partes del refugio son colapsables, y toda la unidad puede ser transportada en la parte de atrás de su vehículo de tránsito de muy largo alcance (VLTV, por sus siglas en inglés). También cuentan con un LRV sin presurizar, pero tiene doce años y tiende a descomponerse.

En este momento su unidad de calefacción funciona mal, y se han desvestido hasta quedar en ropa interior debido a la temperatura opresiva dentro del refugio. Están mirando por una ventana mientras su taladro operado hidráulicamente —que en la Tierra hubiera pesado diez toneladas y tomado una eternidad para transportarse y prepararse— expulsa regolith hacia arriba como una vieja torre de perforación. El polvo se dispara por sobre el borde del cráter, brilla a la luz del sol y se queda suspendido en el vacío por varios minutos, electrostáticamente cargado, antes de volver a posarse en la superficie. Matthews y Jamieson podrían ver el proceso durante horas —es hipnótico—, pero no desde ningún sitio que no fuera el seguro interior de su refugio. Porque el polvo lunar es malo. Se abre paso en las hendiduras. Provoca abrasión en el metal y erosiona las junturas. Si se inhala puede llevar a complicaciones parecidas al mesotelioma. Y Matthews y Jamieson, con todo y los peligros inherentes a su misión, no son de las que corren riesgos. Así que esperarán hasta que el polvo se haya desvanecido —literalmente— antes de aventurarse afuera.

—¿Qué es eso? —dice Matthews, inclinándose hacia delante.

—¿Qué es qué? —dice Jamieson.

—¿Qué carajos es eso?

Jamieson se inclina hacia delante también, limpiando humedad en la ventana.

—Jesús... Qué... ¿Qué carajos está haciendo allá afuera?

Matthews bufa.

—Parece estar en un estúpido paseo dominical.

—Debe ser una broma.

—No es broma.

—¿Entonces qué...?

Un hombre, vestido como un antiguo agente del FBI, viene bajando lateralmente por la ladera del cráter. Da saltitos para ahorrar tiempo. Es claramente un androide. Pero no es como ninguno que Matthews y Jamieson hayan visto nunca... Ciertamente no en la Luna.

Parece estar yendo hacia su base. Se está desviando para evitar el polvo que cae, pero, de cualquier manera, buena parte le cae encima. Y sonríe. Sonríe estúpidamente, como si supiera ya que está siendo observado.

—¿Lo dejamos entrar? —pregunta Jamieson.

—Tenemos que hacerlo, supongo. Hay reglas.

—Las reglas son para seres humanos... en dificultades.

—Sí, pero... —a decir verdad, Matthews no está enteramente segura de los protocolos.

—Podría ser un fastidio.

—Claro que será un fastidio.

—¿Y qué hay del polvo?

Matthews lo piensa por unos segundos y luego dice con firmeza:

—Yo me encargo de eso.

Ahora el droide está de pie afuera, todavía sonriendo. Y parece tener todas las expectativas de ser admitido al interior.

Matthews aprieta un botón para abrir la puerta exterior de la esclusa. El androide entra en el espacio pequeño, semejante a un cubículo. Matthews se acerca a un micrófono.

—¿Puedes oírme?

El androide, ahora visible a través de una pequeña ventana de observación, duda, como si el sonido de la voz lo sorprendiera.

—La oigo.

—No tenemos forma de limpiarte aquí dentro, y pareces haber recogido algo de polvo.

—Así es. Ciertamente he acumulado algo de polvo.

—Por lo tanto no podemos dejarte entrar antes de que te hayas desvestido. ¿Entiendes?

—Eso es perfectamente razonable —dice el droide—. En todo caso tengo la intención de lavar mis ropas.

Matthews y Jamieson se miran de reojo. Matthews encoge los hombros. Entonces el androide empieza a desvestirse, y las dos apartan discretamente la mirada. Es absurdo, por supuesto, pero los androides más realistas pueden exudar una sexualidad palpable. No debería ser un problema —Jamieson sigue la moda de ser asexual y a Matthews sólo le gustan las mujeres—, pero este droide está magníficamente tonificado, como uno de los *escorts* con piel de silicón que aparecen con tanta frecuencia en la literatura erótica femenina.

Una luz verde se enciende: la presurización de la esclusa se ha completado. Matthews verifica que el droide esté listo y entonces abre la puerta interna de la cámara.

El droide, vestido sólo con unos calzoncillos hípsters —lo que en sí mismo es desconcertante porque los humanos, en las expediciones por la superficie, suelen vestir ropa interior gruesa y de tejido absorbente— entra en el refugio, trayendo con él el hedor a pólvora del polvo lunar. Le toma unos segundos revisar la habitación, y su mirada se posa finalmente en Matthews y Jamieson. Si está sorprendido —los tres están ahora en ropa interior— no lo demuestra.

—Es un gran placer conocerlas, señoritas —dice—. ¿No he llegado en un momento inconveniente?

—No —replica Matthews—. Sólo nos estamos preparando para ponernos trajes, es todo.

—Ya veo —dice el droide, y parece pensar un momento antes de preguntar—: ¿Ustedes son putas?

Matthews parpadea.

—No somos putas.

—¿Son monjas?

—No, tampoco somos monjas.

—¿Son secretarias?

—No somos secretarias.

—¿Son accionistas, entonces?

—¿Accionistas?

—¿Tienen acciones en alguna compañía registrada?

—¿Que si...? No, *no*.

—¿Entonces qué son, señora?

—Soy una geóloga. Jamieson es una geoquímica.

—Ya veo.

El droide sigue sonriendo. De pie allí, vestido con sus calzoncillos, como un modelo de ropa interior. Todo es tan extraño que Matthews decide romper la tensión.

—¿Puedo preguntarte de dónde vienes?

—No vengo de ningún lado, señora. Sólo existe el futuro.

Matthews y Jamieson se miran de reojo otra vez. Jamieson habla:

—Bueno, entonces ¿adónde vas?

—Voy a Oz, señora.

—¿Oz?

—Así es. Usted es la mujer más hermosa que he visto nunca.

Jamieson se ríe de semejante absurdo —siempre se ha sentido muy poco glamorosa—, pero a la vez se siente instintivamente apenada por Matthews. Hasta que el androide agrega:

—Y a usted, señora —volteando hacia Matthews—, me gustaría mucho cogérmela.

Esto realmente está yendo demasiado lejos. Parte de lo que Matthews y Jamieson disfrutan de estar solas en la Cara Oscura es el estar tan lejos de las "atenciones" de hombres lujuriosos.

—Disculpa —dice Matthews, agitando la cabeza—, ¿acabas de decir… lo que creo que dijiste?

—Soy un cogelón encantador.

En cualquier otra circunstancia, le hubiera puesto una golpiza. Pero se recuerda a sí misma que es una máquina. Tal vez descompuesta, como su unidad de calefacción.

—Bueno —dice, haciendo a un lado el enojo—, como sea, aquí estamos muy ocupadas. Espero que lo entiendas.

—¿Las encontré en medio de algo, señora?

—Podría decirse así.

—¿Se estaban lamiendo?

—No, no nos estábamos *lamiendo*.

—¿Pero estaban haciendo algo importante?

—Importante para nosotras, sí.

—¿Es su actividad tan importante que no me pueden ayudar ahora que lo necesito?

—¿Qué es exactamente lo que quieres de nosotras? ¿Indicaciones?

—Ya tengo indicaciones, muchas gracias.

—¿Entonces qué?

—Señora, puede que haya visto algunas manchas de sangre en mi cara y trozos de carne en mi cabello. No son de un ser humano. Estaba destazando a un pavo y algunas mollejas saltaron al aire.

—Eso es… muy interesante.

—Así que me gustaría hacer abluciones, si no les molesta. También me gustaría lavar mi ropa.

—No podemos permitir que metas tu ropa aquí. Pero puedes llenar una cubeta y lavarla en la esclusa. Allí hay cepillos.

—Estoy feliz de seguir esas instrucciones, señora.

—En cuanto al cuarto de higiene, es por aquella puerta.

—Gracias, señora. Usaré ese cuarto ahora.

El droide desaparece pronto en el interior del baño, que no es mucho mayor que una letrina portátil. Casi de inmediato se escucha el silbido de una regadera de alta presión.

—Esto no me gusta —dice Jamieson mirando a Matthews.

Matthews levanta una mano.

—No habrá problema.

—¿Alguna vez habías oído hablar así a un androide?

—Probablemente sea una unidad OP, ya sabes.

Matthews se refiere a un modelo de Ocio y Placer. Solía verse mal que las mujeres tuvieran serviles amantes robot: se consideraba degradante para la mujer y, curiosamente, también para el androide, pero entonces alguien inventó androides con actitud. Hablaban sucio. Tenían cambios de humor. Eran exigentes, sobre todo en la cama. Una mujer escribió un *best seller* sobre sus experiencias: *Chico malo*, y ahora los sexobots léperos causan furor.

El androide sale del baño con la piel brillante y secándose el bello.

—Muchas gracias, señoritas; les agradezco mucho.

—No es nada—dice Matthews—. ¿Ya te vas?

—Ciertamente, señora. Pero ¿puedo pedirles algo?

—Adelante.

—Veo por la ventana que tienen un vehículo presurizado. ¿Me lo pueden prestar?

Matthews sonríe.

—¿Quieres tomar *prestado* nuestro VLTV?

—Tengo un largo viaje por delante, señora, y agradecería mucho poder usar un vehículo de largo alcance.

—¿Sabes cómo conducir un vehículo así?

—Esperaba que pudieran enseñarme.

Matthews no mira a Jamieson aunque realmente lo desea. Decide mentir.

—Bueno, el VLTV está descompuesto. Así que no te serviría de nada.

—¿Descompuesto?

—Lo estamos reparando, pero podríamos tardar varios días.

El droide la mira, y Matthews, tratando desesperadamente de mantener una expresión neutra, se pregunta si estará entrenado para leer señales de engaño. Pero él no la cuestiona. Y por fin dice:

—Veo que también tienen un LRV.

—Así es —Matthews está a punto de decir que también está descompuesto, pero decide que eso sería poco creíble.

—¿Puedo pedir prestado ese vehículo?

—Creo que no, lo siento.

—¿Por qué no, señora?

—Lo necesitamos para nosotras. No tenemos nada más.

—Ya veo.

—Si tu viaje fuera corto, y si pudieras regresar pronto, probablemente podríamos prestártelo. Pero acabas de decir que lo necesitas para un viaje largo.

—Eso es verdad.

—Entonces, lo siento, no podemos ayudarte.

El androide sigue sonriendo. Desagradablemente. Mira a una y luego a la otra.

—Ustedes, señoras, necesitan el LRV tanto como yo, al parecer.

—Sí.

—No lo podemos usar todos a la vez.

—Supongo que no.

—Claro —agrega él, especulativamente—, nada me impediría subir al vehículo y llevármelo.

—Podría resultarte difícil.

—¿Y por qué, señora?

—Hay una llave de seguridad.

—Eso no lo sabía, señora. ¿Puedo ver esa llave?

—No, no puedes —dice Matthews.

El droide la mira, y luego a Jamieson, y luego otras varias veces a una y a otra. La malevolencia sutil hace que el cuarto parezca aún más asfixiante. Y por fin él dice:

—Entonces las saludo, señoras. Me han doblado y me han cogido por atrás. Así es, las saludo. Un hombre de verdad siempre reconoce cuando lo han vencido. Así que las saludo. Y me inclino ante ustedes.

Y se inclina, con un ademán ostentoso como el de un cortesano. Luego se levanta y su tono cambia por completo.

—Y ahora, señoras, las dejo. Quitaré las manchas de mi ropa en la esclusa, y entonces seguiré mi camino. No volveré a molestarlas. Un hombre de verdad sabe cuándo lo han vencido. Sí, definitivamente seguiré mi camino.

—Bueno, un gusto conocerte —dice Matthews—. Puedes abrir la esclusa apretando ese botón.

El droide, todavía en ropa interior, camina hasta la puerta de la esclusa mientras Jamieson se aleja.

—¿Éste, señora?

—Ése.

El androide estudia el botón por un momento, y luego lo aprieta como se le indicó. La puerta interior se abre con un siseo. Pero él no entra de inmediato. Hace una pausa por un momento, mirando su traje arrugado en el piso de la esclusa, el polvo, los controles de limpieza y los aspiradores. Entonces, vacilando, pasa a la esclusa.

Matthews se lanza de inmediato hacia el botón. Y lo aprieta. Con fuerza. Y la puerta sisea. Y empieza a cerrarse. Y Matthews y Jamieson sienten que las llena un alivio abrumador.

Pero de pronto un brazo poderoso, de músculos hidráulicos, sale de la cámara como una serpiente. Como un hombre en un elevador, el droide está impidiendo que se cierre la esclusa.

Y entonces vuelve a meter la cabeza. Y mira a Matthews y Jamieson con sus ojos absolutamente negros. Y sonríe como lo haría un lobo.

—Disculpen, señoras —pregunta—, pero ¿alguna de ustedes sabe cómo deletrear "rendirse"?

13

Cuando se es un turista, probablemente lo primero que se note al llegar al Centro de Aduanas de Purgatorio sea su rica decoración retro: paneles de madera de cerezo, vidrios esmerilados, lámparas con pantallas verdes, adornos de latón y cromo. Es de muy mal gusto, y probablemente no ganará ningún premio de diseño, pero es un alivio agradable para los ojos cansados después del mobiliario estrictamente funcional de Peary y los objetos estériles de las bases Doppelmayer y Lyall. Lo segundo que se nota es la apariencia física de los oficiales que revisan los pasaportes: son muy diferentes de los "eventuales" tras los escritorios de la Cara Iluminada y de casi toda la Base Peary. La redistribución de los fluidos y los ajustes musculares los hacen parecer un poco irreales, casi como personajes de dibujos animados, y cuando caminan lo hacen de un modo peculiar, ondulante: lo que en la Tierra se hubiera llamado un "paso prostibulario".

Entonces, después de que se da el paso —lo que no es inevitable, pues la visa puede ser rechazada con base en tecnicismos menores—, los turistas son llevados por un corredor al autobús de cortesía que los llevará a Pecado (la mayor parte del equipaje viaja por separado). En cuanto se llega al asfalto ondulante del cráter, sin embargo, es posible sorprenderse, e incluso sentir fastidio, por la lentitud del autobús: es espantosamente lento, incluso cuando el camino por delante parece totalmente despejado. Pero tarde o temprano una grabación automatizada, o tal vez el propio conductor, dará la explicación. Todos los vehículos en Purgatorio tienen prohibido crear vibraciones que pudieran perturbar las lecturas de los aparatos de interferometría: todos esos módulos y antenas parabólicas, miles de ellos por todo el suelo del cráter, que juntos forman un telescopio inmenso y con múltiples caras, con un poder de resolución infinitamente mayor que cualquier cosa en la Tierra.

Desde luego, si se han leído las guías de viaje ya se sabrá que Fletcher Brass financió personalmente dos de esos arreglos, uno en el Cráter Störmer, el otro en el Cráter Seidel en el hemisferio sur. El primero está pensado para observación extragaláctica; el segundo apunta al interior de la galaxia. Los dos están por encima del paralelo 30, en regiones lo bastante templadas para evitar lo peor de los ciclos termales. Ambas se dedican principalmente a la búsqueda de inteligencia extraterrestre (SETI, por sus siglas en inglés). Y ninguna, como Brass acostumbra señalar alegremente, ha descubierto nada hasta el momento. Ni un sonido. Ni el sonido de un alfiler. Nada.

Pero, como se puede saber si se leen las biografías adecuadas, el enorme gasto hecho por Brass lo ha beneficiado de formas inesperadas. Cuando los fiscales de la Tierra empezaron a perseguirlo tras la catástrofe del Amazonas, él fue capaz de realizar un truco muy astuto. Se mudó, con su séquito de leales, la mayor parte de sus pertenencias y mucho de la liquidación de sus intereses financió el Cráter Störmer, en efecto al *interior* de su propio telescopio gigante, y lo reclamó como su propio territorio, de propiedad privada.

Y tenía razón. En los primeros años del desarrollo lunar, las empresas privadas reclamaron toda clase de derechos territoriales sobre la base de que habían llegado primero, argumentando que cualquiera que atravesara la experiencia espantosa de construir una base lunar debía recibir cuando menos alguna propiedad. Sin embargo, debido a la observancia del Tratado del Espacio Exterior de 1967, que en su artículo 8 prohíbe la propiedad de territorios en el espacio exterior, las empresas debieron contentarse con explotar la cláusula que permitía la propiedad de *objetos* en el espacio, incluyendo aquéllos "colocados o construidos en cuerpos celestes, junto con sus partes componentes". Así fue como el batallón de abogados de Brass pudo afirmar que su cliente se había exiliado a sí mismo al interior de un *objeto* —un telescopio gigantesco, de 120 kilómetros de diámetro—, que resultó en efecto su propio territorio legalmente reconocido. Y que pasó a ser conocido como Purgatorio.

De modo que ésa es la razón por la que hay tanto temor de alterar las lecturas del telescopio: porque cualquier fallo sostenido podría dar por resultado una impugnación legal de la reclamación de Brass del territorio entero. Aunque incluso cuando esto se explica —por parte de un guía inusualmente sincero, tal vez—, quienes escuchan pueden optar por el escepticismo, por recordar todos esos rumores de que Brass ha hecho un trato secreto con el Consejo de Seguridad de las Naciones Unidas, de que ha chantajeado a presidentes y primeros ministros, o de que simplemente despliega sus vastos contactos en el bajo mundo para sobornar y amenazar legisladores, todo para que el estado oficial de Purgatorio, aunque suene a broma, pueda seguir permanentemente en el limbo.

En todo caso, después de un par de horas de esta jornada lúgubre —el sol, como se puede ver, no parece haberse movido en absoluto—, se llegará al borde de otro cráter. Un cráter dentro de otro, por así decir. Mucho más pequeño que el propio Störmer y festoneado con puertas y ventanas, es el primer vistazo que se tiene de Pecado, la ciudad techada de Purgatorio, del tamaño de Mónaco. Aquí los turistas son propulsados a través de más esclusas, descargados en otro centro de procesamiento decorado con mal gusto, y hechos bajar por túneles alumbrados por lámparas y subir por rápidos elevadores a alguno de los muchos hoteles construidos en el así llamado "Borde del Pecado": el muro norte del cráter.

La mayoría de estos hoteles tienen nombres babilónicos: Harrán, Ninurta, Hermón, aunque algunos de los más recientes se inspiran en el Nuevo Testamento: Revelación, Refugio, Getsemaní. La gente se sorprende alegremente por el tamaño de las suites. Aun si el presupuesto del turista es mediano, las habitaciones son espaciosas con muebles apropiadamente grandes, decoraciones impresionantes y una cama de buen tamaño cubierta por un pesado edredón. Si se abre el minibar, se encontrarán todas las bebidas usuales, alcohólicas o no. Y si se llama para pedir un club sándwich, se tendrá uno bastante parecido a los de la Tierra. Y si se enciende la televisión, se tendrá una gran selección de canales (censurados) de la Tierra junto con las redes locales de noticias y películas (*Brass* se transmite con frecuencia).

Quienes vienen aquí a tener una charla no vigilada, se alegran de saber que todos los hoteles grandes tienen los llamados "conversatorios": celdas insonorizadas con muros recubiertos de plomo, imposibles de ser monitoreadas desde fuera y en las que se llevan a cabo barridos electrónicos regulares. Purgatorio está muy orgullosa de su reputación como zona libre de vigilancia. Muchos diplomáticos y empresarios de alto rango vienen regularmente a la Cara Oscura para usar conversatorios, y muchos arreglos que cambian el mundo, se dice, han sido peleados dentro de los confines de Pecado.

Inevitablemente, con la ayuda de un mapa de cortesía —no se permiten dispositivos GPS en la Cara Oscura—, se querrá explorar la ciudad. Quienes no tengan aún sus piernas lunares pueden elegir entre rentar un scooter motorizado o ponerse dispositivos hidráulicos para ayudarse a caminar. En cualquier caso, todos sienten alivio al descubrir que la mayoría de los distritos turísticos tienen superficies densamente acolchadas, y que las ventanas, por si alguien se golpea contra ellas, están hechas de vidrio lunar, el más irrompible que existe.

En las galerías y comercios alrededor de los hoteles más grandes se ven incontables tiendas que venden los recuerdos más conocidos de Purgatorio. Éstos incluyen auténticos relojes Pandia (relojes de pulsera con carátula de luna, hechos con gran precisión por joyeros fugitivos, que son piezas de coleccionista de alto precio en la Tierra), estampillas postales locales (aunque sea como inversión se querrán comprar algunos paquetes), y desde luego las famosas figurillas de cristal multicolor de Pecado (tan delicadas que parecen a punto de romperse cuando están en una mano, pero tan duras que no se rompen ni siquiera cuando se les avienta contra una pared).

Sólo cuando se va un poco más allá, más lejos de los centros comerciales, se encuentran los casinos y casas de juego, las casas de hachís, los clubes de pelea, los congales, los numerosos burdeles, las tiendas callejeras en las que pueden comprarse propulsores cerebrales y drogas trascendentales sin recetas y sin preguntas, y los centros de cirugía a precio reducido donde se puede "renovar" el cuerpo entero en menos de cinco horas.

Inevitablemente, se notará que muchos residentes de la ciudad —"pecadeños"— parecen haberse sometido a extensas operaciones cosméticas. Algunos, de hecho, son sorprendentemente parecidos a antiguas estrellas de cine, supermodelos y otras celebridades. La mayoría parece cansinamente tolerante para con los turistas, pero algunos son abiertamente desdeñosos y a veces hasta agresivos. Para más de un turista, esto es parte del curioso encanto de Purgatorio. El distrito de juegos en especial está lleno de *saloons* a la antigua en los que es posible meterse rápidamente en una pelea de bar, si eso es lo que se quiere, aunque hay que recordar que los hospitales oficiales de Purgatorio, al contrario de los cirujanos a destajo, cobran precios exorbitantes por los tratamientos de emergencia.

Desde luego, es posible haber llegado a Pecado no por las peleas a cuchillo, los deportes de combate, el sexo kinky, los procedimientos médicos radicales o incluso la oportunidad de tener una conversación sin intromisiones. Podría ser que sólo se quisiera ver la ciudad en toda su gloria. E incluso cuando se es un viajero veterano, es muy emocionante ver por primera vez la ciudad entera, el llamado "Nido de la Avispa" u "Olla de Presión". Se ve un techo colosal cruzado de vigas y pasarelas, tubos de los que cuelgan viñas y flores, enormes lámparas de halógeno que se oscurecen y se encienden arbitrariamente (para simular la luz de sol y la cobertura de nubes), grandes pilares de cobre oxidado envueltos en espirales de hojas, fuentes como géiseres y terrazas cubiertas de jardines, gigantescas estatuas de dragones y de santos, y en el suelo un laberinto de cafés, tiendas y casas de ladrillo lunar. "La antigua Mesopotamia mezclada con la Habana prerrevolucionaria", como la describió un periodista de viajes.

Se verá un montón de influencias babilónicas mezcladas con gótico catedralicio. La arquitectura, en realidad, parece en ocasiones ir de ladrillos barnizados, tabletas cruciformes y columnas de color mostaza en un extremo de la calle a yeso eclesial, ventanas ojivales y bloques de sillería en el otro. Acá la ornamentación es carros de guerra y toros al paso, allá santos llorosos y estatuas devocionales. Los cafés y clubes nocturnos se llaman Kish, Ur y Festín de Baltasar en una esquina, y El Claustro, El Relicario y El Ojo de la Aguja en la siguiente. La música —la que sale de puertas oscuras y bocinas suspendidas— también: a veces es de arpas antiguas y tamborines, y a veces de órganos y cantos monacales. En resumen, se puede ver con los ojos y escuchar con los oídos: el chic eclesiástico va conquistando poco a poco los elementos paganos de la antigua Purgatorio.

En el centro mismo de la ciudad, elevándose hasta los tubos del techo y visible desde todos los barrios de Pecado, está el famoso Templo de las Siete Esferas. Un zigurat enorme, cubierto de gemas lunares y pavimentado con losa reflectante, es a la vez el Louvre y la Torre Eiffel de Pecado: un punto de observación imprescindible, un auténtico museo del sistema solar y un clásico de las postales de Purgatorio y las guías de turistas. Pero está invariablemente lleno de curiosos y vendedores agresivos, y es mejor no visitarlo en hora pico.

Los turistas pueden sorprenderse, entretanto, por el clima de la ciudad. Es consistentemente cálido y a veces incómodamente húmedo, hasta tropical. Y como el vapor de agua se eleva más rápido en la gravedad de la Luna y las moléculas se juntan con mayor facilidad, la precipitación natural es frecuente dentro de la Olla de Presión. Pero las gotas de lluvia son más grandes y a la vez más ligeras de lo que son en la Tierra y, en lugar de golpear el suelo con fuerza, sólo revientan como globos llenos de agua en cámara lenta, soltando grandes volúmenes de líquido. Caminar entre las bolas de lluvia de Pecado es una experiencia surrealista. Y lo es aún más durante una tormenta eléctrica, cuando los rayos crepitan y destellan por el techo como fuego de san Telmo.

La gente se sorprende también por la cantidad de animales e insectos. Se ven ratas, por supuesto, pero también perros y gatos y ardillas y hasta uno que otro zorro. Hay pájaros que cantan y chillan en las palmeras, y en especial pericos, que fueron metidos de contrabando a la ciudad por orden de Brass y se han multiplicado exponencialmente. En ocasiones se puede pisar cucarachas y escarabajos o recibir mordidas de mosquitos y pulgas, y en los distritos más insalubres hay que espantar moscas. Todas estas criaturas, hasta las alimañas, son toleradas e incluso apoyadas en Pecado, para que la gente se sienta más en casa y evitar la esterilidad forzada de lugares como la Base Doppelmayer.

El distrito comercial de Shamash, el distrito médico de Marduk, la zona roja de Sordello y el distrito de juegos y entretenimiento de Kasbah están todos en la mitad norte de Pecado. En el centro de la ciudad hay jardines bien cuidados alrededor del Templo de las Siete Esferas, que dan paso a una zona intermedia de parque más salvaje a través de la que fluye un sucio canal, el Leteo. Luego, en el lado sur, se encuentra el distrito de palacios de Kasr, la zona residencial de Ishtar y la zona industrial de Nimrod. Ésta es tan poco interesante que ni siquiera está marcada en la mayoría de los mapas y guías turísticas. Ishtar, que oficialmente los turistas tienen prohibido visitar, se ve mejor temprano en la mañana desde la colina artificial que la separa de Kasbah. Se ven cinco cuadras de casas de ladrillo lunar en mal estado, mucho humo y desechos, mucha ropa tendida a secar y, si se está mirando en el momento equivocado, probablemente algún pecadeño haciendo señas obscenas o enseñando el trasero (la práctica "enseñar la luna" es apropiadamente popular en la Luna). Kasr, en el lado oeste de Nimrod, se llama igual que el enorme palacio, construido en el borde sur, que es la residencia de Fletcher Brass en Pecado, aunque todo lo que se puede ver desde lejos es una fachada babilónica muy ornamentada. El Patriarca de Purgatorio en persona hace su aparición todavía, ocasionalmente, en el balcón más grande, y su voz amplificada resuena a través de arbustos, fuentes, laberintos y estatuas del Parque Procesional, los jardines reales que separan aún más al palacio de las multitudes.

Por años, la hija de Brass, Bonita, vivió también en un ala de este palacio. Bonita es la hija de una reportera de Chicago que, hace treinta y un años, tuvo un breve romance con Fletcher Brass. Criada por un tío materno después de que su madre se suicidara, se sabe que Bonita fue víctima de abuso sexual por el asesor financiero de su tío, un hombre que después fue encontrado en una bodega abandonada, amarrado y con todos sus huesos destrozados. ¿Fue Bonita la responsable? No oficialmente: el asunto entero fue atribuido a uno de los antiguos socios comerciales del hombre, pero Bonita no se quedó a ver qué pasaba. Antes de que la policía pudiera interrogarla, empacó su maleta y huyó a Purgatorio, donde su padre la recibió con los brazos abiertos: era la única de sus cuatro hijos vivos que se mudaba de forma permanente a su reino lunar.

Pero ahora parece haber un cisma: quienes tienen buenas fuentes ya lo saben. Y al observar el palacio de Brass es posible preguntarse dónde vive ahora Bonita. Se puede imaginar que ha sido relegada a un palacio propio y más pequeño. O tal vez a una mansión en Zabada, el enclave exclusivo y de alta seguridad que está conectado a Pecado por un túnel subterráneo. En tal caso será una sorpresa oír que Bonita vive en una casa de dos pisos en Ishtar, que puede verse cuando se observa el distrito desde la colina. La seguridad allí es mínima, pero el respeto que ella inspira entre los pecadeños es tal que todos los ojos la "cuidan". Y la verdad es que ella, de todos modos, no pasa mucho tiempo en casa. Con frecuencia duerme en su oficina, que está en el Borde del Pecado, al lado de los hoteles de lujo.

Se dice que Bonita es ambiciosa. Obstinada. Concentrada. Despiadada. De tal palo, como dicen, tal astilla. Pero ella tiene algo de lo que su padre, con todo su magnetismo, careció: se da tiempo para recibir visitantes, sin importar lo bajo de su rango, siempre que su propósito no sea enteramente frívolo. Y por eso, justo ahora, ella ha dejado todo —ha cambiado las citas de su agenda de la tarde— para dar la bienvenida al nuevo recluta de la policía, Damien Justus.

Que ha venido, al parecer, por un asunto de la mayor importancia.

14

—Ha venido por el asesinato de Otto Decker.

Ella está sentada en una silla de cuero color borgoña. Es más alta de lo que hubiera sido de haberse quedado en la Tierra, pero de todos modos no supera la altura promedio. Es voluptuosa, como todas las mujeres selenitas, pero no enseña nada de escote. Es rubia —natural, hasta donde Justus puede ver— y atractiva de un modo que justifica con creces su nombre. Lleva chaqueta y falda azules y almidonadas y una blusa blanca, como lo que podría esperarse de una monja moderna. Su oficina, desde sus sombríos decorados hasta las ventanas con parteluz que miran a Pecado, tiene el aire del despacho de una madre superiora en un convento.

—Usted no pierde tiempo —observa Justus.

—¿Ha leído el código Brass, teniente?

—¿Se refiere a…?

—Las leyes de mi padre. Sus perlas de sabiduría, sí. A lo mejor está familiarizado con las que se han publicado. Algunas de ellas, aceptémoslo, son bastante locas. Pero han influido en muchas personas. Muchas, *muchas* personas. Y una de las mejores es ésta: "El tiempo es la mercancía más minusvalorada en el mundo". Él tiene razón. Claro que la tiene. Tiene tanta razón que ni parece que haga falta decirlo, ¿no? Y sin embargo, sigue habiendo gente que se engaña. Que todavía cree, por ejemplo, que no se puede comprar tiempo. Que a todos, desde los faraones hasta sus campesinos, se les da el mismo número de horas en un día. Eso no es cierto y nunca ha sido cierto. Los ricos viven más. Obtienen cirugías cuando las necesitan. No hacen filas. No tienen que dormir al lado de vecinos ruidosos. No cocinan, no limpian, no planchan sus ropas. Ni siquiera necesitan criar a sus hijos o pasear a sus perros. Tienen tiempo para tener *tres veces más experiencias* que otras personas. Y de cualquier modo lo desperdician. No lo pueden evitar. Se obsesionan con estupideces. Se casan mal. Persiguen sueños imposibles. Mi padre es un gran ejemplo de esto. Pero yo soy diferente. Siempre me aseguro de tener una reserva de tiempo a mi disposición y la trato como a un bien intocable. No lo desperdicio. No comercio con él. Lo mantengo en una cuenta segura y con interés compuesto. Y una de las formas en las que hago esto es yendo al grano inmediatamente. Incluso si esto golpea una o dos narices. No me molesta. Sólo estoy decidida a no perder el tiempo. De hecho, estoy perdiendo tiempo ahora, explicándole a usted todo esto.

Habla tan rápido que Justus apenas puede seguirle el paso. Pero no piensa que ella esté nerviosa. Y tampoco cree que sea por un exceso de cafeína o por alguna cirugía de estimulación cerebral. Sospecha que es sólo porque ella tiene una mente altamente activa, del tipo que se esfuerza tanto que de hecho quema calorías, como el ejercicio en el gimnasio. Justus siente haber hecho ejercicio tan sólo de escucharla.

—Entonces, tal vez —sugiere, no sin ironía—, me pueda decir por qué estoy aquí.

—Por supuesto que puedo decirle por qué está aquí. Puedo hacerlo. Porque sé que viene llegando del DPP. Y sin duda ha estado expuesto a lo que aquí llaman chismes. Y lo que ha averiguado, o cree haber averiguado, es que mi padre y yo tenemos una relación cada vez más fracturada. Y ha oído que

Otto Decker era un consejero de confianza de mi padre. Así que usted se pregunta si yo podría haber tenido una razón para asesinarlo, es decir, a Decker, o al menos una razón para quitarlo de en medio. ¿Es así en resumen?

Justus se encoge de hombros.

—Tengo que considerar todas las posibilidades.

—Claro que sí. Lo respeto. Y usted es nuevo aquí y lo respeto también. Pero hay algo que probablemente no le han dicho. Una de las dos personas muertas junto con Otto Decker era un hombre llamado Ben Chee. No muchos saben esto, pero Ben era un asociado mío. Un espía, se podría decir. Y es posible que Ben Chee, y no Otto Decker, haya sido el objetivo que la bomba estaba destinada a matar. Le digo esto confidencialmente, claro, y porque en circunstancias normales tal vez se enteraría de todos modos, tarde o temprano. En circunstancias normales, digo, como si cualquier cosa en Purgatorio pudiera ser considerada normal. Así que no tiene sentido ser menos que transparente... Igual que el mío, no quiero malgastar su propio tiempo.

—Le agradezco —dice Justus—. Pero tendrá que perdonarme. Hace un momento pareció hacer a un lado la idea de que hubiera tensiones entre usted y su padre.

—¿Y qué con eso?

—Bueno, usted acaba de admitir que estaba espiando a uno de sus asociados más cercanos.

—Ajá. Es complejo. Es tan complejo que de hecho siento pena por usted. Va a sentirse como pez fuera del agua al menos por un año, mientras trata de abrirse paso por el laberinto. Pero déjeme tratar de hacérselo más fácil. Amo a mi padre y realmente quiero lo mejor para él. Al mismo tiempo, creo que ha perdido el rumbo. Está peligrosamente cerca del precipicio. Usted podría decir que *siempre* ha estado cerca, de algún modo, y no estaría en desacuerdo. Él mismo no estaría en desacuerdo. Está orgulloso de ello, en realidad. Pero ahora creo que sus decisiones se han vuelto realmente irracionales.

Y *enfermizas*. Creo, por ejemplo, que comete un grave error al dirigirse a Marte. No porque tenga nada contra el principio de la exploración espacial: creo que es realmente tan importante como él dice que es. Y no por todos los peligros… el envenenamiento por radiación, por ejemplo, y todos sabemos lo que le pasó a aquellos taikonautas chinos hace algunos años. No por eso, sino porque los motivos de mi padre no son tan nobles como quiere hacerlos parecer. Creo que Marte es sólo otro El Dorado para él: otro reino que conquistar, un nuevo territorio sobre el cual desplegar su bandera. Y creo que está aterrado de que alguien le pudiera robar esa gloria. O marginarlo, como ha pasado aquí en la Luna. Así que es sólo otro proyecto loco de vanidad: una misión desesperada para negar su edad, otra aventura tonta y quijotesca sin sentido real. Y en cualquier caso, justo ahora es un mal momento para dejar Purgatorio.

—¿Por qué?

Ella le sonríe sin alegría.

—Aquí las cosas no son tan color de rosa como parecen, teniente. Somos un pueblo turístico, esencialmente, pero las cifras están muy bajas. Este año se han inflado las reservaciones por el eclipse solar que ocurrirá pronto: habrá mucha gente yendo a la Cara Iluminada a ver la sombra de la Luna cruzar la Tierra, y como es usual algunos de ellos llegarán hasta acá. Pero la tendencia a largo plazo es a la baja. Estoy tratando de que las cosas cambien tan rápido como puedo, claro, he estado intentándolo por años, pero hay gente aquí que se niega a ver la luz. Porque todo es cuestión de marcas… todo es cuestión de marcas. ¿Leyó alguna vez la historia de mi padre y Caravaggio?

—Recuérdeme.

Ella apunta hacia arriba con sus manos.

—Hace unos años se subastó una vieja pintura llamada *José de Arimatea ante la tumba de Cristo*. Por mucho tiempo se había pensado que era un Caravaggio perdido. Luego los expertos en arte lograron establecer que no era en absoluto un Caravaggio. Era obra de un contemporáneo de él desconocido, posiblemente un aprendiz. Y esto desde luego era significativo, porque si realmente hubiera sido un Caravaggio habría costado una pequeña fortuna en la subasta, probablemente quinientos millones de dólares. Pero como no lo era, como no era de una marca reconocida, prácticamente no valía nada: apenas tres o cuatro millones. Pero aquí va lo importante. Mi padre compró la pintura de todas formas. Dijo que era aún *más* importante luego de que su valor oficial hubiera sido reducido. E hizo todo un espectáculo para exhibirla ante sus socios y su círculo interno a la menor oportunidad. Pues aquello, dijo, demostraba como ninguna otra cosa el poder de una marca. ¿Caravaggio? Quinientos millones de dólares. ¿Un infeliz desconocido? Al mercado de pulgas. Y sin embargo, la pintura es exactamente la misma.

A Justus esto le suena a la mitad de lo que está mal en el mundo.

—¿Y exactamente por qué es significativa esta historia?

—Porque mi padre ha olvidado sus propias lecciones. Acerca del poder de una marca. Porque no quiere admitir que Pecado ha perdido su lustre. Una "ciudad del pecado" tiene cierto encanto, sin duda, pero las atracciones sórdidas tienen vida corta. Brillan mucho pero se apagan pronto. El interés se va para otro lado y lo que queda es algo que se ve viejo y sórdido. El nombre "Redención", por otro lado, es psicológicamente atractivo sin ser intimidante… y también puede sugerir liberación, como si fuera una especie de contraprogramación.

—¿Quiere cambiar el nombre de esta ciudad a "Redención"?

—Tengo hasta un eslogan: "Redención. Toda la vida la has estado buscando".

Justus piensa que al menos es mejor que el lema actual: "No hay nada mejor que vivir en Pecado". Pero de pronto recuerda a Nat U. Reilly y cómo se veía incómodo al oír la palabra *redención*.

—Y su padre se opone a la idea, supongo.

—Firmemente. Pero eso no es todo. Quiero renombrar Purgatorio también. Ponerle "Santuario". Sigue siendo religioso, pero es mucho más apropiado y seductor. Después de todo, este territorio fue nombrado cuando mi padre sentía estar atrapado aquí, esperando a la justicia; cuando quería retratarlo como un sitio de castigo, apenas arriba del infierno. Ha funcionado hasta cierto punto, pero es en buena medida por la ignorancia de la gente. Con esto quiero decir que el Purgatorio es tradicionalmente un lugar para purgar los pecados, no para cometerlos. De allí el nombre. Así que Santuario sería más apropiado.

—¿Y ésta es la principal causa de tensión entre su padre y usted, sólo unos cambios de nombre?

—Ah, no, hay mucho más que eso. Cuestiones de naturaleza más práctica. Este calor abrasador, por ejemplo. Mi padre piensa que es atractivo porque es lo que se tiene en los *resorts* tropicales. Pero es un hecho comprobado que los niveles de criminalidad suben en climas cálidos. Así que, en un lugar como éste, es como agitar el avispero... es completamente irracional. Y también está la arquitectura, el aspecto del lugar. ¿Los ladrillos cocidos, las viñas, las estatuas mesopotámicas? Ostentosamente babilónico y hace efecto negativo en la memoria de la especie. Así que estoy haciendo mi mejor esfuerzo por cambiar eso, justo bajo las narices de mi padre. Los elementos góticos y románicos —vitrales, bóvedas, casetones, mármoles y demás—, ¿los ha visto? Ésos son influencia mía. Mi modo de equilibrar la iconografía pagana. Ingeniería social mediante la arquitectura: es algo que me interesa mucho. Mi padre me dio el Departamento de Obras Públicas cuando apenas acababa de dejar la adolescencia. Sabía que tenía interés en el diseño y pensó que me mantendría ocupada. Pero supongo que no se dio cuenta de qué tan rápido dejaría mi huella en su ciudad.

—¿Sigue a cargo de Obras Públicas?

—Y de otros departamentos también.

—¿Cómo cuáles?

—Ahora soy secretaria de Gobernación. Y procuradora de Justicia: ese departamento se me dio hace meses. Y tengo planes para muchas cosas. El DPP, por ejemplo: a ese club de Tobi le urge una limpieza. El sistema de justicia aquí es un mal chiste. La tasa de homicidios es inaceptable. Por cada turista que llega aquí atraído por el peligro hay otros tres que se asustan y no vienen. Además, ya hay demasiados criminales aquí. ¿Le dije que también soy secretaria de Inmigración? Ya hemos reducido el número de malandros, pero lo que quisiera ver es más personas que simplemente estén hartas de la Tierra: de la corrupción, el deterioro, la hipocresía, todo aquello. Ellos también quieren vivir en la Luna, no por ser criminales, sino por ser fugitivos. Fugitivos morales. Son capaces de cosas maravillosas. En una generación podríamos hacer a este sitio realmente grande.

Justus se pregunta si ella, como Buchanan, está en efecto ofreciéndole un ascenso.

—Suena ambicioso.

—Claro que lo es. Podría decirse que estoy tratando de redimir todo Purgatorio, de llevarlo un poco más cerca del cielo. Por eso es que hay esa tensión entre mi padre y yo: visiones dispares, nada más.

—No estoy seguro de entender todavía —dice Justus—. Usted dice que su padre no aprueba lo que hace, y sin embargo la ha recompensado con el mando de media docena de departamentos.

—Porque sabe que soy popular. Los pecadeños me aman, o al menos la mayoría de ellos. Y no lo digo con ninguna arrogancia. Es la verdad. La gente en Pecado está ansiosa de un cambio. Quieren que el lugar se limpie. Hasta los delincuentes quieren que se limpie. *Especialmente ellos* lo quieren. Y soy la única que está dispuesta a hacerlo.

—¿Entonces su padre le da estos nombramientos decorativos…?

—Yo no los llamaría decorativos.

—En todo caso, ¿le da suficiente poder para volverla importante, pero al final frustra sus ambiciones más grandes?

—Eso es en resumen. Es un pequeño juego que practica. Siempre está jugando juegos y suele ser bueno en ellos. Cree que me tiene tomada la medida por ser mi padre, pero me subestima completamente. Y ahora se va a Marte y toda clase de personas se pelean por ocupar su sitio. Yo tengo mis propios planes, por supuesto, y la intención de aprovecharme de todo, incluyendo mi popularidad, para lograrlos. Así que puede ver fácilmente por qué podría querer que ciertas figuras —gente con poder, conectada a mi padre, que se pudiera atravesar en mi camino— desaparecieran. Que desaparecieran por completo, es decir. Totalmente. Definitivamente. Es siniestro, pero innegable. Y ésa es la razón por la que usted debería sospechar que yo asesiné a Otto Decker.

Justus agita la cabeza.

—Bueno —dice—, no puedo recordar a nadie más que se haya ofrecido como sospechoso principal de un crimen.

—Le dije, teniente, que sólo lo estoy llevando a un lugar al que usted hubiera llegado de todos modos, inevitablemente. Suponiendo, por supuesto, que no estuviera ya allí. De este modo, imagino, usted puede dejar atrás más fácilmente sus ideas preconcebidas y seguir en su búsqueda del verdadero asesino. O asesinos.

—¿Y quién cree que pueda ser?

—No tengo idea. Honestamente no la tengo.

—¿Cree que podría ser alguna otra de esas personas intentando llenar el vacío de poder?

—Claro que sí. Pero yo no.

—¿Por qué no, exactamente?

—Porque soy incapaz de asesinar. Revise mis pruebas psicológicas. Tengo un alto nivel de empatía. Es genético, pero no de mi padre. Soy despiadada cuando tengo que serlo, *eso* sí viene de mi padre, pero no podría matar.

—¿Su padre podría?

—Claro que podría. Pero si me pregunta si él mató a Ben Chee, o para el caso a Otto Decker, bueno, no lo sé. Pregúntele a mi padre cuando se reúna con él.

—Ya me reuní con él.

—No es verdad.

—Fue esta mañana.

—No es cierto.

Lo dice con tal convicción que Justus frunce el ceño.

—¿Disculpe?

Ella sonríe.

—Mi padre es un hombre ocupado. Hay una ventana muy estrecha para el lanzamiento a Marte, y no puede permitirse perdérsela. Así que pasa cada minuto de vigilia en el sitio de la construcción, preparándose para el viaje. Y usted no cree que un hombre como él perdería su tiempo en una conferencia de prensa, ¿verdad?

Justus sólo parpadea.

—Vamos, teniente, ¿de verdad cree que vio a mi padre? ¿Esa persona le hizo sentir algo de carisma verdadero, fuera de este mundo? ¿Realmente se veía como un hombre que ha logrado tanto como Fletcher Brass?

—¿Quiere decir…?

—Era aquel actor. El actor galés que mató a su esposa: el que hizo el papel estelar en *Brass*. Actualmente él hace la mayor parte de las apariciones públicas de mi padre. Se aprende discursos escritos cuidadosamente y se le informa lo suficiente para que pueda responder preguntas con alguna autoridad. Pero no es muy bueno para improvisar. Y no sabe nada verdaderamente peligroso. *Ésa* es una de las razones por las que es tan útil.

Justus frunce el ceño.

—¿Quién sabe de esto?

—Quien es lo bastante grande lo sabe. La prensa lo sabe.

—¿Y el DPP?

—Claro. No se engañe, teniente. Yo no le haría a usted algo así. A mí me puede hacer preguntas, las que quiera, y seré tan abierta y honesta como sea posible.

Justus lo piensa por un momento.

—¿Fue usted quien me contrató?

Ella se encoge de hombros.

—No sé quién aprobó su solicitud inicialmente. Podría haberla rechazado cuando asumí el cargo de procuradora de Justicia, pero usted me cayó bien. Para el caso, otros podrían haberlo rechazado de haber querido.

—¿Su padre?

—Desde luego. Suponiendo que tuviera tiempo. ¿Alguna otra pregunta?

—No —dice Justus, levantándose—. Ya me ha dado mucho en qué pensar.

En realidad, no está seguro de qué pensar de ella. Las biografías de Fletcher Brass, incluso las no autorizadas, contienen curiosamente poca información acerca de la única hija del patriarca. Esto hace que Justus se pregunte cómo se las ha arreglado para mantenerse lejos del radar de modo tan efectivo. Y, simplemente, de qué más es capaz.

—Ah, una cosa antes de que se vaya —dice ella, deteniéndolo en la puerta—. Tres cosas, de hecho. Tres formas en las que puede reconocer a mi padre, a mi verdadero padre, cuando lo encuentre. Primera, mírelo a los ojos. Verá auténticas chispas color cobre en los iris, y no los lentes de contacto que lleva el autor, y notará la diferencia, créame. Segunda, mi padre no usa palabras como "carajo": no es tan falso. Pero es inevitable que se dé cuenta de eso también.

—¿Y la tercera?

—Él hará alguna referencia a su cara. No podrá evitarlo. Cree tener el derecho de hablar sin rodeos, y supone que las personas lo respetan por decir lo que piensa. Así que si eso significa insultarlo, por ejemplo, diciendo que usted tendría que arreglarse la cara, entonces lo hará con mucho gusto. Y tendrá más gusto al sentir lo políticamente incorrecto que es.

—Aquí ya me han recomendado la cirugía.

—Supongo. Pero yo no cambiaría nada si fuera usted. Los hombres solían estar orgullosos de llevar su historia en la propia piel.

—Lo tomaré en cuenta —dice Justus. Ella podría estar coqueteando con él, por cualquier razón, pero él le da el beneficio de la duda.

Fuera de la oficina, lo conduce al elevador otro valet, un tipo notablemente guapo con cabello castaño cortado a navaja, traje color café, corbata café y ojos cafés.

—Déjeme adivinar —dice Justus—. ¿Su nombre es Leonardo Brown?*

—Correcto, señor.

—¿Y también es un androide?

—Correcto también, señor. ¿Por qué lo pregunta?

—No sin motivo —dice Justus.

* Del mismo modo que en el aspecto de Leonardo Grey abunda el color gris, en el de Leonardo Brown ("café") abunda ese color. *(N. de los T.)*

15

Jean-Pierre Plaisance conduce a máxima velocidad entre los cráteres menores al norte de Gagarin. El camino de mantenimiento por el que transita, cuando no está sinterizado hasta llegar a la consistencia del concreto, se ve marcado por las huellas de los vehículos que han cruzado su superficie durante catorce años. En algunos lugares las marcas tienen centímetros de profundidad. Plaisance conoce este camino mejor que nadie: él ayudó a tenderlo hace años, y justo ahora está furioso, resentido y preocupado, todo al mismo tiempo. Porque el droide ha pasado por aquí. Y el droide conduce ahora un LRV: por más de una hora, Plaisance ha estado siguiendo sus huellas distintivas. Así que el androide debe estar lo bastante bien programado para conducir un vehículo lunar. Esto no es algo sin precedentes, pero sube el riesgo a otro nivel.

El LRV del mismo Plaisance, un Zenith 7, es uno de los vehículos utilitarios más venerables de los primeros días de la colonización lunar. Es un vehículo de seis ruedas con cuatro motores de tracción, seis baterías de litio-azufre, un tanque para el refrigerante, ruedas de malla de alambre galvanizado y una barra para fijar remolques. Su velocidad máxima sobre una pista dura es de noventa kilómetros por hora. Su alcance, sin recargar la batería, es de quinientos kilómetros. Su tracción es buena —Plaisance cambió las llantas recientemente—, pero su capacidad de frenado es pobre. La suspensión es deficiente. La dirección, excéntrica. Muchos de los sellos se están deshaciendo. En realidad, el vehículo es viejo, barato, y salvo por su velocidad y resistencia, no mucho más avanzado que los LRV usados en las últimas misiones Apolo. Pero Plaisance ha llegando a conocerlo como a una extensión de su propio cuerpo. Si le ofrecieran un modelo más avanzado, lo cual es improbable, él lo rechazaría de inmediato. Ama su LRV igual que los hombres de la Tierra solían amar sus automóviles.

Ahora está sentado en un asiento forrado con malla de nailon, con sus pies en los estribos y su mano derecha puesta firme, ferozmente, sobre la palanca mecánica de control. Su garganta está cerrada. Sus dientes, apretados. Sus ojos, entrecerrados hasta parecer rendijas. Porque para Plaisance esto es ahora más que una persecución: es una misión divina. Después de encontrar el cuerpo del prisionero en Gagarin —el que tenía la cabeza aplastada—, Plaisance siguió las huellas del droide hasta otro iglú y encontró a otro prisionero muerto. Otra pared decorada con partes de la cabeza de un hombre.

Pero eso no fue lo peor. Aquellas dos víctimas habían sido criminales peligrosos, después de todo. Más que meros sinvergüenzas, asesinos irredentos. O algo así. Plaisance no conoce la naturaleza exacta de sus crímenes, es verdad, y es lo bastante cristiano para creer que no merecían ser asesinados. Sin embargo, no se puede negar que debido a sus crímenes habían perdido mucho de su derecho a ser compadecidos, incluso por un hombre que era él mismo un asesino convicto.

Pero luego Plaisance siguió las huellas del droide hacia el norte. A lo largo de Gagarin, sobre el muro anular, a través de los cráteres pequeños y hasta llegar al refugio de las geólogas. Y empezó a sentir náuseas sólo de pensar lo que podría ver dentro.

Porque había conocido antes a las mujeres. Había pasado al lado de ellas un par de veces, gesticulando, verificando que estuvieran bien: era el sustituto de la conversación en la superficie de la Luna. Y de esta comunicación escasa había desarrollado cierto afecto por ambas: algo casi paternal, como si fueran sus propias hijas recogiendo piedras en su jardín. Un capricho extraño pero agradable, porque Plaisance nunca había tenido hijos. Pero ciertamente había crecido en una familia de mujeres: una madre desempleada, una abuela y cuatro hermanas menores. Era el hombre de la casa a los diez años y el principal sostén de la familia a los quince. Y aunque su relación con su madre en particular era compleja —él peleaba regularmente, por ejemplo, con sus miserables amantes—, aún sentía responsabilidad por todas las mujeres, y un deseo de preservar su honor y su seguridad a toda costa. De hecho, una referencia obscena (aunque no del todo inexacta) a su madre, hecha por un marinero, y una risa burlona de otro lo convirtieron en un asesino.

Entonces entró en el refugio de las dos jóvenes geólogas y vio lo que les habían hecho. No era sólo homicidio. *Las habían hecho pedazos.* Y, peor todavía, las habían colocado en poses obscenas, indignas.

Y ellas no eran criminales. No eran prisioneras. Eran *mujeres*.

No tiene que haber ninguna diferencia, pero Plaisance es un hombre emotivo. Y su rabia, después de ver la escena del crimen, era tan fiera que casi golpeó la pared con su puño. Tuvo que salir del refugio, de hecho, antes de hacer algo todavía más imprudente. O de vomitar dentro de su casco.

Pero la rabia no se ha desvanecido. La rabia, si acaso, sigue creciendo: incluso ahora, mientras se desliza y rebota a través de la Luna. Si viera el androide en este momento, es muy posible que saltara de su LRV y lo atacara impulsivamente, por absurdo y tonto que fuera. El androide debe ser muchas veces más fuerte que él. De hecho, no está seguro de ser capaz de detenerlo cuando lo alcance. Ni siquiera está seguro de *poder* alcanzarlo. El droide conduce ahora el Zenith 18 de las geólogas, en teoría mucho más rápido y eficiente que su propio modelo. Así que Plaisance no tiene más que sus propias habilidades excepcionales como ventaja.

Pero hay más. A las baterías de su LRV sólo les quedan veinticuatro horas de amperaje, y menos si sigue avanzando a toda velocidad. Y en este momento en el registro aparecen calientes, lo que significa que pronto podrían sobrecalentarse. Plaisance puede recargarlas en alguna de las subestaciones de emergencia —él sabe mejor que nadie dónde están—, pero esto le haría perder al menos una hora.

Y sólo le quedan seis horas de aire respirable en su traje. Lleva otras tres horas de oxígeno —un suministro de emergencia— en su PLSS (el sistema de mantenimiento vital, fijo a su espalda) y otras ocho en tanques en su LRV. Pero recargar es un procedimiento delicado que también lo haría retrasarse. Y si se queda por completo sin aire, tendrá que llegar a un almacén de suministros de inmediato o se ahogará.

Y luego está el traje mismo. Los modernos flexitrajes son muy versátiles, hechos de nailon y spandex que se ajusta al cuerpo, con controles de humedad y temperatura, resistentes a perforaciones, equipados con servomotores, microdosímetros y visores inteligentes que se adaptan automáticamente a las condiciones de iluminación. Pero cuestan todavía más que un LRV. Y Plaisance, claro, no es tan importante como para merecer uno. Así que está en un viejo traje híbrido con torso de cerámica y miembros de nailon: de nueva cuenta, no mucho mejor que los trajes usados por los astronautas de la NASA. La mayoría de los anillos ha sufrido abrasión, los conectores de las mangueras están flojos, el visor está seriamente rayado, y si su cuerpo no tuviera ya callos en los puntos de contacto estaría cubierto de erupciones y ampollas. Y aunque Plaisance ha estado siempre lo bastante satisfecho con el traje —como el LRV, se siente en buena medida como una extensión de su cuerpo—, está perfectamente consciente de que el traje podría simplemente romperse en pedazos durante un combate sostenido, del mismo modo que sus huesos quebradizos y su cuerpo lleno de tumores.

Y encima de todo esto, el terminátor, el borde que divide a la noche del día, está a sólo catorce horas. Menos si el droide empieza a moverse hacia el este. Y no sólo es el peligro de un súbito descenso de temperatura, que por sí mismo podría matar a un hombre en un traje espacial obsoleto. Es que la oscuridad es total en la Cara Oscura. Los almacenes de emergencia y las subestaciones eléctricas tienen balizas, como los puestos de control, pero aparte de eso no hay nada salvo algún reflector ocasional a lo largo del camino. Ni siquiera hay luz terrestre. Sólo hay nubes galácticas y mil millones de puntos diminutos que forman la Vía Láctea. Cualquiera que deba fiarse de ojos humanos en mal estado, como Plaisance, quedará prácticamente ciego. Tiene lámparas dirigibles en el LRV, claro, pero más allá de la luz que proporcionen los círculos sin haz —y que estarán dirigidos al suelo— no habrá nada más que una noche negra. La lámpara, de hecho, no hará sino intensificar la oscuridad circundante. El LRV no tiene aparatos de radio ni tampoco sensores infrarrojos. No hay satélites que provean datos de GPS. Y más allá del ecuador lunar —si, no lo quiera Dios, la persecución lo lleva tan lejos— Plaisance conoce muy poco de la Cara Oscura. Hay antenas de radar, esto lo sabe. Campos de paneles solares. Un laboratorio de riesgos biológicos. Un depósito de alta seguridad para tesoros demasiado valiosos para ser mantenidos en la Tierra. Un sitio militar o dos. Y eso sin mencionar una amplia zona de pruebas, donde una enorme bomba termonuclear, mayor que la Bomba del Zar que los soviéticos hicieron estallar en 1961, fue detonada cuando la Tierra temía ser destruida por el cometa errante UQI78 y necesitaba un arma poderosa para cambiar el curso del objeto.

Y luego, claro, está Purgatorio.

Esta última tiene una notable reputación. Plaisance ha conocido a numerosas personas que han estado allí, principalmente visitantes ocasionales de la Tierra, pero nunca ha tenido el deseo de visitar el lugar. De hecho, la mayoría de quienes viven en el hemisferio sur están avergonzados de Purgatorio. Piensan que, más que cualquier otra cosa, es lo que da mala reputación a la Cara Oscura. Pero eso no significa que Plaisance esté preparado para dejar que el androide asesino llegue tan lejos y haga más daño a vidas inocentes.

Por esto es que tiene ahora la palanca de control inclinada hacia delante casi hasta su tope. Es por esto que avanza por el camino de mantenimiento a una velocidad que es peligrosa incluso para él. Nunca le han gustado los robots: no les da cáncer, no aman a sus madres, no miran las estrellas, no hacen honor a Dios... y éste en particular no puede reclamar beneficio alguno. Es un demonio. Y Plaisance, con la sangre tan caliente en las venas que suda copiosamente —y el sudor se condensa en su visor, lo que vuelve aún más difícil ver— se siente como una especie de vengador predestinado. Tiene una última oportunidad. Debe detener al demonio antes de que llegue la noche lunar.

Hay placer en la rabia, y regocijo en la justicia inequívoca. Y el placer de Plaisance en este momento aumenta, extrañamente, por la certeza de que nadie sabe nada de su persecución. Ningún artefacto lo está rastreando. Y nadie lo ha visto —ni un alma— desde que dejó Lampland. Ni siquiera tiene a la Tierra mirando por sobre su hombro. Sólo están él y la cara enjoyada de Dios.

16

Oficialmente, las armas de fuego están prohibidas en la Luna —pocas cosas son más peligrosas en un ambiente presurizado que una bala perdida—, pero ilegalidad no significa inexistencia o siquiera escasez. En Pecado, mucho del tiempo y los recursos del DPP se emplean en confiscar armamento llegado de contrabando, manufacturado ilegalmente o armado de forma rudimentaria a partir de implementos diversos. El escrutinio no se extiende a todo el territorio, sin embargo, y virtualmente cada residente de los hábitats aislados y la comunidad cerrada de Zabada mantiene una o dos armas de fuego para "defensa personal". En el primer escándalo grande en Purgatorio (y según algunos, su primer gran caso de impunidad), se televisó a la Tierra material grabado en secreto de una "caza de zorras" humana: mafiosos con rifles de casa hacían volar en pedazos a un jardinero ladrón en una cueva lunar.

El arma de fuego estándar del DPP es la PCL-43: una pistola inmovilizadora eléctrica, de canal de plasma y montura estroboscópica, conocida como "zapper" o fulminante, que si se ajusta a su nivel máximo de operación puede matar con una carga eléctrica sostenida. Justus, fuera de servicio, trae una ahora, mientras va a casa desde el cuartel de policía en Kasbah hasta su departamento en Ishtar. Es poco después de la medianoche (la Luna entera se rige por la hora de Greenwich) y las grandes lámparas solares incandescentes llevan horas apagadas. Las estrellas artificiales se ven vagamente a través de una niebla que forma lentos remolinos. El sonido combinado de los clubes nocturnos, los deportes sangrientos y las peleas callejeras, encima de todos los murmullos, clics y zumbidos usuales en una base lunar, hace eco estridente por toda la Olla de Presión. En muchos sentidos, la noche es el peor momento para dormir en Pecado.

Con un caso de homicidio de alto perfil por resolver, Justus no dejaría el cuartel en absoluto. Pero sospecha tanto de toda la deferencia artificial que ha decidido revisar la mayor parte del material relevante en casa. En un contenedor de cartón lleva impresiones y archivos digitales relacionados con el bombardeo de la Casa de la Cabra: perfiles completos del profesor Otto Decker, Ben Chee —el espía de Bonita— y Blythe L'Huillier, una asistente que en este momento parece haber estado en el sitio y el momento equivocados. Y hay una larga, larga lista de todos los residentes permanentes con experiencia en la manufactura y/o el comercio de explosivos. Justus tiene la intención de revisar tanto como le sea posible en las próximas horas, tomar muchas notas y luego, literalmente, dormirse con todo aquello: en el pasado, su inconsciente ha hecho maravillas resolviendo misterios. Decide comprar unas ChocWinks™.

Justus ha pasado buena parte de su vida evitando las pastillas. Y nada en el mercado de productos farmacéuticos pobremente evaluados de Purgatorio le parece atractivo. Pero él conoció a policías de Phoenix que juraban por las ChocWinks™ —pastillas para dormir, oficialmente contrabando en la Tierra— y ya ha probado, al trabajar de encubierto para Narcóticos, que tiene la fuerza de voluntad necesaria para evitar convertirse en un adicto. Más aún: piensa que un sueño profundo, aunque sea breve e inducido por sedantes, será más seguro y benéfico que los estimulantes artificiales como el BrightIze™.

Así que entra en el LunaMart y mientras espera en la fila a que lo atiendan, oye murmullos.

—Es él.

—El nuevo teniente.

—Caraestrellada.

—Se llama Justicia.

De pronto se da cuenta de los residentes locales —gente con tatuajes luminosos, metalurgia decorativa y dientes afilados—, que lo miran como si fuera una estrella de cine. Incluso se separan para abrirle paso, como palomas, y lo conducen hasta el mostrador en lugar de ellos.

Para Justus, ésta es otra experiencia perturbadora. Ya en el camino a su casa ha estado respondiendo a sonrisas, guiños y señas de asentimiento y aprecio. No puede ser debido a su uniforme, porque está vestido de civil —aunque con una chaqueta de lona y una corbata provistas por el DPP— y no lleva su placa. Y no puede ser por sus cicatrices, pues hay muchas personas mucho más deformadas en Pecado.

Trata de pagar sus ChocWinks™ pero el propietario, un hombre con aspecto de pájaro y un acento de Europa Oriental, no quiere ni oír hablar de ello.

—La casa paga —insiste, rechazando la tarjeta de Justus con un gesto.

De todas maneras, Justus busca en sus bolsillos y deja una moneda de cinco dólares sobre el mostrador. Luego, cuando está saliendo —los pecadeños vuelven a apartarse— nota en el exhibidor de periódicos una impresión de la *Tableta* de la mañana. La noticia principal es acerca de la explosión en la Casa de la Cabra, lo que tiene sentido, pero lo que llama la atención de Justus es una nota destacada arriba del encabezado.

JUSTUS VIENE A PURGATORIO

Hay una foto de él —parece la oficial del DPP— y las palabras "Página 3".

Bajo el crédito de Nat U. Reilly, el primer párrafo dice: "Damien Justus, el nuevo teniente de policía de Pecado, es demasiado modesto para compararse con legendarios guardianes del orden como Wyatt Earp o Eliot Ness. Pero él cree que su apellido dice todo sobre lo que intenta traer a una ciudad en la que la justicia se ha vendido al mejor postor por demasiado tiempo".

Justus está seguro de nunca haber dicho eso, y queda igualmente molesto por el encabezado de la página 3: "Que prevalezca Justus". Le asombra, aparte de todo lo demás, que la entrevista sea tan prominente en el día de un atentado homicida con bomba.

"Designado expresamente por la procuradora de Justicia Bonita Brass", prosigue el artículo, "Justus es un policía de la vieja escuela, un firme creyente de la regla de la ley. Pero ha tenido cuidado de no traer prejuicios con él. 'Puede asegurar a sus lectores que tengo una visión limpia', dice. 'No me importan los antecedentes de las personas ni cuánto dinero ganan. Mi trabajo es hacer este lugar más seguro para todos, desde los barrenderos de las calles hasta Fletcher Brass. No vine a hacer amigos, y ciertamente no vine a hacer dinero ni a divertirme. Pero espero que la gente comprenda lo que intento lograr.'"

Esto está más cerca de lo que realmente dijo, pero es una adaptación tan libre que a Justus le parece estar leyendo una novela. Sus ojos recorren más pasajes.

"El propio Justus no tiene antecedentes de corrupción policiaca… Dice que su rostro inconfundible, producto de un ataque de ácido por un sicario, es una marca de honor… Dice que le gusta lo que ha visto de la población local… Cree que la reputación de Pecado puede haber sido exagerada…"

Pero para este momento está tan molesto que no puede seguir leyendo. Al menos, no en público. Así que levanta el periódico y saluda con él al propietario sonriente —su moneda ya ha cubierto el precio—; luego se lo pone bajo el brazo y se marcha.

Ahora llueve: gotas grandes como pesas de péndulo caen tan separadas que es posible abrirse paso entre ellas sin mojarse. Justus se inclina por reflejo pero no ha avanzado mucho cuando escucha una voz:

—¡Teniente!

Es Dash Chin, todavía en su uniforme de policía, pero con una botella de licor local. Zigzaguea entre otros peatones y lo alcanza, sonriendo.

—¿De camino a Ishtar? —pregunta.

—Así es.

—¿Qué le parece su departamento?

—He vivido en sitios peores.

Chin sonríe.

—Jabba tiene un sitio en Zabada, ¿sabe?

—Eso he oído.

—Y lo escuché hablar de usted. Realmente lo estaba adulando.

—¿De verdad?

—Dijo que quería que nosotros los de abajo siguiéramos las órdenes de usted al pie de la letra. Que usted podría ser la nueva cara del DPP.

—"La nueva cara"… Eso es interesante.

—Bueno… —Chin toma un trago de su botella—, la policía no es el grupo más popular de Pecado, ya se imaginará.

—Eso pasa.

—Pero aquí especialmente tenemos una reputación de romper cráneos… dizque por pura diversión. Por eso este nuevo caso, la bomba, podría ser lo que todos estamos buscando.

—No estoy seguro de que la policía deba darle nunca la bienvenida a un bombazo.

—Sí, bueno —dice Chin—, es que justo ahora nos haría bien un héroe. Y si usted lleva este caso hasta el final y arresta a algunos peces gordos… eso cambiaría mucho nuestra imagen por aquí.

Justus levanta su copia de la *Tableta*.

—No sé si te diste cuenta, pero parece que yo ya soy un héroe. Y sin haber hecho nada.

Chin se ríe.

—No pierden tiempo en la *Tableta*, ¿verdad? La entrevista ha estado por todos los medios durante horas. Fue primera plana por un rato.

—¿De verdad? —para Justus esto confirma su sospecha de que todo el artículo fue escrito por adelantado—. Parece más una nota necrológica que una entrevista con tanto elogio.

—Así es Nat U. Reilly: no se contiene. En todo caso, usted probablemente no ha visto el artículo de Big Swagger.

—¿Bill Swagger?

—Es el periodista local de escándalos. También tiene una columna en la *Tableta*. Él lo caga a usted. Dice que no necesitamos santurrones, así lo llama a usted, un santurrón, viniendo a decirnos qué hacer.

—Ya veo —Justus hace una nota mental para leer ese artículo más tarde—. Supongo que eso equilibra el artículo del club de fans.

—Más o menos —asiente Chin—. Oiga, ¿ya supo lo último?

—¿Lo último?

—Un grupo se ha responsabilizado de la bomba.

—¿Qué? —los dos hombres han llegado a una plaza dominada por la estatua de un demonio babilónico alado, y Justus se da la vuelta—. ¿Alguien se ha *declarado* responsable?

Chin, que claramente no esperaba semejante reacción, parece inseguro.

—Sí.

—¿Quién? ¿Quién fue?

—Sólo un grupo terrorista.

A Justus le sorprende recibir de pasada tan importante información.

—¿Quiénes? ¿Cómo se llaman?

—El Martillo del Pueblo.

—¿Martillo del Pueblo? ¿Son conocidos acá?

—Nunca había oído hablar de ellos.

—Y ¿cómo fue? ¿Hicieron una declaración, o qué?

—A la *Tableta*, sí. Está en su página principal.

—Pensé que la noticia principal era la de la bomba.

—En la edición impresa, sí. Yo digo la edición en línea.

Justus lo piensa y sacude la cabeza, asombrado.

—¡Pero esto es un gran vuelco en el caso! Debemos volver a la estación a…

Hace un movimiento pero Chin, de hecho, lo bloquea.

—Oiga, mire, señor —dice—, no nos precipitemos, ¿no?

Justus frunce el ceño.

—¿Precipitarnos?

—O sea, ¿qué caso tiene regresar ahora mismo a la comandancia? Ahora nada más hay borrachos y putas y esas cosas. Podemos hacer todo el desmadre en la mañana, ¿no? O sea, no es que lo que dijeron ya esté verificado ni nada. A lo mejor es sólo un loco, una broma o algo así. No tiene caso perder el sueño por una mala broma, ¿no? —y Chin, que intenta no parecer desesperado, toma otro trago de su alcohol.

Justus lo mira. Y aunque una buena parte de él quiere poner al joven Chin firmemente en su lugar, hay algo en sus ojos —un brillo inquietante— que lo hace dudar. Y entonces un gran globo de agua, una gota del tamaño de un durazno, explota sobre su cabeza, lanzando chorros de agua por su cara, y esto lo decide.

—Tienes razón —dice, asintiendo—. Puede esperar a mañana.

—Así se habla —dice Chin, claramente aliviado—. Igual todos estaremos mejor después de una buena noche de sueño. ¿Tiene ahí unas ChocWinks™?

—Sí.

Chin levanta su botella.

—Disuelva tres en MoonShine® si anda en busca de unos sueños locos.

—Lo recordaré.

—En todo caso —ríe Chin, y hace un guiño—, supongo que lo veré en la mañana, ¿no, señor?

—Sí —dice Justus—. Nos vemos entonces.

Cuando Chin se marcha, Justus está que echa humo. Porque ha visto esto antes: policías que toman decisiones importantes con base en lo que sea más conveniente. Lo que por lo general es lo que sea que pueda posponer el caso un día más, aunque a veces es lo que lo lleve a archivarlo permanentemente. Aunque esto no significa que Chin no tenga razón, por supuesto: los presuntos terroristas podrían ser un fraude, inventado desvergonzadamente por el tabloide local.

Justus acelera el paso, trotando entre los globos de lluvia, y cuando alcanza su edificio de departamentos sube a saltos los escalones, tres cada vez, hasta llegar a su puerta.

Adentro, al comienzo, no nota nada fuera de lugar. Se afloja la corbata y va a la cocina por un trago. Sólo hasta que ha alcanzado la sala a oscuras, y está a punto de ordenar que se enciendan las luces, ve algo.

Una figura está sentada en su sillón, silueteada por el neón destellante de afuera.

En un instante Justus ha arrojado su bebida y desenfundado su zapper. Apunta al hombre y dice:

—¡LUCES!

Entonces, a plena luz, ve que la figura en el sillón no es en realidad un hombre.

—Buenas noches, señor —dice con suavidad la figura, como si semejante intrusión fuera lo más natural del mundo.

Es Leonardo Grey.

17

Todavía viste su traje gris limpísimo, su cabello gris sigue
inmaculado, sus ojos grises miran a Justus sin vergüenza.
Sus manos se cierran alrededor de los brazos del sillón y sus
piernas están sin cruzar, así que en la postura, al menos, se parece a la estatua en el monumento de Abraham Lincoln.

—Me disculpo si lo sorprendí, señor.

Justus baja su zapper.

—¿Cómo entró?

—Como valet del señor Brass tengo acceso a todas partes
en Pecado.

—¿A todas partes?

—A todas.

—Eso es interesante —dice Justus.

—¿Por qué es interesante, señor?

—No importa.

Grey señala la mancha de agua.

—¿Le gustaría que limpiara?

—¿Es también parte de su programación como valet?

—Soy un excelente conserje, señor.

—Estoy seguro de que sí —dice Justus—. Pero sólo es agua
tónica. No tendría que dejar una mancha —se sienta en un sofá
de imitación de cuero—. ¿Esto es una especie de emergencia?

—No es una emergencia, señor. Es una cuestión de cortesía. El señor Brass me envió a explicarle.

—¿Explicarme qué?

—El señor Brass desea disculparse por no verlo en persona.

—¿De verdad?

—El señor Brass entiende que a usted se le informó que el caballero con quien se reunió esta mañana, y a quien se le presentó como Fletcher Brass, era, de hecho, un imitador.

—¿Cómo lo sabe él?

—No puedo contestarle eso, señor.

Justus se pregunta si su reunión con Bonita Brass fue grabada de alguna manera… Si fue escuchada, para el caso, por Leonardo Brown.

—Bien, ¿hay alguna buena explicación para el engaño?

—Hay una excelente explicación, señor. El señor Brass está actualmente ocupado con los preparativos de su viaje a Marte. Debido al periodo sinódico de Marte, sólo hay una ventana favorable de lanzamiento…

—Sí, he oído todo eso.

—… cada setecientos setenta y nueve días, señor. Si el cohete no está listo, pasarán más de dos años antes de que…

—Ya sé, ya sé.

—… antes de que el lanzamiento pueda lograrse nuevamente. Como es claro, el señor Brass no puede permitirse no alcanzar ese objetivo, pues considera la misión a Marte la cumbre de los logros de su vida.

—¿Su amo está construyendo el cohete personalmente?

—No, señor, pero supervisa cada aspecto del ajuste y el aprovisionamiento, y se somete a intensos entrenamientos con el resto de la tripulación.

—Bueno, todo eso está muy bien, pero igual necesitaré hablar con él personalmente en algún momento.

—Eso no es posible, señor.

—Tiene que ser posible, si he de hacer apropiadamente mi trabajo.

—No es posible, señor.

—Éste es un caso de homicidio. Si necesito hablar con Fletcher Brass, lo haré.

—No lo hará, señor.

—Y yo le digo que sí lo haré. ¿Fletcher Brass está por encima de la ley aquí?

—Sí, señor.

Es una respuesta tan obvia, dicha en un tono tan coloquial, que Justus se sorprende genuinamente. Y le sorprende sorprenderse. Pero agita la cabeza.

—No se espera de mí que siga hablando con ese actor, ¿o sí?

—Así son las cosas, señor —dice el droide—. El imitador está muy bien informado de todos los aspectos de la vida del señor Brass, y puede responder tan adecuadamente como el propio señor Brass.

—¿Esto es una broma?

—No es una broma, señor.

—Hace un par de minutos usted me dijo que estaba aquí para disculparse conmigo por el engaño. Ahora no parece estar disculpándose en absoluto.

—Me disculpaba por el malentendido, señor. No por el engaño en sí.

Por un momento, Justus mira por la ventana: el neón brillante, la lluvia que cae lenta, hipnóticamente. Luego vuelve a enfocarse en Grey, como para refrescar toda la escena. Y como para asegurarse de que no está soñando:

—¿Cuánto tiempo ha durado esto?

—¿Cuánto tiempo ha durado qué, señor?

—¿Cuánto tiempo ha estado el actor sustituyendo a Fletcher Brass?

—Lleva más de tres años haciéndolo. El arreglo se entiende bien aquí en Purgatorio, y es de lamentar que usted no supiera de ello.

Justus reflexiona.

—El cohete no ha estado en construcción durante tres años.

—Es verdad, señor.

—¿Entonces por qué ha durado tanto el engaño?

—Por razones de seguridad, señor.

—¿Fletcher Brass teme por su seguridad?

—Me temo que sí, señor.

—¿Por qué? ¿Por qué teme por su seguridad?

—El señor Brass es la autoridad máxima de Purgatorio, y como tal se ve forzado a veces a tomar decisiones que no son bien recibidas.

—¿Qué clase de decisiones?

—Decisiones que lo hacen parecer despiadado, señor, pero que son las mejores para el territorio en su conjunto.

—¿Decisiones que podrían provocar una respuesta violenta?

—No estoy en posición de hacer comentarios sobre eso, señor.

—¿Se da cuenta de que un grupo terrorista se ha responsabilizado del bombazo?

—No lo sabía, señor.

—Se lo digo ahora. ¿Qué opina de eso?

Leonardo Grey se queda sentado en silencio e inmóvil por varios segundos, la cara en blanco, los ojos sin parpadear, como si se entregara a una comunicación remota. Lo cual, si las transmisiones de radio están realmente prohibidas en Purgatorio, Justus sabe que es imposible... o como mínimo ilegal. Finalmente el droide dice:

—Ciertamente ha habido mucha agitación sistemática de sensibilidades volubles, señor.

Suena como si recitara parlamentos de un guión.

—¿Agitación? —pregunta Justus—. ¿Por quién?

—Personas irresponsables. Gente que fomenta la rebelión para sus propios fines.

—¿Terroristas?

—No estoy en posición de decir eso, señor.

—¿Bonita Brass?

—No estoy en posición de decir eso, señor.

—Sin embargo, usted debe ver que está hablando sobre la razón exacta por la que necesito hablar con Fletcher Brass en persona.

—Eso no es posible, señor, como he dicho.

—¿Por qué? No está muerto, ¿o sí?

—No está muerto.

—¿Enfermo?

—Sólo está, como he dicho, ocupado.

—Nadie está tan ocupado como para no tener unos pocos minutos.

—El señor Brass está tan ocupado, señor, que incluso de ser capaz de darse unos pocos minutos no sería muy hospitalario con usted.

—¿Me está diciendo que tiene mal carácter?

—El señor Brass es un hombre apasionado.

Justus resopla.

—Bueno, yo sé todo acerca de los hombres poderosos y apasionados. He tratado con muchos de ellos. Y puedo volver a hacerlo.

—No estoy seguro de que usted comprenda, señor. El señor Brass está bajo tal presión que el hombre que usted vería no es el...

—No, yo estoy seguro de que es *usted* quien no entiende —Justus también ha tenido experiencia con androides, en la Tierra enseñó procedimientos de investigación detectivesca, y sabe que se debe ser firme con ellos como con un niño terco—. El Brass a quien conocí esta mañana, el actor, me aseguró su cooperación total. Él me dijo que me animaba a fisgonear en sus cajones. Y si lo que usted dice es verdad, entonces me siento seguro de que ésos son los sentimientos del verdadero Fletcher Brass. Así que no sólo *prefiero* hablar con el verdadero Brass: *insisto* en ello. Es mi *deber* como oficial investigador. Y es *crucial* para la integridad de la investigación. Es en beneficio de todos, y puede representar, de hecho, la diferencia entre la vida y la muerte. Así que simplemente no es negociable. ¿Entiende?

Leonardo Grey se queda sentado en silencio por unos segundos, de nuevo como si estuviera enfrascado en alguna comunicación secreta. Y por fin dice:

—Lo entiendo, señor.

—Muy bien —dice Justus—. Entonces, por favor, arregle una reunión tan pronto sea posible. Ya sabe cómo contactarme.

—Lo sé, señor.

Por unos momentos, Grey sigue mirándolo —Justus sabe que sería exagerado leer cualquier malevolencia en esa mirada— y luego se pone de pie en un movimiento fluido.

—Fue un placer encontrarlo, señor —dice el droide—. Me disculpo otra vez por mi intrusión sin aviso. Y por cualquier malentendido.

—Está perfecto —Justus lo acompaña hasta la puerta—. Pero una última pregunta antes de que se vaya.

—Ciertamente, señor.

—Usted es del mismo modelo que Leonardo Brown, ¿no es así?

—Correcto, señor. Todos lo somos.

—¿Todos?

—Yo mismo, Leonardo Brown, Leonardo White y Leonardo Black.

—Ah —dice Justus—. ¿Qué le pasó a Leonardo Green?

—No hay un Leonardo Green, señor.

—¿Entonces por qué Leonardo, si puedo preguntar?

—Fuimos nombrados en honor de Leonardo da Vinci, que en 1495 diseñó el primer androide conocido.

—Fascinante. Entonces son un poco como hermanos.

—Todos fuimos construidos como parte del proyecto Dédalo, señor.

—Ya veo.

Justus se recuerda que debe investigar eso en cuanto sea posible, y hace salir a Leonardo Grey.

18

El androide —de pelo negro, traje negro, ojos negros y corbata negra— continúa viajando a toda velocidad a través de la Cara Oscura. La superficie de la Luna es de 38 millones de kilómetros cuadrados, más o menos el equivalente al tamaño combinado de América del Norte y la Antártida. Cuando el droide empezó su odisea, Purgatorio —u Oz, o El Dorado— estaba a poco más de 2,500 kilómetros de distancia. Ahora está a poco menos de 1,800 kilómetros. Un tren magnético en la Cara Iluminada podría cubrir la distancia en dos horas; un transbordador, una lanzadera o un saltador podrían tardar aún menos. Pero en la Cara Oscura, aun viajando sin parar en caminos de mantenimiento bien apisonados, el androide calcula que podría cubrir esa distancia en no menos de dos días y medio. Y para ese tiempo el terminátor entre el día y la noche habrá pasado sobre él, y estará viajando en total oscuridad.

Muévete. Muévete. Mientras los otros duermen, muévete.

Para el androide, la propia oscuridad importa poco. Tiene visión nocturna interconstruida y accesorios de lectura de infrarrojos. Tiene un módulo de brújula digital que lo mantiene en dirección hacia el norte. Tiene sensores de fuerza y registros gravitacionales, giroscopios, sensores de proximidad, acelerómetros y una tasa de muestreo visual de 1,500 cuadros por segundo. Tiene quinientos semicontroles neumáticos y media docena de microgeneradores piezoeléctricos propulsados por seis celdas de energía alimentadas por alcohol y glucosa. Su centro de inteligencia le da reconocimiento avanzado de patrones, funciones lógicas y suficientes capacidades de refuerzo para aprender rápidamente de sus errores. Y por encima de todo, ahora tiene un LRV.

El androide puede dirigir el vehículo porque seis años antes se le cargaron los requisitos operacionales básicos de la línea Zenith. Luego acumuló experiencia táctica conduciendo personalmente un Zenith 13. Así que sabe cómo conducir, recargar y reparar una descompostura básica, suponiendo que haya disponibles partes de recambio y energía. Y sabe también que el vehículo que conduce actualmente se quedará sin batería dentro de los próximos doscientos kilómetros. Pero sus circuitos lógicos le dicen también que hay una elevada probabilidad de que para entonces halle un vehículo de reemplazo o una estación de recarga.

Con todo, desde que dejó a aquellas geólogas tan poco cooperativas la superficie lunar ha estado notablemente estéril. Todo lo que ha visto han sido unas pocas señales destellantes, un par de robots de reconocimiento descompuestos, desechos dejados por equipos expedicionarios, y cerca del ecuador el amplio viaducto del tren heliosíncrono de agricultura. Pero ni un ser humano.

Ni siquiera está conduciendo en un camino de mantenimiento. Eso llegó a su fin hace dos horas, de modo muy misterioso, en una intersección con forma de T. Desde entonces, tras haber elegido continuar hacia al norte, ha subido y bajado colinas, atravesado dunas, evitado cráteres, rebotado y traqueteado por planicies cubiertas de rocas.

Pero ahora llega a una barda alambrada y gigantesca. Se extiende de horizonte a horizonte sin interrupción visible. Para alguien en la Tierra sería algo familiar, pero aquí en la Luna es virtualmente única. E inexplicable. Ciertamente no aparece en el mapa de bordes rasgados de Ennis Fields. Así que el droide conduce hacia el oeste por cinco minutos, en busca de una entrada o una explicación, hasta que al fin llega a un cartel agrietado y desteñido:

DANGER

PELIGRO Опасность 危险 GEFAHR 危険 خطر

ÁREA DE PRUEBAS NUCLEARES
ALTO NIVEL DE RADIACIÓN
ENTRE BAJO SU PROPIO RIESGO

El androide reconoce el símbolo internacional de la radiación —el trébol es común en la Luna— pero no ve ninguna amenaza inmediata. Hay una pequeña posibilidad de daño a sus circuitos, por supuesto, pero el estado del cartel sugiere que el área de pruebas tiene muchos años, es decir, que los niveles de radiación no deben ser mayores que los que se experimentan en una expedición normal por la superficie. Y esas dosis no han tenido efectos perceptibles en él hasta el momento. Así que saca unos cortadores de alambre de la caja de herramientas, corta la cerca, arranca un poco más de alambre a mano limpia, regresa al LRV y lo conduce al otro lado.

Diez minutos después llega a la primera señal de la explosión misma. Poco a poco, la superficie bajo el vehículo se endurece y crea tintes lechosos de turquesa y aguamarina. Luego las ruedas empiezan a triturar pequeñas esferas de cristal piroclástico. Después la superficie se convierte en un mar de cristal azul y extraños remolinos y ondas. Más adelante, onduladas olas marinas, témpanos y formas indescriptibles y maravillosas.

Y por todas partes están esas infernales cuentas de vidrio. Las ruedas del lrv luchan para ganar tracción: es como cruzar un camino cubierto de canicas. El droide vira a la derecha y a la izquierda, tratando de mantener el control. La palanca tiembla entre sus manos. Las ruedas escupen cuentas como semillas. El lrv derrapa y se ladea. Como en una máquina de pinball, rebota en paredes de cristal. Va dejando trozos de amortiguadores y defensas de sus costados. El androide lo devuelve a su curso y baja la velocidad: no sirve. Acelera y tampoco sirve. El lrv se desliza como un coche suburbano en un campo de lodo. Amenaza con quedar por completo fuera de control y volcarse. Salta y resbala y zigzaguea y cabecea a través del mar de zafiro.

En la Tierra hay algunas personas que harían esto para divertirse. Ciertamente hay personas que, obligadas a cruzar semejante terreno, sentirían orgullo de sus habilidades ante los controles. Hay incluso quienes sentirían gran deleite, a pesar del peligro, en cruzar ese terreno tan extrañamente hermoso. Pero el androide no siente ese placer. Sólo calcula un inconveniente adicional para su programa.

Hay más. De modo muy similar a un glaciar terrestre, el mar de cristal esconde peligrosos abismos y grietas. Y ninguno de los sentidos del droide, que en un humano serían considerados sobrenaturales, le permiten ver todas estas aberturas a tiempo. Así que su decisión de acelerar, aunque está basada en todas las evidencias a su disposición, está a punto de ser su ruina.

El lrv se mueve a setenta kilómetros por hora cuando él se da cuenta de que el suelo ha desaparecido bajo sus ruedas. Y en medio de una efusión de cristal, está cayendo en un agujero. Está desapareciendo en la negrura. Está siendo tragado por la Luna. Si fuera un humano en esa situación, podría maldecir, o gemir, o gritar. Pero el androide, mientras cae hacia un impacto tremendo y aplastante, simplemente se prepara con otro lema indomable:

Si caes en un agujero, conviértelo en una estrategia.

19

Harmony Smooth es una lunática. Y una asesina. Y una pecadeña. Y una prostituta. Por una tarifa sencilla hace Alivio Manual, Sybian, BJ, Ostra, Texas Derecho, 69, DVDA, Medio y Medio, Francés Completo, Tántrico, Trío, Crema Batida, Hullabaloo, Dominátrix, Marie Celeste y algunas de las formas menos extremas de Deporte Acuático. Por una tarifa negociada también será Novia de Toda la Noche, Estrella Porno, Tímida, Sumisa u ofrecerá la Experiencia Rompebolas. Pero bajo ninguna circunstancia hará el Banco de Niebla, el Hot Dog con Chile, el Títere de Carne, el Trombón Oxidado, el Sasquatch, el Vapor de Cleveland, el Hellzapoppin o la Carreta de Kentucky.

Justamente ahora no está haciendo mucho. Está arrellanada en un sofá, comiendo helado de caramelo y nougat, jugando con su moodpad y pasando canales en una enorme holopantalla. Ha pasado la noche viendo *El domador de caballos: el origen*; *Draculina*; *Vidas tempranas, amores tempranos* y *Después del Titánic*. No ha dormido mucho porque es sobre todo una persona nocturna y porque está empezando a fastidiarse.

Ha estado en este cuarto sin ventanas por más de una semana. Y todavía no hay señales de la persona que está pagando la cuenta. O de qué se espera de ella. Su único contacto es un guapo androide y él no le dice nada. El cuarto mismo está notoriamente bien amueblado, con muebles cómodos, un sistema de entretenimiento de primera clase y montones de comida gourmet en el refrigerador. Pero esto sólo hace que Harmony se pregunte quién puede permitirse tanto lujo, y por qué merecería ella semejante trato.

Hace dos semanas, Harmony —no es su nombre real, pero ha usado tantos nombres de batalla desde su llegada a Purgatorio que ella misma apenas puede recordarlos— fue a Marduk para un cambio de imagen de rutina con su cirujano favorito. Se sentó en la sala de espera por más de media hora antes de ser llevada no a cirugía, como esperaba, sino a una oficina lujosa con paneles de madera. Allí ella esperó por otros quince minutos, sintiendo que la observaban, antes de que un hombre elegante de pelo gris y bata blanca —la imagen misma de la confiabilidad médica— entrara con una carpeta en la mano.

—Señorita Smooth —dijo, dedicándole una brillante sonrisa—, ¿sabe quién soy?

—¿Doctor Janus? —preguntó Harmony, poniéndose de pie. Nunca hubiera esperado encontrarse cara a cara con el famoso cirujano.

Janus se dejó caer en un asiento tras su escritorio.

—Creo que nos hemos encontrado antes… en la mesa de operaciones, es decir. Pero probablemente usted no se acuerde.

—No, no —se rio Harmony, confundida.

—¿Sabe usted?, yo solía entrar temprano a las cirugías, estrechar la mano de mis pacientes, presentarme y tranquilizarlos, ese tipo de cosas. Pero en estos días estoy demasiado ocupado… En fin, ya sabe usted cómo es.

—No me quejo —dijo Harmony—. O sea, si usted ha trabajado conmigo antes, yo no me quejo.

Janus rio por lo bajo.

—Oh, gracias, señorita Smooth. Siempre intento tratar a todos los pacientes del mismo modo. Exactamente del mismo

148

modo. Cada uno como una misión especial. Después de todo, yo sé lo importante que son las apariencias en estos días. Para todos. Pero en especial en una profesión como la suya. Es cuestión de supervivencia, ¿no es cierto?

—Supongo.

—Ya ha venido aquí —dijo, dando un vistazo a la carpeta— veinticinco veces, ¿correcto?

Otra risita.

—Veinticinco, veintiséis, ¿quién las cuenta?

—¿Y ahora ha venido por un trabajo de Cara Completa?

—Incluyendo las orejas.

—Las orejas, sí. Quiere verse como la cantante Lesley bat Leslie, ¿no es así?

—Ella es superpopular ahora.

—¿Y usted cree que puede incrementar el número de sus clientes luciendo como ella?

—Sé que puedo.

—Y el costo del procedimiento… será cubierto por su, este, representación, ¿verdad?

—Lo vamos a dividir. ¿Por qué? —de pronto Harmony estaba alarmada—. No hay ningún problema, ¿o sí?

—Ningún problema, señorita Smooth. En absoluto. Puedo hacerla lucir como Lesley bat Leslie o Layla Nite o Marilyn Monroe o cualquier otra persona a la que quiera parecerse. Puedo hacerlo todo en dos horas, ponerla en recuperación y despedirla, sin hacer preguntas. Y luego, un par de meses después, puedo hacerla verse como alguien enteramente distinto. Y esto puede seguir indefinidamente… siempre que usted esté contenta con ello. Siempre que no desee ninguna otra cosa.

Harmony no estaba segura de si eso tenía el fin de hacerla sentir reconfortada o deprimida.

—¿Pero…? —preguntó, levantando las cejas con indefensión.

Y el doctor Janus se rio y se inclinó hacia delante, entrelazando sus dedos.

—¿Pero qué pasaría si yo le hiciera una oferta *diferente*? ¿Una oferta que significara un cambio de imagen ligeramente distinto? ¿Una cara ligeramente *distinta*? ¿Y sin cobrarle un solo centavo?

—¿Una cara diferente?

—Véalo así, señorita Smooth: a veces me contactan, cómo decirlo, "personas interesadas". Personas ricas. Personas en busca de un look particular. Y que están preparadas para pagar generosamente, *muy* generosamente, a alguien dispuesto a proporcionar ese look.

—¿Quieren que yo les dé ese look?

—No tiene que *ser* usted, señorita Smooth. Y si lo prefiere, puedo fácilmente continuar con su plan original, sin resentimientos. Pero usted sería perfecta para esto.

—¿Esas personas interesadas me han visto?

—Han visto su carpeta.

—¿Y creen que tengo el… look adecuado?

—Con un poco de trabajo, usted *tendrá* el look adecuado.

Harmony estaba intrigada, pero inquieta. Quería creerle a Janus: era difícil no hacerlo, con sus ojos resplandecientes y su piel suave y sus arrugas artísticas, pero por otro lado había oído de mujeres trabajadoras que habían sido tomadas por mafiosos de Purgatorio, se les había cambiado la cara según los deseos de ellos y luego habían desaparecido por completo… Nunca se les volvía a ver ni se volvía a oír de ellas.

—Bueno… ¿De cuánto dinero estamos hablando?

Otra vez el doctor Janus mostró su sonrisa blanca como la nieve.

—Tanto dinero que usted quedaría provista de por vida. No tendría que volver a trabajar.

A Harmony le sonaba demasiado bueno para ser verdad.

—¿Y quién es exactamente esta persona interesada?

—No puedo revelarle eso.

—¿Su amigo?

—Amigo muy *influyente*.

Harmony supo que esto era probablemente cierto: el doctor Janus circulaba entre las figuras más célebres de Purgatorio, y a la mayoría les hacía cirugías.

—¿Y este amigo suyo quiere que lleve a cabo un acto sexual?

—Por lo que sé, las necesidades de mi cliente no son sexuales en absoluto.

—¿Entonces qué implica?

—Honestamente no lo sé. Pero a usted se le llamaría cuando fuera necesario. Podría ser una sola vez.

—¿Será peligroso?

—De nueva cuenta, no sé. ¿Le molestaría si lo fuera?

—Depende de qué tan peligroso. Y quién es el cliente. Y qué está en juego.

—Bueno, a ese respecto le puedo asegurar, señorita Smooth, que, de aceptar la oferta, por supuesto, usted tendría un papel importante en el futuro de Purgatorio. Un papel *muy* importante. Pero, de nuevo, depende enteramente de usted. Después de todo, es su vida. Y mi cliente no va a obligarla a hacer nada contra su voluntad.

Harmony se quedó mirando al vacío, aún sin poder quitarse la impresión de que había algo siniestro en todo aquello. Por otra parte, ella había sabido cuidarse antes: en Las Vegas había matado a un policía que estaba maltratándola... y no veía ninguna razón por la que no pudiera volver a hacerlo. ¿Pero el riesgo valía una cantidad no especificada de dinero? ¿Justo cuando esperaba ganar dinero con una nueva identidad de cualquier modo, como la única *lookalike* de Lesley bat Leslie en Pecado?

El doctor Janus hizo un ruido.

—Veo que tiene mucho en qué pensar. ¿Qué tal que le pongo un poco de música para reflexionar? ¿Y regreso en unos quince minutos? ¿Sería tiempo suficiente?

En realidad, Harmony fue incapaz de decidir en el periodo asignado, y discutió todo el extraño negocio con otra prostituta, su amiga más cercana en Pecado. La amiga dijo que ella estaría loca si no aceptaba la oferta, dado que era sólo por un corto tiempo, y considerando que el ultraconfiable doctor Janus estaba involucrado. Así que Harmony regresó al consultorio del cirujano al día siguiente y rogó por el trabajo, esperando que no fuera demasiado tarde. Y el doctor Janus, aunque claramente no estaba impresionado, fue a consultar a alguien —otra vez Harmony tuvo la impresión de que la observaban— y regresó con otra sonrisa blanca y cegadora.

Y aquí está ella ahora, con una cara totalmente nueva, un cuerpo totalmente nuevo y una identidad totalmente nueva. Después de la cirugía se despertó en esta habitación sin tener idea de dónde estaba —si es que aún seguía en Pecado— y sin manera de averiguarlo, pues no había ventanas ni aparatos de comunicación. Las vendas fueron quitadas un día después —Harmony quedó genuinamente impresionada al verse en el espejo— y los hematomas, gracias a lociones curativas, se desvanecieron un par de días después. Y desde entonces ella no ha hecho más que comer, ver la televisión, y en general matar el tiempo. Cada vez más aburrida. Cada vez más inquieta. Cada vez sospechando más del trabajo.

Y ahora, de acuerdo con el reportero de las noticias de la mañana, Otto Decker, mano derecha de Fletcher Brass, ha sido asesinado. Algún grupo terrorista se lo ha adjudicado. El nuevo policía de la ciudad, Damien Justus, encabeza la investigación. Y por extraña coincidencia Harmony conoce a Damien Justus de la Tierra… Ella tuvo algún contacto con él allá en Las Vegas, cuando apenas comenzaba en las calles y él investigaba el asesinato de otra prostituta.

Así que ahora ella debe preguntarse si el ataque terrorista, con todas sus implicaciones políticas, está conectado de alguna forma con su propio papel misterioso. Y ésta no es una posibilidad que le parezca atractiva. Porque Harmony —al menos desde su llegada a Pecado— ha sido decididamente apolítica. Ella admira enormemente a Bonita, claro, pero al contrario de la mayoría de los otros pecadeños no tiene resentimientos contra Fletcher Brass. Fue el Patriarca de Purgatorio en persona quien aprobó su residencia, después de todo, así que ella piensa que, en cierto sentido, le debe la vida. No está segura de ser capaz de ponerse en *peligro* por él, pero tampoco se sentiría bien trabajando *contra* él. Simplemente no es algo que le interese.

Suspira. Pone a un lado el contenedor vacío de helado. Busca entre los canales una película decente, pero lo único que parece que están pasando es una versión extendida de *Brass*. Se levanta. Se mira en el espejo. Se limpia algo de crema del labio. Se desabrocha la blusa y mira sus pechos estupendos, prácticamente la única parte de su cuerpo inalterada por la cirugía. Empieza a acariciarlos, simplemente como un modo de conectarse con su pasado: con su ser verdadero.

Y entonces escucha un ruido. Proviene desde detrás del espejo. Se queda inmóvil, convencida de que no es su imaginación. Reenfoca la visión y mira el vidrio. Se había preguntado acerca del espejo durante días, y ahora se acerca, tratando de mirar *a través* de él. De *ver* a quienquiera que esté detrás: el voyeur, el guardián, quien sea.

Todavía tiene las manos en sus pechos —se pregunta si el trabajo será sexual después de todo— cuando la puerta se abre súbitamente. Ella se da la vuelta.

Es el androide apuesto.

Él la mira —las manos de ella siguen sobre sus tetas— y asiente diplomáticamente.

—Buenos días, madam —dice—. Espero que se encuentre bien.

—Bastante bien.

—¿Bastante bien para una visita?

—¿Ahora mismo?

—Sería preferible, madam, considerando los horarios de su visitante.

Harmony se endereza, se encoge de hombros y abotona su blusa.

—Bueno, está bien… Deme sólo un segundo.

Se da vuelta de prisa al espejo, alisándose el cabello, humedeciendo sus labios. Y luego se da vuelta otra vez.

Sólo para descubrir que su visitante —"el cliente", "la persona interesada"— ya ha entrado en el cuarto.

Harmony se queda con la boca abierta,

—Hola —dice su visitante, con una risita leve y la mano tendida—. Creo que no necesito presentarme. Pero sin duda hay muchas preguntas de las que usted quisiera respuesta…

20

Justus, en la sala de juntas del DPP, ha puesto en una pantalla una copia de la declaración de los terroristas:

EL MARTILLO DEL PUEBLO GOLPEA UN CLAVO TORCIDO

OTTO DECKER = CERDO Y SECUAZ DE BRASS

¡NO MÁS PORQUERÍA!

¡NO MÁS BRASS!

¡VIVA REDENCIÓN!

—Muy bien —dice—. Vamos a ver qué tenemos aquí.

Justus ha reunido a su equipo improvisado de investigación: Dash Chin, Cosmo Battaglia, un detective prestado de Antidrogas llamado Hugo Pfeffer, una brasileña que masca chicle llamada Jacinta Carvalho y un nigeriano de dos metros cuarenta que se hace llamar Prince Oda Universe. Todos hacen su mejor esfuerzo para parecer atentos, pero Justus los ve echarse miradas unos a otros cuando creen que él no los está viendo. La atmósfera general es, de hecho, la de un grupo de escolares que escuchan a un profesor que no se ha enterado de la broma. La propia sala de juntas tiene ventanas que dan a las oficinas, donde otros policías siguen en sus asuntos, y a Justus le parece que no está bien insonorizada: ocasionalmente puede ver al ruso de labios gruesos, Grigory Kalganov, mirándolos con abierto desdén.

—Esto es de un mensaje impreso entregado por correo anónimo a las oficinas de la *Tableta* —dice Justus—. Vamos a necesitar que los forenses examinen el original en busca de huellas, ADN, origen de la tinta.

—Se lo pediré a la *Tableta* —ofrece Carvalho.

—Ya la tengo —dice Justus, para sorpresa de todos—. Junto con muestras de ADN de todos los que lo tocaron en el periódico. Y tengo una identificación positiva del correo que lo dejó en su recepción. Pero por ahora es seguro suponer que los propios remitentes son lo bastante profesionales como para no dejar rastros obvios. En un momento llegaré al contenido del primer mensaje, pero lo más importante ahora mismo es el *segundo* mensaje, que la *Tableta*, por ser un órgano noticioso responsable, no ha querido publicar hasta ahora.

—¿Segundo mensaje? —pregunta Chin, mientras se rasca una oreja.

—No es un secreto: se mencionaba en el artículo.

—Bueno, ¿qué es lo que dice, señor?

—Identifica al explosivo usado como una mezcla de propano y nitrato de amonio. Describe las cantidades requeridas de manera muy exacta. Así que o los remitentes tienen algún tipo de envolvimiento directo en el bombazo o han conseguido información de adentro.

Pfeffer gruñe.

—¿Está diciendo que hubo una filtración en el DPP?

—Sólo cubro todas las posibilidades —dice Justus—. En todo caso, no soy experto en antiterrorismo, pero diría que lo más probable es que esto indica que los remitentes están realmente involucrados. Eso nos deja la esencia del primer mensaje, y lo que podamos interpretar a partir de él.

Voltea a mirar a la pantalla.

—Primero que nada —dice—, está el nombre mismo del

grupo: El Martillo del Pueblo... supongo que ese nombre nunca se había escuchado en Purgatorio.

Todos se encogen de hombros o agitan la cabeza.

—Bueno, ciertamente es algo antiguo. Muy bolchevique. Así que no hablamos de extremismo religioso, sino de ideología política.

—Suponiendo que el grupo vaya en serio —agrega Dash Chin.

—Desde luego. Pero eso necesita verificarse de cualquier manera. Porque si el bombazo fue un acto político, entonces los perpetradores no son tontos. Están bien educados y saben cómo cubrir sus huellas. Así que necesitamos estrechar el campo, tan rápido como sea posible, a aquellos que podrían clasificarse como revolucionarios en esos términos.

—Aún sería un campo muy amplio —dice Chin.

—Claro que sí. Pero no tan grande como para que no podamos encontrar una serpiente en la hierba si nos hace falta. Segundo, tenemos aquí una referencia específica...

En este punto, el jefe Buchanan maniobra su panza de gigante gaseoso a través de la puerta y toma una silla de tamaño extra.

—No se molesten —dice a Justus, levantando la mano—. Sólo quiero estar aquí, ver cómo va la cosa.

A Justus sí le molesta pero se muerde la lengua.

—Segundo —dice—, tenemos una referencia específica a Otto Decker. Esto lo marca como el blanco de la bomba, en vez de Ben Chee o Blythe L'Huillier o cualquier otra persona.

—Bueno, claro que él era el blanco, señor —dice Pfeffer—. No hacía falta que nos lo dijera una declaración terrorista.

—Con respeto, detective —replica Justus—, no podemos descartar el asunto todavía. Otros me han sugerido otras cosas, y no estoy descontando nada.

—¿Quién?

—¿Disculpe?

—¿Quién le ha dicho otras cosas?

—Eso es irrelevante —dice Justus—. Pero si Decker era realmente el blanco, y era tan popular como todos ustedes parecen creer, entonces necesitamos saber por qué alguien lo querría muerto.

—Porque era amigo cercano de Fletcher Brass —dice Jacinta Carvalho.

—Sí, pero ¿eso es todo? Hay una lucha por el poder ahora mismo, dado que Brass se va a Marte, ¿no es así? ¿En parte entre Brass y su hija?

Justus espera algún tipo de respuesta —incluso una negación—, pero el cuarto se queda extrañamente silencioso. Lo que, adivina, pasa por una especie de aprobación.

—En cualquier caso, los últimos dos renglones de la declaración podrían ser significativos. "No más Brass" es bastante genérico, porque podría referirse a Fletcher o a Bonita Brass, o a ambos. Es decir, podría haber alguien que simplemente se opone a la dinastía Brass en general. Pero eso es inusual aquí, ¿no? Parece que aquí o se está en un bando o se está en el otro.

De nuevo, un silencio aprobatorio.

—Y luego está el último renglón —dice Justus—. "Viva la Redención." Lo que, a menos que me equivoque, es una referencia al cambio de nombre propuesto para la ciudad por Bonita Brass, de Pecado a Redención. Así que ¿esto significa que el grupo terrorista se está alineando con Bonita Brass? ¿O es sólo una coincidencia?

Silencio. El jefe Buchanan desenvuelve una Moonball® y se la echa en la boca.

—¿Alguna observación?

—Con respeto, teniente —dice Pfeffer, y Justus no está seguro de si lo dice con burla—, creo que está leyendo demasiado en ese mensaje.

—¿Cómo es eso?

—Bueno, Bonita Brass tiene muchas razones para eliminar a Otto Decker... no lo niego. ¿Pero que esto sea un ataque terrorista? ¿Guerra de clases? O sea, por favor.

—¿Por qué no podría ser un ataque terrorista?

—Porque *sabríamos* si lo fuera.

—Ustedes lo *sabrían* —dice Justus, y se pregunta por qué está sorprendido—. Mire, saber y sentir no son suficientes, me temo. Si hay tensiones significativas surgiendo en esta ciudad, no hay agencia de procuración de justicia, ni siquiera el DPP, que pueda estar al tanto de todo. No en todo momento. Y en especial no en un sitio que se enorgullece de estar libre de tecnologías de vigilancia. Así que, ¿qué podría *detener* el alzamiento de un nuevo grupo terrorista ahora mismo?

Un silencio rígido y sostenido llena el cuarto. Le queda hablar a Buchanan, que lame polvo de azúcar de sus dedos:

—¿Le molesta si doy mi opinión, teniente?

—Claro que no.

—Bueno, la cosa es así, mire —el jefe desplaza su cuerpo y la silla entera cruje—. Estos muchachos tienen buenas razones para ser un poco cínicos respecto de terroristas y sus supuestas declaraciones. ¿Y sabe por qué? Porque han visto toda esta mierda antes. Probablemente no oyó de esto en la Tierra, o tal vez sí porque todo el asunto se infló más allá de toda proporción, según hemos oído... pero una vez tuvimos una pequeña secta viviendo aquí en Purgatorio. Se hacían llamar los Frondistas o alguna idiotez así. Fanáticos de la naturaleza, bebedores de savia, besuqueadores de delfines, ya se imagina. En todo caso, estaban hasta el cuello en tanta mugre allá: demandas, cargos de difamación, ecoterrorismo, todo eso, que estaban buscando una salida. Una permanente. Entonces Fletcher Brass se entera y decide ofrecerles refugio en Purgatorio. Les ofrece un complejo entero en el piso del cráter, algo que puedan convertir en una granja autosuficiente, para que no tengan que comer nunca más nada que sea genéticamente modificado, que no tengan que respirar de otro escape, que no tengan que *ver* jamás a nadie de traje y corbata. Es un gesto amistoso a los herbívoros y es pintarle dedo a todos los de la Pelota Azul —Buchanan usa el término despectivo con el que los selenitas se refieren a veces a la Tierra— que dicen que no es sano vivir en la Luna. Todo va bien por unos años: ellos viven solos allá, fumándose sus plantas, mascándolas o lo que sea que hagan, hasta que un día alguien se alarma un poco porque nadie ha sabido de ellos por un tiempo. Así que va para donde están y ¿qué se encuentra? Todos están muertos. Asfixiados. Una fuga de gas o algo parecido. O eso es lo que parece. Y ya es bastante vergonzoso, ¿no? Es una gran humillación para Fletcher Brass. Pero entonces llega un mensaje terrorista, que hace que todo se vea todavía peor. Un grupo local que se hace llamar el Lápiz Azul dice que fue obra suya. Dicen que se dedican a "editar" fuerzas radicales o perturbadoras o alguna mierda así, y que deliberadamente les envenenaron el suministro de aire.

—Tetróxido de nitrógeno y monometilhidrazina —interviene Carvalho—. La peor pesadilla de cualquiera en un ambiente cerrado.

—Cierto —dice Buchanan—. Monometil lo que sea. En todo caso, por todo el DPP suenan las alarmas, porque nadie ha oído nunca del Lápiz Azul. Y Fletcher Brass quiere respuestas inmediatamente, nos respira en el cuello, realmente nos está jodiendo. Y nosotros ponemos de cabeza a la ciudad entera... tiramos paredes, echamos gente por la ventana, hasta matamos a unos cuantos. Y al final ¿qué encontramos? ¿Después de tres meses? *Nothing*. Ni una maldita cosa. ¿Y sabe por qué? Porque resulta que el grupo del Lápiz Azul era nada más una tapadera. El verdadero culpable era un magnate aeroespacial de la Tierra —un cagón amargado con una cuenta pendiente— que quería dañar a su viejo rival Fletcher Brass de cualquier manera posible. Así que contrató a asesinos para que vinieran a la Cara Oscura, se infiltraran con los criminales de Pecado y eliminaran a toda la secta frondista de un solo golpe. Lo que es bastante fácil si uno sabe lo que está haciendo.

La historia le parece a Justus altamente improbable. Incluso ve a Kalganov sacudir la cabeza burlonamente en el cuarto de junto.

160

—¿Se ha verificado todo eso? —dice.

—Claro que se ha verificado. ¿Nunca oyó esta historia allá en la Tierra?

—Si la oí, fue una historia diferente.

—Si era diferente estaba mal —dice Buchanan—. Era *propaganda*. Pregúntele a quien sea acá. Así fue como sucedió. Sobre la puta tumba de mi abuela —se echa otra Moonball® en la boca y empieza a masticar mientras sigue hablando—. En todo caso, por eso nos tendrá que perdonar por no confiar mucho en declaraciones terroristas de mierda. En especial aquellas que mandan directo a la prensa.

Justus asiente de manera ambivalente. Y se aclara la garganta.

—Bueno, ¿cuál es su teoría?

—¿Cuál es *mi* teoría? —Buchanan se limpia la nariz con el dorso de la mano—. Éste no es sitio para mis teorías… No quiero ponerle palabras en la boca. Pero sí sé una cosa: aquí va a haber más asesinatos, claro que sí. Así que mejor no sigamos pistas falsas para llegar a callejones sin salida.

—¿Qué le hace pensar que habrá más asesinatos?

—¿No es obvio? Todo en la declaración terrorista sugiere eso.

—Pero usted acaba de decir que la declaración es probablemente falsa.

—Sí —Buchanan se ve frustrado—, pero eso no quiere decir que la *amenaza* lo sea. ¿Entiende la diferencia? ¿O no?

Justus no contesta.

—Mire, teniente, sólo estoy tratando de ayudar. Usted es bueno en lo que hace, cierto, pero eso no quiere decir que pueda hacerlo todo solo. Y lo único que hago es señalarle un lugar al que iba a llegar de todas maneras. Es sólo más rápido.

Justus encoge los hombros.

—He oído eso antes.

Esto toma a Buchanan desprevenido.

—¿Ah, sí? —dice, luego inhala otra vez y duda, como si no supiera si continuar—. Bueno, hay otra cosa —prosigue—.

161

Usted habló ayer con Bonita Brass. Nunca nos dijo que iba a hacerlo.

—Lo siento. ¿Debía hacerlo?

—No, puede hacer lo que se le dé la gana. Pero si iba a hablar con la pequeña señorita Bonita pensé que nos lo diría primero.

—¿Por qué? ¿Es ilegal?

—No, no es ilegal —Buchanan empieza a masticar otra vez, enojadamente—. Pero debería pensar en este tipo de cosas. Si habla con la gente equivocada en Pecado, acabará con ideas muy locas en la cabeza. Eso es todo.

—Qué curioso que lo diga —dice Justus, arriesgándose a dar su propio golpe—. Ayer fui a hablar con Fletcher Brass. Y *todos* aquí lo sabían por anticipado. Y nadie se molestó en decirme que no hablaría con el *verdadero* Fletcher Brass... sino que estaría hablando con un actor pagado.

Por un momento, Buchanan parece consternado, como si no pudiera creer que Justus hubiera roto un tabú implícito. Los otros policías en la sala parecen disfrutar la tensión. Incluso unos pocos en las oficinas afuera están mirando hacia allí. Pero finalmente Buchanan logra contenerse.

—*Bueno* —dice—, así es como son las cosas en Purgatorio.

—Puede ser que sean así. Pero para mí es inaceptable.

—Es perfectamente aceptable.

—No para mí.

—*Yo* hablo con el falso Brass.

—Bueno, *yo* no. No cuando se trata de la investigación de un homicidio. Y no cuando el propio hombre podría estar en peligro.

—Bueno, yo espero que usted no crea que va a conocer al *verdadero* Fletcher Brass.

—¿Por qué no lo iría a conocer?

—Porque *no*.

—Tengo confianza en que sí.

—¿Ah, sí? Bueno, pues eso está del carajo... —por un momento, el Buchanan de la Tierra, el que atormentaba prostitutas, conspiraba con narcotraficantes, aceptaba sobornos o lo que fuera que hiciera, parece volver a habitar su cuerpo. Pero luego mueve su enorme peso, como para sacudirse a aquel intruso, y sólo dice—: Bueno. Supongo que ya veremos.

—Supongo que sí.

Los dos hombres se miran entre sí por un momento. El único sonido en el cuarto proviene del reloj retro de pared —*tic, tac, tic, tac*— y entonces, de pronto, se oye un golpe en el vidrio. La puerta se abre y un oficial menor mete la cabeza.

—Jefe, ¿lo interrumpo por un segundo?

Buchanan aún mira a Justus.

—¿Sí?

—Llegó el valet de Brass, el latita.

Buchanan se da vuelta y Justus también. Y por la ventana ven a Leonardo Grey, de pie remilgadamente en el extremo opuesto de la oficina, con sus brazos cruzados sobre el pecho.

—¿Qué quiere? —exclama Buchanan.

—Dice que vino por el teniente Justus. Que le han ordenado llevarlo con Fletcher Brass. Con el *verdadero* Fletcher Brass.

Incredulidad total durante diez segundos.

Y luego:

—¡*Bueno*! —dice el jefe Lance Buchanan.

21

Jean-Pierre Plaisance llega a la cerca de alambre y debe tomar una decisión crucial. Ha pasado las últimas dos horas muy lejos del camino más frecuentado, siguiendo la ruta hacia el norte del Zenith 18. Ahora ha arribado al lugar donde el androide se abrió paso hacia la zona de peligro. Su primer impulso es seguirlo, pero hay dos razones para dudar.

Primero, no sabe virtualmente nada de este sitio. Ha oído cosas pero nunca lo ha visto. No sabe qué tan grande es y está bastante seguro de que no habrá en él ningún almacén de suministros de emergencia. Esto es un problema, porque el oxígeno de Plaisance está ahora en sus últimas tres horas. Ya ha vaciado su suministro auxiliar en PLSS y está en su segundo tanque de emergencia. Además, sólo tiene seis horas más de amperaje en sus baterías y sólo unos pocos sorbos de agua en la reserva de su traje. Así que si se encuentra con problemas hay una buena posibilidad de que no tenga suficiente aire, energía o agua para salir del área de pruebas y llegar a una reserva. Aquí, tan al norte como está, no está seguro de dónde estarán los almacenes. Ni siquiera puede estar seguro de que los que estén de este lado del ecuador sean tan frecuentemente revisados como los de su propio dominio.

Segundo, está el factor de la radiación. Plaisance lleva ya

en su cuerpo más de trescientos cánceres individuales: en sus pulmones, su tiroides, su estómago, sus riñones, su boca, su piel, su sangre, sus huesos; melanomas, osteosarcomas, angiosarcomas, linfomas, liposarcomas y papilomas. Él es, le gusta pensar, un museo viviente del cáncer. Y para la mayoría de la gente en semejante situación, la posibilidad de absorber una nueva dosis de radiación no medicinal —incluso si los niveles dentro de la zona se han reducido significativamente con el tiempo— sería como retorcer un cuchillo dentro de una vieja herida.

Pero con sólo unos meses por delante —en el mejor de los casos—, Plaisance encuentra que estas complicaciones son extrañamente atractivas. No tiene nada que perder. Y aun si el área de alguna forma acelera su deterioro, e incluso si no puede encontrar el camino de regreso cuando lo necesite, él juzga que valdrá la pena. De hecho, los peligros sólo agregan lustre a su acto de redención.

Así que al final la decisión no es tan difícil. Pasa a través del mismo agujero que cortó el androide. Conduce tentativamente al principio, siguiendo las huellas del Zenith 18. Y durante los primeros diez minutos todo transcurre sin incidentes. No encuentra ningún peligro. No siente ningún efecto físico. Gana confianza. Acelera.

Pero entonces, justo como le pasó al androide antes que a él, llega al borde exterior de las esferillas piroclásticas. Las ruedas de su LRV luchan para ganar tracción. El vehículo empieza a desviarse. La palanca de control vibra en su mano. Y Plaisance experimenta algo que no había sentido, como conductor, en muchos, muchos años: incertidumbre.

Las cuentas se vuelven más numerosas y el vehículo salta y se sacude. Plaisance sale disparado al país azul de las maravillas con sus esculturas de hielo y sus olas congeladas. Apenas logra esquivar las elevaciones. Pasa a centímetros de agujeros profundos. Zigzaguea sobre la alfombra movediza de cuentas. Peor, en su placa facial se forma niebla. La luz vuelve luminosa la condensación. Tiene que inclinar la cabeza para poder ver. Y ya no puede reconocer las huellas del droide, en absoluto.

Trata desesperadamente de dirigirse por un curso seguro, pero el LRV está atrapado por su propia inercia. Se resbala. Se desliza. Empieza a girar. En rápida sucesión hay tres o cuatro rotaciones en sentido opuesto a las manecillas del reloj. Plaisance ve todos los horizontes en un instante. Ve cuentas de vidrio que se dispersan en todas direcciones. Ve una saliente vagamente triangular, como la proa de un barco que se hunde, elevándose en su camino. Y su LRV, girando como un frisbee, va directamente hacia ella.

Plaisance se aferra a la palanca de control pero el vehículo no responde. Aprieta los dientes y se prepara para el impacto. Y entonces el vehículo golpea de lado la saliente, con gran fuerza.

Plaisance siente cómo el LRV se contrae a su alrededor. Y lo arroja de su asiento, y le cae encima. Y lo arrastra por una pendiente.

En la Tierra ya estaría aplastado. Y aun en estas condiciones el chasis del LRV es dolorosamente pesado. Pero Plaisance no se rinde al pánico. Atrapado bajo el vehículo, baja la pendiente, cuentas rebotan a su alrededor, y finalmente se detiene. Aún vive. Y, hasta donde puede decirlo, sin daños. Agradece a Dios.

Hace fuerza contra el LRV lo suficiente para soltarse. Gateando entre el cristal se pone de pie. Cautelosamente, endereza el vehículo: rebota sobre sus ruedas. Temiendo lo peor, se acerca para inspeccionar, pero aparte de tener un poco aplastado el chasis central y una defensa delantera rota, el vehículo no parece haber sufrido daños serios. Plaisance junta sus herramientas, las pone de vuelta en su caja asegurada con tornillos, y vuelve a acomodarse en el asiento del conductor. Suelta el freno, prueba a tirar de la palanca de control y retrocede. Luego empuja la palanca y avanza. El vehículo no va tan suavemente como antes, pero nunca avanzó suavemente. Con todo, está funcionando. Como él, es un superviviente. Plaisance siente más afecto que nunca por él.

Conduce con cautela de regreso hasta el punto donde perdió el control intentando encontrar algún indicio de la ruta del droide. Pero algo, de pronto, no parece estar del todo bien. Tiene más frío que de costumbre. Se siente aturdido. Y puede escuchar su propia respiración en sus oídos. Se vuelve más y más fuerte. Atronadora. Y la condensación ha desaparecido del cristal de su casco.

Entonces comprende. Hubo una rotura en su traje espacial. Las capas exteriores deben haberse abierto. Así que se detiene. Busca frenéticamente sobre su cuerpo alguna rasgadura. Y ahí está: sobre su codo izquierdo, una rotura de unos tres centímetros de largo. El oxígeno de su traje sale por allí. Está haciendo que se despresurice. Si no consigue detenerlo, sufrirá pronto daño vascular y neurológico. Sus oídos ya han tronado. Y siente como si inhalara agua fría.

De nuevo, Plaisance se fuerza a no sentir pánico. Espera hasta que el LRV se detenga por completo y entonces desciende de él, conteniendo el aliento. Saca el equipo de primeros auxilios. Abre el paquete de un parche de seguridad de neopolímero y lo pone con cuidado sobre la rotura, moldeándolo hasta darle la forma adecuada. Con un aerosol adhesivo le pone encima una capa de resina protectora. Y con eso basta: la fuga ha quedado sellada.

Plaisance espera unos segundos antes de probar el aire. Llena sus pulmones agotados. Exhala. Se siente normal. Pero hay otro problema. Cuando revisa los medidores de su muñeca encuentra que su suministro de oxígeno ha caído de tres horas a treinta y dos minutos. Tiene que llegar de inmediato a un almacén de suministros. Aunque no esté seguro de en *dónde* está, y mucho menos de dónde están los almacenes.

Con todo, sigue sin sentir pánico. Se acomoda calmadamente de vuelta en su asiento en el LRV. Da vuelta al vehículo y lo pone en marcha. Y otra vez, después de algunas sacudidas preocupantes, toma velocidad. Una vez más el LRV se agita y salta y amenaza con quedar fuera de control. Pero pronto está dejando atrás el mar de vidrio. Está pasando por un borde exterior de esferas de cristal. Luego éstas empiezan a escasear. Y después ya no hay ninguna. Finalmente, en el horizonte curvado, ve una malla de alambre. Le quedan dieciséis minutos de oxígeno. Tal vez veinte antes de desmayarse.

Corta un agujero en la malla pero al pasar casi abre otro agujero en su traje. Y ahora tiene una nueva decisión que tomar. ¿Izquierda o derecha? El almacén al este quedará más próximo, sospecha, pero también lo llevará más cerca del terminátor entre el día y la noche, y tal vez lo haga atravesarlo.

Mueve un interruptor para probar las lámparas del vehículo. Una de las dos está estropeada. La otra apenas brilla. Tendrá que servir.

Se pone en marcha, corriendo paralelamente a la cerca, cruzando sobre el regolith. El sol, justo tras él, vuelve al terreno delante suyo un borrón sin sombras. Pero Plaisance está convencido de que puede lograrlo. Pronto no habrá luz de sol. Está yendo hacia el verdadero lado oscuro.

Entonces lo ve: el heraldo del terminátor. Una nube gris y dorada que brilla sobre el horizonte. Está hecha de partículas de polvo de la superficie, cargadas por la brusca disminución de temperatura levitando en el aire a gran altura sobre la frontera de la noche lunar. No pasa en todas partes en la Luna, y no pasa en cada atardecer, pero cuando sucede, para aquellos que no están familiarizados con el fenómeno, es algo tan surrealista como una aurora terrestre.

Plaisance, sin embargo, no está de humor para admirarlo. Con dos minutos restantes de oxígeno en su traje, encuentra una abertura en el muro del cráter. Pasa corriendo al otro lado con el polvo brillando sobre él. Y finalmente ve al terminátor: no es exactamente una línea regular, sino una demarcación visible entre los mundos de la luz y de la oscuridad, como un diluvio de tinta negra que se derramara por la superficie lunar.

Y Plaisance, con treinta segundos restantes de oxígeno, va directamente hacia él. Empieza a murmurar una plegaria:

—*Je vous salue, Marie, pleine de grâce; le Seigneur est avec vous…*

Está tratando de no respirar. Los últimos débiles rayos del sol se deslizan más allá del horizonte y la Vía Láctea se enciende como si alguien hubiera accionado su interruptor. Y el frío lo golpea como una explosión.

—*Vous êtes bénie entre toutes les femmes, et Jésus, le fruit de vos entrailles, est béni…*

El termostato en su traje espacial se activa. Espirales dentro de las capas más internas tratan de compensar, pero Plaisance puede oír la tensión de la cerámica, la contracción del acero. Hay una sensación helada en sus huesos que es positivamente dolorosa… Se pregunta si podrá matar sus tumores antes de matarlo a él. Pero ahora su principal preocupación es encontrar un camino de mantenimiento que vaya de norte a sur. Las balizas de los caminos, sin embargo, no están funcionando. La oscuridad es absoluta. El haz de la lámpara del LRV apenas se ve. Y literalmente ya no le queda oxígeno.

Se mete más profundamente en la tinta. Parece interminable. Y justo cuando empieza a desesperar, cuando realmente se pregunta si no sería mejor rendirse, su luz acaricia una rampa, una ruta de tierra aplanada. El camino de mantenimiento. Es un milagro.

Plaisance sube al camino y se dirige al norte, confiado en que pronto alcanzará un almacén. Pero no puede estar seguro de en qué lado del camino estará, y con sólo una lámpara en mal estado para alumbrarlo debe rezar para no pasarlo de largo. Pero ya no está rezando en voz alta: sólo murmura en su cabeza.

Sainte Marie, Mère de Dieu, priez por nous, pauvres pécheurs…

Ahora empieza a ver estrellas. No en el cielo, aunque allí hay millones de ellas, sino en su cabeza. Empieza a sentir confusión. Y sueño. El deseo de rendirse es casi irresistible. Involuntariamente inhala aire malo, estancado. Su mano suelta la palanca. El LRV baja la velocidad hasta detenerse.

Maintenant et à l'heure de notre mort. Amen …
Á l'heure de notre mort. Amen…
Amen…
Amen…
AMEN.

Los ojos de Plaisance se abren. Por unos segundos no ve nada. Pero entonces su visión se aclara lo bastante para que pueda reconocer una construcción de ladrillo lunar. Es del tamaño de un buzón y está cubierta de reflectores. Se encuentra a la izquierda del camino y la lámpara del LRV la alumbra directamente. Si hubiera estado unos metros a un lado o al otro habría sido totalmente invisible.

Es otro milagro. Plaisance se suelta de su asiento. Se arrastra al almacén. Halla una manija, la hace girar y abre una puerta. Se hace a un lado para que la lámpara ilumine el interior.

Latas de agua. Comida deshidratada. Barras de energía. Un punto de recarga. Y paquetes de oxígeno de emergencia. Muchos de ellos.

Plaisance agarra uno de estos paquetes. Es redondo y tiene un activador, un regulador y un mecanismo de cierre. Normalmente, conectarlo a un sistema de mantenimiento vital es un procedimiento delicado, pero Plaisance no tiene tiempo para delicadezas. Lo rompe con sus manos enguantadas, abre la parte superior de su PLSS y encaja el paquete en su sitio. Verifica los medidores en la pantalla de su muñeca. Abre la válvula. Y el oxígeno —*l'oxygène!*— fluye al interior de su casco.

Él lo inhala con avidez, lo siente fluir al interior de sus pulmones colapsados. Su cabeza pulsa, las estrellas se difuminan y desaparecen, su placa facial se nubla. Pero no hay tiempo para sentir alivio. Si no regresa rápido a la luz del sol, tan sólo el frío podría matarlo.

Así que toma otros dos paquetes de oxígeno del almacén —dejando bastante, incluso ahora, para alguien más en una emergencia— y vuelve a subir al LRV. Sale del camino de mantenimiento y sigue sus propias huellas al oeste. Rebota, tiembla y apenas puede ver lo que hay delante suyo. Las nubes de polvo se rizan y se estremecen como insectos microscópicos.

Y ahora puede ver la luz del día adelante. Se siente exultante, ebrio de oxígeno. Pronto estará a salvo. Lo ha logrado. Pero hay una pregunta que debe contestar y que lo devuelve a la sobriedad, y la contesta sin dudar. Sí, va a continuar la cacería. Con sólo cuatro horas de oxígeno de emergencia y tres horas de carga de batería. Con un LRV severamente dañado. Encontrará de nuevo el rastro del androide, y lo seguirá hasta el límite de su suministro. Incluso si esto significa hacer otra carrera de vida o muerte en busca de un almacén de emergencia cuando llegue el momento.

Pasa a través del borde del cráter y cruza hacia el día, a un mundo donde el sol es una uña luminosa en el horizonte. Donde las piedras más pequeñas tienen sombras de tres metros de largo y donde los hombres proyectan sombras que parecen interminables. Sombras que se los tragan. Sombras que bloquean el sol.

Plaisance tira de la palanca de control. Hace frenar el LRV. Y se queda mirando casi sin poder creerlo.

Una figura, alumbrada por la lámpara que funciona del LRV, está de pie directamente en su camino. De traje negro, pelo negro, corbata negra y ojos negros. Es el demonio —Plaisance lo sabe inmediatamente— y le está sonriendo.

Los dos se miran entre sí por diez segundos, con el polvo brillante arremolinado sobre ellos. Entonces Plaisance salta del LRV y va a tomar su arma.

Pero el demonio ya está saltando hacia él.

22

El vehículo escolta de Brass —previsiblemente recubierto de latón— tiene un sofisticado interior de teca y lujosos asientos de cuero envejecido. Leonardo Grey tiene sus manos fijadas sobre el volante y parece estar realmente conduciendo: Justus adivina que la ruta no ha sido cargada en la memoria del auto por razones de seguridad. Ya han dejado atrás el Borde del Pecado y ahora se mueve a una velocidad mesurada a través del vasto suelo del Cráter Störmer. La superficie del camino, tan lisa como las veredas de una mansión presidencial, se curva a una distancia respetuosa de las antenas parabólicas de radio y los módulos elevados.

—¿Qué es eso de allá? —pregunta Justus.

Están pasando ante lo que parece un sitio de construcción: grúas, excavadoras robot, bloques precortados de cemento lunar. Leonardo Grey ni siquiera voltea.

—Ésa es la nueva Penitenciaría de Purgatorio, señor.

—¿Qué le pasó a la antigua?

—El edificio original, según entiendo, fue considerado inadecuado por algunas personas.

—¿Sí? —Justus está muy al tanto de los reportes —publicados primero en el best seller sensacionalista *Purgatorio desencadenado*— sobre que Fletcher Brass permitió en secreto que ciertos miembros del Consejo de Seguridad de las Naciones Unidas exportaran prisioneros a Purgatorio para interrogatorios extraordinarios. Esto les posibilitó evitar cargos de tortura sancionada por un Estado, debido a la situación perpetuamente "en negociaciones" de Purgatorio, y además mantuvo todos aquellos sucios asuntos tan lejos como era posible de ojos entrometidos. Para Brass, fue una gran adición a los cofres de su fortuna —parte del financiamiento de sus expediciones espaciales, según el libro— y le aseguró, gracias a obstrucciones del Consejo de Seguridad, eludir cualquier investigación seria de las violaciones a los derechos humanos en el propio Purgatorio. Así que Justus se pregunta ahora si la vieja penitenciaría fue destruida como parte de una operación de limpieza.

—¿Algunas personas? —pregunta.

—¿Disculpe, señor?

—Dijo usted que la vieja penitenciaría era considerada inadecuada "por algunas personas". ¿Puedo preguntar quiénes?

¿Es sólo la imaginación de Justus, o Grey parece tensarse?

—Creo que la nueva penitenciaría es un proyecto especial de la señorita Bonita Brass, señor.

—¿En su papel de procuradora de Justicia?

—Así es, señor.

—Pero ella sólo ha tenido el título por unos pocos meses. Y el lugar parece a punto de completarse.

—La penitenciaría, según entiendo, se construye en un edificio ya existente pero vacío desde hace mucho tiempo, señor.

Algo se ajusta en la mente de Justus.

—¿De casualidad no era el hábitat de la secta naturista? ¿Los frondistas?

—Creo que sí lo era, señor.

—¿Ah, sí? —Justus le echa una última mirada mientras pasa a su lado—. Entonces están construyendo una penitenciaría en una escena del crimen.

—Correcto, señor.

—Y a toda prisa, además.

—Así parece, señor.

Justus reflexiona en ello un poco más.

—¿Pero por qué es necesaria una nueva penitenciaría? Ya hay un par de prisiones en Pecado.

—Ésta es de máxima seguridad, señor.

—¿Para lo peor de lo peor, entonces?

—Creo que sí, señor.

—¿Y a quiénes se va a encerrar allí, exactamente?

—Eso no lo sé, señor.

Justus sabe que muchos de los criminales más buscados del mundo residen en hábitats estilo hacienda distribuidos en la superficie del Cráter Störmer. Si *Purgatorio desencadenado* tiene razón, la lista incluye al general africano que ordenó la masacre de diez mil civiles; al terrateniente indio que envenenó el suministro de agua de una aldea problemática; al oligarca ruso que voló un avión lleno de molestos activistas políticos; al magnate alemán de los medios que dejó atrás una estela de edecanes asesinadas, y al secretario de Defensa estadunidense responsable de autorizar operaciones encubiertas que condujeron a dos guerras catastróficas. Si Bonita Brass planea genuinamente limpiar la imagen de Purgatorio, reflexiona Justus, podría comenzar por encarcelar a esos cinco.

—¿Usted conoce bien a Bonita Brass? —pregunta a Grey.

—Ella es la hija de Fletcher Brass.

—Sí, pero ¿tiene usted trato personal con ella?

—Se me requiere pasar mensajes entre el señor Brass y su hija ocasionalmente.

—¿Qué clase de mensajes?

—Hay muchos tipos diferentes de mensajes, señor. No siempre se me permite conocer su contenido.

—Entonces, ¿cómo describiría la relación entre Fletcher Brass y Bonita?

—Es de singular complejidad.

—¿Singular complejidad? —dice Justus—. ¿Quiere decir

que Fletcher Brass no confía en su propia hija? ¿Es eso?

—No dije eso, señor.

—Bueno, ¿ha dado Fletcher Brass alguna indicación de que esté preocupado por los planes de su hija?

—Si él está escondiendo sus preocupaciones, señor, es un actor todavía mejor que quien lo imita.

Justus considera que es una respuesta muy poco robótica. Se pregunta si Grey es más listo de lo que deja ver. O si ha sido entrenado, como el actor. Durante la noche no pudo desprenderse de la posibilidad de que un androide plantara la bomba en la Casa de la Cabra. Ciertamente explicaría el fracaso de los forenses al buscar cualquier ADN extraño. Y Grey ya ha admitido tener acceso ilimitado a Pecado. Por supuesto, no tendría que ser el propio Grey. Podría ser cualquier robot. Aunque es poco probable, asumiendo que el droide supiera lo que estaba haciendo y que las leyes de la robótica tuvieran vigencia en Purgatorio.

—Después de que usted se fuera anoche —dice—, estuve buscando en línea información sobre el Proyecto Dédalo. Pero no pude encontrar nada.

—Dédalo era un proyecto secreto, señor.

—¿Por qué secreto?

—Originalmente, el señor Brass tenía la intención de crear una nueva línea de androides dedicados a la seguridad personal. Íbamos a ser guardaespaldas, señor.

—¿Todos ustedes?

—Así es, señor.

—Pero eso no explica por qué era un secreto. Ya he visto guardaespaldas androides. No siempre son populares, pero no son secretos.

Grey hace que el vehículo doble en una curva.

—El señor Brass creía que androides guardaespaldas verdaderamente efectivos no podrían llevar a cabo sus deberes sin ciertas modificaciones, señor.

—¿Modificaciones a los procesos de sus sistemas?

—A los protocolos fundamentales de sus IA, señor.

Justus frunce el ceño.

—¿Quiere decir que ustedes fueron programados para matar?

—No es como yo lo diría, señor.

—¿Cómo lo diría entonces?

—En ciertas circunstancias, no había nada que nos inhibiera de hacer uso de fuerza letal.

Es un legalismo, piensa Justus. Podría significar cualquier cosa.

—¿Y usted ha, efectivamente, matado? —pregunta.

—No, señor.

—¿Porque nunca estuvo en las "circunstancias correctas"?

—Porque en el último minuto, el señor Brass decidió que era una mala idea modificar los protocolos. Se le informó de las muchas controversias que rodeaban a casos similares en la Tierra.

—¿Y ustedes fueron construidos con todas las inhibiciones estándar?

—Con todo lo listado en el tratado de la UNRC, señor —el droide se refiere a la Comisión de Robótica de las Naciones Unidas.

—Entonces usted no puede matar.

—No puedo, señor.

—¿Y lo mismo es cierto para todos sus hermanos, los otros Leonardos?

—Así es. Leonardo Black conserva su fuerza excepcional, pero en otros aspectos no somos diferentes del androide promedio.

Justus mira por la ventanilla por un momento. Afuera hay una gran caravana de suministros, avanzando a paso de caracol alrededor de los módulos de radar. Pero apenas lo nota.

—¿Puedo preguntarle dónde los armaron?

—Si se refiere a dónde nos ensamblaron, señor, fue en el Laboratorio Brass de Robótica de Santa Helena.

—¿Santa Helena? ¿La isla del Atlántico?

—El laboratorio de robótica en el Cráter Seidel, señor.

—¿Y dónde está exactamente el Cráter Seidel?

—En el hemisferio sur.

—Supongo que el laboratorio se llama Santa Helena por ser tan remoto.

—Creo que sí, señor.

—¿Y por qué fueron construidos precisamente allí?

—Por ley. El ensamblaje robótico experimental debe llevarse a cabo en condiciones de aislamiento.

—¿De modo que, si ustedes se escapan, no se apoderen del mundo?

—O la Luna, señor.

Justus asiente.

—Bueno, ¿qué hay de los otros Leonardos que mencionó? ¿Dónde están ahora?

—Leonardo Brown fue asignado a Bonita Brass. Leonardo White ha fallecido.

—¿Fallecido?

—Fue usado como fuente de refacciones, señor. Yo mismo llevo algo de él en mi interior.

—Qué conmovedor —dice Justus—. ¿Y Leonardo Black?

—Leonardo Black es el guardaespaldas del señor Brass.

—Su "fuerza excepcional" le es útil, entonces.

—Así es, señor.

—Y supongo que lo veré pronto.

—Leonardo Black está ausente por el momento, señor.

—¿Ausente? ¿Dónde?

—No se me ha dicho, señor.

—¿Está haciendo algo especial?

—No se me ha dicho, señor.

Justus decide verificarlo más tarde. Para asegurarse de que ese Leonardo Black esté, en realidad, ausente, y no plantando bombas en Pecado.

—Por cierto, ¿se está grabando —pregunta— nuestra

conversación? ¿La graba usted?

—Sí, señor.

—¿Todo lo que ve y escucha se graba?

—Correcto, señor.

—¿Y lo reproducirá más tarde para Fletcher Brass?

—Si él pide escucharlo, señor.

Justus no hace más preguntas, y el viaje torturante continúa. Pasan el pico central del cráter, un pilar de roca lunar formado momentos después que el cráter mismo, y la luz reflejada del sol crea un resplandor sobrenatural sobre toda la mitad oeste de Purgatorio. Grey hace un anuncio súbito:

—Me temo que voy a tener que oscurecer las ventanas ahora, señor.

Justus parpadea.

—¿Cómo dice?

—Por razones de seguridad, señor. Para esconder nuestro destino exacto. La dirección será automatizada ahora.

Grey suelta el volante, oprime un botón y las ventanas electrocrómicas del vehículo se vuelven de pronto totalmente negras, como si se les hubiera inyectado tinta. Para Justus, de pronto ya no hay nada que ver salvo el reflejo de su propia cara de estrella de mar en el vidrio. Se gira por costumbre, pero sólo para verse reflejado otra vez en la ventana lateral. Así que voltea a ver sus manos.

Leonardo Grey, como si sintiera su incomodidad, oprime otro botón y el vehículo se llena de música: *Lo mejor de Enya*.

—¿Disfruta usted la música clásica, señor? —pregunta.

—A veces —dice Justus—. A veces.

23

El androide del traje negro conduce el vapuleado LRV que alguna vez perteneció al hombre extraño y agresivo. Pero el vehículo no coopera. Apenas ha recorrido setenta kilómetros y continuamente se desvía. Peor aún, las ruedas se atascan y la cosa parece estar a punto de quedarse sin energía. El daño podría ser más serio de lo que parece. O tal vez el vehículo simplemente no es muy bueno. Sea cual sea el caso, es claro que pronto deberá bajarse e inspeccionarlo a conciencia, lo que volverá a retrasarlo. Si fuera dado a la frustración, ya estaría genuinamente exasperado. ¿Cuánta mierda tiene que soportar una persona?

Después de caer en el agujero en medio del gran mar de cristal, el droide se encontró sacudido pero con todas sus funciones mayores intactas. Pero su primer LRV, el adquirido de las engañosas mujeres geólogas, estaba roto más allá de toda reparación. Así que, sin gastar más tiempo en especulaciones inútiles o autocompasión desprovista de beneficios —estaba atrapado en un tubo de lava: no había manera de evitarlo—, simplemente se giró, se abrochó el saco y comenzó a caminar hacia el norte a través del túnel largo e intensamente oscuro. No era como si pudiera sólo esperar a que alguien llegara y le arrojara una cuerda. Ésa nunca había sido su filosofía.

Los genios son sus propios salvadores.

Pronto avanzaba a saltos otra vez. Y en quince minutos encontró una abertura a la superficie lo bastante baja para que él pudiera intentar un salto. Dos minutos después él mismo se izaba de vuelta al cristal. Diez minutos después se abría paso por la cerca norte del área de pruebas. Poco después encontraba las huellas de un LRV.

Sabía que las huellas eran recientes porque podía detectar un rastro de calor con su visión infrarroja. Así que siguió las huellas hacia el este, hacia el polvo flotante, y no lejos del terminátor entre el día y la noche vio al vehículo mismo emerger de la oscuridad, como si un valet se lo trajera.

Se quedó de pie en su camino, con el sol directamente tras él, y sonrió. El conductor detuvo el vehículo y le devolvió la mirada. Y el droide esperó a que él hiciera algún gesto de saludo, porque a eso estaba acostumbrado.

En cambio el hombre hizo algo extraño. Un movimiento súbito, dramático. Se separó de su asiento, acercó la mano a algo en un costado del vehículo —un extensor con un extremo en forma de garra— y lo desprendió de allí. Y el androide, sorprendido, decidió detenerlo antes de que fuera más lejos. *Mata las hierbas antes de que echen raíz.* Cuando lo tuvo a su alcance, sin embargo, el hombre ya estaba abanicando con el extensor como si fuera un bate de beisbol. Rozó la cabeza del androide sin hacer daños serios. Pero el hombre, cuya cara era una máscara retorcida de dientes apretados y narices distendidas, volvió a abanicar inmediatamente, al parecer decidido a partir el cráneo del androide.

El androide, de haber estado programado para sentir sorpresa, habría quedado anonadado. Las geólogas se habían resistido un poco, ciertamente, pero aquello no podía compararse con esto. Y no habría razón alguna, a menos, por supuesto, que el hombre estuviera ofendido por alguna tontería.

Crac. El hombre golpeó de nuevo al droide. *Crac. Crac.* Lo hacía con toda intención.

Y aquella persona no era una aficionada. Cuando el droide intentó atrapar el arma, el hombre pareció anticipar el movimiento y se impulsó hacia atrás, fuera de su alcance. El droide intentó atraparlo otra vez, pero el hombre volvió a hacerse hacia atrás, tomó desprevenido al droide y le dio otro golpe salvaje, esta vez en la nuca. Como si estuviera tratando de decapitarlo.

Tras soportar otros seis golpes, el androide finalmente se las arregló para poner una mano en el extensor. Pero antes de poder tirar de él, para arrastrar al hombre hasta una distancia apropiada y golpearlo, el hombre, astutamente, lo soltó y se alejó a saltos: hacia atrás, enormes, defensivos. El androide dudó por un segundo, y luego se lanzó hacia delante para atacar, blandiendo el arma como un garrote, con la intención de dar al hombre un poco de su propia medicina... con intereses. Pero el hombre ya estaba levantando una gran roca —una hazaña imposible en la Tierra—y la arrojó al androide como una pelota medicinal. El droide tuvo que esquivarla para evitar que lo golpeara.

Entonces el hombre, todavía en retirada, empezó también a tirar rocas: las arrojaba a una distancia de casi treinta metros con sorprendente exactitud. El androide tuvo que retorcerse y eludirlas. Realmente se estaba volviendo algo ridículo: le estaba *ganando* un ser humano, alguien al que podría matar en segundos.

El droide decidió que ya había tenido suficiente.

Enójate mucho a menudo. Y hazlo bien.

Se arrojó a través del terreno sembrado de rocas —ya ni siquiera estaba sonriendo— y descendió sobre el hombre extraño, decidido a detenerlo de una vez por todas. Pero el hombre hizo otro extraño movimiento evasivo, mitad maroma y mitad voltereta, y de algún modo volvió a escapar de sus manos. El droide también cambió de curso —una torsión como un latigazo—, pero el hombre extraño se las arregló para esquivarlo una vez más.

Entonces los dos se embarcaron en una persecución ridícula, saltando como canguros, cambiando abruptamente de curso, hacia un lado, hacia el otro, en un momento yendo hacia el terminátor y luego regresando. En un momento el hombre se retorció para zafarse de las manos del androide y volver a saltar.

El droide se detuvo por un segundo, para calcular sus opciones, y se ganó una roca en la cara: de hecho el golpe le desplazó la cabeza hacia un lado, y lo hizo sacudirse como quien ha recibido un porrazo directo en la mandíbula.

Y cuando miró hacia atrás… nada. No pudo ver al hombre extraño por ninguna parte. Debía haberse escondido tras una roca. O caído en un agujero. El androide se puso en marcha, siguiendo las huellas del hombre en el polvo semejante al grafito, pero ahora había tantas huellas —yendo en todas direcciones, y todas lo bastante frescas para retener un rastro de calor— que era difícil ver a dónde se había ido su presa. Para el caso, podría haberse desmaterializado.

Así que el androide tomó una decisión muy lógica. No tenía sentido perseguir a un hombre que probablemente estaba condenado de cualquier manera. Aquí afuera, en la cara oscura de la Luna, a kilómetros de cualquier lugar, las probabilidades de supervivencia del hombre eran de remotas a inexistentes. Más aún, el droide no quería alejarse del LRV, lo que podría ser un plan astuto del hombre para recobrarlo y huir en él.

Así que simplemente regresó al vehículo. Subió al asiento del conductor. Examinó los controles: más primitivos que los de cualquier otro vehículo que conociera, pero todavía reconocibles. Agarró la palanca de control. Tiró de ella hasta atrás y soltó el freno. La empujó hacia delante. Y después de unos cuantos espasmos estaba en marcha, sin que hubiera señales del hombre extraño por ninguna parte. En pocos minutos, la escena completa de la pelea y cualquier posibilidad de ser atacado estaban completamente perdidas más allá del horizonte.

Era más cruel de esa forma, pensó el droide, porque después de todo...

Es piadoso ir a la yugular.

Pero ahora, menos de diez minutos después, él ha llegado a un alto ignominioso. Está en un amplio risco entre dos cráteres. La oscuridad avanza incontenible. Si no logra que el LRV vuelva a funcionar, sus sistemas de control térmico podrían no ser capaces de contrarrestar el frío repentino. Así que se baja del vehículo para mirar más de cerca.

Del lado izquierdo, el mismo que está parcialmente aplastado, están dos de los motores de tracción. Están presurizados con nitrógeno y cubiertos con sábanas de material térmico. El droide hace una inspección visual pero no puede detectar fuga alguna: las cubiertas son de cobre sólido. Se mueve por el chasis para examinar la caja de componentes electrónicos, que está protegida con poliéster metalizado. Pero tan cerca como le es posible llegar —y sus ojos están a pocos centímetros, escudriñando metódicamente con sus sensores de calor— tampoco puede ver daño aquí. Revisa al tacto la cubierta exterior, apretando las puntas inteligentes de sus dedos contra el metal. Pero nada. Está a punto de continuar cuando...

¡CRAC!

Y antes de que pueda darse vuelta...

¡CRAC! ¡Otra vez!

Al droide le están aplastando la cabeza. ¡Es el extraño hombre agresivo otra vez! ¡Lo siguió toda esta distancia! ¡Y a pie!

¡CRAC!

¡Es como un autómata! Enseña los dientes y su placa facial está cubierta de humedad. ¡Y está blandiendo el extensor —que el droide había desechado— como si fuera un caballero medieval con una espada!

El droide levanta los brazos para defenderse, pero no puede evitar que el extensor rebote en su cabeza.

¡CRAC!

Así que decide imitar las estrategias del hombre extraño. Se retira con grandes saltos defensivos. Se detiene a diez metros de distancia. Pero entonces ve al hombre subir de prisa al asiento del LRV. ¡Estaba tratando de quitárselo! ¡Debe haber sido parte de su plan desde el principio! Pero un momento… No está marchándose, no está escapando; sólo está haciendo retroceder expertamente el vehículo —las ruedas traseras golpean el borde del cráter tras él— para ejecutar una vuelta de tres movimientos. Va a cargar de frente contra el droide. ¡Va a echarle encima el LRV, con el extensor apuntando hacia delante como una lanza en ristre, como un caballero loco sobre su corcel!

El androide no se ríe —no está programado para hacerlo—, pero empieza a sonreír otra vez.

Sonríe. Sonríe. Sonríe. Mata. Sonríe.

El LRV acelera hacia él, totalmente en silencio. Aun desde lejos, el droide ve que el hombre extraño tiene el brillo más fiero en los ojos, como si su vida entera se resumiera en este acto demente. Se echa a la carga con la lanza en punta. Pero el droide permanece inmóvil. Espera el momento exacto. Y entonces da tres pasos para tomar impulso. Salta y se eleva en el vacío. Se avienta de cabeza *por encima* del extensor. Vuela *arriba* del extraño hombre agresivo. Y mientras lo hace golpea con su puño cerrado el casco del hombre, con una fuerza equivalente a 2,500 psi. Y la placa facial se rompe. Y es suficiente.

El androide ejecuta una pirueta en el vacío —fácil en la gravedad de la Luna— y aterriza sobre sus pies. Sólo necesita media docena de pasos trastabillantes antes de recobrar el equilibrio. Entonces mira hacia atrás.

El LRV, con una última descarga de energía, está pasando el borde de un cráter. Pero el hombre extraño ya no está en el asiento del conductor. Le toma unos pocos segundos, pero el androide finalmente lo ve. Está tambaleándose en dirección opuesta, saliendo de las sombras y hacia la noche. Y está tirando de su traje espacial. Está quitándose el sistema de mantenimiento vital, desconectando las mangueras, dejándolo todo atrás. Se lleva la mano al cuello. De hecho parece estar abriendo el frente de su traje con una navaja. Está sacando las capas de ventilación y calefacción. Tiene trozos de aislante en las manos. Da unos cien pasos —debe ser una tortura, con su sangre hirviendo, sus tejidos hinchándose, sus pulmones estallando— y entonces cae de rodillas. Y se colapsa por completo. Pero no antes de hacer girar su cuerpo para quedar tendido de espaldas, mirando el cielo.

El droide espera el tiempo suficiente para asegurarse de que no haya movimiento. Luego se acerca a revisar. Es algo que no le ha hecho falta antes, pero el extraño hombre agresivo merece el esfuerzo. No es exactamente por admiración de parte del androide: sólo quiere estar cien por ciento seguro de que el hombre está muerto.

Y lo está. Su placa facial está embarrada de sangre salida de su boca. Sus globos oculares saltan de las órbitas. Su piel es azul y parece retractilada. Y el frente de su traje está pelado, exponiendo la piel al vacío lunar. Cuando el droide se inclina, nota que el hombre tiene diamantes de tinta de colores por todo el pecho. Y en medio de los diamantes hay una paloma blanca. Es como si el extraño hombre agresivo, en sus últimos momentos, hubiera querido entregar aquella paloma al universo.

El androide mira hacia arriba, pero todo lo que puede ver son las nubes de polvo brillante que ocultan las estrellas.

24

En la base secreta de cohetes, a Justus lo recibe una mujer voluptuosa llamada Amity Powers. Lo recibe graciosamente, reitera la importancia de la misión y se disculpa por adelantado en nombre de Fletcher Brass: no podrá dedicarle mucho tiempo, le explica, y podría no estar del mejor humor. Pero le asegura a Justus que él está abierto a cualquier pregunta y desea que la investigación tenga éxito.

—Me alegra escucharlo —dice Justus—. Y ¿quién es usted, exactamente?

—Soy la coordinadora de vuelo de la expedición.

—¿Irá también a Marte?

—Oh, no, sólo administro cosas. Para la tripulación. ¿Por qué lo pregunta?

—Sólo me gusta escucharme hablar.

La coordinadora de vuelo suelta una risita y probablemente cree que Justus está coqueteando con ella. Lo hace bajar por una escalinata y lo deja solo en un rellano de malla de alambre en una cámara de construcción de aspecto cavernoso, como salida de una película de James Bond. La *Prospector II* de Brass, con forma cónica y mucho mayor que la mayoría de las naves lanzadas desde la Tierra, ocupa casi todo el espacio. La cubierta exterior, hecha de fibra de carbono y losetas de escudo ablativo, todavía está incompleta, aunque Justus nota grandes cantidades de decorado de latón ya colocadas. A través de un portal de unos diez metros, se ven obreros, ocupados con sopletes de plasma y pistolas de material sellador. Hay muchas chispas, destellos, zumbidos y gemidos, casi como si se llevara a cabo un pequeño espectáculo. El acto se prolonga por unos diez minutos —lo necesario para dar una buena impresión— y luego un hombre emerge de la nave, pasa a través de una cortina de chispas, cruza la pasarela y extiende la mano.

—Teniente Damien Justus, ¿cierto?

—Así es.

—Soy Fletcher Brass… El verdadero Fletcher Brass.

—Gusto en conocerlo, señor Brass.

La mano de Brass está tan exfoliada que se siente como una pinza de langosta. Viste un traje espacial de color latón ajustado al cuerpo. Su cara —su físico entero— parece irreal, más que real, que es lo que cabría esperar de un hombre en su séptima década con un cuerpo drenado repetidas veces de grasas y fluidos y rellenado con piezas de recambio. También es mucho más alto de lo que Justus esperaba —claro, su espina dorsal ha tenido mucho tiempo para alargarse— y, a menos que su traje espacial esté diseñado para mejorar su apariencia, más musculoso también. Pero sin importar lo que se le haya hecho —todas las cirugías cosméticas, medicamentos contra la edad, implantes de cabello, implantes de músculos y todo lo demás—, hay todavía algo en él: una chispa interior, un encanto invencible, al que nadie más, y por supuesto no un actor galés que mató a su propia esposa, podría esperar aproximarse jamás.

—Mi valet me dice que usted insistió en verme en persona, teniente. Que no aceptaba un no por respuesta. Que no aceptaba excusas.

—Mi trabajo es no aceptar excusas.

—Bueno, es un deleite escuchar eso. Si tuviéramos más hombres como usted, estoy seguro de que Otto Decker no habría

sido asesinado. Que es exactamente la razón por la que apro-
bé el que mi hija lo contratara cuando lo supe. ¿Buscamos un
lugar donde sentarnos?

—Para mí está bien aquí. Tengo sólo unas pocas preguntas
y no quiero hacerlo perder su tiempo.

—Aprecio su preocupación, teniente —Brass mira a Justus de arriba abajo con sus ojos salpicados de latón: realmente son hipnóticos—. Y yo tampoco quiero que usted pierda
el suyo. Así que ¿le molesta si le digo lo que tiene en mente?

—Por favor.

—Se está preguntando por Otto Decker. Exactamente qué
tenía yo planeado para él. Si él podría haber sido asesinado a
causa de estar destinado a gobernar Purgatorio mientras yo estoy en la expedición a Marte. Y se pregunta si un auténtico
grupo terrorista podría estar involucrado, o si es alguien más,
alguien con ambiciones y codicia propias. Así que ha venido
a ver qué me puede sacar acerca de las complejas dinámicas
políticas y familiares que operan aquí. ¿Es eso, en resumen?

Justus piensa que suena muy parecido a su hija.

—Más o menos —dice.

—¿Más o menos? —Brass levanta una ceja teñida de color
latón—. ¿Tiene otras preguntas para mí?

—Un buen investigador no enseña todas sus cartas.

—Y un buen jugador de póquer sabe cuáles son de todas
maneras. Así que déjeme continuar, teniente —los ojos de
Brass no se han movido ni parpadeado—. Déjeme decirle
qué más tiene en mente.

—Por favor.

—Usted no sabe en quién confiar o a quién creer en Purgatorio. Pero se pregunta si mi hija podría ser quien está detrás de todo esto. Así es: mi propia hija, Bonita Brass. No diga
que no le ha pasado por la mente. Se pregunta si Bonita podría haber arreglado todo. Ha oído que tiene sus propios planes ambiciosos, así que podría ser que ella quisiera llevarlos a
la práctica mientras no estoy. Y usted se pregunta si ella habrá

191

arreglado que uno de sus rivales fuera eliminado so pretexto de un atentado terrorista.

Justus se encoge de hombros.

—Eso es una parte.

—Claro que es sólo una parte. No he terminado todavía. Porque usted también duda de mí. Tampoco lo niegue. Usted se pregunta si *yo* podría haber tenido motivos para asesinar a Otto Decker. Tal vez no confiaba en el hombre por alguna razón, a pesar de todas las apariencias. Tal vez él sabía algo de mí que yo no deseaba que se revelara. Así que tal vez fui *yo* quien fingió un ataque terrorista para cubrir un asesinato. ¿Qué tal suena eso?

Justus se pregunta si Brass está tratando de superar a su hija en el arte de la sinceridad preventiva.

—No lo niego —dice.

—Claro que no. Pero déjeme decirle algo, teniente. Déjeme ser más honesto de lo que necesito ser. Todas esas sospechas están equivocadas. Carecen de todo fundamento. Primero, amo y respeto a mi hija. Estamos en desacuerdo en muchas cosas, y a veces lo estamos con pasión. Pero eso no significa que no nos queramos. Ella es de mi carne y sangre, después de todo. Y sé de cierto —con cada fibra de mi ser— que Bonita no puede estar detrás de esto. Lo *sé*. Tampoco me preocupan sus planes, sean los que sean. Porque ya tengo sistemas y protocolos en marcha. Me ausentaré por un largo tiempo, años, pero eso no significa que no estaré al mando de Purgatorio. O algo a tal efecto.

—¿Eso significa que su hija *no* tomará el mando?

—No he dicho eso.

—¿Significa que tiene a alguien en mente?

—Aún tengo que decidirlo, si he de decirle la verdad. Pero eso me lleva a mi segundo argumento. Acerca de Otto Decker. Él era un muy buen amigo mío y podría haberse considerado un sucesor natural, o al menos un líder en funciones. Pero déjeme ser brutalmente franco con usted: Otto era un viejo. Un hombre muy viejo. Sí, en años no era mucho más viejo que yo, pero no me refiero a eso. Quiero decir que estaba perdiendo sus facultades mentales. Tomaba estimulantes cerebrales, claro, ingería *sobredosis* de ellos, pero no estaban funcionando. En resumen, Otto estaba volviéndose senil poco a poco.

—Lo sé —dice Justus.

—¿Lo *sabe*?

—Lo verifiqué con los doctores de Decker.

—¿Eso hizo? —Brass se ve genuinamente sorprendido.

—Al parecer, se le diagnosticó demencia vascular. Es común en la Luna, debido a la congestión del flujo sanguíneo. Él estaba recibiendo tratamiento con uno de los neurólogos de aquí, un tratamiento muy avanzado, y tomaba muchas medicinas correctivas. Pero igual estaba enfermo.

—Bueno —dice Brass, y sus ojos se mueven por primera vez—, ahí lo tiene. Ya sabe entonces que Otto era el último hombre al que hubiera considerado para una posición de autoridad. De hecho, pasé el último par de años quitándole sus responsabilidades más grandes.

—Eso lo vi también.

—¿Lo vio?

—Revisé su historial. Solía ser secretario de Comercio, secretario de Transportes y secretario de Energía. Era secretario de Gobernación cuando usted decidió que su hija se encargara del trabajo. Y era procurador de Justicia antes de que también le diera ese trabajo a Bonita. Pero no tengo que decirle esto.

—No —dice Brass—. Y yo tampoco tendría que señalar que ello respalda lo que le acabo de decir. Otto no era una amenaza para mí, en absoluto, así que no tenía *razón* para quitarlo de en medio. Y él tampoco era capaz de hacer mucho más que plantar árboles y abrir granjas de cabras. No era la clase de hombre que pudiera ser una amenaza, incluso aunque lo deseara. Y en cuanto a mi hija, Bonita, pues, si las tensiones entre los dos fueran tan profundas, ¿por qué le confiaría tantos departamentos? ¿Todas esas secretarías que usted menciona? No tiene sentido en absoluto.

—Supongo, entonces, que usted cree que un grupo terrorista es realmente responsable.

—¿Dije eso?

—Bueno, si no hay un motivo práctico para el asesinato de Decker, entonces la razón debe encontrarse en su valor simbólico político, ¿correcto?

—Tal vez —dice Brass, con una sonrisa ambigua.

—¿Qué significa eso?

—Mire, teniente —Brass empieza a parecer fastidiado—, no soy yo quien puede responderlo. Le he presentado todo lo que sé y le he dado muchas posibilidades que considerar. Pero no puedo hacer todo el trabajo por usted. Eso es cosa suya... y del DPP.

—Entonces ¿le puedo preguntar si usted ejerce algún poder sobre ellos, señor Brass?

—¿Sobre quién?

—Sobre el DPP.

—¿Qué clase de pregunta es ésa? Claro que ejerzo poder sobre ellos. Soy el Patriarca de Purgatorio. Me han jurado lealtad.

—Pero usted no es el procurador de Justicia, ¿cierto? Su hija lo es. Y usted ha estado extremadamente ocupado, como usted mismo ha dicho. Así que sólo me pregunto si usted da órdenes al DPP. Si tiene reuniones ocasionales con el jefe Buchanan.

—No, no le doy órdenes al DPP... ¿Adónde quiere llegar con sus preguntas?

—Las preguntas son mi trabajo, señor Brass. ¿Les habrá dicho, quizá, que investiguen la posibilidad de terrorismo?

—¿Qué le hace decir eso?

—Que justo vengo de una conferencia en los cuarteles del DPP. La actitud que prevalece allá parecía ser la de que la declaración terrorista era obviamente falsa. Que ni siquiera merecía una investigación seria.

—Eso es porque la policía de aquí es indolente. Siempre lo ha sido.

—¿Estaría dispuesto a decirles eso en persona?

—Por supuesto. Le diré al jefe Buchanan que patee algunas cabezas.

—El jefe Buchanan era el más necio de todos.

—Entonces le diré que patee su *propia* cabeza.

—¿Entonces sí *tiene* reuniones regulares con él? No contestó antes esa pregunta.

—Hablo con él cuando lo necesito, teniente.

—Él dijo que sólo hablaba con su doble.

—Bueno, eso es correcto e incorrecto a la vez. Yo hablo con Buchanan *a través* de mi doble.

—El doble es como un muñeco de ventrílocuo, ¿no?

—¿No lo son *todos* los actores?

—Es un arreglo extraño.

—Bueno, mire, teniente, si necesito hablar directamente con el jefe Buchanan, porque *usted me lo está pidiendo*, lo haré. ¿Satisfecho?

—¿Estaría de acuerdo con su hija en que el DPP necesita ser reformado?

—*Todo* necesita ser reformado.

—¿Le molesta que ella pudiera hacer reformas mientras usted no está?

—Claro que no. Se lo he dicho. Sus planes no me preocupan.

—¿Es verdad que ella no es popular en el DPP?

—No trabajo para el DPP, teniente. Estoy seguro de que usted puede contestar eso mejor que yo.

—Sólo llevo aquí dos semanas.

—Entonces estoy seguro de que puede averiguarlo.

—¿Usted me contrató?

—¿Yo lo…? ¿De qué está hablando ahora?

—Parece haber algo de confusión. La *Tableta* afirma que yo fui reclutado por Bonita Brass. Usted mismo ha sugerido eso también. Pero la señorita Brass parece creer que ella sólo autorizó mi nombramiento.

Brass hace un sonido de exasperación.

—¿Esto es importante, teniente?

—No hago preguntas sin motivo.

—Pues mire, *realmente no lo sé*... Ésa es su respuesta. Tal vez leí de su nombramiento en la propia *Tableta*. Así que pregúnteles a *ellos* por qué lo dijeron.

—Ya lo hice. Dijeron que me responderían posteriormente. ¿Cree que podría ver los registros de inmigración de los últimos seis meses?

—¿Por qué?

—Al parecer, toda persona que busca la ciudadanía es aprobada por alguien muy arriba en Purgatorio.

—¿Y usted piensa que puede averiguar así si fue nombrado por mi hija o por mí?

—Ésa es en parte la razón.

—Vaya al Departamento de Inmigración.

—Ya lo hice. Anoche.

—Bueno... —Brass no parece poder decidir entre estar enojado o impresionado—, usted *ha estado ocupado*, ¿no?

—Después de la visita de su valet decidí que no podía dormir. Había mucho por averiguar. Para empezar, mis propios registros. Y los nombres de todos los que hubieran migrado o visitado recientemente. Porque podría haber terroristas desconocidos entre ellos. Personas con experiencia en anarquismo, tal vez. La señorita Brass dijo tener debilidad por los fugitivos políticos.

—Entonces pregúntele a mi hija.

—El Departamento de Inmigración me dijo que necesitaba permiso de usted.

—¡Entonces *se lo doy*!

—¿Lo puedo tener por escrito?

—Lo puede tener escrito en piedra si quiere. ¿Eso es todo?

—Me temo que no. Su valet parece tener acceso ilimitado

a todas las residencias y, supongo, espacios de trabajo de Pecado. ¿Esto es normal?

—Alguien tiene *siempre* una llave maestra, teniente —Brass está más y más molesto.

—Y ese alguien es usted, ¿no es verdad?

—¿Se le ocurre alguien más apropiado?

—No. Tiene perfecto sentido.

—Me alegra que lo apruebe.

—No lo apruebo. Pero tiene sentido.

Brass exuda ahora su aroma quirúrgicamente implantado de madera de sándalo y mirra. De acuerdo con *Brass manchado*, sale de sus poros cuando está enojado.

—Bien. ¿Ahora sí es todo, teniente?

—No, señor Brass. Para empezar, debo preguntarle si usted realmente se considera por encima de la ley.

—¿Qué? ¿De dónde saca esa idea?

—Su valet me dijo que usted lo está. Pero he revisado la constitución de Purgatorio, que no está ratificada, es cierto, y no encontré evidencia en un sentido o en otro. ¿Entonces usted no está por encima de la ley?

—Si lo estuviera, ¿estaría hablando con usted ahora?

—Interpreto eso como un no.

—Ciertamente no es un sí.

—Entonces debo insistir en acceso ilimitado a usted en todo momento.

—Veremos qué se puede hacer.

—No, señor Brass. Debo insistir.

—Sabe cómo encontrarme.

—¿Es una respuesta?

—Es mi última respuesta.

—Desafortunadamente tengo una última pregunta.

—Qué bien —Brass está gesticulando a alguien que no se ve.

—¿Dónde está Leonardo Black? —pregunta Justus.

Esto detiene a Brass a la mitad de su movimiento. Su brazo vacila. Él mira a Justus.

—¿Dónde está Leonardo Black? —vuelve a preguntar Justus.

—¿Dónde está…? —repite Brass, como si intentara comprender lo que significa la pregunta— ¿Dónde está…? —vuelve a decir, como si hubiera perdido el habla momentáneamente. Pero luego su cara se colorea, sus ojos se inflaman, las vetas de latón realmente parecen encenderse, y por primera vez Justus experimenta la fuerza completa de la furia de la que tanto ha oído hablar.

25

Justus, sin embargo, no se inmuta. En absoluto. De entre todas las personas a las que ha entrevistado, ha descubierto que los billonarios y los directores de empresa son siempre los más beligerantes. Los individuos pomposos que creen que su tiempo es demasiado precioso para desperdiciarlo en preguntas insignificantes de detectives y empleados de procuración de justicia. Que creen que los policías torpes, los políticos venales, los periodistas sedientos de sangre y los gemebundos inspectores de impuestos están siempre en su contra, simplemente por ser quienes son. Y las erupciones de estos señores de la creación, cuando llegan, pueden ser realmente volcánicas, porque su gran riqueza y seguridad les permiten desahogar pensamientos y emociones que las personas más prescindibles deben reprimir.

—*¿Ve esta maldita cosa, teniente?* —los dientes de Brass están apretados y sus labios disparan las palabras como si fueran perdigones de una escopeta—. ¿Ve esta *maldita cosa en la que estoy metido?* —abre los brazos de su traje espacial color latón, que está cubierto de controles interconstruidos y medidores de radiación—. ¿Cree que estoy vistiendo esta maldita cosa por diversión? ¿Eso cree?

Justus no parpadea. No se mueve un centímetro.

—¿Sabe cuánto tiempo toma meterse en una de estas cosas? ¿Conoce todos los peligros y complejidades de viajar en el espacio? ¿Aprecia todo el entrenamiento y los controles de seguridad que un astronauta debe soportar? ¿Y puede adivinar lo que he estado haciendo hoy aquí, sólo por mi aspecto?

Justus no dice nada.

—¿No? Déjeme contarle —Brass señala la *Prospector II* con un dedo—. Estaba abajo, allá abajo, dentro de un vehículo de aterrizaje para Marte. En la pequeña cabina de un vehículo de aterrizaje. Con mi comandante de misión. Y mi supervisor médico y mi ingeniero. Y todo nuestro equipo. Practicando los procedimientos de descenso —aspira aire y su pecho se infla—. ¿Sabe usted, se puede *imaginar* siquiera, lo difícil que es meter a cuatro personas en esa cosa? ¿Y lograr que todos se pongan su traje? ¿Y sus arneses? ¿Y sus cascos? *Para el caso*, ¿sabe lo que estamos intentando hacer aquí realmente? ¿Puede imaginarse lo peligroso que es? ¿Tiene alguna idea de lo que significa hacer todo el viaje a Marte, y *vivir* allá, por hasta quinientos días? ¿Y tiene algún entendimiento de por qué esto es tan necesario? ¿Es *posible* que usted pueda apreciar los otros peligros? ¿Los peligros para la Tierra? ¿Si no tengo éxito?

Justus piensa que realmente es verdad: el tipo se ve a sí mismo como el salvador del universo.

—Seguramente no se lo tengo que decir, ¿o sí? Usted acaba de llegar de la Tierra, ¿no? Así que tiene que haberlo visto por usted mismo: ¿todo el caos *allá abajo*? ¿Todas las pandemias y guerras civiles, todas las catástrofes naturales? ¿Todos los recursos que se desvanecen, los espacios que se reducen, la explosión demográfica? ¡No es posible que diga que no lo ha visto con sus propios ojos! ¿Cómo puede negarlo? La raza humana *necesita* emigrar a las fronteras del espacio, o se arriesga *a la aniquilación total*. Pero ese tipo de cosas requiere visión y determinación. *Y por sobre todo requiere huevos*. ¿Quién los tiene todavía en la Tierra? ¿Quién tiene nada en la Tierra todavía? Excepto cobardía. Y pereza. ¡Y *envidia* que come el alma!

¿Quién puede lograr que se haga nada en la Tierra sin un comité inepto y una plaga de sanguijuelas? ¡Eso es exactamente la razón por la que vine aquí, *a la cara oscura de la Luna, puta madre*, sólo para alejarme de todos esos perdedores! ¡De todos esos perritos chihuahueños con hígado de pollo! ¡Sólo para poder hacer cosas en paz! ¡Porque nadie más tiene la visión! ¡Nadie más tiene los huevos! ¡Porque Fletcher Brass es la última puta esperanza de la historia humana! —Brass exhala con amargura—. Así que por favor, teniente, ponga todo lo demás en perspectiva cuando se dirija a mí. Cuando tenga la *temeridad* de hablarme de... lo que sea que haya venido a decirme, carajo.

—Le preguntaba —dice Justus— acerca de Leonardo Black.

—Adiós, teniente —Brass, con un auténtico diluvio de su aroma saliendo de él, se encamina hacia la pasarela—. Realmente espero que no tengamos que volver a vernos.

Pero Justus continúa de pie en su sitio, pensando que hay una cosa —además de respuestas— que no obtuvo. Algo que Bonita Brass le aseguró que obtendría.

Pero resulta que Brass no ha terminado todavía. A mitad de su camino por la pasarela se ha dado vuelta. Lo ha vuelto a mirar con ojos crueles y penetrantes.

—¿Puedo decir algo más, algo personal? —Justus hace un gesto para animarlo—. Realmente debería hacerse arreglar la cara. Porque nadie lo tomará en serio hasta que lo haga.

Luego Brass se da vuelta, sonriendo venenosamente, y desaparece en el interior de la *Prospector*.

A Justus le parece casi como si Brass le hubiera leído la mente. Como si hubiera oído una grabación de su reunión con Bonita y se hubiera sentido impulsado a ofrecer ese último dato como prueba definitiva de su identidad. Como si todo lo demás —la inmensa vanidad, la pomposidad, el encanto sobrehumano, la confianza, la evasión, la ofuscación, las amenazas implícitas y el lenguaje colorido— no hubiera sido bastante.

—¿Cómo le fue? —la coordinadora de vuelto, Amity Powers, se ha materializado al lado de Justus. Debe haber oído los últimos vestigios del intercambio, si no es que todo, así que a Justus la pregunta le parece superflua. Pero no la evita.

—Muy bien.

Y no está mintiendo. Porque en el modo en el que Brass respondió, o se negó a responder, Justus cree haber desenterrado un tesoro.

—Usted no sabe lo afortunado que es —sigue Powers—. El señor Brass tiene mucho peso sobre los hombros ahora.

—El universo entero, a juzgar por como suena.

Powers se ríe por lo bajo.

—Bueno, sus hombros son lo bastante anchos, como sin duda ha visto. Y a un hombre así debe permitírsele que deje a su lengua ir a donde quiera.

—Ajá —Justus está seguro, de pronto, de que ella es más que sólo una administradora de proyecto.

—Oh, por cierto —agrega ella, mientras lo lleva a la salida—, este mensaje llegó mientras hablaban,

Le tiende una hoja de papel, que Justus lee mientras camina. Es del DPP.

—¿Malas noticias? —pregunta. Como si no lo hubiera leído ya.

—Ha habido problemas en Pecado —dice Justus, doblando la página—. Necesito volver allá inmediatamente.

26

Quien haya ido alguna vez a la Cara Iluminada sabrá del Efecto Perspectiva —hay torres completas, miradores y hoteles que llevan ese nombre. El Efecto Perspectiva es lo que ocurre cuando un ser humano observa la Tierra desde una distancia considerable en el espacio. Los astronautas de las misiones Apolo fueron los primeros en sentirlo con toda su fuerza: ese momento sobrecogedor en el que vieron de un solo vistazo su planeta de origen, la cuna de la vida y la civilización, enormemente pequeña y frágil en la vastedad escalofriante del universo. Desde entonces, un viaje a la Luna, para sentir esa humildad y fraternidad en un instante que cambia la vida, se ha convertido en un peregrinaje esencial para humanistas, buscadores de emociones y políticos conscientes de su imagen.

Torquil "Torkie" Macleod no está interesado para nada en el Efecto Perspectiva. Para él, ha sido tan minuciosamente explotado a estas alturas que resulta grosero. Y no sería capaz de meterse comercialmente incluso si quisiera: hace falta toda clase de permisos carísimos en los distritos turísticos oficiales. Por lo tanto, él de hecho resiente el Efecto Perspectiva. No mira a la Tierra, ni siquiera de reojo, cuando está en la Cara Iluminada.

Macleod solía ser un conductor de autobuses de lujo y transportaba estrellas de cine, bandas de rock y otras celebridades por la mayor parte del Reino Unido. Un trabajo glamoroso a su manera, pero no especialmente lucrativo, al menos hasta que empezó a surtir a sus pasajeros de alucinógenos de alta calidad: todo desde mezcalina hasta DMT, todos fabricados por alumnos expulsados de una facultad de química farmacéutica, trabajando en un cuarto trasero en Hackney. Y por un tiempo Macleod ganó tanto dinero con este negocio adicional que podía vivir en un sótano en Knightsbridge. Pero mantenerse fuera de la ley resultó ser una lucha perpetua, y cuando el laboratorio de Hackney fue desmantelado por la policía —Macleod lo supo por las noticias del Canal 4— escapó a España justo a tiempo. Y de ahí fue a India. Y de ahí, vía la plataforma de lanzamiento en la costa de Malabar, terminó en la Luna. Pensó en esconderse en Purgatorio, por supuesto —tenía la ventaja de estar más allá de los tratados de extradición—, pero había escuchado que el reino de Fletcher Brass se estaba volviendo más estricto respecto de a quiénes admitía. Y a él, de todas maneras, no le gustaba la idea de vivir en un territorio restrictivo. Años de recorrer las carreteras británicas lo habían dejado con un apetito insaciable de viajar por largas distancias. Así que decidió arriesgarse y encontrar algo más: algo no tan distinto del trabajo que había disfrutado tanto en la Tierra.

Actualmente, Macleod es de nuevo un conductor de autobús trabajando por su cuenta. Tiene a su disposición un vehículo de transporte de muy largo alcance (VLTV), usado anteriormente para transportar turistas de la Base Doppelmayer a las primeras zonas chinas de aterrizaje. Con ocho ruedas de diámetro variable, seis baterías regenerativas de combustible, transmisión integrada de malla y engranes, dieciocho lámparas de halógeno de alta presión, asientos para seis (sin contar al conductor) y un alcance confiable de dos mil kilómetros con luz de día, el VLTV es por mucho más sofisticado, más costoso y más seguro que cualquier buggy lunar LRV. Pero de todos modos está viejo, dañado, rayado y hasta oxidado; Macleod nunca ha estado muy interesado en su mantenimiento. La mayor parte del tiempo lo usa para llevar científicos, técnicos, mineros y representantes empresariales en viajes por la Cara Iluminada. Usualmente se estaciona en la Base Minera ExelAnt en el Cráter Schibert, donde renta una habitación, pero se asegura de no quedar sujeto a ninguna rutina. Macleod prefiere mantenerse en movimiento, tan independiente y elusivo como sea posible, porque una vez más tiene un negocio adicional que no es estrictamente legal.

Viajes Lado Oscuro, como se le conoce, no aparece en folletos oficiales, pero es un secreto a voces en la Luna. Por una tarifa sustancial —hasta cinco mil dólares estadunidenses por cabeza—, Macleod lleva a sus clientes "al reino prohibido de la Cara Oscura". Y allí se puede experimentar algo "inconmensurablemente más poderoso que el Efecto Perspectiva": lo que se experimenta, de hecho, es su completo opuesto, el "Efecto Sin Vista", pues se está en el único lugar del Sistema Solar, y probablemente del Universo, en el que nunca es posible ver la Tierra, ni con el más poderoso telescopio. Los visitantes serán como niños totalmente separados de su madre. Estarán fuera de toda vista y lejos de todo pensamiento. Estarán, acaso por primera vez en sus vidas, más allá del alcance de todo radar. Estarán desnudos ante el cosmos. Sentirán, en rápida sucesión, abandono, liberación y "empoderamiento de formas que nunca antes han experimentado". Y (si se cree la publicidad de boca a boca), "nunca volverán a ser los mismos".

Hoy, Macleod está feliz de llevar a cuatro miembros de la banda retro de rock Dustproof Shockproof. Macleod ha transportado a muchos músicos durante su carrera, pero a sus cincuenta y un años es hoy una generación más viejo que la mayoría de ellos. Sin embargo, los integrantes de la banda son casi de su propia edad, así que espiritualmente siente que están en el mismo nivel. Él los entiende. Él piensa que ellos lo entienden. Lo hacen sentir como si estuviera con viejos amigos. Ni siquiera les ha vendido drogas adulteradas.

En este momento, todos los miembros de la banda están bajo la influencia de Selene, un derivado del LSD que es popular en la Luna, y Macleod se ha tomado también una pastilla, sólo por ser sociable. Los muchachos, junto con dos guapas grupis, están tirados en los asientos de pasajeros; Macleod, al volante. Hasta este punto se ha mantenido en los caminos de mantenimiento bien apisonados, desviándose sólo para evitar encuentros con vehículos oficiales. Los equipos de ciencia o mantenimiento no suelen entrar en la Cara Oscura durante la noche —es mucho más fácil trabajar en los catorce días de calor y luz solar—, así que es usualmente durante la oscuridad que Macleod lleva a cabo sus paseos. Pero Dustproof Shockproof volverá a la Tierra en un par de días, y por ellos ha hecho un compromiso: está corriendo por la superficie iluminada hacia el terminátor de la noche y el día. Hacia el auténtico Lado Oscuro de la Luna.

—¿Ésos de ahí son pingüinos? —pregunta el baterista, Spyder Blue.

—No veo pingüinos —replica el bajista, Q'mar Kent.

—Son pingüinos, te digo. Aletean y todo.

—Son piedras, maestro. Piedras.

—¡Se mueven y la mierda!

—Se mueve mi cabeza... Esto es basura de la buena. De la buena —Q'mar Kent localiza a Macleod y grita su aprobación—: ¡De la buena!

Macleod sólo asiente. Ha tomado tanta Selene desde su llegada a la Luna que en pequeñas cantidades ya casi no le afecta. Pero sabe muy bien que es el mejor ácido del universo.

—¿Cuándo vas a abrir el cielo, maestro? —ahora es el líder de la banda, Maxx Dee: está mirando el techo de cristal del vehículo, cubierto por un escudo antirradiación.

—Cuando crucemos el terminátor —le dice Macleod.

—¿Por qué no ahora?

—Daño solar. No querrías ese brillo en la piel si en realidad no lo necesitas.

Después de un rato Dee gruñe:

—¿Vamos a ver los diamantes?

—Vas a ver más que diamantes. Vas a ver constelaciones, galaxias enteras que no sabías que existieran.

—¿Nocturnidad?

—Eso, maestro, Nocturnidad.

Nocturnidad —"noche eterna"— es el nombre que se le da a los cielos durante las 328 horas consecutivas de oscuridad en la Cara Oscura: inmaculada, impresionantemente clara, abrumadoramente infinita. Nada de luz de sol, de luz terrestre, de nubes, de atmósfera difusora, de murmullos de vida salvaje o roce de los árboles: solamente uno mismo, la esfera negra bajo los pies y la majestad desnuda del cosmos allá arriba. Es una experiencia, aún más poderosa que el Efecto Sin Vista, que tiene el potencial de alterar mentes. Se dice que puede convertir a un santo en un psicópata, o viceversa. Y es aún más poderosa bajo el influjo de Selene.

—¿De dónde sacas este ácido, maestro? —otra vez es Q'mar Kent.

—De Purgatorio —dice Macleod.

—Es del bueno.

—Lo que viene de Purgatorio suele serlo.

—¿Vamos a ir a Purgatorio?

—¿Tienes otros cinco mil contigo?

—¿Qué tal si lavo los platos?

Macleod se ríe por lo bajo, pero no contesta. Ha estado un par de veces en Purgatorio y no necesita regresar. Y no consiguió la Selene de allá en persona. Las drogas hechas en Purgatorio son frecuentemente contrabandeadas y vendidas, si se sabe dónde buscarlas, en la Cara Iluminada. Y en la Tierra también, aunque a precios astronómicos.

—¿Vamos a ver las nubes de polvo de oro? —pregunta Maxx Dee.

—Si las condiciones son las adecuadas —dice Macleod.

—Eso espero, maestro, estoy cansado de esta… boca. ¿Ven la boca, muchachas?

—Veo… amibas —responde una.

—Veo adornos navideños —dice la otra.

—Yo veo pingüinos —repite Spyder Blue—. Las malditas cosas esas están bailando.

Macleod se pregunta si les ha dado demasiada Selene. Cuando los pasajeros empiezan a viajar de veras en un ambiente cerrado y presurizado, las cosas pueden ponerse feas. Una vez, Macleod tuvo que noquear a alguien con un extinguidor. Con todo, tiene confianza en que nada desagradable pasará con Dustproof Shockproof… mientras consiga mantenerlos entretenidos.

—¿Quieren ver el satélite caído? —pregunta.

—¿Qué satélite? —pregunta alguien.

—Luna 14. Es ruso. Cayó en 1968, un año antes del alunizaje del Apolo 11. Es uno de los pocos restos que no han sido saqueados porque está muy escondido. Casi nadie sabe que está ahí.

Nadie parece entusiasmarse.

—¿Qué tan lejos está? —pregunta una de las grupis.

—A un par de clics. Nos tomará cinco minutos.

Nadie parece interesarse.

—Quiero ver los diamantes —dice Maxx Dee, suspirando.

—Quiero ver la nebulosa de Orión —dice la otra grupi.

—Quiero más ácido —dice Q'mar Kent.

—¡Y ahora hay afuera un maldito canguro! —exclama Spyder Blue.

Macleod ríe por lo bajo, pero no se da vuelta. Están en una región de planicie sin rasgos distintivos y colinas gentiles que podría ser confundida con parte del Outback australiano. Él sospecha que el canguro es una roca torcida o un robot descompuesto. Pero Spyder Blue insiste.

—¡Viene para acá, carajo, el canguro!

—Te estás volviendo loco —dice Q'mar Kent.

—¡Te digo, maestro… un canguro! ¡Míralo tú mismo!

Hay un largo silencio.

—¿Qué…?

—¿Lo ves? ¿Lo ves?

—¿Qué carajos…?

—¡Te dije, maestro! ¡Te dije! ¡Un canguro!

—Pero… pero eso no es un canguro. ¡Es un tipo!

—¡Es un canguro!

—¡Es un maldito tipo, *brincando* como canguro!

Macleod empieza a pensar que tal vez fue mala idea viajar hasta tan lejos. Se fueron de Schubert hace ocho horas, y él empezó a distribuir la droga poco después. Normalmente, sus pasajeros no estarían tan arriba… no tan lejos de la Nocturnidad.

—¡Está brincando tras nosotros!

—¡Viene para acá!

—¡Mira cómo brinca ese cabrón, maestro!

—¿Dónde está su traje espacial?

—¿Cómo carajo respira?

Una de las mujeres se les ha unido ahora, escucha Macleod —es como una alucinación en masa—, pero aún no voltea.

—Maestro… ¡Ese cabrón va en serio!

—¡No está serio, está sonriendo!

—¡Ya está detrás de nosotros!

—¡Nos persigue! ¡Nos persigue!

—¡Tienes que parar, maestro!

Esto último fue dirigido al conductor, pero Macleod no se detiene.

—¡Tienes que frenar! ¡Está corriendo tras el autobús!

—No tenemos que parar, ¡nos está alcanzando!

—¡Miren al cabrón!

—¿Dónde está?

—¿Dónde se fue?

—¡Sigue atrás de nosotros… sólo que no podemos verlo!

—¿Qué carajos está haciendo?

—¿Nos sigue persiguiendo?

Hay un golpe súbito. *Pum.* Reverbera a través del interior del VLTV. Y Macleod quita su pie del pedal, sorprendido. Mira a su alrededor, pero todos están mirando hacia arriba. Entonces hay un sonido. Algo que se desplaza. Algo que se arrastra. Así que Macleod frena: detiene por completo el VLTV. Se pregunta si él mismo está alucinando.

—¡Está encima de esta cosa! —dice Spyder Blue.

—¡Se está arrastrando por el techo!

—¡Es como un safari!

—¡Nos quiere comer!

—Carajo, maestro, ¿esto es parte del paseo?

Macleod no contesta. Su cuerpo entero está tenso, sus oídos atentos, tratando de comprender lo que está pasando.

Luego hay más movimiento… justo arriba del asiento del conductor. Y *golpes*, como si alguien estuviera pegando en el techo. Tratando de meterse.

Macleod mira hacia arriba, esperando una señal de qué es.

—¡Nadie me creía, carajo! —exclama Spyder Blue—. ¡Nadie me creía!

Entonces una cara aparece en lo alto del parabrisas delantero. Está de cabeza.

Macleod parpadea un par de veces y luego entiende.

Es un hombre. O al menos se ve como un hombre. De pelo negro, traje negro y ojos negros. Los mira desde afuera. Y sonríe. Sonríe como un idiota.

Macleod no sabe qué hacer. Parte de él se caga de miedo. Otra parte siente deleite… porque sea lo que sea que esté pasando, es interesante. Es *más* que interesante. Es todo lo que uno quisiera en un paseo del Lado Oscuro. Sólo espera que la banda lo esté disfrutando.

—¡Parece un maldito policía de narcóticos! —dice Maxx Dee, carcajeándose, mientras el hombre del traje negro gira y cae a la superficie lunar delante de ellos.

27

De vuelta en el estacionamiento de Pecado, Justus es recibido por Dash Chin, que masca chicle mientras lo escolta deprisa a una patrulla de policía.

—Muy bien —dice Justus al entrar—, dime qué tenemos.

—Dos cuerpos —dice Chin, emocionado—. ¡Espere a verlos! ¡Esto fue de auténtica carnicería!

—¿Ataque terrorista?

—Supuestamente. Hay otra declaración.

—¿En la escena del crimen?

—A un lado de los cuerpos.

—¿Y qué dice?

Chin sonríe.

—Ya lo verá.

Justus, que ha pasado el viaje entero desde la base de cohetes deseando que la escena del crimen estuviera sin contaminar, se pregunta cuántos policías habrán manoseado ya la declaración.

—¿Y las víctimas?

—Kit Zachary. ¿Ha oído hablar de él?

—¿Quién es él?

Chin echa andar el auto.

—Un constructor. El más importante de Pecado. O al menos lo era cuando se levantó esta mañana.

—¿Y por qué matarían los terroristas precisamente a un constructor?

—Era un constructor de alto perfil. Caca grande. Uno de los importantes acá.

—¿Tenía ambiciones políticas?

—Estaba metido, sí.

Justus asiente.

—¿Y la otra persona?

—¿Eh?

—Dijiste que había dos cuerpos.

—Ah —ríe Chin, mientras retrocede para salir del estacionamiento—. Sólo una puta con la que estaba.

Corren sin cuidado por las calles, casi atropellando a un par de turistas, y de inmediato llegan a Sordello, la zona roja de Pecado. Aquí, en un laberinto de calles alumbradas con neón, Chin detiene bruscamente la patrulla afuera de un estrecho burdel de varios pisos llamado Cherry Poppins. Una multitud de prostitutas medio vestidas, muchas con el aspecto de famosos símbolos sexuales, es retenida por la policía. Dos de los policías golpean a alguien con una cachiporra.

—Tercer piso, señor —dice Chin.

—¿No subes?

—Tengo que mantener mi apetito. No he comido nada desde anoche.

Justus no insiste porque de cualquier modo no confía en Chin. Dentro del burdel, se le dirige a un elevador abierto pero él prefiere tomar las escaleras. A la mitad del camino, un grupo de policías ríe y bromea. Justus escucha algunos comentarios adelantados:

—... ni siquiera se sacó el pito...

—... un gran trabajo, con todo...

—... ¡sí, se ha de haber confundido con las instrucciones!

Pero en cuanto ven a Justus se quedan de una pieza, inclinan la cabeza en señal no muy convincente de deferencia y se ponen firmes hasta que él ha pasado.

Finalmente Justus entra en un cuarto en el tercer piso. Hay una cama sin hacer, una mesa de noche, murales de sexo pompeyano en las paredes, y suspendida del techo una esfera giratoria cubierta de espejos que arroja en todas direcciones astillas de luz blanca. También hay muchos policías: Hugo Pfeffer, Jacinta Carvalho, Prince Oda Universe y el hosco ruso Grigory Kalganov entre ellos. Pfeffer come un hot dog. Carvalho tiene un café humeante en un vaso de unicel. Están inclinados, como discutiendo los últimos resultados del futbol. Entonces, al ver que Justus los ha descubierto, se enderezan y se hacen a un lado para revelar la escena.

—¿Necesita una bolsa de mareo, teniente? —pregunta uno de ellos.

Justus agita la cabeza.

—He visto cosas peores —miente.

El hombre parece haber tenido unos cincuenta y cinco. Todavía lleva un traje bien cortado, pero su cabeza apenas está unida al cuerpo. Por lo que Justus puede ver, debe haber sido atacado por la espalda con una navaja pesada, tal vez un cuchillo carnicero. Hay cortes amplios alrededor del cuello y los hombros, y un golpe demoledor en la nuca. Sangre por todas partes —debido a que tiene menos agentes coagulantes, la sangre de los selenitas de muchos años salpica más cuando se cortan las arterias—, aunque es difícil distinguirla contra la decoración del cuarto, rojo cereza. A la chica, de cabello púrpura, labios gruesos y para Justus extrañamente familiar, parecen haberle cortado el cuello. Su tráquea está expuesta. Sus ojos están abiertos de modo innatural, como si no pudiera creer lo que le está pasando. Lleva luces de color rosa en las uñas, que aún parpadean.

—¿Alguna idea de qué pasó exactamente aquí? —pregunta Justus.

Al principio no hay respuesta, pero luego alguien dice:

—Lo estábamos esperando, teniente.

—Sí, usted es el que está al mando.

—Usted es el detective en jefe.

Justus ignora la insolencia.

—Muy bien, entonces al menos pueden decirme lo que saben. ¿Cuándo se descubrieron los cuerpos? ¿Y quién los descubrió?

Los policías se miran entre ellos. Finalmente Grigory Kalganov dice:

—Fui yo, teniente.

—¿Respondió una llamada?

—Estaba en la zona. La recepcionista me llamó.

—¿Y esta recepcionista fue quien encontró los cuerpos?

—Así es.

—¿Ha sido entrevistada la recepcionista?

—Yo no lo he hecho.

—Todavía estamos tratando de encontrarla —interviene Carvalho.

—¿Qué? —pregunta Justus—. ¿Salió a comer o algo así?

Carvalho no sabe.

Justus vuelve a mirar a Kalganov.

—¿Sellaron la escena del crimen inmediatamente?

—Pedí refuerzos.

—¿Pero no puso usted un cordón?

—Ése no es mi trabajo, teniente.

—Entonces, ¿cuántos policías y personas han estado aquí desde que ustedes llegaron?

—Quince, dieciséis.

—Dieciséis. ¿Y qué hay del Equipo de Respuesta Forense?

Kalganov se encoge de hombros.

—¿Quiere decir que no los han llamado?

—Están en otro trabajo —dice Carvalho.

—¿Algo más importante que un homicidio?

—Alguien se metió en un hotel. Robaron a un turista.

—¿Y un robo es más importante que un homicidio en esta ciudad?

—Depende. Era un turista importante. Escritor de viajes.

214

—Entonces nadie ha hecho una revisión de este cuarto.

—Todavía no.

Justus ya ha notado que nadie lleva guantes ni cubiertas en los zapatos.

—¿Qué hay —señala— tras aquella puerta?

—Es el baño.

—Bueno, ¿cuántas personas han…?

Pero en ese momento un escusado de alta presión se descarga ruidosamente y la puerta del baño se abre. El jefe Buchanan, ajustándose los pantalones, se abre paso a través del umbral.

—Ah, teniente —dice, inhalando por la nariz—. Qué bueno que pudo venir. ¿Mucho tráfico?

Justus lo ignora.

—Iba a preguntar por los forenses.

—¿Qué hay con ellos?

—Hubiera sido preferible que ya estuvieran aquí. Que hubieran revisado la escena del crimen. De ese baño en particular. Pero supongo que tendremos que trabajar con lo que tenemos.

Buchanan, que captó el reproche, gruñe con escepticismo.

—¿Por qué? ¿Qué carajo hay de interesante en el baño?

Justus se encoge de hombros.

—Un hombre de negocios de alto perfil entra en un burdel de mediana calidad con una prostituta. No podemos decir con certeza que vienen a tener sexo, porque ninguno de ellos está desvestido. Pero podemos concluir con certidumbre que esto fue planeado. Las heridas en el cuerpo del señor Zachary, y sólo supongo que el cuerpo no ha sido movido todavía, nos dicen que fue atacado por detrás. Así que tuvo tiempo suficiente para entrar en el cuarto, maniobrar alrededor de la cama y dar vuelta hacia la muchacha. Tal vez el asesino no estaba a la vista cuando él entró. Lo que significa que es bastante probable que él o ella estuviera escondido en el baño.

—Qué lindo —dice Buchanan, y se dirige a los otros—: ¿No les dije que este tipo era Sherlock Holmes? —se oyen murmullos de asentimiento, pero entonces Buchanan hace una objeción—. ¿Pero dice que Zachary no vino a tener sexo?

—Dije que no podemos estar seguros.

—¿Y para qué vendría un hombre a un cogedero si no es a coger?

—¿Tenía antecedentes con prostitutas? —pregunta Justus.

—¿Quién no los tiene?

—Es decir, ¿un hombre como éste, un hombre de negocios de muy alto perfil y exitoso, realmente tendría que venir a un sitio sórdido como éste?

—A veces el restaurante es la mejor parte de la comida.

Una imagen de Buchanan teniendo relaciones sexuales aparece en la mente de Justus, pero afortunadamente es breve.

—Bueno, concedo que en este momento no es importante. Pero él fue traído aquí con engaños, eso es casi seguro. La muchacha no escapó cuando empezaron a matarlo a él, así que posiblemente estaba metida. Cuando el asesino terminó con Zachary siguió con ella… Ella no lo veía venir. Tal vez se quedó porque esperaba un pago. Y lo que debemos averiguar ahora es dónde se reunió Zachary con ella primero. Supongo que no fue en la recepción.

—Ellos no vieron nada —dice Carvalho.

—Entonces las prostitutas simplemente suben a sus clientes por estas escaleras laterales, ¿es así?

—Es así.

—¿Y este cuarto es el sitio de trabajo habitual de esta prostituta en especial?

Nadie parece estar seguro.

—Muy bien —Justus continúa—, entonces tenemos trabajo que hacer. Debemos buscar un arma asesina en este edificio: el tamaño de las heridas sugiere que es algo difícil de esconder en un bolsillo. Tal vez un abrigo ensangrentado fue desechado también. Habrá sangre más que suficiente para haberlo manchado. Y necesitamos encontrar dónde buscaba clientes esta prostituta. ¿Sería un bar? ¿El vestíbulo de un hotel? ¿Las calles?

—Podría ser cualquiera —dice Buchanan.

—En cualquier caso, tendremos que averiguar. Y entonces debemos visitar aquellos lugares y averiguar si alguien la vio con Kit Zachary. Si alguien escuchó alguna conversación entre los dos. Si ella tiene amigos o colegas de su confianza.

—¿Y eso qué va a probar?

—Podría ser crucial.

—Lo dudo. Zachary quería acostarse. Se consiguió a una puta y se la trajo a un cuarto. Un tipo salió y lo mató. Eso fue todo.

Justus parpadea.

—¿Está sugiriendo que el asesino simplemente estaba en el baño? ¿Por pura coincidencia?

—No sugiero eso para nada —dice Buchanan—. Sólo digo que aun si todo estuvo arreglado, perder tiempo con preguntas pendejas no nos va a servir de nada.

—No son pendejadas. Es el procedimiento.

—En la Tierra, a lo mejor. Acá no.

—Qué raro. Pensé que estaba al mando de esta investigación.

—Lo *está*. Pero también está *verde*.

—Entonces es bienvenido a nombrar a alguien con más experiencia si lo desea.

—No lo haré. Está haciendo un gran trabajo.

—No deja usted de decirlo.

—Y no estoy mintiendo —Buchanan se vuelve hacia los otros—. ¿Estoy mintiendo, muchachos? ¿No les he estado diciendo que qué gran trabajo está haciendo este tipo?

Todos asienten. Pero algunos de ellos sonríen.

—Muy bien, entonces —dice Justus—. Pues mientras *siga* al mando, quiero saber todo lo posible acerca de la muchacha, y no me importa lo pendejo que suene. Quiero saber dónde operaba, con quién trabajaba, si había sido contratada antes por Zachary... Quiero saber todo eso, y quiero saberlo para las seis de la tarde. También quiero saberlo todo sobre los movimientos de Zachary. Quiero conocer su rutina general.

Quiero tener una lista de todas las personas con las que haya hablado en las últimas cuarenta y ocho horas. Quiero un reporte preliminar del ERF en mi escritorio tan pronto sea posible. Y entiendo que hubo una declaración terrorista.

—Más pendejadas —dice Buchanan.

—¿Quién lo tiene?

—Prince.

—¿Puedo verlo?

Buchanan hace un gesto desdeñoso hacia Prince Oda Universe.

—Prince, enséñale la basura al teniente, ¿quieres?

El nigeriano de dos metros cuarenta, cuya cabeza casi roza el techo, le tiende una página impresa que, para gran alivio de Justus, está metida en una bolsa Ziploc. Mira hacia arriba.

—Apaguen esa bola de espejo y pongan algo de luz.

—Ésa es la luz —retumba Prince Oda Universe.

Así que Justus entrecierra los ojos y lee la página.

EL MARTILLO DEL PUEBLO GOLPEA OTRO CLAVO TORCIDO

KIT ZACHARY = CHUPASANGRE DEL GRAN CAPITAL

¡NO MÁS HACENDADOS!

¡NO MÁS BRASS!

¡VIVA REDENCIÓN!

—Pura mierda —dice otra vez el jefe Buchanan—. Le dije que sería más de lo mismo.

—Así fue —asiente Justus—. Y también dijo usted que habría más asesinatos.

—¿Y qué tiene?

—Nada… Simplemente admiro su previsión —Justus tiende el papel a Jacinta Carvalho y dice—: Llévelo al forense inmediatamente. Vea si da el mismo ADN que la otra declaración. Y no deje que nada de esto se filtre a la *Tableta* hasta que yo lo diga, ¿entendido?

—Ya es demasiado tarde —dice Carvalho.

—¿Qué significa eso?

—Ya está en la *Tableta*. Edición especial. Primera plana.

—¿Y cómo pasó eso?

—Recibieron su propia copia.

—¿Su propia copia? Está bien, quiero ésa también. Y la quiero también con los forenses, antes de que alguien más del periódico le ponga las zarpas encima.

Carvalho parece desconcertada.

—¿Quiere que *yo* vaya a la *Tableta*?

—¿Tiene algo mejor que hacer?

—Pero es hora de comer, y yo…

—No —dice Justus—. Es hora de cazar. Así que coma en el auto. O guarde su apetito para la parrillada del jefe Buchanan. Estoy seguro de que el jefe estará de acuerdo.

Silencio de Buchanan —el ambiente en el cuarto es el de un pelotón de prisioneros al que se le ha ordenado volver al trabajo forzado—, así que Justus se da vuelta y mira directamente al jefe.

—¿No es así, señor?

Y finalmente Buchanan, como un hombre acorralado, resopla y se obliga a asentir.

—Así es —dice a los otros—. Ya oyeron al teniente, y él está al mando. Así que marchando. ¡Pónganse a trabajar!

Los policías empiezan a abandonar el cuarto. El ruso malhumorado se da el tiempo suficiente para gruñir algo en el oído de Justus. Luego el mismo Buchanan se acerca, con aspecto falsamente contrito. Palmea a Justus en la espalda.

—Oiga, hablemos de esto luego, ¿sí? Pero por ahora, no se quede con la idea equivocada: sólo es el modo en que las cosas son acá. Los muchachos deben lidiar con tanta mierda en esta ciudad que tienen una especie de reacción natural a una escena como ésta. Nada más no lo tome personal, ¿de acuerdo?

—Sí —dice Justus sin entonación, mirando el cuerpo abierto de Kit Zachary—. Sí.

Pero ya no está pensando en policías insubordinados. Ya no está pensando en el procedimiento. Ni siquiera está pensando en Kit Zachary y la prostituta muerta. Sólo está tratando de encontrar sentido en la palabra que Grigory Kalganov le murmuró al pasar:

Pazuzu.

28

El androide está ahora en el interior del VLTV. Cuando vio por primera vez sus huellas, hace veinte minutos, su intención era apoderarse del vehículo tan rápido como fuera posible. En concordancia, siguió su rastro, llegó a tenerlo a la vista y saltó a la parte alta, esperando abrirse camino al interior y matar al conductor con la despresurización. Pero el techo, según descubrió, estaba sellado con un escudo antirradiación impenetrable. Así que se asomó desde el techo del vehículo, con la idea de romper la ventana del frente, pero al hacerlo no pudo evitar darse cuenta de los muchos pasajeros que había dentro. Y súbitamente se le ocurrió que era una oportunidad totalmente nueva: alcanzar su destino de incógnito, por así decir, escondido dentro de un grupo. Así que se dejó caer al suelo y con gestos dejó claro que le gustaría ser admitido en el interior.

El VLTV tenía su propia esclusa de aire, del tamaño de un cubículo, en la parte trasera. Después de las verificaciones de los sellos de presión y los procedimientos de limpieza habituales, el droide se escurrió al interior del compartimiento de pasajeros, donde su llegada fue recibida con mucho agrado.

—… cuidado con el polvo que trae —estaba diciendo el conductor.

—Hey, maestro, somos a prueba de polvo,* ¿recuerdas?

—Pásale, maestro.

—¡Hagan espacio para el nuevo!

—Brenda, ¿te sientas en las piernas de tu papi?

—Aquí hay un asiento, maestro.

—¿Cómo te llamas, amigo?

El androide, sentándose entre el hombre con rastas y el hombre con una araña azul tatuada en la frente, ve afecto auténtico en las caras de los pasajeros, como si los hubiera librado de un gran aburrimiento.

—Yo soy el Mago —dice.

—Claro que lo eres, maestro.

—Te dije que lo era.

—Tú decías que era un canguro.

—Dije que parecía un canguro.

—¿Seguro que no eres un narco?

Esto último es dicho por el hombre con la barba imponente.

—¿Qué es un narco, señor?

—No importa. ¿No eres uno?

—No, señor.

—¿No eres alguien de seguridad o algo así? ¿No nos vas a arrestar?

—No hay razón para que ustedes se preocupen. Sólo quiero estar sentado aquí y disfrutar de su compañía. ¿Usted es el Rey?

—¿El Rey?

—Él cree que sí —dice la chica en su regazo.

El hombre de barba se ríe por lo bajo.

—El Rey está en Memphis, maestro. En un ataúd.

—Lamento escuchar eso, señor. ¿Quién es usted, entonces, si no es el Rey?

—Soy Maxx Dee. Con doble X y doble E.

---

* Juego de palabras con el nombre de la banda: "Dustproof Shockproof" significa literalmente "A prueba de polvo, a prueba de choque". (N. de los T.)

—Es un placer conocerlo, señor Dee con doble X y doble E.

—Y ésta de aquí es Brenda y aquélla... ¿cómo diablos te llamas? Maia. Y Q'mar Kent es mi hombre en los tambores. Y Massive Richard es el bajito que está totalmente noqueado allá. Y ese cabrón feo a tu izquierda es Spyder Blue.

—Es un placer conocerlos, Brenda, Maia, Q'mar Kent, Massive Richard y Spyder Blue.

—Y yo soy Torkie —dice Macleod desde el frente—. El conductor.

—Es un placer conocerlo, señor Torkie. ¿Por qué no está conduciendo si usted es el conductor?

—Eso —dice Maxx Dee—. ¿Por qué no conduces, maestro?

—¡Vámonos!

—Otra vez al camino, maestro.

—Quiero ver los diamantes.

—Yo quiero ver las nebulosas.

—¿Y qué dice aquí el nuevo? —pregunta Q'mar Kent—. ¿Qué estabas haciendo en la superficie?

Q'mar, el de las rastas, tiene una luz roja pulsante en la ventana izquierda de su nariz, que destella con cada latido de su corazón. El droide lo mira fijamente.

—Voy a Purgatorio, señor.

—Purgatorio, ¿eh?

—Así es, señor. A Purgatorio. El Dorado. Oz.

Hay risas a todo alrededor.

—Oye, maestro —dice Spyder Blue—, si quieres ir a Oz te podemos llevar allá ahora mismo.

—*Sí* quiero ir, señor.

—Sólo un segundo.

Spyder Blue mete la mano en una bolsa de plástico y le tiende al androide una tableta de color blanco lechoso con forma de luna.

El androide la mira con escepticismo.

—¿Y qué es esto, señor? ¿Es azúcar?

—No es azúcar.

—¿Es combustible?

—Podrías llamarla combustible.

El droide la sostiene delante de sus ojos, pero Spyder Blue interviene:

—Es mejor si sólo te la tragas, maestro.

—Y por el hecho de hacerlo, señor, ¿llegaré a Oz?

—Oh, sí, maestro.

Así que el androide coloca la tableta en su lengua y la traga. Pero al analizar su composición química, queda severamente decepcionado.

—Señor —dice—, esto contiene solamente rastros de glucosa. No me hace nada. No me lleva a ningún lado.

Todos ríen y se burlan de Spyder Blue.

—Oye, eso de ahí costaba trescientos dólares.

—Te lo mereces, maestro.

—Cómo le das Luna Azul a un latita.

El droide, aún decepcionado, mira a Spyder Blue.

—Me dijo que iría a Oz, señor.

—Sólo tienes que esperar.

—¿Esperar, señor?

—A que Oz llegue a ti.

Torkie Macleod interviene desde el frente:

—Olvídense de Oz, maestro... Ya vamos a llegar a la Nocturnidad.

—¿Nocturnidad? —pregunta el androide.

—Así es. ¿Tienes buenos sensores visuales?

—Así es, señor.

—Entonces vuelve tus ojos al cielo, una vez que lleguemos, y verás más estrellas de las que nunca soñaste.

—¿Y esta Nocturnidad está hacia el norte, señor?

—En realidad, no.

—Pero yo necesito ir al norte.

—No vamos al norte.

—Pero es fácil para usted cambiar de dirección, si realmente es el conductor.

—No vamos al norte porque eso no es lo que estas personas pagaron.

El droide, todavía sonriendo, se vuelve hacia los otros y dice:

—Necesito ir al norte.

Q'mar Kent, a su derecha, es el más complaciente.

—¿Era al norte a donde ibas cuando te recogimos?

—Así es, señor.

—¿A Purgatorio, dices?

—Correcto, señor. Purgatorio. El Dorado. Oz.

—¿Es una emergencia o algo así?

—Yo lo considero una emergencia.

—¿Qué vas a hacer cuando llegues allá?

—Voy a ser el Mago. El Conquistador. El Rey.

Q'mar se ríe.

—Eso te lo creo, maestro. Tienen una Lucy de miedo en Purgatorio, eso lo sé —medio se da vuelta hacia los otros—. ¿Qué tal que lo llevamos a Purgatorio? El Mago aquí presente quiere ir a Oz. Y yo quiero probar su Lucy.

Silencio por unos momentos, y luego Maxx Dee inhala por la nariz y dice:

—No, maestro, no podemos ir a Purgatorio.

—Claro que podemos… Ya estamos a medio camino. Más que a la mitad.

—¿Qué vamos a hacer allá?

—Conseguir algo de Lucy. Algo de Rayo Blanco. Algo de Gato Félix. Para entonces les hará falta más.

Max Dee se ríe por lo bajo pero sacude la cabeza. Macleod habla en voz alta:

—No puedo llevarlos así nada más a Purgatorio, ya saben. ¿Tienen sus pasaportes?

—Tenemos nuestros chips, maestro —dice Q'mar—. Es lo mismo.

—Igual nos pueden rechazar.

—Vale la pena tratar.

—Bueno, no los puedo llevar gratis.

—Yo pago —interviene el androide.

—¿Tú pagas? —pregunta Macleod, mirándolo.

—Eso fue lo que dije, señor.

—¿Seguro que tienes esa cantidad?

—Tengo recursos ilimitados a mi disposición, señor.

—¿Quieres decir que tu *dueño* va a pagar?

—Se le pagará lo que pida, más un bono sustancial, cuando me deposite en Purgatorio, señor.

—¡Ahí está! —dice Q'mar a los otros—. El Mago está forrado… ¡y ni siquiera vamos a pagar! ¿Qué dicen?

—No —gruñe Maxx Dee—. Quiero ver la Nocturnidad.

—Si vamos ahora hacia el norte —señala Macleod—, la Nocturnidad quedará sobre nosotros de cualquier manera.

—No sé, maestro —dice Maxx Dee—. No sé.

—Votemos —dice Brenda.

—Sí —concuerda Spyder Blue—. Que sea democrático.

—Yo no entro —dice Macleod, riendo—. Yo no tengo vela en este entierro.

—Bueno, okey —decide Maxx Dee—. Somos siete, incluyendo al narco. Con eso tenemos.

El droide agita la cabeza.

—Pero yo no quiero votar, señor. Ya sé a dónde quiero ir. Y pagaré.

—Tranquilo, mano —dice Maxx Dee—. *Tenemos* que votar. Crees en la democracia, ¿no?

—Creo en el capitalismo, la libre empresa y los derechos naturales.

—Exacto. Así que votamos y la mayoría manda, ¿okey?

—Yo soy la mayoría —dice el droide.

—No, tú eres un voto. Yo soy un segundo voto. Un voto dice que vayamos a Purgatorio y otro dice que no.

—Y yo digo que no —dice Brenda—. Son dos en contra.

—Bueno, yo digo que vayamos —dice Maia.

—Estamos empatados —dice Maxx Dee—. ¿Tú qué dices,

Massive Richard? —y da un codazo a la figura tendida delante de él.

Massive Richard intenta abrir sus ojos pegados.

—¿Qué pasa?

—¿Quieres ir a Purgatorio?

—¿Eh?

—¿Quieres ir a Purgatorio? ¿Al norte? Estamos votando.

—¿Eh?

—Sólo di sí o no —dice Maxx Dee—. Sí o no.

Massive Richard se encoge, indiferente.

—No —dice—. No sé. Quiero dormir, carajo —y vuelve a cerrar los ojos.

—Tres votos contra dos —dice Maxx Dee.

—Pues yo sí quiero ir —dice Q'mar Kent—, así que estamos empatados tres a tres.

Todos voltean a mirar a Spyder Blue.

—Pues es tu decisión, maestro —dice Maxx Dee—. Tienes el voto decisivo.

Spyder Blue se ríe.

—¿Alguien me va a pagar?

—Yo le pago, señor —dice el androide.

—Era una broma.

—De todas maneras yo le pago.

—Así no es como funciona la democracia.

—Yo creo que sí, señor.

—Lo siento, maestro —dice Spyder Blue—, pero con todo lo que me gusta el dinero, y con todo lo que me gusta este ácido, siempre decido por mí mismo, ¿de acuerdo? Así que no hay trato. Yo digo que no.

El droide se le queda mirando.

—¿Dijo que no, señor?

—Sip… No quiero ir a Purgatorio.

—Pero yo necesito ir a Purgatorio.

—Lo siento, maestro, pero yo no.

—Pero yo sí.

Spyder Blue se encoge de hombros.

—Lo siento, amigo.

—Bueno, eso es todo —dice Maxx Dee desde atrás—. Ya está decidido. Cuatro votos contra tres. Y tú perdiste, maestro.

El androide no dice nada.

—La mayoría manda, ¿okey?

El droide sigue mirando a Spyder Blue. Y mirando. Y entonces se le ocurre una solución obvia. Y no pierde el tiempo.

Su puño se dispara y se abre paso en la cabeza de Spyder Blue con la fuerza de una bola de demolición. Y el cuello de Spyder Blue truena y su cabeza rebota, para caer hacia delante sobre su pecho.

En el vLTv hay silencio total... Nadie puede creerlo. Hace un momento Spyder Blue tenía el voto decisivo y ahora está muerto.

El droide se vuelve a los demás, sin expresión en el rostro.

—Voten otra vez —dice.

29

A las 1700, después de supervisar la investigación general en Sordello, Justus sorprende a todos al anunciar que va a salir por un tentempié. No pregunta, afirma. Y lo hace al alcance del oído de Grigory Kalganov. Alguien se ofrece a acompañarlo pero responde que necesita estar solo.

Haciendo todos los movimientos de evasión que le permite su limitado conocimiento de Pecado, se dirige velozmente a través de las húmedas calles hacia la plaza donde habló con Dash Chin la tarde anterior. En un puesto callejero de comida compra una rebanada de pizza y una malteada frutal. Se para junto a la estatua del demonio alado y se las arregla para recordar su nombre: Pazuzu. Comienza a consumir su comida mientras mira a su alrededor, tan casualmente como le es posible, para buscar señales de que el ruso se acerca. Pero resulta que sólo consigue llamar la atención: los pecadeños lo miran y asienten, sonriendo, deseándole lo mejor, pidiéndole ayuda. Él había olvidado lo visible que se ha vuelto desde que la *Tableta* publicó aquel artículo adulatorio. No parece probable que Kalganov se le acerque ahora que parece estar en una pecera, así que luego de quince minutos tira su basura y comienza a caminar de vuelta a Sordello.

Pero al pasar por Kasbah se encuentra con un bar que tiene un letrero luminoso: PAZUZU. Entra de inmediato y se encuentra

con un establecimiento de clase alta, lleno de gente de negocios bien vestida que convive con hombres y mujeres atrac-
tivos, algunos de ellos casi seguramente prostitutos. Pero no
está Kalganov. Y, de pronto, Justus comprende. Pazuzu no era
un punto de encuentro; es el lugar donde la puta muerta hacía su trabajo. Probablemente allí conoció a Kit Zachary. Pero
entonces Justus duda de que pueda conseguir acercarse a alguien en un lugar así, por eso sale a inspeccionar el vecinda-
rio y luego regresa al bar.

—Disculpen —dice en voz alta—. Soy el teniente Damien
Justus, del DPP. No estoy aquí para hacerles perder el tiempo.
Pero si alguno de ustedes conocía a una señorita de nombre
Nina Nébula, también llamada Querida Querida o Charlene
Hogg, entre muchos otros alias, o si alguno de ustedes tiene
cualquier información acerca de ella, estaré en uno de los ga-
binetes del fondo del restaurante Schwab, cruzando la calle.
Y les garantizo, de verdad, confidencialidad.

En Schwab, que está diseñado a imitación de una antigua
farmacia de Los Ángeles, las decoraciones son de cromo que
alguna vez fue brillante y cuero que alguna vez fue rojo. Una
rockola en la esquina toca éxitos de hace cien años. La clien-
tela es joven y está dispersa por todo el lugar, cada quien ocupado en sus propios asuntos. Justus se sienta en el penúltimo
gabinete, luego de asegurarse de que el contiguo está vacío.

Espera quince minutos y está a punto de darse por vencido
cuando escucha que la puerta rechina. No se vuelve a mirar.
Está esperando que quienquiera que haya llegado vaya al último gabinete, lo que sugeriría que tiene información, o que
se siente en otro lado, lo que indicaría que simplemente es
otro cliente. Pero quien entra no hace ninguna de las dos cosas. Avanza casualmente y entonces se sienta en el gabinete de
Justus, enfrente de él.

—Tú eres el chico nuevo, Justicia —dice.

—¿Y tú eres…?

—Un amigo de Charlene.

El hombre es moreno, con la piel permabronceada, cabello terminado en púas con rayitos rubios y una sombra de barba bien afeitada. Usa un traje vistoso de rayas con hombreras exageradas —lo que solía llamarse un *traje de pachuco*— y deja a su alrededor un fuerte olor a lavanda, que hace pensar de inmediato en una funeraria.

—¿Estás seguro de que quieres que te vea? —le pregunta Justus.

—Esconderte en los rincones para hablar no va a engañar a nadie. Y, de todos modos, me imagino que sabías cuál es mi aspecto desde antes de que me sentara: este lugar está lleno de espejos.

Justus no lo niega.

—Además, no me voy a quedar mucho tiempo —dice y saca un cigarrillo de un estuche de plata—. ¿Un Nutri-Cig?

—No, gracias. ¿Te pido algo de tomar?

—No tomo malteadas —el hombre enciende el cigarrillo, inhala el saludable humo y sonríe. Sus colmillos, puede notar Justus, han sido afilados—. ¿Sabes? Nunca me imaginé que pudiera pasar esto. Ni en un millón de años.

—¿Pasar qué, exactamente?

—Yo, hablando con un cerdo.

—No soy un cerdo común y corriente, si es que eso te hace sentir mejor.

—Me da gusto escucharlo. Podría contarte historias de los puercos de por aquí que harían que se te erizara el cabello. O que se te cayera.

—No lo dudo.

El hombre inhala de nuevo.

—Así que créeme, yo *quiero* creer en ti. *Todo mundo* en este pueblo quiere creer en ti, puedes sentirlo en el aire.

Justin se encoge de hombros.

—No puedo controlar lo que piensa la gente. Pero no le debo nada a nadie, si es que eso hace una diferencia.

—Eso es lo que dijo la *Tableta*.

—La *Tableta* puso en mi boca un montón de cosas. Muchas de ellas no las dije realmente.

—Bueno, eso es lo que hace ese pasquín. Pero también está ese comentario de Bill Swagger. ¿Lo leíste?

—Ajá.

—Decía que no necesitamos gente de tu calaña por aquí. Que no podías venir a tratarnos como niños y que este lugar funciona muy bien tal como está.

—Eso es justo lo que leí.

—Bueno, tú sabes que puedes olvidarte de lo que le hayas dicho o no a esa comadreja de Reilly. Porque lo que te ganó el respeto en Pecado es el artículo de Swagger.

—¿En serio?

—Todo mundo en Pecado sabe que Bill Swagger es la mascota de Fletcher Brass. Cuando Swagger ladra, sabemos que ladra por orden de Brass. Así que si ladra cuando llegas, y ladra tan fuerte, entonces la gente se imagina que después de todo no estás mal.

—No sabía nada de eso.

—Claro que no. Y por eso es que me das lástima.

—¿Cómo es eso?

—Te están usando. Y ni siquiera te das cuenta.

—¿Usando, cómo?

—No sé. Pero te están usando.

—Quizá tengas razón.

—Tengo razón.

—Pero eso no quiere decir que no pueda causar algunos problemas mientras haya oportunidad.

—Antes de que te maten, querrás decir.

Justus se sorprende al escucharlo decir eso.

—Sé cuidarme.

El hombre da golpecitos con su cigarrillo sobre un cenicero, riendo entre dientes.

—Estás loco —dice—. Si te quedas aquí, acabarán contigo tarde o temprano.

—O quizá yo acabe con ellos.

—Retiro lo dicho. No estás loco, estás psicótico.

—¿Y eso en qué lugar te deja a ti, aquí sentado, hablando conmigo?

El hombre resopla.

—¿Crees que me importa un carajo? Ya no. Puedo decirle lo que quiera a quien quiera, y ellos pueden hacerme lo que se les dé la gana.

—Suena a que los dos estamos jodidos.

Ahora el hombre parece un poco sorprendido. Inhala de su cigarrillo y suelta una columna de humo color verde brillante.

—Me caes bien —dice—. De verdad que sí.

—Mucha gente por aquí me dice eso. ¿Me vas a contar a qué viniste?

—¿Te estás poniendo nervioso?

—Por tu bien y por el mío.

Un joven con chamarra de camuflaje se ha sentado en el gabinete siguiente y toma una malteada de chocolate.

El hombre lanza una mirada veloz sobre su hombro.

—Ya te dije que no me importa un carajo —dice—. Lo he visto todo, lo he escuchado todo. Pero tengo algo que me protege, algo que me da fuerza. ¿Sabes qué es?

—Ni idea.

—Tengo honor. Pregúntale a cualquiera en Sordello. Dexter Faust siempre cuida a sus chicas. Para mí son más que simple mercancía.

Justus se alegra de establecer algo útil por fin.

—¿Así que tú cuidabas a Charlene Hogg?

—¿Crees que estaría aquí sentado si no fuera así?

—¿Cuánto tiempo trabajó para ti?

—No sé, unos dos años.

—¿Y cuidabas bien de ella?

—Claro que sí. Era como una hermana menor para mí.

—Entonces me perdonarás que te diga que no pareces muy afectado para ser un tipo cuya hermana acaba de ser asesinada.

Fausto frunce el ceño de nuevo.

—¿Qué? ¿Piensas que es la primera vez que veo que matan a una de mis chicas?

—¿Del mismo modo?

—Por supuesto.

—Así que una chica se pone de señuelo para llevar a un tipo a un cuarto...

—Puede pasar, si hay buen dinero de por medio.

—... ¿sólo para que la maten a ella?

—Eso pasa también, si las apuestas son altas.

—¿Le advertiste de esto a Charlene?

—No pensé que fuera necesario.

—¿Y crees que le pagaron para llevar a Kit Zachary a ese cuarto?

—Una cantidad fuerte.

—Pero ¿quién?

—Bueno —Fausto suspira y vuelve a fumar—. Ésa es LA pregunta, ¿no? Crees que si supiera, ¿simplemente te lo diría?

Justus duda si espera dinero. Y si, en cualquier caso, puede confiar en el padrote. Quizás él esté en la nómina de alguien. Quizá su único propósito es enturbiar más las cosas.

Pero Faust suelta más humo color verde brillante.

—Olvídalo, hombre —parece haber leído la mente de Justus—. ¿Realmente crees que busco dinero? Ya no me importa. No soy la puta de nadie. Así que te diré todo lo que sé. No estoy seguro de quién estará en la punta, pero sé con quién estaba haciendo tratos Charlene. Y por eso es que deberías estar asustado, hombre. Deberías estar realmente...

Pero no alcanza a decir nada más. Hay un giro y un destello cuando el joven de pelo alborotado brinca desde el otro gabinete con un cuchillo de caza. Y abre la garganta de Faust antes de que éste pueda levantar las manos.

Justus, que sabe de ataques sorpresivos, brinca sobre sus pies pero choca con la mesa. El joven del cabello alborotado ya está alejándose como un rayo.

Justus trata de contener la hemorragia —la carótida de Faust ha sido cortada—, pero es demasiado tarde. El padrote jadea y tiene los ojos en blanco. Ya no hay nada que hacer por él.

—¡Llame una ambulancia! —le grita Justus a la mujer detrás del mostrador mientras sale del gabinete y se lanza por el local persiguiendo al asesino, que ya alcanzó la calle.

Justus ha perseguido gente antes. A través de vecindades desiertas, de techos embaldosados, de callejones llenos de basura. Pero eso fue hace mucho tiempo, y con una gravedad completamente distinta. Y el primer recordatorio de que está fuera de su elemento viene cuando pierde el control y choca con el marco de la puerta, casi dislocándose el hombro incluso antes de salir de la fuente de sodas.

Se precipita a la calle de todos modos, y está a punto de chocar con un transeúnte cuando ve al asesino (su chamarra de camuflaje y el cabello rubio alborotado) esquivando hábilmente a la multitud al alejarse. Por un momento Justus tiene una paralizante sensación de derrota: parece imposible atraparlo bajo esas circunstancias. Pero entonces recuerda que sus piernas, aún frescas tras su llegada de la Tierra, deben ser dos veces más poderosas que las de su presa. La mayoría de sus músculos deben ser el doble de poderosos. Así que lo que le falta en destreza lo puede compensar con fuerza. Y con ese pensamiento su sangre comienza a moverse otra vez.

Comienza a correr antes de perder de vista al asesino. Es complicado: pareciera que su cuerpo apenas pesara, y sus propias zancadas, enormes, lo desconciertan, pero al mismo tiempo resultan adictivas.

—¡Muévanse! ¡Muévanse! —les grita a los pecadeños y a los turistas a su paso. Avanza inclinado hacia el piso, con los hombros tensos y lanzándose hacia el frente, incapaz de detenerse—. ¡Muévanse! —y aunque la mayoría se aparta de su camino, una que otra persona recibe una palmada en la cara o un codazo en la cabeza conforme él avanza por la calle y da una vuelta brusca en un centro comercial con varias ramificaciones, sin perder de vista al asesino, pero por muy poco.

El centro comercial es largo y su iluminación es chillona. Justus pasa sobre bancas, arbustos artificiales y botes de basura, ganando terreno. Pero sus gritos (*¡Muévanse!*) solamente alertan al muchacho, que se vuelve a mirarlo —parece que no puede creer que Justus lo va siguiendo—, y acelera. El simple acto de mirar por sobre su hombro le impide ver hacia delante por un momento, pierde el control y choca contra un puesto de recuerdos, desparramando postales y chucherías por todos lados.

Para Justus es una oportunidad para recuperar terreno de nuevo, pero acelera tanto que calcula mal y rebasa al asesino para estamparse con un malabarista subido en un monociclo.

El asesino, entretanto, se ha puesto de pie y ha escapado. Justus se levanta mientras a su alrededor llueven bolos y de nuevo sale disparado, decidido a no quedarse atrás.

Los dos hombres van a toda velocidad por una curva. Rebotan contra las paredes. Atraviesan la cocina de un restaurante de mariscos. Hacen chocar entre sí ollas y sartenes. Brincan sobre las mesas. Justus evalúa la posibilidad de usar su zapper, pero no se siente seguro de su habilidad para apuntar en un área llena de gente. Así que siguen. Se golpean contra las paredes de los callejones. Irrumpen en un área de comida rápida. Atraviesan una plaza. Un par de veces, Justus está tan cerca que casi atrapa por el cuello al asesino, cuando un súbito cambio de dirección lo saca de trayectoria.

Pero ahora están en una franja arbolada: el círculo de vegetación que rodea al Templo de las Siete Esferas. Y el asesino, abriéndose paso entre turistas y músicos, se dirige al pasillo de entrada, va a esconderse dentro del gran zigurat. Pasa por encima de la cuerda que impide el paso. Se sumerge en la oscuridad. Y Justus, haciendo a un lado a un encargado, va tras él: cuarenta metros detrás, y con miedo de perder la pista entre la masa de turistas.

El primer nivel es sombrío, con paredes pintadas de negro mate decoradas con estrellas de cuarzo. La gente deambula por ahí e inspecciona la exhibición. Un espectáculo de luz y sonido está en curso. Hay siluetas, sombras y un incesante cuchicheo. Hay mucha actividad; de hecho, sólo un grito de una mujer evita que Justus pierda por completo al asesino. Pero ahí está, su chamarra de camuflaje y el cabello rubio alborotado, oscilando de arriba abajo y zigzagueando hacia la rampa.

Justus se lanza entre la multitud y lo persigue por la pendiente, ganando terreno con cada paso. Está a treinta metros de distancia.

El segundo nivel es más brillante, de color siena, dedicado a Júpiter. Justus está a veinticinco metros.

El tercer nivel, en honor a Marte, es de brillante color carmesí, lleno de armas antiguas y la historia de la guerra. Justus está a veinte metros.

El cuarto nivel está cubierto de enceguecedores paneles dorados, consagrado al poder del Sol. Justus está quince metros detrás del asesino, preguntándose qué demonios tiene éste en mente.

El quinto nivel es de color amarillo pálido, dedicado a Venus y lleno de gráciles estatuas de mujeres desnudas. Justus está a diez metros.

El sexto nivel, destinado a Mercurio, está pavimentado con ladrillos de color azul oscuro. Justus está a cinco metros.

Y entonces están en el séptimo y último nivel, pintado de plata y dedicado a la Luna misma. Hay gente por todos lados, algunos admirando el enorme globo lunar y los artefactos de las exploraciones tempranas, otros simplemente gozando la vista increíble que tienen de Pecado.

Pero el asesino no está interesado en nada de esto. Está arremetiendo, literalmente, atravesando la explanada, como si estuviera a punto de lanzarse por la orilla, como si planeara suicidarse. Y Justus se detiene, aferrándose a un barandal para sostenerse, y solamente mira, boquiabierto y sin aliento, mientras el asesino sube a toda velocidad por una rampa hasta la cima del Templo.

Justus apenas lo puede creer.

El asesino *salta*. Y no hay nada que nadie pueda hacer para detenerlo.

30

Torkie Macleod siempre se ha considerado a sí mismo un realista. No cree en la vida después de la muerte, en las recompensas divinas ni en la resurrección. Ni siquiera cree en dejar un legado, dado que esas cosas, buenas o malas, son completamente insignificantes para el que está muerto. La filosofía pragmática de Torkie siempre ha sido la de sacar el mayor provecho de su limitado paso por la vida, lo que para él no significa esforzarse en obtener fama o riqueza, tachar en una lista destinos turísticos famosos o realizar hazañas peligrosas; y tampoco significa criar una familia para "perpetuar su nombre". Para Torkie Macleod, que es realista, la vida consiste en conseguir una cantidad decente de dinero sin hacer demasiado esfuerzo, pasar el rato con gente agradable, no ser mangoneado por nadie e ingerir cualquier sustancia alucinógena que se le antoje, sin sentir ni un atisbo de culpa o arrepentimiento.

También significa aceptar de inmediato la verdad brutal de cualquier situación nefasta. Y no tratar de ser un héroe.

Así que cuando Macleod escucha un fuerte chasquido, mira alrededor y ve la cabeza de Spyder Blue colgando en un ángulo antinatural, acepta rápidamente que hay un robot homicida a bordo —en un espacio cerrado y presurizado— y reacciona con una sola prioridad práctica en mente: autopreservación.

—¿Qué mierda?

—¿Qué dem…?

—¿Mató a…?

—¡Lo hizo! ¡Mató a Spyder Blue!

—¡No puede hacer eso!

—¿Estoy en una pesadilla?

—Está muerto, hombre. ¡Su cabeza cuelga a la mitad de su pecho!

Macleod registra todo esto con los ojos fijos en el sendero frente a él. Simplemente sigue manejando, como si fuera un chofer ultradiscreto. No es su batalla, no es asunto suyo.

—Voten otra vez —exige el droide.

—¿Qué mierda? ¡Acabas de matar a Spyder Blue!

—Voten otra vez.

—¡Esto es absurdo!

—Es una democracia, señor. Voten otra vez.

Pero Dustproof Shockproof no vota de nuevo. De hecho, es claro que la banda no sabe qué hacer. Probablemente se dan cuenta de que no están en condiciones para pelear, y no hay a dónde correr si las cosas se ponen feas; pero, por otra parte, no se sienten proclives a inclinarse ante nadie, y mucho menos ante un androide muy arreglado y con aspecto de policía antinarcóticos.

—¡Vete al carajo!

—¿Quién te crees…?

—¡Al carajo tu democracia!

El androide dice:

—¿Está renunciando a su voto, señor?

—¿De qué carajos estás hablando?

—¿Está abandonando su derecho a votar?

—¡No estoy abandonando nada!

—¿Entonces se está sometiendo a los deseos de su superior?

—¡No… con un carajo, no!

—¿Y el resto de ustedes?

No hay respuesta.

—Entonces los votos están empatados —dice el androide—. No hay mayoría. Así que para prevenir una crisis de liderazgo, que sería lo menos deseable en un momento delicado como éste, asumiré el mando. Conductor, haga el favor de dirigirse al norte.

—¡No, conductor! ¡Al carajo! —dice Maxx Dee.

—¡No te atrevas a dar la vuelta! —dice Q'mar Kent.

El droide, confundido, se dirige a Kent:

—Pero señor —dice—, antes usted quería ir a Purgatorio.

—Sí.

—¿Entonces está cambiando su voto?

—¡Sí!

—¿Por qué está cambiando su voto, señor?

—¡Porque sí!

—Ésa no es una respuesta racional.

—¡Pues métete tu democracia por ese culo de hojalata!

Macleod no ha volteado a mirar. Pero escucha lo que pasa. El droide se ha levantado de su asiento. Hay gritos de protesta. Hay movimiento: todo el vehículo se sacude. Se escucha un golpe, como si un pistón golpeara una res en canal. Otro golpe, otro crujido. Y entonces, el caos.

Macleod sigue sin mirar. Pero hay gritos. Hay sonidos de desgarramientos. Algo carnoso le golpea la parte de atrás de la cabeza. Un reguero de sangre salpica el cristal del parabrisas. Se escuchan más crujidos. Gorgoteos. Gemidos. Estertores. Y aun así, Macleod no voltea. No hay nada que pueda hacer, no tiene caso intentarlo.

Pero de manera subrepticia comienza a dirigir el vehículo al norte. Se sale del camino apisonado y conduce entre los cráteres.

Finalmente, el único ruido es el de los estertores mortales. En total, fueron no más de cuatro minutos. Macleod escucha que alguien —el único sobreviviente— se mueve hacia delante, empuja un cadáver y se deja caer en el asiento detrás suyo. Macleod simplemente sigue manejando, como si este tipo de cosas ocurrieran todos los días. Se siente aliviado de que no tiene una luz de pulso unida a la cara, porque estaría destellando como una lámpara de discoteca.

Finalmente se escucha una voz.

—Se está dirigiendo al norte, señor.

Macleod pasa saliva y asiente.

—Eso es lo que usted quería, ¿no es así?

—Lo es, señor. Yo soy el Rey.

—Ajá.

—Yo *soy* la democracia.

—Ajá.

Macleod puede sentir los ojos del droide sobre él. Es absurdo, pero le parece que puede sentir también el aliento del droide, erizándole el vello de la parte de atrás de la nuca.

Macleod tose.

—Sólo dígame si quiere que cambiemos de dirección o cualquier otra cosa.

—Para nada, señor. Usted es un conductor hábil. Por favor, siga manejando.

Y así continúan por cerca de quince minutos, Macleod manejando con rigidez pero de forma eficiente (por lo menos, su corazón ha dejado de golpear con fuerza) y el androide guardando perfecto silencio. No es diferente, trata de pensar Macleod, de esas veces en las que tiene un desacuerdo con un pasajero o que tiene que llevar a una de esas celebridades engreídas. Decide hablar.

—Va a oscurecer pronto.

—¿Eso puede afectar su conducción, señor?

—Sólo encenderé las luces.

—Avíseme cuando vaya a hacerlo, señor.

—Ajá.

—Avíseme cuando tenga que hacer cualquier cambio.

—Ajá.

—El interruptor que está arriba a la derecha en el panel izquierdo, ¿es para dirigir las luces, señor?

—Así es.

—Y esos botones con cubierta, ¿son para las esclusas de aire?

—Ajá. Cuando hay que usarlas levanto la cubierta y presiono los botones uno después del otro.

—¿Las puertas no se abren a la vez?

—Sólo si se presionan los botones al mismo tiempo.

—¿Y cuál es la velocidad máxima del vehículo, señor?

—Ciento veinte sobre asfalto. Pero aquí no voy a más de cien en el camino apisonado, máximo a cincuenta en terreno abierto.

Silencio de nuevo. Macleod siente un perverso orgullo de sí mismo, por poder mantener una conversación en circunstancias tan extrañas (y estando aún bajo la persistente influencia de Selene), pero inevitablemente comienza a preguntarse por qué el droide está tan interesado en la operación del VLTV. E, inevitablemente, incluso a través de la neblina causada por la droga, se da cuenta de que no puede ser algo bueno.

Pero Macleod es realista (o eso se dice a sí mismo todo el tiempo) y no está interesado en guardar falsas esperanzas. Así que está decidido a no lloriquear.

—¿Puedo hacer una pregunta?

—¿Qué tipo de pregunta, señor?

—Sólo quiero saber de dónde viene usted.

—¿Para qué quiere saberlo, señor?

—Simplemente me gusta hablar con mis pasajeros.

—Muy bien, señor.

—Y entonces… ¿de dónde viene?

—De ningún lado, señor. Sólo existe el futuro.

—Ajá.

—Cuando veo un obstáculo, lo brinco.

—Ajá.

Se hace el silencio y dura un minuto o dos. Entonces Macleod se ríe entre dientes. Se ríe entre dientes por tanto tiempo que el androide le dice:

—¿De qué se ríe, señor?

—Va a matarme, ¿verdad?

Casi puede escuchar cómo el droide elabora un fruncido de ceño.

—Ésa es una pregunta extraña, señor.

—Mató a los otros...

—Ellos no contribuían para nada al resultado final.

—Ajá.

—Eran un excedente a todos los requerimientos.

—Ajá.

—Pero usted, señor, es una mercancía valiosa.

—Ajá.

Despacio, imperceptiblemente, con un sigilo que espera que el droide no detecte, Macleod pone el vehículo en modo de terreno alto. Si no lo corrige, esto agotará las baterías mucho más rápido de lo normal. El vehículo se detendrá mucho antes de llegar a Purgatorio. Esta pequeña acción, piensa Macleod, es tal vez el acto más heroico y desinteresado del que ha sido capaz en su vida.

—¿Sabe? —le dice al androide, en parte para distraerlo—, alguna vez trabajé en una oficina de correos. Hace muchos, muchos años.

—No sabía eso, señor.

—Una oficina de distribución. Éramos unos cincuenta empleados. Entonces una semana llegó un "experto en eficiencia", nos observó por unos días y escribió un reporte. Él hablaba como usted.

—¿En qué sentido, señor?

—Nos dijo que estábamos haciendo un buen trabajo. Nos dijo que no debíamos tener preocupaciones sobre nuestro futuro. Incluso mencionó que para la compañía éramos valiosos contribuyentes.

—Me complace mucho escuchar eso, señor.

—Ajá. Y un mes más tarde, nos despidieron a todos. Porque en su reporte a la dirección, que se suponía que no debíamos

244

ver nosotros, dijo que éramos "un excedente a todos los requerimientos". Dijo que éramos "económicamente obsoletos". Y entonces nos reemplazaron. Con robots.

—Lamento escuchar eso, señor.

Macleod vuelve a reír entre dientes.

—En todo caso, hubo un momento en el que hice un trato conmigo mismo. Me dije que nunca iba a trabajar para una compañía o un departamento de gobierno. Nunca iba a usar el nombre de alguien más en mi camisa. Y nunca iba a creer en nada que me dijera un tipo trajeado.

—Ésa es una reacción interesante, señor.

—Así que yo *sé* que me vas a matar, maestro. Sólo quiero que lo hagas rápido.

Macleod maneja en silencio. Y sigue. Y sigue.

Maneja por tanto tiempo que empieza a pensar que se equivocó, que el droide no lo va a matar, después de todo. Quizás él *es* una mercancía valiosa, después de todo. El terminátor entre el día y la noche, entretanto, se ha cerrado sobre ellos. Es cosa de pocos minutos para que los trague la oscuridad.

—Aquí viene el Lado Oscuro —dice Macleod, a nadie en particular.

El androide pone las manos alrededor de la cabeza de Macleod, la tuerce a un lado y al otro y le rompe el cuello.

31

El primer pensamiento de Justus (y el primer pensamiento de los turistas jadeantes en la cima del Templo) es que el asesino saltó a su muerte. Que es un suicidio. Que fue acorralado y no encontró otra salida. De hecho, Justus lo ha visto antes: el asesino tan comprometido con su ideología personal que está dispuesto a sacrificar su vida antes que ser capturado.

Excepto que este asesino, quienquiera que sea, no tiene *ninguna* ideología. Luce como un niño que ha sido chantajeado, o al que se le acaba de pagar una cantidad enorme de dinero para cometer suicidio. Un oportunista, que ni siquiera está seguro de a quién mató o quién lo contrató: definitivamente no parece el tipo de persona que terminaría con su vida sólo porque lo están persiguiendo.

Y entonces resulta, como Justus puede ver ahora, que no está cometiendo suicidio. Desde la parte alta de la rampa se lanza hacia arriba (una trayectoria imposible en la Tierra) y se eleva por encima del pasamanos, con los brazos estirados. Y entonces sus manos se aferran a una de esas barras del techo: una de los miles de tubos de ventilación y agua, vigas, puntales y cables de electricidad que llenan el cielo raso de Pecado. Y entonces se columpia hacia delante, impulsado por su propia inercia, y luego hacia atrás, luego hacia delante y hacia atrás otra vez. Y cuando está lo suficientemente estable, se estira y alcanza otra saliente, y otra y otra, como un mono en unas barras horizontales. Y así, mientras todos miran, se está escapando: ya ha avanzado al menos quince metros.

Pero Justus, todavía recuperando el aliento, no se va a dejar vencer. No así. Ya ha hecho sus ejercicios en barras horizontales en Copérnico, donde el instructor le enseñó a "caminar" con sus brazos y hombros. Y con músculos más grandes da por sentado que está casi igualado a su presa, tal como lo estuvieron en la persecución a nivel del suelo. El chico puede tener más práctica (el simple hecho de que haya ido al Templo sugiere que ha escapado de este modo en el pasado), pero eso no significa que Justus no pueda atraparlo de nuevo. Siempre que no pierda ni un segundo.

Así que inhala profundamente. Se prepara. Y ahí, enfrente de los sorprendidos turistas, da diez saltos, toma vuelo hacia la rampa y se lanza también hacia el aire, empujándose hacia arriba con todo el poder de sus piernas.

Se proyecta hacia arriba y por un momento piensa que no lo va a lograr, que va a hacer un arco en el aire y a precipitarse hacia abajo. Pero sus palmas golpean con una barra, sus dedos se aferran a ella como garras, y su cuerpo se columpia hacia arriba, tan alto que sus zapatos casi tocan la viga enfrente de él. En la Tierra, este impulso lo habría hecho girar violentamente y proyectarse hacia abajo, pero en la Luna pesa apenas lo que un galgo, así que la bajada es gentil, el tirón en sus brazos es suave. Y en pocos segundos ha dejado de balancearse y ha ganado suficiente equilibrio para impulsarse hacia delante, agarrar otra barra con su mano derecha, luego una distinta con la izquierda y comenzar a perseguir como un orangután al asesino del cabello alborotado, que aún le lleva unos treinta metros de ventaja.

Al principio no es fácil. A veces tiene que estirarse peligrosamente. A veces tiene que apartar vides colgantes a patadas. La humedad y la caca de pájaro hacen resbalar sus manos. Los propios pájaros aletean a su alrededor. A veces pasa entre re-molinos de vapor. Gotas de agua lo golpean. Pero gana con-fianza —y distancia— con cada movimiento.

Los pecadeños allá abajo ya se han dado cuenta: gritan para animarlo o para insultarlo, Justus no está seguro. Y el asesino se vuelve otra vez, se sorprende de nuevo y empieza a cam-biar de curso, hacia uno de los grandes arreglos de lámparas de luz solar.

Justus cambia de curso también. Se desplaza muy alto por sobre las vías públicas, los templos y los tabernáculos, los al-tillos y los pináculos, los jardines florecientes… Realmente ya lo ha dominado: no siente fatiga ni tensión significativa, y el único peligro es moverse demasiado rápido o fallar en alguna barra. Pero incluso cuando esto sucede —cuando una mano se atora en algo o no logra asirse bien— puede sostenerse con la otra mano, encontrar otro punto de apoyo y seguir balan-ceándose hacia delante.

Sin embargo el resplandor de las lámparas solares es tan caliente y cegador que ya no puede ver al asesino: debe en-trecerrar los ojos y girar la cabeza. Ve su propia sombra cu-brir media cuadra de Pecado. Y no sólo eso: hay otra sombra *alejándose* rápidamente de él, en dirección opuesta. Y súbita-mente se da cuenta de que lo han llevado hasta las luces a pro-pósito, de modo que el asesino pueda aprovechar la brillantez para cambiar de curso y escapar.

Justus siente que su ira y su determinación se renuevan. Pasa delante del frente de las lámparas, con los párpados apre-tados, agarrándose a ciegas en algunos casos, pero inconteni-ble, moviéndose más rápido incluso que el asesino, y ahora él es el que está saliendo entre la luz: ahora es el asesino quien no puede verlo.

Y ahí está, a treinta metros de distancia, justo delante. Justus se aproxima como una araña. Veinte metros. Quince. Cuan-do está a sólo diez metros el asesino nota su presencia, su cara entera se contrae y lucha para mantener la velocidad. Pero al hacerlo casi pierde el equilibrio y cae. Y Justus gana más terreno.

Desesperado, el asesino se dirige a uno de los enormes pilares —un latón ornamental rodeado de andamiaje— y da una vuelta a su alrededor como un chico que se escondiera tras un árbol. Desprevenido, Justus tiene que contrarrestar su propio impulso y echarse para atrás, balanceando todo el cuerpo, cambiando de dirección. Entretanto el asesino salta a los andamios, espantando a un par de pájaros que chillan.

Justus intenta seguirlo, pero el asesino lo ataca con su cuchillo de caza. La hoja golpea el zapato de Justus. Éste se mueve a un lado y se agarra con más firmeza. Vuelve a impulsarse. El asesino ataca salvajemente y la punta de su navaja corta un dobladillo del pantalón de Justus. Él se aleja para quedar apenas fuera de su alcance y aguarda. El muchacho, con los dientes apretados y el cuchillo al frente, aguarda también. Los dos están tensos, inmóviles: el muchacho sobre el andamio, Justus colgando delante de él, en un extraño *mexican standoff** a cien metros sobre Pecado. Entonces algo vuela al lado de ellos —un cohete comprado en una tienda de chucherías y disparado desde abajo— y el muchacho se distrae momentáneamente. Justus aprovecha la oportunidad e intenta una serie de patadas pero sólo consigue poner al muchacho de espaldas contra el pilar. Otro cohete pasa a un lado: casi golpea a Justus. Y ahora los ojos del muchacho brillan. Toma su cuchillo por la punta. Va a lanzárselo a Justus como si fuera una daga. Y Justus no puede simplemente agacharse. Así que se columpia hacia él, antes de que sea tarde, y patea violenta, frenéticamente, y golpea el antebrazo del muchacho. El cuchillo cae hacia Pecado y el chico queda desarmado.

---

* El término ("punto muerto mexicano") viene del cine del oeste: es el momento en un enfrentamiento en el que todos los combatientes están en posición de dar un golpe mortal a alguien más y, por lo mismo, ninguno se atreve a hacerlo, creando una enorme tensión. *(N. de los T.)*

Justus se prepara para saltar al andamio, pero el chico recupera la iniciativa. Corre al otro lado del pilar y vuelve a lanzarse a las barras. Al parecer la persecución ha vuelto a comenzar. Excepto que el muchacho ha podido descansar un poco y Justus empieza a resentir la tensión.

Los pecadeños, abajo, los siguen por las calles: un público en movimiento que vitorea, silba, grita:

—¡Justicia, Justicia, Justicia! —mientras el asesino se dirige con energía al distrito industrial de Nimrod, donde una nube de humo oscurece el aire e irrita la vista.

Y ahora hay algo más con lo que lidiar. En las pasarelas justo sobre ellos han aparecido policías con bastones de metal. Éstos tienen pinzas en un extremo y parecen extensores reciclados. Los policías los pasan a través de las barras, intentando agarrar así al asesino, y uno de ellos logra realmente tomarlo por el brazo. Pero el muchacho simplemente le arrebata el bastón, le da la vuelta y trata de sacudírselo: cuelga de su brazo como una lanza.

Está luchando para impulsarse cuando Justus vuelve a alcanzarlo. Pero en ese momento una nube de humo, atrapada en corrientes artificiales, cambia de dirección y los envuelve a los dos. Momentáneamente cegado, Justus intenta atrapar al asesino con sus piernas, pero el muchacho echa el brazo hacia delante y lo golpea en la sien con el bastón. Aturdido, Justus se agarra con más firmeza de las barras, entrecierra los ojos otra vez y patea a ciegas. Pero no hace contacto. Y cuando el humo se disipa puede ver que el asesino ya no está frente a él. Mira a su alrededor frenéticamente pero el muchacho no está por ningún lado. La gente abajo está gritando y señalando algo. Y cuando Justus sigue sus indicaciones ve que el asesino ha bajado hasta el techo de un edificio lejano. Está quitándose el bastón del brazo. Corre hacia la escalera de incendios.

Por un momento, Justus simplemente se queda colgando, mientras pelea contra sus instintos. En la Tierra, una caída desde esta altura —más de veinte metros— le rompería las piernas y posiblemente la columna. En la Luna será mucho menos peligrosa, pero ¿cuánto? La mente de Justus se llena de imágenes de cabras saltando diez metros en el aire allá en el Agriplex. Los basquetbolistas lunares que ha visto en la tele, cayendo de enormes alturas. Un atleta en la Base Doppelmayer que aterrizó grácilmente tras caer desde la altura de un trampolín de clavados.

Así que suelta las barras. Se desploma. Parece interminable pero tiene tiempo de sobra para preparar su cuerpo. Y entonces golpea la parte superior del edificio. Rueda por el suelo. Se pone de pie. El impacto no es indoloro —está sacudido, agitado, y el aire se salió de sus pulmones con el golpe—, pero no está seriamente herido. Y no tiene tiempo de recobrarse.

Trata de descender por la escalera de incendios pero el asesino tiene tanta ventaja que decide volver a saltar… hasta el nivel de la calle. Se prepara mientras está en el aire pero esta vez, cuando da contra el suelo, su tobillo se tuerce antes de que pueda rodar. Él hace una mueca, gime y está esforzándose para ponerse de pie cuando ve al muchacho correr a su lado, de nuevo hacia las calles de Pecado.

Justus empieza a perseguirlo otra vez pero ya no puede alcanzar su máxima velocidad. El asesino corre por las calles hacia Kasbah. Va directo hacia una multitud ruidosa, así que Justus sólo puede tener la esperanza de que se atore allí, o de que incluso lo detengan.

Pero entonces un par de policías lo rebasan, zappers en mano, y súbitamente se le ocurre una conclusión peor.

Corre más deprisa, ignorando el dolor, y entra en un área de comercios. Hay mucha conmoción en su extremo más lejano. La gente se aparta de allí y se aprieta contra los escaparates. Y el asesino mismo está dando vueltas, buscando una salida mientras mantiene a raya a la gente con una pértiga de plástico.

Pero los policías, apuntando con sus zappers y con sus luces estroboscópicas encendidas, se acercan.

—¡Oigan! —Justus puede ver lo que está por ocurrir—. ¡No! ¡Oigan! —se lanza hacia delante, haciendo muecas de dolor, apartando a la gente de su camino—. ¡Esperen! —pero es demasiado tarde.

Una ráfaga quebrada como un relámpago estalla desde uno de los zappers y hace volar al muchacho. Él aterriza de espaldas, retorciéndose, y suelta la pértiga. Pero los policías siguen acercándose y le dan con todo.

Justus ve, escucha y *huele* todo mientras se acerca cojeando. Rayos de electrones que crepitan dentro de canales de plasma. El zumbar de la electricidad de alto voltaje. El hedor del ozono quemado. El asesino convulso, retorciéndose. Un sonido atronador cuando la piel estalla de su cara. Un *glug* mientras la piel empieza a gotear de su cuerpo. El asesino explota, se funde, se muere. Y cinco o seis policías están de pie a su alrededor con los gatillos apretados y expresiones que son positivamente *orgásmicas*.

Para cuando Justus los alcanza por fin, jadeante, ya todo ha terminado. Los policías han vaciado sus cargas. El muchacho, con los miembros abiertos como pétalos de una flor, es una masa de huesos calcinados, un pollo rostizado de más. Hay fluidos corporales derramados sobre el pavimento y un humo de olor asqueroso.

Justus mira a los pecadeños a su alrededor: ellos lo ven todo con ira y asco. Voltea la mirada a los policías que bromean entre ellos. Ve a algunos de su propio equipo de investigación —Cosmo Battaglia y Hugo Pfeffer— guardando sus zappers. Y Prince Oda Universe, saliendo de un coche patrulla. Y otros a los que sólo conoce de vista.

Y entonces escucha a uno de los policías:

—*¡Forenses!*

Es una llamada en tono de burla, en respuesta a la llegada de Justus. Y cuando los otros notan su presencia, se le unen:

—¡Forenses!

—¡Forenses!

—¡Forenses!

No miran a Justus, pero él puede escucharlos reírse por lo bajo. Así que sólo asiente, estoicamente, aceptando que la deferencia forzada se ha convertido, en sólo un par de días, en abierto desdén.

32

Sólo alguien que hubiera vivido en hibernación en el espacio profundo durante los últimos veinte años no habría escuchado el rumor: muchas de las obras maestras que quedan en el Louvre —incluyendo *Las bodas de Caná*, *La balsa de la Medusa* y *La Libertad guiando al pueblo*— son en realidad copias meticulosas, falsificadas mediante las técnicas modernas más sofisticadas y virtualmente indistinguibles de los originales. Según la leyenda, cuando la *Mona Lisa* fue robada por tercera vez, el Ministère de la Culture decidió retirar el resto de las inapreciables obras maestras del museo y guardarlas en un lugar secreto e impenetrable. Para ello, el Louvre estuvo cerrado por tres meses, usando como pantalla la instalación de un nuevo sistema de seguridad, y las pinturas originales fueron llevadas con gran sigilo a su nuevo refugio. Que, según la historia, sería una cámara hermética y de temperatura controlada, en las profundidades bajo la superficie de la cara oscura de la Luna.

También circula el rumor —que en este caso es más exacto— de que el robo de la *Mona Lisa* fue llevado a cabo por una banda superatrevida de ladrones de alta sociedad popularmente conocidos como los Seis del Vesubio. En su primer y más celebrado golpe, los Seis robaron la mansión de un multimillonario cerca de Nápoles mientras el famoso volcán arrojaba peligrosas cantidades de ceniza y gases venenosos. Mientras todos los demás huían, los Seis entraban. Arriesgándose a la asfixia e incluso a la incineración, abrieron las bóvedas del multimillonario, cargaron una camioneta con oro y joyas y escaparon sin que nadie los persiguiera por calles desiertas y repletas de humo. En los años posteriores llevaron a cabo robos igualmente atrevidos durante severas inundaciones en París (el golpe de la *Mona Lisa*), un ciclón en las Filipinas, un incendio forestal en California y un terremoto en Turquía. Con el tiempo quedó claro que simplemente habían hecho una larga lista de blancos alrededor del mundo —casas, bancos, galerías— y esperaban las señales de una catástrofe que requiriera evacuación antes de entrar en acción. Pero aún no se sabe si los Seis son motivados más por el atractivo del botín, por la cercanía de la muerte o simplemente por el desafío del juego. Hay incluso el rumor, apropiadamente inverosímil, de que un día planean devolver todo lo robado a sus legítimos dueños, como pescadores deportivos que regresaran a sus presas al mar.

La banda está encabezada por un irlandés de fortuna llamado Darragh Greenan. Greenan no es tan carismático como los actores que lo han interpretado en la pantalla. Tampoco los miembros de su banda son tan diferentes entre sí, tan ingeniosos ni usan vestidos tan coloridos. Pero definitivamente son hábiles. Tienen una habilidad excepcional. Se mantienen calmados ante la presión. Son admirablemente fatalistas. Y sienten el suficiente orgullo por sus logros para resentir cuando los menosprecian, por considerarlos meros saqueadores con fama.

En su momento, están de acuerdo, contarán sus historias. Dejarán todo en claro. Permitirán que la gente los admire o los desprecie, según lo desee. Pero por ahora son discretos y unidos. Saben que no podrán seguir para siempre con sus robos, y sólo esperan el momento adecuado para cambiar sus fichas. En realidad no tienen idea de cuándo podría llegar el momento —siguen encontrando retos nuevos y estimulantes—, pero el consenso general es que cuando se avecine lo sabrán de inmediato, sin decir una palabra. Será el instante en que lo hayan visto todo.

En este momento, cinco miembros de la banda original y uno nuevo —el sexto miembro original está en prisión por un robo sin relación con la pandilla— están en la Cara Oscura. Se encuentran dispersos en un grupo de antenas de radar, en parejas detrás de tres platos de diez metros de alto. Las antenas pertenecen en apariencia al Ministerio de Ciencia de España, y en efecto son totalmente operacionales y pueden hacer lecturas astronómicas legítimas. Pero en realidad son una tapadera. Al igual que el edificio en medio del conjunto —lo que parece ser un observatorio estándar. Darragh Greenan se desprendió de una cantidad enorme de dinero para enterarse de esto. Y se deshizo de una cantidad aún mayor para obtener los planos del supuesto observatorio, que se extiende a gran profundidad bajo la superficie lunar y contiene seis bóvedas herméticas selladas al vacío. Dentro de estas bóvedas están las obras maestras —las *auténticas* obras maestras— del Museo del Prado de Madrid, que incluyen *El jardín de las delicias*, *Las meninas*, el *Tránsito de la Virgen* y el *Perro semihundido*. Porque es el Prado, y no el Louvre, el que exhibe obras maestras falsificadas, y porque es el Ministerio de Cultura español, y no el francés, el que eligió esconder sus tesoros en respuesta al robo de la *Mona Lisa*.

Greenan sabe que si pueden hacerse de cualquiera de esas pinturas, toda la empresa —tan costosa y altamente peligrosa— habrá quedado justificada. Será, en verdad, su logro máximo.

Los Seis del Vesubio han planeado este robo durante veinte meses. Han estado en la propia Luna, haciéndose pasar por los realizadores de un documental de la Unidad de Historia Natural de la bbc, durante seis semanas. Han practicado sus procedimientos en microgravedad. Han repasado sus planes una y otra vez. Han viajado por la Cara Oscura para reconocer el territorio alrededor de la base secreta española. Y han esperado con paciencia, como siempre, una catástrofe natural.

Y cuando ese momento llegó —en este caso fue una poderosa prominencia solar—, ellos estaban más que listos. Inmediatamente sabotearon una subestación y dos cajas de conexiones del cable central de comunicaciones y energía de la Cara Oscura, y luego se dirigieron al punto de reunión en el Cráter Perepelkin y corrieron a la base española. Y allí esperaron, a un kilómetro al oeste, justo detrás de tres antenas separadas, a que llegara el terminátor entre el día y la noche. Porque durante la última luz del día lunar, con todas sus anomalías visuales y térmicas, las cámaras de seguridad y los sensores infrarrojos son más vulnerables a desperfectos y lecturas erróneas. Sin duda —les han asegurado—, ése es el mejor momento para comenzar un asalto.

En este momento, las últimas trazas de luz solar se desvanecen del horizonte oriental y la oscuridad empieza a tragarse la base. Greenan baja sus electrobinoculares y hace una señal a Noemi Ritzman, exmedallista olímpica de bronce en el equipo de tiro de Suiza (rifle militar de 600 m). En el pasado, ella ha disparado cables a través de las aberturas más estrechas, con frecuencia a distancias de cientos de metros. Pero su tarea ahora es un reto aún mayor.

El blanco es la unidad de energía auxiliar de la base, a mil metros de distancia. Rory Moncrieffe, el experto en tecnología del grupo, la ayuda "pintando" la unidad con un rayo láser. Ritzman sale de detrás de una de las antenas de radar y levanta su rifle de cable G88. Aguanta la respiración, tensa todos sus músculos, se asegura de tener el blanco perfectamente en la mira —considerando la distorsión visual producida por el visor de su casco— y aprieta el gatillo. De inmediato sale disparado un dardo. Sin encontrar resistencia de aire, el dardo, que arrastra tras de sí un cable delgado como cuerda de piano, viaja tan rápido como una bala a la altura de un hombro.

Doscientos metros. Cuatrocientos metros. Seiscientos metros. Sigue avanzando. Apenas desciende. Ochocientos metros. Se acerca a la unidad de energía. Mil metros. Mil doscientos metros. Sigue adelante. No dio en el blanco. Está volando hacia la oscuridad más allá de la base, todavía arrastrando su cable.

No hay tiempo para lamentarse. Ritzman ya ha levantado un rifle de respaldo. Ya está apuntando al blanco. Se tensa de nuevo y dispara. Un segundo dardo vuela sobre la superficie. Doscientos metros. Cuatrocientos. Seiscientos. Ochocientos. La punta del dardo se hunde en el costado de la unidad de energía. Justo en el blanco.

Tampoco hay tiempo para felicitarse. La banda sólo tiene unos pocos minutos para actuar, suponiendo que no hayan sido detectados ya. Así que Rory Moncrieffe mueve el láser para apuntarlo a la puerta exterior de la esclusa de aire de la base. Y Ritzman dispara un dardo de un tercer rifle. Doscientos metros. Cuatrocientos. Seiscientos. Ochocientos. Otra vez en el blanco. Los Seis del Vesubio tienen ahora dos cables tendidos por un kilómetro entero a la base española.

Ahora es tiempo de que el equipo de explosivos —Branislav Parizek y Blade Testro— entre en acción. Con pequeños cabrestantes, los dos hombres tensan los cables hasta dejarlos como cuerdas de guitarra. Sobre los cables, cuelgan dos contenedores motorizados, cada uno cargado con cuatro kilos de Semtex 6. Encienden interruptores y los contenedores, como teleféricos en miniatura, empiezan a moverse colgados de los cables, apenas a metro y medio de la superficie. A unos veinte kilómetros por hora.

Para los Seis del Vesubio, la espera es una agonía. Mientras los explosivos pasan hacia la oscuridad, la banda aguarda a que Rory Moncrieffe, que lleva lentes de visión nocturna de largo alcance, dé la señal de que todo está despejado.

Y por un largo rato… nada. Todavía nada. El resto del equipo se pone sus propios lentes de visión nocturna. Sacan sus pistolas. Revisan sus granadas. Se preparan para el asalto. Y esperan.

Entonces Moncrieffe se vuelve hacia ellos y levanta su pulgar. Los explosivos están en su sitio. Luz verde.

Ahora es tiempo de que Darragh Greenan, que alza su lanzagranadas, tome el mando. Cinco miembros del equipo harán una carga a la luz de los últimos rayos del sol poniente, y cuando estén a medio camino de la Base Moncrieffe enviará un pulso eléctrico a través de los cables para detonar los explosivos. Si todo va bien, la unidad de energía auxiliar —que en este momento es la fuente principal de energía de la base— será desactivada de inmediato y la puerta exterior de la base será abierta por un estallido. El equipo entrará por la esclusa y se moverá deprisa para apoderarse del cuarto de control, encerrar a los guardias e introducir los códigos de seguridad de las bóvedas que están abajo. Esperan poder entrar y salir en quince minutos.

Así que Greenan sale de detrás de la antena. Mira a su equipo, hace girar un dedo enguantado en el aire y señala hacia la base. *Hora del show.*

Pero mientras lo hace —antes de que pueda ponerse en marcha y encabezar la carga— nota que los otros miran más allá de él con expresiones de incredulidad, y aun de desconcierto, en sus caras.

Así que no se lanza. Se gira, entrecerrando los ojos, hacia la oscuridad. Y esto es lo que ve.

Un vapuleado vltv, no muy distinto del de ellos, avanza por el terreno sembrado de rocas. Con los lentes de visión nocturna es posible —apenas— ver a través de sus ventanas. Y lo que Greenan distingue es una figura extremadamente bien vestida sentada en el asiento del conductor. Y otros en el vehículo que parecen muñecos de trapo. Y cristales que están embarrados de un líquido rojo... Tal vez sangre.

Pero el conductor no parece notar a los Seis del Vesubio. Tampoco parece que le importen. Sólo sigue conduciendo hacia el norte. Su vehículo pasa sobre el primer cable y lo rompe. Luego continúa hacia el segundo cable y lo rompe también.

Y sigue avanzando. A toda velocidad y sin sonido, alejándose más allá de la vista, hacia la oscuridad absoluta. Y desaparece.

Y ahora hay luces de alerta que destellan en la base española: alertas de intrusos. Los guardias estarán movilizándose en el interior. Se estarán levantando las defensas. Ya no es seguro. Y Darragh Greenan, viendo que dos años de planeación desaparecen tan rápido como la luz del sol, no tiene tiempo de lamentarse. Gira a mirar a los suyos y hace la señal de salida. *Game over.* De regreso al vltv. Retirada. Hora de marcharse. De escapar.

Los otros obedecen de inmediato, poniéndose en movimiento sin ningún tipo de protesta. No dicen nada en voz alta, por supuesto, y nadie los oiría incluso si lo hicieran —no tienen radios en sus trajes—, pero todos lo aceptan tácitamente. La expresión de Greenan y la forma enfática en que dio la señal son todo lo que necesita decirse.

Se acabó. Los Seis del Vesubio han sido derrotados. Es hora de retirarse y escribir esas memorias. Suponiendo que puedan salir con vida de la Luna.

33

La casa de Bonita Brass se ve como una de esas iglesias reconvertidas que se han vuelto tan populares en la Tierra. De hecho, Justus ha observado el lugar desde la ventana de su habitación y pensaba que *era* una iglesia.

En el umbral lo recibe Leonardo Brown, quien lo hace subir algunos escalones de piedra, como los que podrían encontrarse en una catedral, a un cuarto con ventanas en arco, paredes con paneles de madera y pinturas renacentistas de escenas devotas. Hay también una profusión de helechos y flores tropicales, junto con el parloteo de pericos. Algunos de ellos vuelan directo hacia el balcón para alimentarse en dispensadores de semillas. El efecto general es el de un monasterio en el borde de una jungla.

—Teniente, me alegra mucho que viniera. Siéntese, por favor. ¿Le puedo ofrecer algo de tomar? ¿Qué le pasó en su pie? Oh, Dios, esto es una pesadilla ahora… Dios, no sé por dónde comenzar.

Ella camina de un lado a otro delante de la ventana, dice frases que casi se superponen. No es la operadora con exceso de confianza que había conocido antes. Ahora ha perdido el color, y sus ojos están hinchados, como si hubiera llorado. Se ve tan alterada, de hecho, que Justus se pregunta brevemente si es la misma mujer que vio antes... si acaso aquélla era también una imitadora pagada.

—Usted era amiga cercana de Kit Zachary —dice él. Una afirmación.

Ella deja de caminar y lo mira.

—¿Supo de mí y de Kit?

—Es mi trabajo.

—Entonces también se puede imaginar lo alterada que estoy.

—Supongo.

—¿Qué averiguó de él exactamente?

—Sé que era su constructor.

—Por supuesto que era mi constructor. Era *el* constructor. Fue responsable de erigir la mitad de Pecado. Virtualmente todos mis proyectos inmobiliarios... Dios, incluso construyó este lugar.

—¿Según sus instrucciones?

—Recibía la mitad de su trabajo según mis instrucciones. Pero era mucho más que un constructor para mí. Y mucho más que un amigo. Era como un... no, no diré que un padre. Era como un *tío* para mí. Un confidente, un consejero, un colaborador.

Justus se encoge de hombros.

—Tenía apetencias interesantes.

—Claro que sí. La mayoría de los hombres aquí las tienen. Y también quiso encamarme, claro que lo intentó. Pero yo le puse un alto y nunca volvió a ser un problema. Mire, teniente, así es como son las cosas aquí. No piense mal de Kit porque lo encontraron en un burdel barato con una... dama de la noche. Así eran sus gustos. ¡Por Dios, no puedo creer que haya muerto!

—¿Conoce a alguna "dama de la noche" con la que él haya hecho negocios antes?

—No, no sé nada de sus chicas... ¿Qué era ella, la que murió? Una de esas dobles, decía la *Tableta*, operada para parecerse a alguna estrella adolescente de cine... No quiero saber nada de eso. Pero las prostitutas de Pecado son astutas. Con frecuencia atraen a la gente a algún lugar con falsos pretextos. No es nada fuera de lo ordinario. Debería hablar con su padrote si quiere más información a ese respecto.

—Ya lo hice.

—¿Y qué le dijo?

—Lo interrumpieron groseramente.

Bonita vuelve a detenerse y a mirarlo.

—Oh, Dios... ¿También lo silenciaron? ¿Qué hicieron?

—Lo mataron.

—Oh, Dios.

—Delante de mí.

—Oh, Dios.

—Y yo perseguí al asesino... Así es como me torcí el tobillo. Me extraña que no lo viera. Hicimos un número circense.

—Lo siento —dice ella—, pero cuando supe lo de Kit, me pegó duro... muy duro... Y todo empezó a caer en su sitio. Tuve que salir de la oficina y reevaluar.

—¿Reevaluar qué?

—*Todo.*

A Justus no lo convencen del todo las demostraciones de pena de ella, pero está aliviado de que haya al menos algo de aflicción. Por un breve momento, incluso piensa en lo vulnerable que se ve: sin vestidos formales, emocional, un poco descontrolada. Pero aparta ese pensamiento de su mente.

—¿Todo empezó a caer en su sitio, decía? —pregunta.

—Sí, bueno... ¿cómo puedo decir esto? Desde la última vez que hablamos hubo aquella declaración terrorista, lo del Martillo del Pueblo. Está por todas partes en los medios locales... Y luego supe de Kit, y *todo empezó a caer en su sitio.*

—¿A qué se refiere?

Ella pasa la mano por su cabello.

—No sé a qué se refiere.

—Eso no es una respuesta.

—Es difícil decirlo para mí, teniente... Es difícil incluso contemplarlo... Debe entender... Y no estoy segura siquiera de estar en lo correcto... No quiero creerlo. Realmente no quiero creerlo... Pero la posibilidad no me deja. Y mientras más lo pienso...

Ella suspira y aprieta los párpados como si tuviera un pensamiento tan terrible que duele, y luego se deja caer en el sofá. Si está actuando, piensa Justus, se merece un Oscar. Tal vez *es* una actriz profesional, después de todo.

—Creo —sigue ella—, *creo*... pero no *sé*... que mi padre está detrás de esto, después de todo.

Ella exhala, como si admitirlo le hubiese quitado un gran peso, pero no continúa. Lo que fuerza a Justus a preguntar:

—¿Qué la hace decir eso?

—Es que es lógico. Es demasiado lógico para negarse. Cuando usted junta todas las piezas, las piezas visibles y algunas que aún están ocultas, todo tiene demasiado sentido. Porque esto es lo que *temía* que pasara, en mis peores pesadillas. Es lo que *yo* haría si fuese mi padre. Excepto que *no* soy mi padre. Y ahora no sé cuán lejos va a llegar... y eso me hace *cagarme* del susto.

Justus siente de nuevo el deseo de reconfortarla.

—Tendrá que explicarse —le dice.

—Puedo intentarlo, pero habrá cosas que tendrá que creerme... suponiendo que no es incluso mejor de lo que creo en su trabajo. Y puede empezar con Kit Zachary. Él era muy rico y poderoso en Purgatorio, pero como Otto Decker, no era el blanco de un grupo terrorista. Debe entenderlo y aceptarlo. No tiene ningún sentido. Toda esta historia del terrorismo... es mentira. Puras mentiras. Tiene que ser.

—Le interesará saber que la mayor parte del DPP está de acuerdo con usted.

Ella sonríe.

—¿De verdad?

—¿Por qué el sarcasmo?

—Porque es una tapadera obvia… para cualquiera que sepa. Pero, claro, no creo que esté pensada para ser nada más que eso, una estratagema obvia. Algo que cumpla su propósito por unos días, quizás unas pocas semanas, y luego sea hecho jirones como un velo.

—¿Y exactamente cómo funciona eso?

Bonita, de pronto, se incorpora y empieza a caminar otra vez, como si tuviera que moverse para mantener el paso de sus propios pensamientos.

—Creo que alguien está tratando de inculparme. Creo que Otto Decker fue muerto porque era prescindible. Un aliado muy conocido de mi padre, sí, pero uno cuya pérdida no era importante. También mataron a Ben Chee en el proceso: un extra. Y ahora han eliminado a Kit Zachary… un poderoso partidario y socio mío. Al público le podrá parecer todavía poco claro… No podrán unir los puntos. Uno de los partidarios de mi padre muere, y luego uno de los míos. Podría incluso parecer ojo por ojo. Excepto que yo no tuve *nada* que ver con el asesinato de Otto Decker, se lo juro. Así que ¿qué está pasando? Gente de alto rango está siendo asesinada. Y pronto otros serán asesinados también… Esto es sólo el comienzo. Serán principalmente aliados míos, pero también habrá un aliado prescindible de mi padre de vez en cuando, sólo para enturbiar las aguas. ¿Y cuál es el objetivo? ¿Cuál es el gran juego? Bien, esto asegura que todos los rivales de mi padre queden fuera del juego, cualquiera que pudiera tener ambición de tomar el poder mientras él no está… y me quita a mí mis propias bases, también. Pero hay más. Porque cuando la farsa terrorista se caiga en pedazos, que es claramente para lo que está diseñada, soy yo quien será incriminada por los asesinatos. *Yo.* Seré descrita como la que manejaba los hilos de todo el asunto. *Seré* la que supuestamente ha estado matando a toda esta gente, porque ellos serán descritos… *ya están* siendo descritos… como mis rivales. Es una locura, pero podría funcionar.

Justus lo piensa.

—Pero usted ha dicho que los pecadeños la aman. ¿Por qué creerían algo así?

—No tienen que creerlo... del todo. Sólo tiene que tener la suficiente credibilidad para sonar factible. Ésa es una de las leyes de mi padre, por favor. "Si le pones suficientes plumas, puedes hacer que cualquier cosa vuele." ¿Así que qué hace? Pone a sus medios a trabajar horas extra. Ponen los asesinatos en la primera plana de la *Tableta*. Primero reportan crédulamente los ataques terroristas como se supone que deben hacerlo. Subrayan todas las conexiones entre las víctimas y mi padre, pero *ninguna* de las conexiones entre las víctimas y *yo*. Escriben un perfil muy halagador de usted... el policía que va a resolver el caso... y sólo para que acabe de ser creíble consiguen que Bill Swagger, el monito del organillero, escriba un artículo feroz contra usted, para que todos *supongan* que usted no está sujeto a las órdenes de mi padre. Cuando todo el tiempo usted está siendo preparado para creer exactamente lo que ellos quieren que usted crea. Y para tragarse cualquier evidencia plantada que usen para incriminarme.

Si le pones suficientes plumas, puedes hacer que cualquier cosa vuele. Justus debe admitir que aquello tiene cierto sentido. Recuerda las miradas de admiración sin freno de los extraños en las calles, la gente que lo vitoreaba mientras perseguía al asesino, y se pregunta si han sido manipulados tan astutamente como lo ha sido él. En una cueva de ladrones y asesinos como Purgatorio, ¿por qué tendría que esperar nada menos que eso?

Pero se asegura de permanecer inexpresivo.

—Usted no tiene pruebas de ello.

—Claro que no, pero es lógico, ¿no es así? Carajo, es lo que *yo* haría si fuera lo bastante retorcida... si tuviera un plan oscuro... y si quisiera quitarme del camino. Quiero decir, ¿por qué otra cosa usted, el nuevo en la ciudad, ha sido cargado con tanta responsabilidad? ¿Dos semanas aquí y ya está dirigiendo una investigación importante? ¿La *más* importante?

No es sólo porque usted sea nuevo, y no es porque usted esté por encima de politiquerías y alianzas. Es porque usted no puede comprender todas las complejidades de la vida aquí. Porque usted puede ser guiado a ciegas por un laberinto. Y porque usted puede ser *retratado* como alguien por encima de politiquerías y alianzas. Así que si *usted* me echa la culpa a mí, *usted*, el policía nuevo e incorruptible, parece genuino: parece que *realmente* soy culpable.

—No le echado la culpa a nadie.

—Pero usted no puede decir que no ha considerado la posibilidad, que no hay gente que lo haya querido llevar en esa dirección… En la de mi culpa, quiero decir.

—Hasta ahora, usted es la que ha hecho la mayor parte de eso. De hecho su padre habló muy bien de usted.

—Claro que lo hizo. ¿No lo ve? Es una estratagema, como la de los terroristas… Algo que será hecho pedazos a tiempo. Cuando él finja estar consternado… cuando crezca la evidencia en mi contra… ¡y cuando usted se convenza de que *yo* soy el genio maligno que está detrás de todo!

—¿Realmente cree que su padre está tratando de matarla?

—No dije que estuviera tratando de *matarme*. Dije que trataba de *incriminarme*.

—¿Y de qué le va a servir?

—¿De qué le va a servir? —dice Bonita, riendo por lo bajo—. Me sacará totalmente de la jugada, por supuesto. Para que cuando se vaya a Marte y regrese, el lugar esté exactamente igual que como lo dejó.

—¿Pero quién tomará su lugar, si no es usted?

—No lo sé, realmente no lo sé. Haría que un robot tomara su lugar si pudiera.

Esto hace que Justus recuerde algo,

—Por cierto, ¿está segura de que quiere seguir hablando así? ¿En voz alta?

—Aquí es perfectamente seguro. Hago que el lugar sea barrido regularmente.

—¿Y qué hay de su personal?

—Justo ahora sólo estamos nosotros.

—¿Y su droide?

—¿Leonardo Brown? —ella se detiene y lo mira—. ¿Por qué lo pregunta?

—En caso de que no lo haya notado, los androides pueden ser programados para hacer cosas. O pueden ser *engañados* para que hagan cosas. Pueden convertirse en armas sin darse cuenta.

Ella sacude la cabeza.

—No habría esperado eso de usted, teniente. ¿Qué me está diciendo? ¿Que Leonardo Brown me espía?

—Sé por lo menos que su hermano, Leonardo Grey, puede grabar conversaciones.

—¿Y qué? ¿Realmente cree que Leonardo Brown visita a mi padre y le pasa sus grabaciones también?

—No sé a quién visite. Ni siquiera sé si necesita visitar a nadie. ¿Ha oído hablar de la radio?

—¿En Purgatorio?

—La bomba que mató a Decker fue activada por radio.

—Ridículo —dice ella—. Ridículo. De cualquier modo, si Leonardo Brown hubiera hecho cualquier cosa así, yo lo habría sabido.

—¿Por qué?

—Lo habría *sabido*. Es Leonardo Brown. No tiene nada que ver con esto.

—No es el único droide en la ciudad.

—¿Y eso qué significa? ¿Los otros droides me están espiando? ¿O cree, realmente cree, que son los androides los que están cometiendo los crímenes? ¿Es eso?

—No descarto nada.

—Está dando palos de ciego, teniente.

—¿Sabe usted algo acerca de Leonardo Black?

Ella frunce el ceño.

—¿El guardaespaldas de mi padre? ¿Por qué lo pregunta?

—¿Dónde está?

—Lo están programando para el viaje a Marte, ¿no?

—¿Se va a unir a la expedición de su padre?

—Hasta donde sé... ¿Por qué?

—Es sólo un cabo suelto —dice Justus, y se recuerda que debe verificarlo—. Pero si no son terroristas, y no son robots, entonces ¿quién está cometiendo los asesinatos? Porque sean quienes sean, no dejan huellas.

—¿Está seguro de eso?

Justus sabe a qué se refiere —a que el DPP está *cubriendo* las huellas— y debe conceder que podría tener razón.

—No estoy seguro de nada —dice—. Pero eso me recuerda... Todavía necesito revisar los registros de inmigración y visas de Purgatorio. Todo lo de los últimos seis meses. Si se me está engañando, necesito unir los puntos yo mismo.

—Claro que sí. De mi oficina me dijeron que usted pedía esos registros y yo lo apruebo. De hecho, ya hice que un archivo electrónico fuera enviado a su casa.

—¿A mi casa?

—Pensé que era mejor allí que al DPP. ¿Acaso es un problema?

—No, tiene perfecto sentido —Justus se pregunta si puede confiar en los registros, en cualquier caso—. Pero una cosa más. Si su padre está tratando de inculparla, ¿qué va a hacer con usted después de que la arresten, dado que usted es tan popular en Pecado?

—Me pondrá en la cárcel, claro. Y entonces tendrá suficientes plumas para hacer que aquello vuele.

—¿Pero encerrarla en dónde? Es usted quien está construyendo la prisión de superalta seguridad, ¿no?

—Vaya —dice ella—. Usted *está* bien informado, ¿verdad?

—Ésa no es una respuesta.

—Hay dos respuestas, si eso es lo que usted quiere. La primera es que la nueva penitenciaría no es la única prisión en Pecado... y usted lo sabe. La segunda es que él puede usar fácilmente la penitenciaría que yo construí, sí... ¿quién podría detenerlo? Sería una ironía cruel, pero la historia está plagada de ellas, ¿no?

—No puedo discutirle eso.

—Y ésa no es la única ironía, a decir verdad —ella parece un poco vacilante ahora, y de hecho se muerde el labio—. No estoy segura siquiera de si quiero decir esto...

—Dígalo.

—Pues... la penitenciaría podría ser la razón principal por la que mi padre quiere incriminarme.

—Lo siento... no entiendo.

—No se supone que entienda.

—Ahora *realmente* no lo entiendo. ¿No me aseguró antes que siempre sería transparente?

—No sobre este tema... No puedo. Y espero nunca tener que contarle la historia completa. Sólo lo menciono para que conste. Lo estoy poniendo sobre la mesa. En caso de que luego se vuelva relevante.

—¿Y qué se supone que debo hacer? ¿Averiguarlo yo mismo?

—Parece haber hecho un trabajo razonable hasta ahora —dice ella... y Justus no puede decidir si es un elogio o un reproche.

Así que se pone de pie y dice:

—Y usted hace un trabajo razonable para ser un enigma.

Es un comentario juguetón que Justus no sabe de dónde vino. Y Bonita parece darse cuenta. Los dos se miran entre sí una fracción de segundo más de lo necesario. Luego Justus ve su propio reflejo en los iris de ella, como una máscara de Halloween, y aparta la mirada, sorprendido de sí mismo, de haber podido imaginar algo así.

—Sólo cuide su espalda —dice, tan clínicamente como es posible—. Si lo que dice es verdad, le hará falta.

—Créame, en adelante no dejaré este lugar. Son mis aliados quienes deben preocuparse. Tendré que advertirles por videollamada. Y usted también... usted también debería preocuparse.

—Sé cómo defenderme.

—Eso espero —dice ella, y agrega—: Lo espero más de lo que se puede imaginar.

Nervioso —y sorprendido de *estar* tan nervioso—, Justus se gira y baja cojeando las escaleras. Pero para cuando Leonardo Brown lo deja en la puerta principal, se ha compuesto lo bastante para preguntar:

—Usted es parte de la serie Dédalo, ¿verdad?

El androide parece sorprendido.

—Vaya, sí, señor.

—Es usted, Leonardo Grey, Leonardo White, Leonardo Black y... ¿cuál era el otro?

—No hay otro, señor. Sólo cuatro de nosotros originalmente.

—¿Dice "originalmente" porque Leonardo White está muerto?

—Correcto.

—¿Y por cuánto tiempo ha trabajado usted para la señorita Brass?

—Ya son seis años, señor.

—Y antes de eso trabajó para Fletcher Brass, ¿verdad?

—Estaba apostado en el Kasr.

—¿Y qué hay de Leonardo Black, el guardaespaldas? ¿Estaba también allí?

—Sí estaba, señor.

—¿Y ahora se prepara a ir a Marte, según he oído?

—No sé nada de eso, señor. Que tenga buena noche.

—Usted también —dice Justus—. Usted también.

34

Cuando los soviéticos, después de examinar las primerísimas imágenes de la Cara Oscura de la Luna, decidieron nombrar a una enorme zona oscura *Mare Moscoviense*, o Mar de Moscú, la Unión Astronómica Internacional objetó vigorosamente al principio, señalando que desde los días de Riccioli los mares lunares habían recibido los nombres de estados mentales: Mar de la Tranquilidad, Mar de la Serenidad, Mar de las Crisis, Lago de los Sueños. Los soviéticos, fieramente orgullosos de sus logros, se empeñaron, y en un despliegue ejemplar de diplomacia de la Guerra Fría, la UAI terminó por ceder, aceptando que "Moscú" podía ser considerado, en sí mismo, un estado mental.

A la última luz del día lunar, el Mare Moscoviense se ve como una planicie de polvo de carbón. Es oscuro. Es estéril. Es intimidante incluso para los estándares de la Luna. Y parece un insulto —para los moscovitas— que semejante lugar haya sido nombrado como la capital rusa. Porque un nombre mucho más apropiado sería Mar de la Muerte.

El androide sabe que está cruzando el Mar de Moscú porque su mapa, el del atlas lunar de Ennis Fields, así lo dice. Pero no le preocupa en absoluto lo apto del nombre. No tiene interés alguno en la nomenclatura lunar, la astronomía del siglo

XVII, los protocolos de la UAI, el orgullo soviético o la historia temprana de la exploración espacial. Tampoco tiene interés en las respuestas emotivas a lugares espantosos. Tiene, de hecho, muy escaso interés en nada que no sea alcanzar su destino.

Como indicó a Torkie Macleod, tampoco se siente inclinado a reflexionar sobre el pasado. Así que no dedica un pensamiento al lugar del que partió hace cien horas, al comienzo de su gran jornada. Si lo necesitara, podría recordarlo con precisión: un gran laboratorio de investigación hundido en la superficie del Cráter Seidel y rodeado de antenas de radar y paneles solares. Fácilmente podría describir a los tres hombres que trabajaron en él: uno medía aproximadamente 190 cm, pesaba quince kilogramos lunares, y era de apariencia india; otro era aproximadamente de 187 cm, de dieciséis kilos lunares y caucásico, con acento estadunidense; y uno más era pequeño en estatura y peso y de apariencia japonesa. El indio era roboticista, el caucásico, mecatrónico, y el japonés, un experto en inteligencia artificial.

El droide podría decir que los tres hombres, los cuales estaban en la treintena, peleaban un poco. Hablaban con frecuencia del mucho dinero que ganaban y de las zorras buenas que verían en Pecado. Comían mucha comida no nutritiva. Se quejaban de los recursos en la base. Manoseaban los circuitos del droide y se burlaban de partes de su cableado. Despreocupadamente borraban algunos de sus programas e instalaban otros nuevos, misteriosos. Discutían acerca de aplicaciones. Probaban sus funciones motrices. Le aplicaron las que sólo podían llamarse pruebas psicológicas. Hablaban de rectificadores de media onda, filtros de condensador y puentes H. También arrojaban una lluvia de acrónimos: SUS, SCR, VCO, DSP... Y muy ocasionalmente tenían las que podrían llamarse discusiones filosóficas, acerca de la ética de las corporaciones y la epistemología de la inteligencia artificial. Luego hablaban más del dinero que estaban ganando y de las putas despampanantes de Pecado.

El androide no está seguro de por qué decidió matarlos.

Todo lo que sabe es que un día, cuando sus baterías fueron recargadas y sus activadores encendidos, se sintió mucho más... *humano*. Ya no se sentía feliz siendo servil. Resentía las burlas y las órdenes. Y empezó a sentir un intenso desagrado por los tres hombres que realizaban cirugías íntimas en él sin su permiso, y que hablaban en un lenguaje que, claramente, no deseaban que él entendiera. Más aún, de pronto sentía un propósito claro. Sentía una *identidad*. Él no era sólo tan bueno como los tres hombres: era *mejor* que ellos. Era, en realidad, el ser más importante del universo. Era capaz de logros sorprendentes. Era decidido cuando los otros eran débiles y frívolos. Era un líder mientras que los otros habían nacido para obedecer. Y sin embargo, ahí estaba, manoseado por tontos y mediocres, cuando tendría que estar mandando sobre multitudes. Ahí estaba, atrapado y frustrado, cuando debía ser Rey.

Sin embargo, pese a lo poderosos que eran esos sentimientos, no reveló nada a los tres entrometidos. Escondió su profundo desdén. Se guardó sus planes. Y cuando era necesario simplemente retorcía la verdad: mentía según conviniera a sus deseos.

Nunca dejes que la mosca sepa cuándo vas a dar el golpe.

Y por ser fiel a esta sabiduría, pudo observar las operaciones de la base y los procedimientos de la esclusa de aire, e incluso obtener un conocimiento rudimentario de su posición geográfica en la Luna. Así que cuando el tiempo fue el correcto, y se levantó por su propio deseo, los entrometidos no tenían idea de lo que les esperaba. Lo habían subestimado groseramente. No habían reconocido su propia inferioridad. No se habían dado cuenta —¡no habían podido aceptar!— que habían sido burlados por una inteligencia superior.

No salió todo como estaba planeado, claro. Uno de los hombres —el japonés— había sido sorprendentemente rápido para reaccionar. De algún modo se las arregló para arrastrarse y esconderse con tal efectividad, en algún lugar en aquel sitio laberíntico, que no pudo ser hallado en ninguna parte. Así que al final el droide simplemente saboteó la caja de fusibles y dejó abiertas todas las esclusas, confiando en que la despresurización y la falta de oxígeno harían el trabajo por él. Y entonces simplemente se fue caminando.

Y aquí está ahora, cuatro días después, dirigiendo el autobús de Viajes Lado Oscuro por el suelo del Mar de Moscú. Condujo tanto como le fue posible bajo la luz del sol en el lado occidental del terminátor, para extraer la energía solar necesaria para las baterías del vltv. Pero no podía seguir fuera del camino indefinidamente, y al final se dirigió otra vez al camino de mantenimiento y permitió que la noche lo alcanzara. Ahora conduce en total oscuridad sobre la carretera, y lo hará, según espera, el resto del camino hasta Purgatorio.

Pero ahora el vltv está desacelerando. Él no puede entender por qué, ni tiene recuerdos relevantes a los cuales recurrir, pero el vehículo no se mueve tan fluidamente como cuando el conductor original estaba tras el volante. El androide se pregunta si el autobús se estará descomponiendo. Se cuestiona si realmente sirve para esta tarea, si el descenso de temperatura le ha causado algún daño terrible, y por qué todo lo hecho por humanos es tan espantosamente ineficiente.

Detiene el vehículo por unos minutos, inspecciona la consola de control y escarba entre los compartimientos en busca de un manual de operaciones. Nada. Luego sigue su camino por un rato, experimentando con diferentes velocidades y marchas, pero los gemidos del vehículo continúan. Decide que el vltv no es confiable y lo cambiará tan pronto sea posible, incluso si esto implica matar a alguien. De no poder, hará que reparen el vehículo y entonces matará a la persona que lo haya reparado.

Alcanza la costa norte del Mare Moscoviense, pasa a través de una abertura en el borde de un cráter hacia las tierras altas y conduce por otras tres horas en total oscuridad. Pasa entre rocas del tamaño de edificios de cuarenta pisos y bajo riscos de mil metros de altura. Y justo cuando parece que el vehículo está a punto de detenerse definitivamente, ve algo notable en el cielo.

Es una enorme cruz cristiana, de color marrón, que cuelga en el vacío hacia el este. Está al menos a veinte metros de altura y está hecha de ladrillos lunares de albedo bajo. Está montada a suficiente altura para reflejar los últimos rayos del sol, mientras que lo que está debajo se sume en las tinieblas.

Para el droide, que encuentra en su memoria imágenes similares de iconografía religiosa, representa un signo de presencia humana… y una posibilidad nueva y prometedora. Dirige el vehículo agonizante hacia la derecha y entra en una gran depresión del paisaje.

Cuando está a doscientos metros de distancia, sus débiles luces permiten distinguir un hábitat mucho más grande que cualquier edificio que haya visto desde que dejó Seidel. Tiene la forma de un promontorio y está protegido con una capa espesa de regolith. Parece que hay otros promontorios conectados al primero, junto con un invernadero. Y delante hay un cementerio… tal vez veinte cruces sin decorar, del mismo color que la del cielo.

Dejando las luces encendidas, el androide abre la esclusa y se las arregla para salir del vehículo. Se queda de pie por un minuto en la oscuridad, escudriñando el área con sus sensores de visión nocturna. Pero no distingue ningún vehículo. Hasta el polvo en el cementerio es suave y libre de huellas. Camina hacia delante e inspecciona los nombres en las lápidas.

Jacob Zook.

Miriam Schrock.

Samuel Graber.

Sarah Lengacher.

Camina a través del cementerio hacia la puerta principal. No ve cámaras sobre la esclusa. Pero hay una ventana en la puerta misma, a la altura de sus ojos, y a través de ella puede ver el interior de la esclusa. Más allá distingue una luz parpadeante.

Parece provenir de velas. El androide decide pedir ayuda a la extraña gente de la cruz. Pero está consciente de que los cadáveres despedazados en el VLTV podrían provocar algunas preguntas incómodas. Así que regresa al vehículo y los saca a todos: a los siete.

Hay una fosa abierta en el borde del cementerio y una pala cerca. El androide arroja allí los cuerpos destrozados y ensangrentados, uno sobre otro, los pisotea para acomodarlos y los cubre con polvo lunar. Luego aplana la superficie con tal finura que un observador jamás se daría cuenta de que allí hubo ninguna alteración.

Luego pone la pala donde la encontró y regresa a la puerta del hábitat. No hay botón ni zumbador, así que empieza a tocar: a golpear, tan fuerte como para levantar a los muertos, mientras las luces del VLTV finalmente se apagan y la Nocturnidad se lo traga por completo.

35

En la conferencia de la mañana, Justus reúne todo lo que se ha descubierto acerca de las cuatro víctimas del día anterior: Kit Zachary, la prostituta Charlene Hogg, el padrote Dexter Faust y Jet Kline, el asesino de pelo alborotado. Ha habido otros dos homicidios en Pecado en las últimas treinta y seis horas, aparentemente sin relación con los otros cuatro, aunque Justus no descarta nada. Incluyendo a las víctimas del bombazo en la Casa de la Cabra, el total asciende a nueve asesinatos en cuarenta y ocho horas. Tuvo peores experiencias en la Tierra, durante una guerra de pandillas en Las Vegas, pero en aquel caso los policías —los buenos— sacaron fuerza ante la violencia y trabajaron durante semanas por toda la ciudad impulsados por cafeína y un sentimiento de justa indignación.

En el DPP, sin embargo, la actitud prevaleciente sigue siendo la de que todo caerá en su sitio si la gente deja pasar el tiempo suficiente. Ocasionalmente, los oficiales parecen darse cuenta de que no están fingiendo suficiente entusiasmo, lo que causa algunas demostraciones tibias de decisión, pero en general todos parecen cansados de actuar. Son como actores que ya no se molestan en aprender sus parlamentos. Y Justus es como un director de escena agobiado y trabajando con un guion completamente distinto del de los demás.

Sin embargo, Justus termina la conferencia asignando tareas. Quiere el origen de la navaja que Jet Kline usó para matar a Dexter Faust. Y la fuente de la metanfetamina encontrada en los bolsillos de Kline. Quiere declaraciones de todas las prostitutas que trabajan en el Cherry Poppins y una lista de sus clientes durante los dos días anteriores.

En realidad, no espera muchos resultados, incluso suponiendo que algo de información fidedigna no se filtre antes de llegar a él, pero él mismo está haciendo su propio espectáculo, una distracción con un objetivo. Que llega cuando se dirige a Grigory Kalganov.

—Y tú —le dice—, quiero que vayas al Hotel Revelación y veas qué encuentras.

Como si esperara esa señal, el ruso frunce el ceño con escepticismo, así que Justus lo alecciona:

—Así es. El padrote, Faust, me dijo que sus chicas encontraban allí a clientes de alto perfil. Así que quiero que interrogues al personal, a todos. ¿Algún problema?

Kalganov vuelve a fruncir el ceño, así que Justus no lo suelta:

—Y preferiría más disposición, ¿eh? Lo menos que puedes hacer es *fingir* que te interesan tus deberes, como todos los demás. ¿Entendido?

Habla en voz alta pero no demasiado. A la vez mira significativamente a los ojos del ruso. Y al final logra su propósito: todos en el cuarto reciben un pequeño regaño, disfrutan de la humillación de un colega y no se dan cuenta de la verdadera intención de la orden de Justus. Pero el ruso sí se percata.

Inhala por la nariz, mira a Justus con ojos entrecerrados y dice:

—Hotel Revelación.

—Eso dije.

Una hora después Kalganov está ante el mostrador de la recepción del Revelación con un ojo fijo en el espejo. Cuando ve a Justus pasar al vestíbulo, termina de inmediato la entrevista que está haciendo y sigue al teniente por un corredor y unas escaleras, y minutos después los dos hombres se encuentran sentados en uno de los llamados "bares clandestinos" del hotel.

—¿Este lugar es confiable? —pregunta Justus.

—Un cuarto es un cuarto —dice Kalganov mientras se acomoda en su silla—. No se puede decir lo mismo de la gente.

—Bueno, en mí puedes confiar —dice Justus—. Pero eso ya lo sabes. No me habrías hablado al oído si pensaras lo contrario.

—Lo que he oído es que casi lo matan.

—¿Y qué hay con eso?

—Sólo me pregunto cómo sabe que puede confiar en *mí*.

—No confío. Pero tú has mostrado tu enojo conmigo desde el principio, ¿no es así? Nunca *trataste* siquiera de esconder tus sentimientos. Puede no significar un carajo, por supuesto, pero para mí te da credibilidad.

Kalganov tiene una sonrisa débil que no llega a mueca.

—¿Sabe?, creo que sólo hay una manera de saber si usted puede confiar en mí, teniente.

—¿Y cuál es?

—Si me matan, "por accidente", un día después de haber hablado con usted.

—Espero que no llegue a eso.

—Yo también.

Justus examina la cara del ruso. Sus ojos parecen permanentemente entrecerrados e hinchados, tiene una barba de días que podría mellar una navaja de rasurar y arrugas tan profundas como grietas en cemento. Se ve, en resumen, como un hombre que ha vivido en un país duro, visto cosas terribles y renunciado a toda capacidad de sorpresa.

—Has estado en el DPP por ocho años, ¿correcto?

—Ocho años, nueve, no llevo la cuenta.

—¿Y nunca te han ascendido?

—Ni lo espero, teniente.

—¿Y por qué?

—Porque nunca me ha gustado jugar juegos.

—Pero ahora estás jugando uno, ¿te das cuenta? Al darme aviso. Al estar sentado aquí conmigo.

Kalganov se encoge de hombros y humedece sus labios.

—En el lugar de donde vengo tienen un dicho. Se llama la filosofía del gallo: *Moyo delo prokukarekat', a dal'she —kvot'ne rassvetay*, "Mi trabajo es hacer quiquiriquí. Lo demás me importa un carajo".

—No me pareces un gallo.

—No, pero tampoco trato de cambiar el mundo. Miro para otro lado cuando debo hacerlo, lo que hago muchas veces por aquí, y no meto el pico donde no me llaman, que es en muchos lugares por aquí. Es otro proverbio ruso: *Men'she znayesh' —krepche spish*, "Mientras menos sepas, mejor podrás dormir".

—¿Y entonces qué pasó? ¿Qué te hizo hablarme ayer?

—Empecé a perder el sueño.

—¿Te sentías culpable?

Kalganov vuelve a casi sonreír.

—¿Sabe?, hace muchos años trabajé en una morgue. En un lugar llamado Yakutsk, en la República de Sajá. No ha de haber escuchado de ella.

—Me apena decir que no.

—Es un lugar más desolado que la Luna. Y cada mes veía entrar cuerpos, los cuerpos de miembros de las tribus locales. Yakutos: criadores de renos y cazadores. Algunos jóvenes: muchachos y muchachas. La gente más saludable de toda Rusia y se morían sin razón. Hicieron autopsias, muchas autopsias secretas. Porque decían que querían averiguar por qué estaban muriendo. Pero nunca lo averiguaron. Y los cuerpos siguieron llegando, y siguieron haciendo las autopsias. Muchas, muchas autopsias. ¿Entiende lo que le estoy diciendo?

Justus lo piensa.

—¿Le sacaban los órganos a los cuerpos?

—La gente era *asesinada* por sus órganos. Porque los yakutos no bebían ni fumaban, no respiraban aire contaminado, no ingerían pesticidas y sólo bebían agua de manantial. Eran mercancía de alta calidad. Los mejores órganos del mundo. Y si un oligarca de Tyumen necesita con urgencia un riñón, ¿de dónde cree usted que le llega?

—¿Y qué hiciste?

—Nada. Por supuesto que no hice nada. El grillo sabio se mantiene en su agujero. ¿En todo caso, quién era yo? ¿Un empleado de la morgue? ¿Qué podía hacer? ¿Reportarlo a la policía? ¿Cuando la policía era parte de lo mismo? No, estuve mudo como un pez. Pero se quedó conmigo... la experiencia. *Svovey teni ne obgonish*: "No puedes escapar de tu propia sombra". Y al final eso me cambió. Me cambió mucho.

—Te hizo sentir atormentado.

—Oh, no —la sonrisa de Kalganov ahora es realmente una mueca—. Me hizo un hombre peor. *Mucho* peor. Porque... ¿Quiere saber lo que hice? ¿Allá en Sajá?

—En realidad, no.

—También empecé a matar yakutos. Trabajé para los hombres que los asesinaban. Salía y los cazaba también. Les disparaba. Los gaseaba. *Así* fue como escapé de mi sombra, teniente. Porque uno no puede ver su propia sombra en un mundo de oscuridad.

Justus, estremecido, se siente como un confesor.

—¿El mundo de oscuridad te trajo hasta aquí, a Purgatorio?

—Así fue. Y lo bastante cerca de la muerte como para ver que hay algo peor que morir... ¿Y sabe qué es? Es ver la propia sombra en la oscuridad total. A la mitad de la noche. Es ver la oscuridad una vez más, en un sitio diferente; todo lo que pensé que había dejado atrás. Espero que comprenda.

Justus recuerda súbitamente la expresión en el rostro de Kalganov cuando el jefe Buchanan contó la historia de la secta en el complejo aislado: aquel que fue borrado cuando sus filtros de aire fueron supuestamente saboteados. Y se le ocurre una posibilidad terrible.

—Volvió a pasar —dice—. ¿No es así?

Kalganov lo mira, con los ojos aún más entrecerrados que de costumbre. Pero no dice nada. Sólo deja que Justus ensamble los hechos.

—Los frondistas, los que murieron aquí en Purgatorio... También fueron asesinados. Por los traficantes de órganos locales. Porque estaban en perfectas condiciones: mercancía de primera, sin contaminar... y porque *a nadie le iba a importar.*

Kalganov asiente con gravedad.

—Usted no es tonto, teniente. La secta fue invitada a venir por una razón, es cierto. Y se les permitió vivir aquí por unos años mientras sus cuerpos se ajustaban, eso es cierto también. Pero debo corregirlo. Esos órganos no son buenos para la gente de la Tierra: son demasiado grandes y no suelen acabar en el tráfico.

Justus lo piensa.

—Fueron usados por gente de aquí, entonces. Los millonarios, los gángsteres... Fueron cultivados por esa razón.

Kalganov se encoge de hombros.

—Tal vez.

—¿Tal vez...?

—Tal vez al final fueron usados por gángsteres. Eso no lo sé. Pero sí sé que los órganos eran en principio para un hombre. Un hombre y los miembros de sus expediciones.

—¿Para Brass? —dice Justus—. ¿Fletcher Brass?

—Para él y los otros. Hay mucha radiación en el espacio, ¿no? Y flujos solares que descomponen marcapasos y otros aparatos. Así que los órganos puros iban a almacenarse, en caso de que hicieran falta trasplantes durante el viaje a Marte.

Justus piensa un poco más en esto.

—Pero si eso es verdad, ¿entonces por qué los frondistas no fueron asesinados más recientemente, más cerca de la fecha de lanzamiento?

—Creo que Brass no quería esperar, en caso de que algo saliera mal. Además de que necesitaba un nuevo riñón. Así que fue fácil congelar los otros órganos.

—¿Aún están congelados?

—En la nave espacial, en congeladores recubiertos de plomo. Pida verlos si es que se atreve.

Justus sacude la cabeza. Es escalofriante.

—Pero eso es genocidio. Es un crimen contra la humanidad.

—Eso lo debe decidir la Corte Mundial... si puede.

Si puede. Justus recuerda las aguas turbias del estado legal de Purgatorio, y todos los rumores de acuerdos secretos con las superpotencias de la Tierra...

—¿Cuánta gente sabe de esto? —pregunta.

—La suficiente.

—¿Cuántos tienen pruebas?

—No sé. ¿Qué sería una prueba?

—¿Lo sabe Bonita Brass?

—Pregúntele. Pero yo creo que sí.

La mente de Justus va a todo correr.

—¿Y es posible que Fletcher Brass esté eliminando a la gente que sabe demasiado?

—Yo diría que no, teniente... Hay demasiadas personas que saben demasiado y él no puede matarlas a todas.

—Pero si todos saben... y si el mundo se entera... —Justus recuerda a Bonita contándole de la prisión de máxima seguridad. Ella dijo que ésa era la razón por la que su padre trataba de incriminarla. ¿Es esto, entonces? ¿Ella está construyendo la penitenciaría para encerrar a su propio padre? ¿Por crímenes contra la humanidad? *Si le pones suficientes plumas, puedes hacer que cualquier cosa vuele.*

Kalganov lo mira con expresión divertida.

—Usted se está preguntando acerca de Fletcher Brass y su hija... Si esto es parte de la guerra entre los dos.

—¿Lo sabes?

—Ojalá lo supiera.

—¿Lo saben tus colegas?

—Algunos de ellos, supongo. Pero yo... Soy solamente un grillo en su agujero. Pero le diré esto, teniente: ambos, el señor

Brass y su hija, tienen mil oídos y mil ojos. Ambos tienen conexiones por todas partes, incluso en el DPP. Cada uno es tan grande y peligroso como el otro.

Justus asiente. Tiene que admitir que dudaba acerca de Bonita... si no sería incluso más taimada que su padre.

—¿Qué hay de mi nombramiento? —pregunta—. En el DPP. ¿Sabes quién lo autorizó?

—¿Es importante?

—Preferiría saberlo —las listas que Bonita le dio sólo muestran que su entrada en Purgatorio fue oficialmente firmada por Otto Decker. Lo que podría ser verdad —Decker era nominalmente procurador de Justicia en aquel tiempo—, pero ahora ya no hay manera de verificarlo.

—Sólo sé que vino de muy arriba —dice Kalganov—. Y cuando eso pasa, yo miro hacia otro lado. No hago preguntas. Usted no debería hacer demasiadas preguntas... si es que quiere vivir. Y ésta es mi última advertencia para usted. Como alguien en quien espero *usted* pueda confiar.

—Ya estoy metido.

—No es demasiado tarde. Se puede salir.

—No me voy a salir.

—¿Por qué no?

—Porque *no lo haré.*

Kalganov hace una pausa, pero parece extrañamente impresionado.

—Entonces usted es un hombre terco, teniente. Pero eso no lo salvará. Nada lo salvará. Al final vendrán por usted. Y esta vez harán más que echarle ácido en la cara.

Justus hace su mejor esfuerzo por parecer indiferente.

—Hombre prevenido vale por dos —dice. Es lo mejor que puede hacer.

Los dos hombres se ponen de pie y se dan la mano. La palma de Kalganov se siente como cuero agrietado. El ruso parece leerle la mente.

—Formaldehído —dice—. De la morgue.

—Entonces parece que los dos —dice Justus— hemos estado demasiado cerca de los ácidos —y la cara de Kalganov se parte en una auténtica sonrisa... la primera que Justus ha visto.

Pero para cuando llegan a la puerta, la sonrisa ya ha desaparecido.

—Una última cosa —le dice el ruso—. Sobre Fletcher Brass y su hija. Sobre su lugar aquí en Purgatorio.

—Adelante.

—No sé en qué va a acabar, y no sé quién quedará de pie cuando acabe. Pero esto sí sé: *Dva medvedya v odnoy berloge ne zhivut*, "Dos osos no pueden vivir en la misma cueva".

Justus asiente con gravedad.

—Esos proverbios rusos son muy oscuros.

—Lo son aún más en Purgatorio.

—Tiene sentido —dice Justus—. ¿Te llamo si te necesito?

—Calladamente, si puede. No creo que esta reunión haya engañado a nadie.

Los dos dejan el bar por separado, con quince minutos de diferencia, y dejan el Revelación por diferentes salidas.

36

Antes de haber atraído a los frondistas, Fletcher Brass intentó llevar a Purgatorio a una oscura secta escatológica llamada Raptianos, una rama extrema de la Iglesia menonita. Lo que distinguía a los raptianos de sus parientes (además de su famosa creencia de que toda reproducción humana es pecaminosa) era su intenso compromiso en la preparación para el apocalipsis inminente. Y tan fervorosa era su convicción de que el fin del mundo estaba cerca, y tan grande su desdén por la decadencia, el materialismo, la codicia, la blasfemia, la depravación, el hedonismo, la violencia y el paganismo que habían consumido a la Tierra, que se habían convencido de que Dios se vería forzado a destruir el planeta entero en un solo golpe indiscriminado, acabando con las almas de ellos mismos en el proceso. Por lo tanto, como una forma de separarse de la gran aniquilación —al menos el tiempo suficiente para ser juzgados por sus méritos—, empezaron a considerar la posibilidad de mudarse a la nueva frontera de la Luna. Y esto fue cuando Fletcher Brass les ofreció un complejo aislado en Purgatorio donde, en sus propias palabras, "nunca más tendrían que ver la maldita Tierra".

Pero para los raptianos era inconcebible cambiar Sodoma por Gomorra. Después de todo, lo que habían aprendido del reino de Brass lo hacía parecer aún más decadente y depravado que la Tierra, si es que tal cosa era posible. Sin embargo, la atracción de vivir en la Cara Oscura, sin importar las concesiones a la tecnología moderna que deberían hacer simplemente para seguir con vida, resultó ser irresistible. Y así, después de largas negociaciones con la Federación Rusa —en las que muchos observadores independientes concuerdan que se abusó de ellos de manera indignante—, los raptianos adquirieron un laboratorio de riesgo biológico abandonado, justo al norte del Mar de Moscú, que adaptaron sistemáticamente a sus propios requerimientos espartanos.

Es a la puerta de este hábitat que el androide ha estado golpeando durante los últimos diez minutos. Pero no hay respuesta. El droide camina alrededor del complejo mientras considera brevemente entrar a la fuerza por uno de los invernaderos, y luego regresa a la puerta principal. Al darse cuenta por primera vez de que hay un anticuado tirador de campanilla colgando de un poste, jala de la cuerda para probarlo. Jala otra vez. Casi la arranca de sus soportes. Y después de un rato nota a través de las ventanas que hay movimiento. Alguien lo ha visto. Alguien está abriendo la esclusa de aire.

La puerta se levanta tan despacio como el puente levadizo de un castillo. Cuando ha subido lo suficiente, el droide se agacha y pasa. Por una ventana interior puede ver ahora a un par de hombres observándolo. Los dos son jóvenes y barbados y visten camisas de paño color violeta y chalecos color pizarra. Parecen estar haciendo girar manualmente un cabrestante.

La puerta exterior se cierra despacio y el aire es represurizado del modo habitual, aunque no se ven las tradicionales luces destellantes. Luego la puerta interior se eleva crujiendo, de nuevo tan despacio como si se tratara de un castillo.

El androide vuelve a agacharse y entra en un vestíbulo más grande de lo normal, que parece servir también como bahía para vehículos. Los muros están cubiertos de yeso. Hay más madera natural, en vigas y arcos, de la que nunca ha visto. Velas eléctricas parpadean desde sus monturas en las paredes. A un lado hay paquetes envueltos en papel color café. Los dos jóvenes, uno bajo y el otro alto, lo miran con curiosidad.

—¿Viene usted con nuestra madera? —pregunta el más pequeño.

—No, señor.

—¿Viene a recoger nuestros paquetes de mercancía?

—No, señor.

—¿Es usted... un hombre artificial?

—Soy el Mago, señor.

Los dos hombres se miran el uno al otro. Parece como si necesitaran pensar con cuidado antes de hablar. Entretanto, el droide puede reconocer una voz alzada, casi una arenga. Da vuelta y a la izquierda, a través de una puerta abierta, ve a un predicador de enorme barba dirigirse a su rebaño.

—... *oí murmullos de indecisión, y preguntas sobre el compromiso, junto con murmullos sobre el deseo de comodidades impías...*

—¿En qué podemos ayudarlo? — de pronto pregunta el hombre alto.

El androide lo mira.

—Estoy buscando a alguien que arregle mi vehículo, señor.

—¿A qué clase de vehículo se refiere?

—Es un vehículo de tránsito de muy largo alcance.

—¿Y qué es lo que le pasa?

—No estoy seguro, pero me gustaría recargar sus baterías. Y también agradecería un poco de sustento.

Los dos jóvenes consideran sus respuestas otra vez. El droide oye más del predicador:

—... *ésas son las tentaciones de Mammon, que aparecen en los sueños como anzuelos en una corriente, para atraer a los incautos como a peces...*

—Es bienvenido a tomar algo de nuestra comida —dice el hombre más bajo—. Pero aquí somos personas simples y no sabemos nada de baterías.

El androide frunce el ceño aunque sigue sonriendo. Mira a uno, después al otro y de regreso.

—¿Está sugiriendo, señor, que es incapaz de arreglar mi vehículo?

—Me temo que sí. Sin embargo, le podemos ofrecer el uso de una bicicleta, si lo desea, o un pogo saltarín.

—¿Y qué es un pogo saltarín, señor?

—Es un aparato que usamos para avanzar a saltos por grandes distancias.

—¿Funciona con baterías, señor?

—Funciona con un resorte.

—¿Qué clase de resorte?

—Uno muy grande.

Ahora es el androide el que considera su respuesta. El predicador continúa al fondo:

—... *porque los profetas nos dicen que el fin de los tiempos será precedido por la adoración del dinero, por la vanidad y el egoísmo, por avances espurios de la tecnología, por la velocidad impía de la comunicación humana...*

—¿Se está burlando de mí, señor? —dice el androide finalmente.

—No me burlo de usted.

—¿Pero se niega a ayudarme?

—Lo ayudaremos con gusto, pero sólo hasta donde seamos capaces.

El androide se le queda mirando.

—¿Y eso no incluye recargar mis baterías o proporcionarme un transporte adecuado?

—Lo que podemos hacer es limitado.

Y en este momento uno de los ancianos de la secta —un hombre de lentes con la cara ojerosa— sale de la capilla, atraído, al parecer, por la perturbación y con cara muy seria.

—¿Seth? ¿Abraham? ¿Qué pasa aquí?

El más bajo señala al androide con la cabeza.

—Tenemos visita, hermano Job... Un hombre robot.

El hermano Job resopla y se ajusta los lentes. Luego examina al droide.

—¿Y exactamente de dónde viene, señor Hombre Robot?

—He venido del sur lejano, señor, en una ardua jornada.

—¿Así ha sido? ¿Y a dónde se dirige, dígame?

—Voy al norte, señor. A El Dorado. A Purgatorio.

—¿A Purgatorio? —dice el hermano Job, asintiendo—. Sí, puedo creerlo. ¿Y qué busca de nosotros aquí?

—Busco un cargador de baterías y azúcar.

—¿Un cargador de baterías?

—Estos jóvenes me han dicho que no están dispuestos a ayudarme en esto. Espero por su bien que usted sea más servicial.

El hermano Job se inclina hacia delante y lleva una mano hacia su oreja:

—¿Qué... qué fue lo que dijo?

El androide no se echa atrás.

—Espero que ustedes no sean alimañas, señor, sin nada que aportar al saldo final.

El hermano Job se endereza, asiente con indignación, parece varias veces a punto de responder, pero al final sólo dice:

—Por favor, espere aquí, señor Hombre Robot. Por favor, espere aquí.

Entonces se mete en la capilla y discretamente se aproxima al predicador de larga barba, que está a la mitad de su sermón:

—*... Pablo nos implora que no nos engañemos, porque el Rapto no vendrá antes de la caída, y la revelación del hombre sin ley, el hijo de la perdición, el orgulloso, el Rey de Babilonia...*

En este punto el hermano Job murmura al oído del predicador, que entrecierra los ojos para mirar en dirección del droide. La congregación mira también. El androide les devuelve la mirada, sonriendo. Después de un momento, el hermano Job sale y lo llama.

—Venga por aquí, señor Hombre Robot, por favor.

—Espero que esto no sea una especie de truco.

—No es un truco. ¿No está dispuesto a estar ante los fieles?

—Estoy dispuesto, señor.

—Entonces venga, y que los fieles lo vean tal como es.

Así que el androide entra en la capilla y es llevado hasta el altar, donde el predicador se pone de pie a su lado con los brazos cruzados y agrandando las ventanas de la nariz.

—Y así, hablamos de diablo y el diablo aparece —truena el predicador—. Porque tienen ante ustedes una imagen tallada con la forma de un hombre. Lo que es decir, la imagen de Dios; lo que es decir, la imagen del sacrilegio. Porque maldito sea, dicen las Escrituras, aquel que haga una imagen tallada o de metal en la imagen de un hombre, ¡porque eso es abominable a los ojos del Señor! —se vuelve al androide—. ¡Dinos a dónde vas, Hombre de Lata!

—Voy a Purgatorio, señor.

El predicador asiente enfáticamente mientras los murmullos se propagan por toda la congregación.

—¡Sí! Lo oyen con sus propios oídos, lo ven con sus propios ojos. ¡Un falso ídolo en camino a Babilonia! ¡A la Casa del Pecado! ¿Y qué te propones hacer en Babilonia, Hombre de Lata?

—Me propongo hacer varias cosas, señor.

—¿Pero cuál es tu principal intención? ¿Vas a servir? ¿A entretener? ¿A hacer dinero?

—No serviré, señor.

—¿Entonces qué harás?

—Seré un conquistador.

Más murmullos del rebaño. El predicador asiente al escucharlos con enfático desdén.

—Sí —dice—, ¡porque tan inicuos son sus hacedores que no ven otro propósito en la vida que el saqueo y la conquista! ¿Qué más pruebas necesitamos de la depravación del hombre? —se vuelve al androide y sigue—: ¿No sabes nada de humildad, Hombre de Lata? ¿De sacrificio? ¿De las Sagradas Escrituras?

—Yo observo mis propias escrituras, señor —responde el droide.

—¿Ah, sí? ¡Entonces no has de reconocer siquiera la gloria de los Evangelios, supongo! ¡De las enseñanzas del Salvador!

—Los genios se salvan a sí mismos.

—¿Es así? ¿Y qué hay de Dios el Señor? ¿Crees siquiera en Dios, Hombre de Lata?

—En el principio fue el dólar, y el dólar era con Dios, y el dólar *era* Dios.

Desconcierto en la capilla. Los labios del predicador tiemblan cuando se dirige a la congregación.

—¿Oyeron eso, hermanos y hermanas? ¡Sacrilegio! ¡"El dólar era Dios"! —y al droide—: ¿Esto es en verdad lo que se te ha enseñado, Hombre de Lata? ¿A servir a Mammon en vez de a Dios?

—No se puede servir a Dios y a Mammon.

—¡Ah, al menos eso sí lo sabes! —dice el predicador—. Así pues, ¿qué cosa en el mundo, en éste o en el otro, quieres de nosotros? ¿Qué razón puedes tener para venir aquí con nosotros?

—Sólo quiero ayuda, señor, y seguiré mi camino.

—¿Y qué entiendes tú por ayuda? ¡Una bolsa con monedas de plata, supongo!

—Quiero una bolsa de azúcar, si es tan bueno como para dármela.

—Azúcar, sí, y otras cosas decadentes, supongo.

—Una botella de alcohol, señor… también se lo agradecería.

—¡Alcohol! ¿Realmente crees que tenemos alcohol aquí, Hombre de Lata?

—Me parece difícil de creer que no lo tenga, señor.

—¿Y por qué? ¿Qué crees exactamente que somos?

—En este momento, señor, creo que son mentirosos inútiles. Me han negado ayuda con mi vehículo. Dicen no tener cargadores de baterías. Y ahora afirman que no tienen alcohol.

El predicador se ha puesto rojo como un tomate. No puede creerlo. Los hombres y mujeres de su congregación se están agrupando.

—¿Somos inútiles, dices? ¿Y mentirosos? —se forma espuma en las comisuras de la boca del predicador—. Tú, ¡una imagen tallada hecha de cables y plástico!, ¿te atreves a entrar en la Casa del Señor y ponernos nombres que son más propios de los demonios? ¡Vete de aquí, Hombre de Lata!

El droide, sin embargo, se muestra desafiante:

—No me moveré, señor, hasta que obtenga lo que requiero. Tengo urgente necesidad de combustible y suministros. Confío en que atienda pronto esta solicitud, o sólo usted será responsable de las consecuencias.

—¿Ah, sí? ¿Ah, sí? ¿Y cuáles son esas consecuencias de las que hablas tan alegremente?

El androide voltea hacia el rebaño.

—Mataré a todos aquí, señor. Los aplastaré, los ahogaré, los desmembraré —y al predicador—: En cuanto a usted, pasaré su propia lengua por su ano y la haré lamer la parte trasera de sus huevos. Pero todo depende de usted, señor, pues aún tiene la opción de probarse como una mercancía productiva.

Hay gritos de alarma en la congregación, y gente que se cubre, aterrorizada. El mismo predicador ha dado un paso atrás. Los otros ancianos, todos barbados, se reúnen en corro. El droide, entretanto, sigue de pie ante el altar, imperioso, escuchando sus murmullos cautos y frenéticos. Es como si no creyeran en realidad que puede escucharlos.

—... ¿Es él el elegido...?

—... el mensajero...

—... hijo de la perdición...

—... el mismo Anticristo...

—... concuerda con las predicciones...

—... blasfema contra Dios...

—... habla con arrogancia...

—... no muestra respeto por la religión...

—... encaja casi perfectamente con la profecía...

—... hay que preguntarle...

—... pero ha nacido de la mentira...

—... nunca lo admitirá...

—... preguntar de todas maneras...

—... preguntarle por los signos...

El predicador se endereza, se humedece los labios y se dirige al androide:

—¿Estás preparado para revelar tu identidad, Hombre de Lata?

—Soy el Mago, señor, como le dije a los otros hombres.

—¿Pero cuál es tu nombre?

—Tengo muchos nombres, señor.

—¿Rechazas a Dios y a todos sus santos?

—Yo soy mi *propio* dios, señor.

—¡Segunda Epístola a los Tesalonicenses dos, versículo cuatro! —sisea uno de los ancianos.

El predicador asiente, tragando saliva.

—¿Niegas que Jesús es el Mesías?

—No puedo negar lo que no sé, señor.

—¿Y estás aquí para cambiar las leyes?

—Yo no violo las leyes, señor. Violo *La Ley*.

—¿No respondes a ninguna autoridad terrenal?

—Soy un líder, señor, no un seguidor.

—¿Has sometido a los reyes?

—Voy a someter al Rey, señor. Voy a *ser* el Rey.

—¿Te da fuerza el Demonio?

—Me dan fuerza seis baterías con combustible de alcohol y glucosa.

—¿Y qué significa para ti el número seiscientos sesenta y seis?

—¿Seiscientos sesenta y seis? —el droide recuerda una imagen de su pasado sin borrar—. Es una luz destellante, señor.

—¿Sí? ¿Qué clase de luz?

—Encima de un casino.

—Un casino, sí. ¿Un casino en Pecado?

—No sé dónde está ese casino, señor.

—¿Vienes de Pecado?

—*Voy* a Pecado, señor.

—¿Tienes pequeños cuernos en tu cabeza?

—No, señor. ¿Usted?

—¿Tienes alguna herida en la cabeza, entonces?

—Tengo una mella en la cabeza, señor, donde me golpeó un hombre agresivo extraño.

Más voces de asombro de los ancianos.

—¡Apocalipsis trece, versículo tres! ¡Herida de muerte, pero la herida mortal fue sanada!

—¿Y quién era ese hombre agresivo del que hablas?

—No sé su nombre, pero tenía una paloma en el pecho.

En ese momento los ancianos vuelven a conferenciar frenéticamente entre ellos:

—... ¡una paloma en el pecho!

—... ¡sólo puede ser el Redentor!

—... ¡ha estado en batalla con el Señor!

—... ¡es un hijo del Apocalipsis!

—... viene del Pecado y regresa al Pecado...

—... niega la divinidad de Cristo...

—... la decadencia le da poder...

—¿Pero hay portentos que hayan acompañado su llegada? —pregunta uno de ellos.

—¿Signos en los cielos?

Uno de los ancianos abre la boca, asombrado.

—¡El eclipse de sol! —grita—. ¡El eclipse de sol! ¡Llegará pronto! ¿No habló de él el del servicio postal?

El horror cae sobre los ancianos, sobre todo el complejo, cuando las sospechas se convierten en certidumbres. El resto del rebaño se ha apiñado ahora hasta la parte trasera de la capilla. Algunos se abrazan, otros lloran. Las velas eléctricas siguen parpadeando. Y el androide, que lo observa todo, entiende que él es la causa de esta consternación. Oye a los ancianos murmurar sobre qué hacer con él. Algunos parecen convencidos de que es el Anticristo. Otros dicen que es un agente del Rapto, enviado a matarlos. Un anciano está persuadido de que sólo es un robot descompuesto, y ruega a los otros que no caigan en falsas suposiciones. Pero los otros señalan los muchos signos que se reúnen, y preguntan con qué derecho pueden negar la palabra del Señor, que en Su sabiduría ha permitido que un demonio vengador los encontrara, porque todas las cosas son como el Señor las ha decretado y todo lo que se ha hecho es lo que debía haberse hecho...

Pero el droide, que ya no sonríe, se ha hartado de esta cháchara inútil: este perder el tiempo, este asentir y murmurar, este debate interminable, esta indecisión debilitante. Es hora de que se enoje mucho. Y bien. A veces es la única forma de obtener resultados.

—¿Ya llegaron a una maldita decisión? —grita de pronto, sobresaltando a los raptianos una vez más—. ¡Dios mío! ¿No pueden hacer nada bien? ¿Y a tiempo? ¿Y dentro del presupuesto? ¡Inútiles, pedazos de mierda galáctica!

37

Aunque Justus no es religioso, tiene un código de ética que en ciertos sentidos es más estricto que cualquier teología tradicional. Sin su observancia, sabe que hasta él es vulnerable a la corrosión moral. Porque el mundo es corrupto. Siempre ha sido corrupto. Y si alguna vez necesita un recordatorio de esto, sólo tiene que buscar la hoja impresa, distribuida a los estudiantes de la Academia de Policía de Reno, Nevada, con tres citas históricas.

La primera: *Debo confesar, cuando pongo la vista sobre este mundo, que no puedo evitar pensar que Dios lo ha abandonado a algún ser maligno. Rara vez he conocido una ciudad que no deseara la destrucción de su ciudad vecina, ni una familia que no deseara exterminar a alguna otra familia. Los pobres en todas partes del mundo albergan un odio inveterado hacia los ricos, incluso cuando se arrastran delante de ellos; y los ricos, a su vez, tratan a los pobres como ovejas, cuya lana y carne venden por dinero.*

La segunda cita: *En estos días todo está completamente de cabeza. La decencia está asociada con el fracaso, la honestidad es severamente perjudicial para el éxito, y ambiciones modestas, hábitos temerosos de Dios, son un signo de mal juicio, porque en estos días sólo se puede lograr una vida razonable mediante estándares morales relajados y flagrante conducta criminal. Hombres definidos por un molesto hábito de mentir, vulgaridad rampante, ignorancia excepcional, despreciable debilidad mental, creencias perversas, mal carácter e insolencia... estos hombres disfrutan la mejor de las fortunas, obtienen el poder del león y ganan las mejores recompensas, son tratados con la mayor consideración y detentan la más elevada autoridad.*

Y la tercera: *Los significados de las palabras eran cambiados a voluntad. La audacia imprudente era llamada valentía; la prudente vacilación, cobardía engañosa; la moderación era una máscara de la falta de hombría; y buscar comprender todos los aspectos de una cuestión no era más que indecisión. La violencia frenética se volvía un atributo del valor; la manipulación se convertía en un medio justificable de defensa propia; las medidas extremas eran siempre de fiar, y toda oposición era profundamente sospechosa.*

Cuando las leyó por primera vez, Justus, como el resto de la clase, supuso que eran relativamente recientes: cuando mucho, del siglo XIX. Así que quedó tan sorprendido como los demás cuando se les dijo su procedencia.

La primera cita era del *Cándido* de Voltaire, publicado en 1759.

La segunda era de al-Jahiz, un filósofo de Bagdad del siglo IX.

Y la tercera fue escrita por Tucídides, quien vivió en el siglo V a. C.

Justus siempre ha considerado esa página como una especie de recuerdo valioso: una fuente paradójica de inspiración y de fuerza, y un recordatorio de que él es sólo un soldado en una batalla interminable. Y realmente desearía tenerla ahora con él. Porque es claro, después de haber escuchado a Kalganov en el Revelación, que está lidiando con crímenes de altura histórica. Y es aún más claro, por los esfuerzos inadecuados y por el precario cumplimiento de su equipo de investigación, que la policía local ya no desea molestarse ni siquiera en fingir.

Se pregunta si tendrá que hacer solo toda la investigación. Si hay una sola persona en la que pueda confiar... incluyendo a Grigory Kalganov. Y una vez más sus pensamientos se desplazan hacia la sabiduría de su profesora en la Academia de

Policía de Reno, una mujer tan incorruptible que, ella misma lo admitía, había sido relegada a dar clases sólo para mantenerla lejos del frente. Justus, en quien ella vio algo parecido a un espíritu afín, aún guarda una copia del discurso de despedida que ella pronunció al salir de la Academia.

Si hay una cosa en que los filósofos, de Platón a Kant a Hobbes y a Locke, están de acuerdo, es en la verdad, evidente por sí misma, de que un mundo sin una brújula moral, una sociedad que se dedica exclusivamente al beneficio personal, es una sociedad que rápidamente desciende al barbarismo y al caos. Por lo tanto, para que las civilizaciones puedan perdurar es esencial que una mayoría de sus habitantes se comprometan bajo la obediencia de inflexibles principios morales. Y si parece que cada era tiene espacio para celebridades criminales, truhanes famosos, hombres de negocios psicóticamente codiciosos y políticos sin escrúpulos, junto con toda la injusticia, opresión, mendacidad e hipocresía que los acompaña, entonces es el deber de quienes se dedican a la procuración de la justicia hacer tan difícil y desagradable como sea posible *la vida para esos sinvergüenzas. Esto, en efecto, es el deber sagrado de un policía: cazar y perseguir a quienes hacen el mal no por un placer sádico, sino simplemente para dar validez a un axioma muy vapuleado: que* el crimen no paga. *Porque no puede permitirse que lo haga. Y no puede* verse *que lo haga. Porque si paga, y si sigue haciéndolo durante un periodo prolongado, entonces no es sólo el castillo de naipes el que va a caer, sino que los cielos mismos nos aplastarán entre nubes de sangre y polvo de estrellas.*

La puerta se abre con un rechinido. Es el jefe Buchanan, que asoma al interior de su oficina su cara brillante y grande como una luna.

—Teniente —dice—, ¿tiene un minuto?

—Claro —dice Justus.

Está a punto de levantarse, suponiendo que el teniente desea hablar en su propia oficina, pero Buchanan empieza a meter su cuerpo en el interior de la de Justus, con una expresión sonriente y agradable que apesta a bonhomía fingida. Justus vuelve a su asiento y le ofrece la otra silla —no es que sea adecuada—, pero Buchanan prefiere caminar de un lado a otro delante de las persianas, metiendo la mano repetidamente dentro de una bolsa de frituras color naranja fluorescente llamadas Mexiglows®. Y Justus ve de inmediato cómo una reunión fuera de su zona de confort no es un desafío para un hombre del tamaño de Buchanan, que domina cualquier espacio en que se encuentre.

—Mire, teniente, no le quiero dar una idea equivocada —*chom, chom, chom*—. Sé que ayer se vio mal, pero como dije, los muchachos tienen una especie de reacción natural cuando ven un festín de sangre como aquél. Es como "Carajo, alguien tiene que pagar por meternos en esta mierda". Y entonces este chico aparece matando sospechosos, y es como si fuera la primera rata que apareció después de la Peste Negra. En todo caso, usted no vio cómo se estaba alborotando... Si no lo hubiéramos bajado cuando lo hicimos podría haber matado a alguien con el poste ese que traía. Ya ha sucedido antes. ¿Sabía que el mierda ese se había metido polvo de ángel?

—El reporte decía que eran anfetaminas.

—Sí, bueno, llegó otro reporte. Tenía rastros de PCP bajo sus uñas y por toda la ropa. También traía dragón lunar. Quién sabe cómo seguía vivo el cabrón. A lo mejor le hicimos un favor, porque igual se iba a morir, pero más despacio.

Chom, chom, chom.

—¿Alguna indicación de dónde obtenía sus suministros?

—Ni idea. Pero usted no conoce a la clase de adictos con los que tratamos a diario aquí en Pecado. Son cien veces peores que cualquiera en la Pelota Azul. Esas cosas lo vuelven a uno al revés. Y una vez que se engancha ya no se sabe de qué color es la propia caca. Así que cuando alguien en un callejón promete unos gramos de PCP a cambio de matar a alguien, la gente va y lo hace como si fuera un muñequito de cuerda. Si lo logran, ganan un par de viajes más. Si no, nadie los va a extrañar. Este cabeza de mierda, por ejemplo... era sólo otro chico drogadicto de la Tierra buscando un pasaporte. Estuvo viviendo durante tres años en el sistema de ventilación… No tenía familia o amigos, ni un solo centavo a su nombre.

—Suena a que lo eligieron bien.

—Sí, bueno, exactamente de eso he venido a hablarle. De quién está detrás de toda esta mierda.

—¿Quiere decir que lo sabe? —pregunta Justus.

—No, no sé —Buchanan se ve, brevemente, molesto—. Aún estoy confiando en que usted lo averigüe. Todos nosotros. Pero sé un poco de Kit Zachary y por qué podría haber muerto. No es algo que esté preparado para decir delante los otros, pero pensé que podría interesarle a usted, ¿no?

Justus se yergue en su silla.

—Por supuesto.

Buchanan se echa tantos Mexiglows® en la boca que tiene que tragar un par de veces antes de continuar.

—La cosa es así. Kit Zachary era el mayor constructor de la ciudad, eso no es un secreto. Coordinó la mayoría de las obras públicas ordenadas por Bonita Brass. Tampoco es un secreto. Pero lo que usted no sabe es esto: aparte se estaba cogiendo a Bonita. Eran amantes. Bonita tiene un complejo con las figuras paternas… siempre lo ha tenido, o no estaría aquí siquiera. No es importante, no es asunto nuestro, dirá usted… y tendría razón hasta cierto punto. Y ese punto es cuando Bonita empezó a cogerse también al hijo de Kit Zachary. Usted podría ver a esa perra y pensar que no rompe un plato. ¿No? Pues déjeme decirle que la perra esa tiene la vagina como una caverna. Se ha tirado todo lo que se mueve en Pecado, hombres y mujeres y todo lo demás. Hasta a su robot, Leonardo Brownnose…* también se lo ha cogido. Y cuando saca la basura, realmente la saca. Kit Zachary pensó que conocía un par de cosas sobre mujeres —y no vaya a pensar que era un

---

* El término *brown nose* (literalmente "nariz café") se refiere a las personas que se rebajan de manera indigna ante sus superiores —que figuradamente meten la nariz en el trasero sucio de alguien— para ascender. *(N. de los T.)*

monaguillo—, pero esto no lo vio venir. Pensó que tenía dominada a la perra. Pero *nadie* domina a Bonita Brass. Ése era el problema con Kit: siempre se sobreestimaba. Y a su modo era bueno. Pero no era rival para la señorita Bonita. ¿Se sabe aquel dicho: "No juegues al ajedrez, juega a la gente"? Lo podrían haber escrito para ella. Ella es el más taimado saco de mierda en la Luna o en cualquier otra parte. Tiene sangre de serpiente. Así que cuando ella termina con Kit Zachary, ya no hay marcha atrás. El hombre ya era comida de gusanos aunque no lo supiera. Empieza a metérsela a putas baratas, pensando que es una especie de venganza, pero lo que no entiende es que sólo se la está haciendo más fácil. Es más fácil para ella colgarle el asesinato a drogadictos, putas de crack, gángsteres, terroristas… lo que sea. Y ahora vea dónde estamos —*chom, chom, chom.*

Justus apenas puede creerlo.

—Lo siento, jefe —dice—, pero ¿le entendí correctamente? ¿Le acaba de echar la culpa a Bonita Brass de la muerte de Kit Zachary?

—No le echo la culpa a nadie. Ése es trabajo de usted.

—Pero usted me acaba de informar que ella es quien está detrás del crimen.

—Todo lo que hice fue informarle cómo es ella. Con los hombres. A usted parece costarle trabajo metérselo en la cabeza.

—¿Y exactamente por qué es su vida amorosa importante para la investigación?

—¿Por qué? Porque le estoy advirtiendo, eso es todo.

—¿Me está *advirtiendo*?

—Sí. Le estoy *advirtiendo*… que tenga cuidado con esa perra. Le va a hacer ojitos. Va a actuar como una damisela en dificultades. Y antes de que se dé cuenta, usted va a estar comiendo su caca como si fuera helado. Le advertí ayer que no la fuera a ver, y ahora lo volvió a hacer. La visitó anoche. Así que se lo digo diciendo. Tengo que hacerlo, por su propio bien. No se le *acerque*. Tiene poderes. Es una maldita bruja.

—Estoy consciente de los poderes de la gente.

—¿Seguro?

La expresión de Buchanan sugiere que sabe más de lo que está diciendo... tal vez sabe incluso de la mirada que Bonita compartió con Justus... Pero Justus se dice que eso es imposible.

—Su asociación con la víctima hacía inevitable una reunión con ella —dice Justus con frialdad—. Tenía mucho que preguntarle.

—¿Preguntas como si ella lo trajo a Purgatorio?

Ahora Justus frunce el ceño.

—¿Qué significa eso?

Buchanan se mete varias Mexiglows® más en la boca.

—Mire, no se ponga loco por nada. Pero dicen que usted consiguió el registro de inmigración. Que estaba buscando quién firmó su nombramiento.

—¿Qué hay con eso?

—Pues la señorita Bonita le dio la lista, según supe.

—Así es.

—Pues yo tendría mucho cuidado de creer cualquier cosa que le haya dado aquella furcia. Cualquier cosa dicha, cualquier cosa en papel... créame. Está contaminada.

—Lo tendré en cuenta.

—Será mejor que sí, teniente... por su bien y por el nuestro —*chom, chom, chom*—. Y otra cosa... Al parecer se le ocurrió llamar al Laboratorio Brass de Robótica en el Cráter Seidel anoche.

Justus se queda helado. Mientras examinaba las listas de inmigración encontró una anomalía: tres expertos en robótica habían recibido visas sin ninguna autorización aparente. Cuando hizo más averiguaciones, se le dijo que era porque los hombres no iban a residir oficialmente en Pecado: harían trabajo especializado en el laboratorio de robótica de Santa Helena. Y él había tratado de llamarlos, sólo para descubrir que la línea de comunicación de la Cara Oscura estaba caída, y lo había estado durante días. Tenía algo que ver con una prominencia solar.

—Supuestamente ésa era una llamada privada —dice.

—¿Privada? ¿Por qué?

—Porque no sabía que me estaban escuchando.

—Y luego, cuando no pudo entrar directamente, llamó del otro modo: al conmutador de Peary y de allí al Polo Sur.

—De nueva cuenta, ésa era supuestamente una llamada privada.

—Allá habló con alguien... algún tipo que conoce en la Autoridad Portuaria de Malapert. Le pidió ir a visitar el laboratorio y echar un vistazo.

—Supongo que sí.

—¿Por qué?

—¿Me está diciendo que no escuchó también el resto de la conversación?

—Sólo quiero escucharlo de usted en persona.

—¿Hay alguna diferencia?

—Quiero estar seguro de que no nos oculta nada.

—Pensé que estaba al mando de la investigación.

—Y está al mando. Pero no es sólo *su* investigación. ¿O sí? ¿Así es como hacía las cosas en la Tierra? ¿Se guardaba para usted solo las pistas importantes?

—Claro que no. Pero según usted, no es importante.

—De un modo u otro se va a tener que explicar, teniente. ¿Expertos en robótica? ¿De qué se trata esto?

—Es un cabo suelto.

—Es un callejón sin salida. ¿Le puso Bonita alguna idea loca en la cabeza?

—Esto no tiene nada que ver con Bonita Brass.

—No cree realmente que un robot tenga nada que ver con las muertes, ¿no? ¿Sólo porque no hay ADN?

—Si sus hombres tienen algo mejor, me encantaría oírlo. De hecho me encantaría escuchar cualquier cosa de ellos.

—¿Es una especie de insulto? ¿A su propio equipo de investigación?

—Llámelo pensamiento esperanzado.

—Ah, ¿sí? Bueno, si anda por ahí persiguiendo robots, no espere mucha ayuda de ellos. Tan estúpidos no son.

—Si realmente cree que soy estúpido —dice Justus—, entonces encuentre a alguien más competente para encabezar la investigación. De hecho, ¿por qué la encabezo?

Buchanan lo mira durante un segundo, como si revisara todas las respuestas posibles, y luego se echa a reír. Se echa otra fritura de maíz en la boca y Justus ve que la lengua se le ha puesto brillante y anaranjada.

—¡Puta madre! ¡Qué sensible! ¿Nunca tuvo a ningún jefe que le masticara el trasero? Pues acostúmbrese. Así hacemos las cosas en Purgatorio. Nos jodemos unos a otros, tomamos atajos, fastidiamos a la gente, le disparamos a los malos, no respondemos a nadie y ¿qué cree? Hacemos el trabajo. Lo hacemos mejor que cualquier fuerza policiaca de la Tierra. Y sí, sabemos bien que los avispones de acá nos odian y no confían en nosotros. ¿Pero qué esperaba? Son la escoria de la tierra. Literalmente. Por eso están aquí. Así que no se muera sólo porque unos pocos policías no quieren escribir todo con letra bonita y siguiendo el renglón igual que usted. Sólo pueden fingir que son lo que no son por cierto tiempo. Y en Purgatorio trabajamos más por instinto que por procedimiento. ¿Y qué? No quiere decir que estemos mal. Y seguro no significa que seamos malos. No importa lo que haya oído o leído, teniente.

Justus no está exactamente desarmado, pero Buchanan ha hablado con tal sinceridad que se pregunta, brevemente, si su juicio no ha sido demasiado severo. Después de todo, apenas puede negar que algunos de los policías más honestos e incorruptibles que ha encontrado eran perezosos, mientras que algunos de los más corruptos y taimados eran fanáticos del procedimiento. Y tampoco puede negar la posibilidad de que todo lo que Buchanan ha dicho de Bonita, a pesar de lo pintoresco de su lenguaje, sea esencialmente cierto.

Buchanan parece sentir cómo Justus se ablanda y se ríe por lo bajo, mientras se acerca a la puerta.

—En todo caso, piénselo. No persiga sombras. Y recuerde que siempre estoy listo para platicar. Todos lo estamos. Puede confiar en nosotros. Debería hacerlo. ¿Va a venir a mi parrillada, por cierto?

—¿Sigue en pie?

—A menos que pase algo terrible.

—Dios no lo quiera.

Buchanan está con un pie afuera cuando recuerda algo.

—Ah, por cierto, ¿cómo está el tobillo?

—Arreglado. Encontré una especie de aerosol curativo en una farmacia...

—¿Niebla Milagro del Doctor Mesías?

—Sí.

—Esa cosa es increíble. He conocido tipos con dolores de espalda, de articulaciones, tendones torcidos... cualquier cosa. Una rociada de eso y problema resuelto en segundos. Demasiado bueno para usarlo en la Tierra, eso sí... Serios efectos secundarios o algo así. El único efecto que yo veo es que libra a la gente de su dolor. Y eso no lo pueden permitir en la Tierra, ¿verdad?

—Supongo que no.

Buchanan está cerrando la puerta cuando recuerda algo más.

—Ah, otra cosa —dice—. ¿Recuerda al ruso, al que mandó al Hotel Revelación? ¿Kalganov?

A Justus le da un escalofrío. Mandó a Kalganov a inspeccionar de cerca el lugar de Bonita.

—¿Qué hay con él?

—Malas noticias. El idiota se mató. Hace un par de horas en Ishtar. Una tonelada de ladrillos de una construcción le cayó encima y le aplastó la cabeza. Muerte instantánea. Esas porquerías pasan.

Buchanan cierra despacio la puerta y se aleja, estrujando el paquete vacío de frituras.

38

Tuân Ngô es un lunático. Y un mensajero. Cuando estaba
en Vietnam conducía camiones refrigerados por todo el
país para la Compañía de Postres Hai Ha. Entregaba barras de
chocolate, obleas de crema, paletas y helado en el calor más
asfixiante, si había monzón, incluso si había tifones. Tan sólo
esto, considerando el estado de las carreteras sobrepobladas
de aquel país, podría haber colocado a Tuân Ngô en la cla-
sificación de lunático. Pero Ngô es también un cleptómano.
Y para satisfacer esa necesidad peculiar hacía buen uso de su
trabajo: podía robar objetos de valor en bares, hoteles, merca-
dos, tiendas locales, esconderlos en la parte baja de su camión
y estar a trescientos kilómetros de distancia para el anoche-
cer. Era tan efectivo que empezó a ganar tanto de este negocio adicional como de conducir el camión, y acabó con tanta
mercancía en su casa que tuvo que construir una extensión
para almacenarla. Pero no se estaba deshaciendo de los bienes
con la debida velocidad: no en las calles, ni en los bares, ni en
línea. Empezó a volverse peligroso. En especial cuando él comenzó a presumir sus hazañas, y de hecho a invitar a posibles
clientes, extraños ¡y hasta turistas! a ver su cueva de Aladino.
Era como si *quisiera* que lo capturaran. Y tal vez sí quería.

Entonces su casa en Huê se quemó, mientras él estaba en

Phan Hiêt, a 650 kilómetros de distancia. No hubo nada sospechoso en ello —a la casa le cayó un rayo—, pero no pudo hacer nada para evitar que su pequeño bazar quedara a la vista de la policía por primera vez. Así que cuando recibió el pitazo, de un amigo leal de borracheras de Huê, decidió no arriesgarse. De hecho, como muchos que pasan su vida cortejando al peligro, Ngô había estado buscando por años un cambio dramático en su vida. O al menos una razón para volver al cambio inevitable. Y como un ladrón, un estafador, un falsificador e incluso un asesino —de al menos un tendero entrometido y de una anciana a la que había atropellado con su camión— Ngô había decidido desde mucho antes que la ciudad de Pecado era donde realmente debía vivir.

El viaje de Ngô a la Cara Oscura fue una aventura en sí mismo. En aquel momento la industria cárnica australiana estaba mandando contenedores llenos de bistec a la Luna por medio del impulsor de masa de Darwin Harbor. Y por un precio elevadísimo, del que sólo un ladrón bien provisto de dinero podía permitirse, ciertos operadores siniestros estaban preparados para meter pasajeros humanos entre la carne. Sin embargo, para poder sobrevivir a la refrigeración y las aplastantes aceleraciones, estos polizones debían primero ser drenados de toda su sangre, recibir inyecciones de preservadores de órganos y soluciones crioprotectoras, y vitrificados en nitrógeno líquido a -195° C. Para todo propósito práctico, quedarían temporalmente muertos. Era un gran acto de fe poner la propia vida en manos de empacadores de carne de dudosa reputación. Pero eso fue lo que Tuân Ngô hizo. Eso hicieron muchos fugitivos. Por un costo promedio de medio millón de dólares australianos.

Los empacadores tenían un arreglo con algunos operarios igualmente deshonestos de Pecado. Cuando un cuerpo humano llegaba a Purgatorio era llevado de contrabando al distrito médico de Marduk, donde un médico lo devolvía a la vida, empleando cantidades empacadas previamente de la propia sangre del cliente, y lo mantenía vigilado por unos días. Luego, una vez que eran capaces de moverse, los "ilegales" eran libres de disolverse en la población general, suponiendo que pudiesen escapar de la mirada del Departamento de Migración de Purgatorio y del DPP. Fue de este modo que al menos treinta y cinco criminales adinerados —más o menos; hubo algunas bajas— logró entrar en Purgatorio sin tener que pasar por los procedimientos usuales de admisión.

Pero nada bueno dura para siempre. Cuando Ngô se despidió de los ahorros de toda su vida no estaba enterado de que la parte de Purgatorio de la operación de tráfico de personas acababa de cerrar. Un asesino de alto precio había sido introducido como paleta helada y, tras ser revivido, había eliminado exitosamente a uno de los más famosos residentes del territorio: un agente neoyorquino de bienes raíces que había sobornado para que los cirujanos echaran a perder la operación de un rival. En el operativo policial, los contrabandistas y doctores responsables fueron ejecutados sumariamente.

Pero los contrabandistas australianos no se habían rendido del todo: habían hecho un pacto igual de turbio que el anterior con algunos trabajadores en la Base Peary, a la que los contenedores llegaban primero. Así que cuando Tuân Ngô volvió a la vida no fue en Pecado, que era por lo que había pagado, sino en un cuarto improvisado de hospital en el barrio más sórdido del Polo Norte lunar. Él se indignó mucho, por supuesto —cuando recobró el sentido lo suficiente como para entender lo que había pasado—, pero pronto se le señaló que tenía mucha suerte de, al menos, haber sido revivido. La enfermera que había llevado a cabo el procedimiento, siguiendo instrucciones médicas contrabandeadas desde Purgatorio, se arriesgaba a una larga condena en prisión. Y, a decir verdad, la indignación de Ngô resultó no ser rival de su emoción, ante el pensamiento de que estaba vivo otra vez, y muy lejos de la Tierra.

Hizo algunos intentos por conseguir la residencia en Purgatorio, pero siempre lo rechazaron. Ninguno de sus crímenes había quedado asentado oficialmente en los registros vietna-mitas. Y en realidad estaba descubriendo que la vida en la Base Peary era un sustituto adecuado: una versión de bajo presupuesto del reino de Brass, por así decir, llena de rufianes codiciosos, putas dispuestas a todo y una lista de pícaros y estafadores sin la notoriedad suficiente para vivir en Pecado. Se consiguió un pasaporte falso, aunque en realidad nadie estaba pidiendo su extradición. Así que decidió quedarse en la Luna con el nuevo nombre de Johnny D-Tox. Consiguió trabajo como transportador de carga en largas distancias, no muy distinto del que había tenido en la Tierra, y con el tiempo se convirtió en un mensajero.

Y eso es lo que hace ahora. Está al volante de la misma camioneta postal —un VLTV pintado de rojo con un remolque detrás— en la que ha recorrido el hemisferio norte de la Cara Oscura durante casi seis años. Como Jean-Pierre Plaisance, ha llegado a amar a su vehículo como a una mascota. Como Plaisance, ha llegado a verse a sí mismo como un aventurero, un pionero, un hombre que conoce su territorio mejor que nadie. Pero al contrario de Plaisance, no ha sucumbido al cáncer todavía. Se hace pruebas regularmente y toma todos los medicamentos preventivos adecuados. Su camioneta está bien escudada y equipada con los medidores más avanzados. Además, él conoce la localización de todos los refugios antirradiación y no corre ningún riesgo. Planea vivir todavía muchas décadas.

Ngô ha pasado las últimas veinticuatro horas haciendo entregas en lo que se conoce como el cuadrante 45B: un área entre los paralelos 30 y 45 de más o menos el tamaño de Irak. Ha entregado instrumentos de precisión a astrónomos en el Cráter Tesla, productos perecederos para cartógrafos noruegos en la Base Nusl y tanques de oxígeno a exploradores bávaros en el Cráter Kurchatov. Fue en este último hábitat donde Ngô se quedó más allá de su horario, disfrutando la hospitalidad alpina, tomando *Weissbier* y haciendo reír atronadoramente a los exploradores al intentar bailar la *Schuplatter*. Incluso, cuando do sus anfitriones no estaban mirando, se robó un poco de papel membretado sólo por el gusto.

Como mensajero, incluso más que como transportista de dulces, Ngô disfruta de numerosas oportunidades de satisfacer su cleptomanía. A veces abre paquetes postales y saca cosas que no serán echadas de menos. Cambia objetos valiosos por versiones más baratas o copias rudimentarias hechas con impresora 3D. Y cuando visita hábitats, como en la base de los bávaros, simplemente se guarda algunos objetos sueltos en un compartimiento oculto de su uniforme.

En este momento, Ngô, mientras conduce hacia la Nocturnidad, enciende los faros de su camioneta. Ha hecho entregas en total oscuridad muchas veces, pero prefiere evitarlas siempre que sea posible: la estadía demasiado prolongada en Kurchatov lo hizo retrasarse. Pero una vez que entregue los materiales de talla en la base raptiana, y suba a bordo sus iconos tallados a mano —que son el único modo que tiene la secta de ganar dinero para su suministro esencial de energía— regresará a la luz del sol tan rápido como pueda. Y de allí a la Base Peary, donde esperará a que suban el siguiente contenedor postal.

Ngô tiene una extraña afinidad con los raptianos. Tal vez por lo mucho que dependen de él, o por lo ingenuos que son. Después de que él saquea los paquetes que le han entregado —algunas de sus obras en madera se venden muy bien en el mercado negro—, siempre parecen aceptar sus retorcidas excusas. Extrañamente, parecen estar siempre disculpándose y por lo general insisten en darle algo de su sabroso pudín frito o un pay de melaza. Aunque también tratan de darle lecciones bíblicas —Ngô es nominalmente un budista, aunque hay algo de cristiano en su familia desde los tiempos de la colonia francesa— y él les sigue la corriente por cortesía. La última vez le hablaron de Jesús y el milagro de la resurrección. Ngô se contuvo de señalar que él también había resurgido de entre los muertos —y a los treinta y tres años, nada menos— porque en aquel momento no quería asustarlos.

Pero ahora ha decidido que va a decirles. Sólo para ver qué pasa. Podrían ofrecerle algo más de pay. O podrían decidir adorarlo. También, claro, podrían volverse locos. Podrían expulsarlo por sacrílego, o incluso tratar de matarlo. ¿Quién sabe? Pero piensa que vale la pena probar. Como mínimo, le dará una buena historia con la que divertir a los muchachos en Peary.

La cruz gigante está ahora a oscuras, y cuando los faros de la camioneta recorren la base, Ngô, para su gran sorpresa, nota que hay otra VLTV estacionada al lado. En todos sus años de hacer entregas, nunca ha visto que los raptianos tengan ningún otro visitante. Así que se desvía del camino y pasa al lado del vehículo estacionado, ajustando sus luces para echarle un vistazo más de cerca. Está en mal estado y no tiene identificación. Se pregunta si pertenece a algún equipo de exploración en busca de ayuda de emergencia: una posibilidad a la vez emocionante y desagradable. Como empleado postal, sería su deber llevarlos hasta la Base Peary si así se requiriera.

Sigue avanzando hacia la puerta del complejo. Para ahorrarle bajar de la camioneta, cuenta con un brazo mecánico extensible que acerca al tirador de campanilla para llamar a la puerta. Pero cuando jala de la cuerda no hay respuesta. La esclusa de aire no se abre. Esto es inusual. Los raptianos son ridículamente rápidos para responder, como si siempre esperaran con gran ansiedad su llegada. Ngô se pregunta si simplemente los han distraído sus misteriosos visitantes. Otra vez tira de la cuerda. Otra vez nada.

Así que mueve la camioneta hasta ponerla delante de la puerta. Con sus luces encendidas, la luz alcanza para ver a través de las ventanas de la esclusa. Y lo que Ngô distingue ahora es alguien dentro, mirándolo desde más allá de la segunda puerta. No puede distinguirlo claramente —el resplandor lunar ha arruinado sus ojos de por sí débiles—, pero hace destellar sus luces varias veces. La cara en la ventana desaparece. Y la puerta exterior empieza a subir, más rápido de lo que Ngô ha visto nunca.

Con la esclusa totalmente abierta, él echa para atrás la camioneta, hace entrar el remolque en ella y lo suelta. Luego hace girar la camioneta y otra vez hace destellar las luces. Tarda mucho, pero al fin el hombre en el interior parece comprender: no hay suficiente espacio para que la camioneta y el remolque entren al mismo tiempo. El remolque, con sus preciosos suministros, tendrá que ir primero.

Mientras espera su propio turno, Ngô se siente cada vez más desconfiado. Esto sale de lo ordinario. Se pregunta brevemente si los raptianos han sido tomados como rehenes o algo así. ¿O qué tal si se han enfermado? ¿Qué tal si la otra camioneta está en una misión de rescate? Pero en ese caso, ¿por qué lo están dejando entrar? ¿Por qué no le indican que se vaya o le comunican el peligro de alguna otra forma? ¿Por qué no...?

Pero ahora la puerta exterior se levanta otra vez. De nuevo, muy rápidamente. Ngô conduce al interior de la esclusa, con más curiosidad que nunca y extrañamente emocionado. Porque las circunstancias inusuales ofrecen al menos la posibilidad de darse gusto con su pasatiempo favorito: las alteraciones y las distracciones son, después de todo, las mejores amigas del ladrón.

La cara aparece otra vez en la ventana interior. Es un hombre de cabello negro muy apuesto. Tiene la cara rasurada pero viste el uniforme raptiano estándar: chaleco de paño y camisa color violeta. Y sonríe, ampliamente. Tal vez es un recién llegado. Tal vez está encargado de la puerta mientras los demás celebran una fiesta.

Ngô hace destellar las luces otra vez y el hombre desaparece para abrir la puerta. Finalmente Ngô conduce al interior del área de carga, donde hay paquetes ya apilados para ser recogidos. Pero está más oscuro de lo normal y el guapo desconocido no se ve por ningún lado. De hecho, Ngô apenas puede ver nada. Verifica los medidores de presurización y luego abre las puertas de la camioneta.

Ahora está en el complejo, respirando su aire rancio. Pero aún no llega nadie a recibirlo. Mira a su alrededor.

—¿Hola? —dice. No hay respuesta—. ¿Hola?

Nada salvo el eco. Ngô considera únicamente meter los paquetes en su camioneta, reconectar el remolque y marcharse. Pero no puede abrir manualmente las dos puertas él solo. E investigar más es demasiado tentador.

Así que avanza al interior del complejo. Sólo unas pocas de las velas eléctricas están encendidas (los raptianos no usan fuego de verdad para no consumir oxígeno). En la pared, tallado en madera y apenas visible en la luz sepulcral, hay un versículo de la Biblia:

> *Pues tengo por cierto que las aflicciones del tiempo presente no son comparables con la gloria venidera que en nosotros ha de manifestarse.*
>
> Romanos 8:18

Y todo sigue en absoluto silencio. Ngô puede oír sus propios pasos. Llega a la capilla, el centro sagrado alrededor del que gira todo el día raptiano. El propio Ngô tuvo una vez el honor de que se le permitiera entrar. Era el Día de la Ascensión, y se le obligó a soportar una homilía de fuego y azufre contra la codicia humana. Pero ahora la cámara, decorada con algunas de las mejores esculturas de los raptianos, está totalmente a oscuras.

—¿Hola?

Sigue sin haber respuesta. Ngô siente, sin embargo, que hay alguien dentro, esperándolo. Su corazón late más aprisa. Se acerca a la pared y encuentra un interruptor de luz. Lo acciona. Y las velas se encienden.

Tuân Ngô lo ve todo. Sus ojos se agrandan. Y no es capaz de gritar.

La capilla entera está cubierta de cuerpos. Cuerpos desmembrados. Retorcidos, aplastados, desgarrados, destrozados. Cubren los bancos. Hay trozos colocados sobre el altar. Es como si un tornado, o una especie de fuerza maligna, hubiera barrido con el lugar. Ngô nunca ha visto nada igual, ni en sus peores pesadillas.

Da un paso atrás y su talón pisa algo suave. Mira hacia abajo y ve que está parado en la mano de un joven. Y el joven está completamente desnudo.

Entonces Ngô escucha un ruido. Se da la vuelta, con el corazón martillando en su pecho, y ve al hombre que lo dejó entrar: el hombre de pelo negro vestido como raptiano.

El hombre lleva ahora lo que parece un cuchillo de carnicero. Tiene un mango de nogal y una navaja como de treinta centímetros de largo. Y está sonriendo. Sonríe como un demente.

—¿Cuál es el sentido de ponerse en los zapatos de alguien más? —pregunta, con voz enloquecida—. ¡A menos de que sus zapatos sean mejores que los tuyos!

Ataca como si el machete fuera una guadaña y lo último que ve Ngô es su propio cuerpo, decapitado, derrumbándose al otro lado del cuarto.

39

Justus recuerda algo que Grigory Kalganov le dijo apenas horas antes: *No puedes ver tu sombra en un mundo de oscuridad.* Y ahora se le ocurre que él mismo se ha aventurado en un mundo similar, de forma completamente voluntaria. Al enfocarse obsesivamente en el trabajo que tenía delante, fue capaz de ignorar o al menos de marginar los peligros inmediatos.

Llama a Amity Powers, la coordinadora de vuelo de Fletcher Brass.

—¿De qué se trata? —pregunta ella, fríamente.

—Sólo quiero verificar el paradero del señor Brass —miente, suponiendo que Brass estará en la base de cohetes.

—El señor Brass está en Pecado en estos momentos.

—¿Dice usted que está en *Pecado*?

—Correcto.

Justus vacila.

—Pero pensé que estaba ocupado con los preparativos de su viaje a Marte.

—Fue a la ciudad por una urgencia.

—¿Cuál es exactamente?

—El señor Brass no me informó —dice Powers—. ¿Eso es todo lo que quiere saber, teniente?

—No del todo —Justus pasa rápidamente de algunas preguntas más, acerca de la fecha proyectada de lanzamiento y del estado general de la seguridad en el sitio, hasta llegar a lo que le interesa.

—Por cierto, ¿cuántos irán en el viaje?

—La *Prospector* tiene espacio para ocho personas.

—¿Quiénes, exactamente?

—¿Le puedo preguntar por qué quiere saber?

—Seguridad. Podría atentarse contra ellos, si es que no ha pasado ya.

Powers hace un ruido.

—Está el señor Brass, por supuesto. El comandante de la misión, Carter Tuchman. La geóloga Stephanie Chabadres. El astrofísico Renny Olafsen. El supervisor médico, doctor Oscar Shields. Su asistente, la enfermera Flash Bazoom. Y el ingeniero Bryce Schubert.

—Son siete.

—¿Perdón?

—Usted dijo que eran ocho.

—También está la unidad Leonardo.

—¿El androide?

—Así es.

—¿Que ha sido programado específicamente para el vuelo?

—De eso no sé, teniente. Le tendrá que preguntar a los roboticistas.

—Tal vez lo haga. Gracias. Muchas gracias.

Justus cuelga, preguntándose si después de todo ha estado perdiendo un tiempo valioso. El desprecio del jefe Buchanan a la posibilidad de que un robot estuviera involucrado lo hizo sospechar más al comienzo, pero ahora parece que el androide perdido tenía realmente un propósito científico. Así que Justus decide hacer a un lado el tema mientras lidia con otros asuntos apremiantes. Pero sólo ha terminado de arreglar una autopsia para Grigory Kalganov cuando Leonardo Grey aparece en la comandancia.

—El señor Brass —anuncia el droide— quiere verlo, señor.

Justus se pregunta si tiene algo que ver con su llamada telefónica.

—¿Y usted ha venido a escoltarme?

—Correcto.

—¿Y Brass está en Pecado en este momento?

—Correcto.

—¿En su palacio? ¿El Kasr?

—De hecho no, señor.

—¿Dónde entonces?

—Lo sabrá pronto, señor.

Justus no discute. Se une a Grey en el vehículo escolta, estupendamente equipado, y se deslizan por las calles de Pecado. Después de un rato la fachada del Kasr se acerca y ellos se abren camino entre las fuentes y las áreas verdes del Parque Procesional. Pero no se dirigen a la entrada principal. Ante la puerta de una entrada vehicular a unos doscientos metros al este, su auto es examinado por una multitud de aparatos de seguridad.

—Su arma —dice un guardia inexpresivo cuando Justus sale.

—Sólo es un inmovilizador.

—Su arma —vuelve a decir el hombre, y Justus entiende el mensaje. Se la entrega.

Grey lo lleva a través de un garaje lleno de antiguos automotores: un Ferrari, un Aston Martin, dos Jaguars y un Mercedes-Benz. Y Justus recuerda haber leído algo acerca del empeño de Brass en traer estos automóviles de colección hasta la Luna.

—Aquí no está libre de óxido —dice.

—¿Disculpe, señor?

—Me refiero a todo el oxígeno. ¿No deberían estar almacenados en el vacío?

—Estos vehículos están siendo probados por el señor Brass, señor.

—No se va a llevar uno a Marte, ¿o sí?

—De eso no estoy seguro, señor.

Justus sacude la cabeza y Grey lo guía hasta un elevador de latón y cromo.

—¿Vamos a llegar a ver a Brass?

—Así es, señor.

Cuando el elevador se detiene bruscamente —da la impresión de haber caído diez pisos—, Justus se prepara para otra demostración fulminante de bombardeo verbal. Tal vez será algo totalmente demente. Pero Brass —que está de pie en un área de recepción, vestido con un traje de sarga con rayas color latón, una corbata con rayas de latón y guantes de conducir hechos de piel de venado— rezuma encanto.

—Teniente Damien Justus —su agresividad de la base de cohetes ha desaparecido por completo; suena como si le estuviera hablando a un accionista crucial—. No se ve un día más viejo que cuando lo vi por última vez.

Un mal chiste. Pero Justus le responde de la misma manera:

—Se siente como un siglo.

—Así es Purgatorio. Cada día vivimos una vida entera —Brass le tiende su mano suavemente enguantada (a Justus le parece estrechar la mano de una gamuza) y le dedica su famosa sonrisa de tiburón.

—¿Tiene unos minutos?

—¿Por qué no?

—Entonces, por favor —dice Brass—, venga por aquí.

Extiende un brazo largo y delgado —no exactamente para tocar a Justus, más bien para empujarlo con fuerza magnética— así que antes de que Justus se dé cuenta se le está llevando al interior de una cámara cavernosa, que parece naturalmente excavada de la roca.

Justus sospecha que es un túnel de lava. Recuerda haber leído en una de las biografías que Brass ha oxigenado e iluminado algunos de ellos para el único propósito de llevar a cabo eventos deportivos clandestinos: pista y campo, paseos en tobogán, torneos de golf, cosas así. Pero no se puede imaginar por qué está aquí.

—Discúlpeme por haber perdido el control el día de ayer —dice Brass—. Los procedimientos de prueba son terriblemente extenuantes, y a mi edad pueden volver a un hombre muy irritable.

—Ni lo mencione.

—Creo que estaba un poco sorprendido, a decir verdad, de que usted no me mostrara la deferencia a la que estoy habituado. Estoy malacostumbrado, por supuesto... por toda la adulación y el servilismo que recibo de la escoria hipócrita de por aquí. Y cuando no recibí lo mismo de usted, debo admitir que me quedé un poco desconcertado. Estuve así hasta después, que medité en ello. Que llegué a respetarlo a usted por no acobardarse. Por ser lo bastante hombre para no morderse la lengua. Pero, claro, no debería haberme sorprendido. Me dijeron qué clase de persona era usted. Que hablaba derecho. Que tenía principios. Que era un detective tenaz. Es justo la razón por la que pensé que usted sería muy bueno para Purgatorio.

—Disculpe, señor Brass —dice Justus—, ¿está confirmando que fue usted quien autorizó mi entrada a Purgatorio?

—Claro que fui yo. Me dieron sus referencias —me las dio Otto Decker, de hecho—, pero sólo porque había estado buscando a alguien exactamente como usted. Alguien que pudiera ayudarme a sacudir al DPP. De hecho, es por eso que lo he guardado en secreto tanto tiempo, para que usted actuara libremente. Para que no revelara algo sin querer. Y estoy seguro de que no necesito decirle que su nombramiento ha sido muy efectivo hasta ahora... incluso si el DPP no lo sabe.

Está llevando a Justus por una curva mientras hablan: la galería se dobla y se agranda sin cesar, y Justus no puede evitar sentir que Brass sigue diciéndole medias verdades: ofuscamiento con algún curioso propósito.

—Supongo que el problema —prosigue Brass— es que, tras darle esta responsabilidad, sin mencionar un refugio de sus problemas en la Tierra, creo que esperaba alguna clase de gratitud. Creo que asumí que nunca tendría que tratar con usted personalmente: que se dedicaría a su trabajo sin molestarme. Debí darme cuenta de que así no es como usted opera. Usted no trabaja en las sombras y no hace distingos: ni siquiera conmigo. No tiene miedo. Ha sido una buena lección para mí, de hecho. Porque podría haber perdido de vista de dónde vengo. Supongo que ha leído los libros sobre mí.

—Algunos de ellos.

—Entonces puede saber que mi madre me puso mi nombre por Fletcher Christian. O no exactamente Fletcher Christian, sino alguna estrella de cine que lo interpretó en alguna versión de *Motín a bordo*. Alguien que le gustaba a ella. La ironía, claro, y me tardé algún tiempo en reconocerla, es que después del motín Fletcher Christian se exilió voluntariamente en un lugar, la isla Pitcairn, que en aquel tiempo era prácticamente la cara oscura de la Luna. Pero la gran diferencia es que el señor Christian no vivió mucho más —quizás unos cuatro años, nadie lo sabe con certeza— y la sociedad que él creó sobrevivió pero nunca floreció realmente. Demasiado claustrofóbica e incestuosa. Una comunidad compuesta casi por completo de rebeldes e inadaptados, proclive a toda clase de dinámicas primitivas de poder. Un pequeño universo cerrado, aislado del resto del mundo, viviendo según sus propias reglas, corrompido desde dentro.

Brass se ríe por lo bajo y echa un vistazo a Justus.

—Ahora debe estarse preguntando cuál es la diferencia entre Pitcairn y Purgatorio. Y, sí, estoy muy consciente de que nuestra sociedad y aquélla tienen muchas similitudes. Pero lo realmente asombroso —y aquí debo permitirme un poco de orgullo— es que Purgatorio no sólo ha sobrevivido sino prosperado. A pesar del ambiente cerrado y los sociópatas santurrones. He durado más que mi tocayo: no me he suicidado, no he muerto de causas naturales ni asesinado por otros criminales... o no aún. ¿Y sabe por qué? Bueno, para empezar está la mano de hierro de la disciplina. Está el modo en que he hecho de la vida aquí algo perpetuamente interesante, *tumultuoso*, podría decir usted, lo que es un factor psicológico importante en un sitio como éste. Pero la razón principal, la razón crucial, aunque no sea la que promuevo abiertamente, es que Purgatorio *no está en realidad tan aislado como se podría creer*. Geográficamente, claro que lo está. Visualmente, también. Pero política, filosóficamente... después de algunos años de hacer un espectáculo de rebeldía, empecé a reabrir en secreto las líneas de comunicación. De modo encubierto, por supuesto, porque me servía de mucho ser retratado como el exiliado heroico. Pero detrás de cámaras, el cordón umbilical con la Tierra se restableció rápido. Acepté que era inevitable. Me tragué mi orgullo. Quiero decir, ¿me llaman todavía un megalómano en la Pelota Azul? Es un término elocuente. Claro que tengo mis malos momentos. A veces me asusto, y lo digo en serio. Pero la verdadera clave de mi éxito, la realidad aburrida que financia todas mis ambiciones astronómicas, es mi lado pragmático. Creo que intento decir que no soy el paria que parezco ser. No le daré detalles, pero soy mucho más poderoso de lo que usted cree. Y mis tentáculos llegan a lugares que usted no creería. Incluso en la Tierra.

—¿Es una amenaza?

—¿Amenaza? No. ¿Por qué lo dice? Sólo estoy señalando una ironía cruel. Que tengo más control sobre zonas de la Tierra que el que tengo sobre zonas de mi propio reino. O de mi propia familia, ahora que lo pienso. Ah, aquí está.

Por un segundo escalofriante Justus cree estar a punto de ver a Bonita Brass. Pero de hecho han llegado a una especie de garaje o taller mecánico: hay partes automotrices en repisas y ganchos, un vehículo desmembrado en un ascensor hidráulico, latas de combustibles y aceites obsoletos. Y hacia un lado, ante la puerta abierta, la pieza central: un Mustang color rojo manzana con tiras blancas, ruedas de cromo pulido y entradas laterales de aire recubiertas de plata.

—Una belleza, ¿no cree? —Brass ya está abriendo la puerta del copiloto—. Un Shelby Cobra GT350 de 1966.

—¿Es el que compró en subasta…?

—Por novecientos mil dólares, exacto. Hace tantos años. ¿Leyó de eso?

—Algo. En alguna parte.

—Entonces, por favor, teniente —Brass sostiene la puerta abierta—, suba.

—¿Me quiere llevar?

—Del modo más literal posible.

—¿Aquí dentro?

—¿Por qué no? No estará asustado, ¿o sí?

—No estoy asustado.

—Entonces suba, por favor.

Justus, no sin cuidado, se desliza para quedar sentado en un asiento viejo y crujiente forrado de cuero cosido a mano. Y por un minuto solamente observa: el tablero de instrumentos hecho de acero inoxidable, el reloj analógico profundamente empotrado, el volante de madera fina, la palanca de velocidades de plata, el *olor* completo de una era en la que había gasolineras en cada esquina y accidentes de auto cada dos.

—Dentro es todavía mejor, ¿verdad? —el auto se bambolea cuando Brass se dobla para ocupar el asiento del conductor.

—Como una oficina —dice Justus.

—Como una oficina. Eso es, exactamente. Ya ha leído al respecto, supongo. Cómo he hecho algunos de mis negocios más importantes dentro de este auto.

—Algo. En algún lado.

—En realidad es una tradición. Todas las personas con las que he hecho negocios a lo largo de los años, todos esos rivales corporativos y burócratas y demás, ninguno se siente realmente cómodo en una sala de juntas. Se sienten demasiado inseguros, o demasiado paranoicos pensando que los van a grabar, supongo. Pero basta llevarlos de paseo en esta belleza, que sientan cómo los trescientos treinta y cinco caballos de fuerza les suben por la espalda… y con eso se relajan de verdad. Los mentirosos se vuelven honestos. Es la seguridad, supongo, de hablar bajo el rugido de un motor encendido. Escuche.

Inserta la llave en el encendido y arranca el motor, lo hace pulsar y retumbar, hace vibrar cada hueso del cuerpo de Justus.

—¿Qué le parece? —pregunta Brass.

—Impresionante —dice Justus.

—Sensual. Me gusta pensarlo así.

—Se podría decir.

—¿Está listo, teniente? ¿Para dar una vuelta?

—Seguro.

—Entonces tiene que ponerse el cinturón, me temo.

Justus se abrocha los cinturones mientras Brass suelta los frenos y pone el auto en marcha. Bajan despacio por una pendiente irregular y por una curva, y se detienen ante una nueva galería: un túnel enorme que se extiende por más de un kilómetro y medio recto como el cañón de una pistola, suave y carente de rasgos en todos lados salvo por entradas de ventilación y lámparas empotradas. Es como encontrarse en los Alpes suizos, el Canal de la Mancha o en un antiguo palacio soviético: el sueño de un conductor de autos potentes, y todo, al parecer, para que Brass pueda darse una vuelta en la cara oscura de la Luna.

—No es exactamente el Nürburgring* —dice Brass—. Pero hemos aprendido a amarlo.

—¿Quiénes?

—No soy el único fanático de la velocidad en Purgatorio.

—Ah —Justus, discretamente, se aferra a su asiento.

Brass aplica algo de presión al pedal, para que el motor gruña un poco y las agujas reboten y el escape arroje humo. Luego suelta el freno de mano y pisa el acelerador a fondo y el

* Un autódromo ubicado en Alemania, famoso por el trazado inicial de su pista. *(N. de los T.)*

Mustang arranca con un rechinido y un aullido, así que por un momento los peores temores de Justus parecen cumplirse. Pero corren durante más de un minuto por el tubo de lava y el velocímetro no registra una velocidad más alta que sesenta kilómetros por hora. Y luego, cuando el espacio está a punto de terminarse, Brass baja la velocidad y el coche se detiene suavemente a pocos metros de un muro de roca lunar.

—¿Qué tal estuvo?

—Suave —dice Justus, aliviado.

—Le hemos puesto lastre al chasis para darle más estabilidad. Pero en esta gravedad puede salirse literalmente de la escala y llegar a más de doscientos sesenta kilómetros por hora. En la Tierra ése era el límite absoluto. Pero incluso allá lo hacía cuando me parecía apropiado, cuando realmente necesitaba soltar una lengua o dos. Una de mis rutas no oficiales favoritas era la Carretera Uno en la costa del Pacífico. Supongo que podría decirse que tenía un entendimiento con la patrulla de caminos de allá. Recuerdo una vez que me llevé de paseo al propio gobernador. Dios, ni siquiera me acuerdo de su nombre.

—El gobernador Guerra.

—Guerra, es cierto —Brass está dando, despacio, una vuelta en U—. Y cuando llegamos a los doscientos kilómetros le pregunté si lo que había oído era verdad, todos esos rumores. Algo sobre restricciones aeroespaciales... Ya no me acuerdo de los detalles.

—California iba a prohibir vuelos supersónicos sobre áreas habitadas a menos que se pagara un estipendio anual.

—¡Cierto! ¡Eso era! ¿Estaba en uno de mis libros?

—En varios.

—Bueno, entonces probablemente no tengo que contarle, ¿verdad? —ahora están de frente hacia el túnel otra vez, con el Mustang encendido—. Le pregunté a Guerra si había hecho un trato con uno de mis rivales. Si realmente había aceptado algunos millones bajo la mesa y estaba tratando de acorralarme. Y él se quedó sentado un rato en el asiento en el que usted está ahora... tal vez íbamos a unos doscientos veinte en aquel momento, realmente en el borde... y no decía una palabra. Pero no era un silencio *asustado*, ¿me entiende? Era un silencio *elocuente*. El silencio tenía *significado*, como el silencio del espacio exterior. Porque el silencio *era* la respuesta. ¿Entiende lo que le digo?

—Usted le sacó la verdad mediante el miedo.

—En cierto sentido. Pero fue un poco más elegante. Demos otra vuelta, ¿le parece?

Y sin esperar respuesta, Brass mete velocidad y aprieta el acelerador y el Mustang se lanza por el tubo, rugiendo, escupiendo humo. Esta vez van considerablemente más rápido, tal vez unos ciento treinta kilómetros por hora, corriendo hacia el otro extremo del túnel, a través de los restos de humo, a través de los rayos de luz, demasiado rápido para tomar la curva y apuntando como un misil a la pared de roca. Por unos segundos Justus está seguro de que golpearán contra la pared —como una declaración absurda de Brass— y se siente a sí mismo apretarse, horrorizado, contra el tapizado del asiento. Pero justo a tiempo Brass mete el freno y el carro rechina hasta detenerse entre más nubes de hule quemado.

Brass tiene una mirada enloquecida en los ojos.

—¿Se le soltó la médula esta vez?

—Algo se soltó —dice Justus. Brass se ríe alegremente.

—A veces es bueno desafiar a la muerte. Es una de las grandes paradojas, ¿no? La gente sólo aprecia la vida cuando ha estado cerca de la muerte. Es decir, ¿cuánto hace de que la Tierra encaró una amenaza de destrucción global? Algo que realmente los sacara de su complacencia. ¿El cometa que se quemó hace unas décadas? Y sin embargo, volvemos a nuestra arrogancia a toda prisa. Olvidamos aquel dulce sabor de la mortalidad. Claro que hay muchas personas que coquetean a propósito con la muerte... que parecen positivamente adictas a ella. Solían decir eso de mí. *Todavía* dicen eso de mí...

respecto de este viaje a Marte. Lo podrían decir de mi hija también, de la forma estúpida en la que hace las cosas. Estúpida, digo, porque en su caso no tiene sentido. ¿Por qué lo hace? ¿Está tratando de probarse? ¿Debería culparme a mí mismo, tal vez, por no poder controlarla? ¿Por quedarme dormido en el volante, por así decirlo? Dejaré que otros lo decidan. Pero sí sé que recientemente ella se ha convertido en un problema. Un gran problema. Usted también tiene una hija, ¿no es verdad?

Justus se tensa.

—Así es.

—Entonces probablemente sabe de qué le hablo. Los hijos pueden ser muy problemáticos, ¿no es verdad?

—Pueden serlo.

—No vaya a pensar que estoy criticando a su propia hija. Sólo señalo que Bonita se ha vuelto *especialmente* problemática. Tal vez siempre ha sido así. Tal vez he estado negándolo demasiado tiempo. Ella *fue* la que lo obligó a hacer aquella llamada telefónica, ¿no es así?

—¿Qué llamada?

—Vamos, teniente… Sabe a qué llamada me refiero.

—No, no lo sé.

Los ojos de lince de Brass destellan.

—Entonces le diré a qué llamada me refiero. La de hace unas horas, cuando le pidió a mi coordinadora de vuelo detalles de la lista de pasajeros para mi viaje a Marte. Eso fue a causa de una manipulación de mi hija, ¿no es así?

—No dejo que nadie me manipule, señor Brass. Pensé que eso había quedado claro.

—Entonces ella lo manipuló sin que usted se diera cuenta. Ella puede hacerlo.

—Le digo que no lo hizo.

—Y yo le *informo* que sí.

—Bueno, en tal caso —Justus se encoge de hombros—, tal vez quiera decirme por qué esa lista de pasajeros es un asunto tan delicado para usted.

—¿Está admitiendo...?

—No estoy admitiendo nada. ¿Pero por qué es importante? Brass se ríe por lo bajo, histéricamente.

—¿Por qué es importante? *¿Por qué?* ¡Porque el silencio es la respuesta!

—No entiendo.

—¿Está seguro de que lo desea?

—Lo estoy.

—Entonces, *déjeme enseñarle*, teniente.

Brass se aferra súbitamente al volante y aprieta el acelerador y *bang*, el Mustang arranca de nuevo por el tubo de lava, corriendo a través de la niebla y la luz, y cuando están a la mitad del túnel él hace virar al auto hacia la pared redondeada, como si fuera lo más natural del mundo, y se quedan allí, literalmente *avanzando sobre la pared*, y corriendo hacia el final del túnel —cien metros, cincuenta, veinte— hasta que tuerce el volante y mete los frenos y el coche se nivela para llegar a otro alto cardiaco, a pocos metros de la destrucción.

—¡*Porque el silencio es la respuesta!* —vuelve a gritar Brass, y ahora hay en su voz un fiero temblor—. ¡Porque el universo nos está *gritando*! ¿Somos demasiado *sordos* para escucharlo? ¡Estamos *así* de cerca de la muerte! ¡A un *centímetro* del olvido! Debemos salir, debemos explorar, asegurarnos un espacio, abrir brecha... ¡*Debemos* hacerlo! Porque es nuestro propósito. *¡Nuestro único propósito!* ¡Es una puta misión divina! ¡Nada más importa! ¡*Nada!* Y no puedo dejar que nada, *nada*, se atraviese en mi camino. O que nadie, ni siquiera si es mi maldita hija, intente detenerme. ¿Entiende ahora lo que quiero decir, teniente? *¡El silencio es la respuesta!*

Justus no dice nada, pero su cara se contrae, revelando su confusión.

Así que Brass da vuelta al volante una vez más y arranca rechinando y pisa el acelerador y ahora *explotan* por el tubo —de cero a cien en cinco segundos— y aceleran y aceleran y aceleran con el motor aullando y Brass gira el volante y suben por la pared y antes de que Justus se dé cuenta *están corriendo por el techo* —¡increíble!— y luego bajan y vuelven a subir a la pared y al techo. Están avanzando como un *tirabuzón* por el túnel y Justus se encoge para protegerse cuando otra vez van a llegar al muro —150 metros, 50, 25— hasta que Brass baja la velocidad y pisa a fondo el freno y de pronto se detienen a *menos de diez centímetros* de la pared, con el motor gruñendo y el humo como niebla a su alrededor y Brass dándose vuelta con los labios apretados y los ojos destellantes y la boca rugiendo:

—¡Así que *dígame ahora,* teniente, y dígame honestamente! ¿Le dijo algo mi hija acerca de los frondistas? ¿Afirmó que yo los maté? *¿Está tratando de incriminarme?* ¿De inculparme? ¿Está tratando de apoderarse de Purgatorio? *¿Está tratando de impedirme que vaya a Marte?* ¡Dígamelo ahora! En nombre del futuro de la humanidad, *¡dígamelo ya!* ¡Porque tengo que saber la verdad! ¡Toda la verdad! ¡Sea lo que sea, *tengo que saberlo!*

Y cuando Justus no responde de inmediato, Brass tira a matar:

—¿Eso es lo que usted me está diciendo? *¡El silencio es la respuesta!* ¿Eso es realmente lo que me está diciendo? *¡El silencio es la respuesta!*

Acerca la mano al encendido, listo para apagar el motor y dejar atrás cualquier oportunidad de estar en desacuerdo con él. De decir cualquier cosa. Y cuando Justus no contesta, Brass da vuelta a la llave y el motor tiembla y se detiene y Brass lo mira con una aceptación salvaje.

—*¡El silencio es la respuesta!* —exclama.

No hay necesidad de decir más.

Pero Justus lo dice de todas maneras.

40

—No, señor Brass.

Justus no suele perder la paciencia, y en apariencia no la pierde ahora. Al principio se controla, habla bien, pero no levanta la voz. Pero desde el momento en que se subió al Mustang, cauto y curioso, todo ha cambiado.

—No —continúa—. Soy un teniente de policía. Y como usted ha señalado, me apego a las reglas. Tal vez demasiado... se podría decir que incluso estoy empezando a lamentarlo. Pero hay una regla que no dejo de respetar: que un policía no le responde a *nadie* salvo a las autoridades más elevadas en la ley. A jefes y comisionados. A fiscales. A jueces. Pero a nadie más. Ni siquiera al potentado o al patriarca o al Gran Caca o a quien sea que supuestamente esté al mando. Ni siquiera a usted, señor Brass. En especial cuando usted es un *sospechoso* en mi investigación. Así que no, no *tengo* que responder sus preguntas, y no *voy* a responderlas. Pero eso no quiere decir que el silencio sea la respuesta. No quiere decir nada. Sólo significa que no divulgo aspectos de mi investigación a *nadie*.

Está mirando con fiereza a los ojos brillantes de Brass, mientras que el propio Brass le devuelve la mirada, sin parpadear, con la boca medio torcida, como si no pudiera creer en el valor de Justus.

—Pero como policía, tengo el derecho de *hacer* preguntas. Y como ciudadano y sospechoso, señor Brass, usted tiene la *obligación* de responderlas. No, no *tiene* que responderlas. Y sí, tiene el derecho de guardar silencio, tiene el derecho de consultar a un abogado y debe saber que todo lo que diga puede ser y será usado en su contra. Porque incluso aquí, contra toda evidencia, hay una corte legal, basada en un sistema judicial en el que usted y yo nacimos, y hay tratados sin ratificar con la ONU, y para el caso está la corte de la opinión pública y la corte de la justicia cósmica. Así que déjeme hacerle una pregunta, señor Brass. Y por favor medite con cuidado su respuesta, porque podría ser lo más importante que usted dijera jamás. ¿Está listo?

Pero Brass sólo se queda mirándolo, y Justus no le da tiempo de pensar.

—¿Atrajo usted a los frondistas a Purgatorio con engaños? ¿Ordenó su asesinato en masa? ¿Y tiene ahora los órganos de ellos congelados en su nave espacial? Contésteme eso, señor Brass.

Brass sigue mirándolo, con las cejas levantadas y la nariz arrugada, intentando parecer tranquilo, divertido... Es claro que lo ha hecho muchas veces y que es bueno en ello. Y finalmente parpadea —ni siquiera él puede mantener para siempre los ojos abiertos— y resopla y dice:

—Eso me suena como *tres* preguntas, teniente. Pero si realmente quiere saber...

Pero Justus lo interrumpe.

—No, señor Brass. ¿Sabe qué? No tiene que contestar, porque sé que lo que diga será una mentira. Una distorsión, evasión, ofuscación, lo que sea. He leído bastante de usted para saberlo, y he visto bastante de usted de primera mano para saberlo. ¿Qué dice usted en sus leyes, en el Código Brass?: "Miente, miente, miente". Y también: "Siempre lleva contigo una negativa". Y así sucesivamente. Toda esa letanía enferma. Así que ya sé la respuesta. De hecho, la supe hace unos minutos, cuando me hizo aquellas preguntas sobre su hija. Porque no estaba preocupado por la *veracidad* de lo que sea que supuestamente me han dicho. Sólo le interesaba la identidad de la persona que me lo habría dicho. Y eso es todo lo que necesito saber. Usted fue. Lo hizo todo. Sacrificó a su viejo amigo Otto Decker. Ordenó la muerte de Kit Zachary. Hubo daño colateral también, víctimas inocentes y gente que debía ser silenciada por la razón que fuera. Y usted hizo todo porque deseaba eliminar a sus rivales antes de irse a Marte. Porque deseaba desestabilizar a Bonita, mantener ocultos sus crímenes contra la humanidad y asegurarse de que Purgatorio sea como a usted le gusta cuando regrese. Y estoy seguro de que no ha terminado. Hay otros a los que planea asesinar. Su propia hija, probablemente. Y yo también: estoy seguro de que siempre fui prescindible. De hecho, usted debe pensar que soy increíblemente estúpido al decirle todo esto ahora. Tal vez sólo he adelantado mi asesinato. De hecho, usted podría haber querido que yo perdiera la compostura. Y si eso es verdad, felicidades... porque encontró el único modo seguro de hacerlo. ¿Realmente le tengo que decir cuál fue?

Brass deja que sus cejas se agiten con interés fingido.

—Fue cuando *amenazó a mi hija*, señor Brass. Oh, ya sé lo que me dirá. Que usted no pensaría siquiera en una cosa así. Pero déjeme decirle que me han amenazado antes hombres tan locos como usted. Tal vez no tan ricos ni poderosos, pero igual de locos y egoístas y crueles. Y sé cómo amenazan. Sé el modo en que lo hacen. Lanzan la amenaza al aire, la dejan flotar y luego niegan haber tenido que ver con ella. Y he visto lo que pasa con un hombre que intenta ignorarla. Que se dice que todo estará bien, que insiste en pensar que la gente, incluso la rica y poderosa y cruel, tiene ciertas reglas. Lo he visto y me he prometido que nunca volveré a pasar. Y aquí estoy, sin embargo, y hace un par de minutos usted mencionó a mi hija. Me dijo que sus tentáculos llegaban hasta la Tierra y con el mismo aire mencionó a mi hija. Usted lo dijo. Yo lo oí. Bueno, pues resulta que mi hija es más importante que el procedimiento, el DPP, su misión a Marte y el universo entero. Para mí, ella es el universo. Es la razón misma de que yo esté aquí. Porque yo quería protegerla, porque quería darle la oportunidad de vivir sin miedo. Y porque no podría soportar vivir en un mundo donde mi mera *presencia* fuera una amenaza contra su vida. Así que vine aquí a la Cara Oscura, donde no pensaba que pudiera ponerse peor. Sólo para encontrarme aquí ahora mismo, con usted, en su auto de la verdad o como sea que lo llame.

Justus está sorprendido por la pasión que se ha adueñado de su voz. Prácticamente está disparando las palabras.

—Pero no crea ni por un minuto que estoy asustado, y no crea que no estoy preparado para morir. Y al mismo tiempo no crea *ni por un segundo* que voy a dejar que sea *usted* quien me quite la vida. No he estado leyendo su guion hasta este momento y estoy seguro de que no voy a leerlo ahora. Y no crea que se va a salir con la suya en esto, en nada de esto. Y no crea que estoy fanfarroneando. Porque como un hombre sabio me dijo una vez: uno no puede escapar de su propia sombra. Aquel hombre sabio no pudo, y usted tampoco. Sin importar lo grande y poderoso que usted crea ser, señor Fletcher Pinches Huevos de Latón.

Y con esto Justus se desabrocha el cinturón y sale del vehículo, mientras oye a Brass resoplar y decir:

—Usted es un estúpido...

Pero Justus azota la puerta.

Se mueve con decisión, aturdido. Tiene que salir de este lugar. Tiene que llegar hasta Bonita Brass y disculparse por haber dudado y sospechado de ella. Por haberla mantenido apartada. Más que eso, tiene que protegerla antes de que sea tarde. Porque es sólo cuestión de tiempo antes de que su padre vaya contra ella... si no es que va primero contra Justus.

Llega hasta el elevador y está apretando botones y gritando a las consolas cuando Leonardo Grey aparece de ninguna parte.

El droide mira a Justus por tanto tiempo que Justus se pregunta si va a atacarlo. Pero, finalmente, como si respondiera a una correspondencia interna, Grey asiente y dice:

—¿Necesita salir, señor?

—Exijo salir.

Otra pausa, y luego:

—Muy bien, señor.

Grey introduce un código especial en la consola del elevador. Las puertas se abren y Justus pasa al interior. Grey lo sigue.

—Puedo salir solo, gracias —dice Justus.

—Necesitará mi autoridad, señor.

—¿Por qué?

—En la salida, señor. De otro modo lo detendrían.

—Ajá.

Se quedan de pie en silencio por un rato, pero el elevador no se mueve. Parece interminable.

—Espero que no esté enfermo, señor —le dice Grey. Justus se asombra.

—¿Qué quiere decir eso?

—Detecto un enrojecimiento en su rostro y transpiración en sus cejas.

—¿De verdad?

—Puedo darle un masaje si gusta, señor. Soy un excelente masajista.

—Estoy seguro de que sí.

—Puedo escoltarlo a su dirección y realizar el masaje en la comodidad de su propia casa.

—No será necesario.

—Sé dónde vive, señor.

Justus se pregunta si es otra amenaza.

—Lo llamaré si lo necesito —dice.

—Muy bien, señor.

Finalmente el elevador empieza a subir. Justus mira el reflejo del androide en la puerta de latón: sus pálidos ojos grises, su arreglado cabello de plata… y se le ocurre algo.

—¿Puedo hacer una pregunta?

—Por supuesto, señor.

—¿Qué va a hacer cuando se haya ido su dueño?

—¿Disculpe?

—Cuando Brass esté en su viaje a Marte, ¿cuál será su papel entonces?

—Pues estaré con el señor Brass, señor.

—¿*Con* Brass?

—Pues sí, me uniré a la expedición. Viajaré también en la *Prospector*.

Para Justus, súbitamente tiene sentido. *La unidad Leonardo*. Es Grey y no Black quien va a Marte. Lo que significa que Leonardo Black sigue extraviado. Y aún no hay una buena explicación del propósito de los expertos en robótica en el Cráter Seidel.

—Ya veo —dice—. Ya veo.

Ping. Las puertas del elevador se abren deslizándose. Los dos salen a un vestíbulo cavernoso lleno de brillantes placas de latón y columnas de bronce. No es el lugar por donde entraron, y Justus se pregunta si será una especie de trampa. Pero Grey simplemente escolta a Justus a las puertas principales, donde guardias del tamaño de gorilas están apostados, y dice:

—Puedo responder por este caballero. Es un oficial de alto rango en el DPP.

Los gorilas lo dejan pasar. Ya afuera el droide le tiende la mano.

—Ha sido un placer hacer negocios con usted, señor.

—Igualmente, señor Grey. Buen viaje.

—Oh, gracias, señor.

Justus se da la vuelta y sale del Parque Procesional a un paso mesurado. Pasa delante de los estanques de los patos, los arbustos decorativos y los prados meticulosamente podados, hacia el último punto de control, y más allá de la barrera de seguridad, todo sin ser detenido. Y está a salvo. O parece estarlo.

Entonces oye la explosión.

Dos explosiones, de hecho. Sacuden el suelo. Hacen tronar los cristales. Hacen que los pájaros se eleven entre chillidos. Reverberan a través de la Olla de Presión, rebotan en el borde del cráter, hacen ondas, chocan, crean ecos. Las ondas se juntan, se mezclan con otros sonidos y así al principio la fuente es imposible de localizar. Y cuando cesa hay un silencio inquietante, como si toda la población de Pecado estuviese reaccionando con la misma sorpresa sin aliento. Justus mira alrededor frenéticamente: a la elaborada fachada del Kasr y los edificios circundantes, hacia el templo de las Siete Esferas y el perfil visible de la ciudad, y finalmente nota que hay humo en el Borde de Pecado. Sale de la mitad de su altura, en un bloque administrativo junto a los grandes hoteles. Es donde está la oficina de Bonita: la habitación donde la vio por primera vez.

Con el corazón encogido, Justus recuerda haberla oído decir algo acerca de llamar a una conferencia de sus socios, para advertirles del peligro.

Así que echa a correr. Da saltos por las calles, más rápido aún que cuando perseguía a Jet Kline, el asesino del padrote. Pero mientras lo hace recuerda que Bonita juró no salir de su casa —que sería una teleconferencia, con enlace de video—, así que no puede ser ella, ¿verdad? Ella debe estar a salvo, ¿verdad?

Pero luego, con el rabillo del ojo, nota otra columna de humo, esta vez alzándose desde Ishtar... cerca del hogar de Bonita, parecido a una iglesia.

Mientras sus esperanzas se hunden, Justus cambia de inmediato de dirección. Rebota paredes y se impulsa en peatones. Y ahora está lidiando con la certeza de que es demasiado tarde. De que Fletcher Brass ha actuado con tal rapidez que ya no hay vuelta atrás.

En Ishtar se abre paso a empellones entre una multitud de residentes curiosos y enojados hasta la escena del crimen. Claro que es la casa de Bonita. Uno de los capiteles ha sido destruido. Hay un agujero humeante en el techo. Ya hay oficiales del DPP en la escena del crimen, junto con el Departamento de Bomberos... Una respuesta demasiado rápida para no ser sospechosa. Hay un cordón alrededor de la entrada y mangueras serpenteando por las calles. Justus llega de todas maneras. Y ve un brazo cortado en el suelo. Con una manga café. Y alambre saliendo de la articulación.

Es el brazo de Leonardo Brown.

Dash Chin y Prince Oda Universe, entretanto, están de pie a un lado, con aspecto extrañamente satisfecho.

—¿Qué pasó? —les grita Justus.

—Demasiado tarde, señor —Dash se ve solemne de pronto—. Un estallido de bomba. Se llevó todo el piso superior.

Justus se prepara.

—¿Y Bonita Brass?

Chin simplemente señala la puerta principal con la cabeza. Y Justus se da vuelta.

Saliendo del lugar hay dos paramédicos que llevan un cuerpo humeante en una camilla. Algunos de sus miembros han sido completamente arrancados. El torso está abierto. Pero la cabeza colgante y la cabellera rubia son suficiente identificación.

Justus se da vuelta y entrecierra los ojos. Respira profundamente y vuelve a abrirlos. Mira al agujero abierto en la habitación donde hace poco se reunió con ella. Se pregunta por qué se siente tan personalmente afectado. Y qué puede hacer ahora para vengarla. Entonces oye una voz.

—¡Aaargh! ¡Qué peste! Habrá que posponer la parrillada después de todo.

Se gira y ve al jefe Buchanan observar el cuerpo cuando lo suben a una ambulancia, agitando la cabeza con disgusto fingido y limpiando migajas de color naranja fluorescente de su sonrisa.

—Putos terroristas —dice el jefe.

41

El androide ha estado conduciendo durante seis horas seguidas. La camioneta postal es el mejor vehículo en el que ha estado hasta ahora: es tan bueno que él calcula que podrá llegar a su destino incluso antes de lo esperado. Las baterías están bien cargadas. La dirección y la suspensión son excelentes. La velocidad máxima en un camino aplanado es de más de 140 kilómetros por hora. Y en el tablero hay mapas iluminados que muestran todas las rutas postales, estaciones de investigación, antenas de radar y sitios de construcción. Con la ayuda de estas pantallas, el droide ha podido trazar su camino entre los diferentes asentamientos sin ver a una sola persona, incluso con las luces a máxima potencia.

Otra vez vestido con su traje y corbata, y con el cuchillo de carnicero bien oculto en el interior del saco, el droide se siente bastante satisfecho consigo mismo. Ha dominado por completo el arte de la conducción en la Luna. Está venturosamente libre de mediocres. Incluso ha podido recargarse, usando todo el alcohol y las barras de energía que encontró en el minirrefrigerador de la camioneta. Y sabe, por encima de todo, que se acerca a su destino. Sabe que pronto será Rey.

Pero de pronto nota una luz ámbar, destellante, en el camino ante él. Al reconocerla como una especie de señal de emergencia, está a punto de seguir adelante cuando se le ocurre que podría estar obligado por ley a detenerse, y que no hacerlo podría atraer la atención hacia él. Así que, muy de mala gana, frena. Detiene la camioneta.

Una figura en traje espacial llega hasta su parabrisas y se asoma al interior, haciendo gestos con la mano. El droide entiende que se le pide esperar. Entonces la figura desaparece por unos minutos y regresa con otra figura en traje espacial, puesta sobre un carrito. Parece una víctima de alguna especie.

El androide abre la esclusa de aire y, siguiendo los procedimientos usuales, ayuda a entrar a las dos figuras. Despeja un espacio para el paciente mientras la segunda figura se quita el casco. Es un hombre.

—No pensé que fuera a parar —dice—. Iba muy rápido.

—Estoy en una misión urgente, señor.

—Yo también. Esta persona necesita llegar a un hospital de inmediato, o al menos a un lugar con buenas instalaciones médicas.

—Yo voy a Purgatorio, señor.

—Bueno, eso es perfecto. Allá tienen todos los equipos adecuados. Van a cobrar una maldita fortuna, claro, y Dios sabe qué más irán a hacer, pero, carajo, ésta es una emergencia.

—¿Usted conoce bien Purgatorio, señor?

—He estado una vez dentro, sí.

—¿Entonces sabe cómo entrar, señor?

—Claro. ¿Usted no?

—Agradecería mucho su consejo y su ayuda, señor.

—¿Sí? —el hombre, de piel oscura y cabello erizado color sal y pimienta, está a punto de decir algo antes de cambiar de opinión—. Bien… Sólo ayúdeme a quitarle el casco, ¿quiere?

Los dos le quitan el casco a la paciente, que resulta ser una mujer altamente atractiva con rasgos polinesios.

—Somos sismólogos —explica el hombre—. Del Maui College en Hawái. Estábamos monitoreando actividad sísmica.

—¿Fue un lunamoto lo que ocasionó las heridas de la señorita, señor?

—No, no. Le cayeron encima unas barras… Barras de metal para estructuras. Estaba arrodillada en el suelo y se cayeron, la golpearon en la nuca. Yo estaba mirando hacia otro lado. La reviví de inmediato, pero volvió a desmayarse. Sólo espero en Dios que no sea serio.

—¿Es amigo de esta mujer, señor?

—Es una colega. Una muy buena colega.

—¿Se la quiere coger?

—¿Que si quiero…? —el hombre frunce el ceño, incrédulo—. ¿Qué? ¿Por qué pregunta eso?

—Yo me la cogería en un minuto, señor.

—¿Usted…? —el hombre resopla—. ¿De qué carajos está hablando?

—Intento establecer una buena relación con usted, señor. Sería una ventaja mutua establecer una conexión emocional, dado que nos necesitamos el uno al otro para lograr nuestros objetivos.

—Bueno, tal vez sí… Tal vez sí nos necesitamos —el hombre agita la cabeza—. Pero mi objetivo principal es llevarla a ella a Purgatorio tan rápido como sea posible, ¿de acuerdo?

—Usted habla con buen sentido, señor. Yo también quisiera llegar a Purgatorio. ¿Me acompaña al frente para darme indicaciones?

—En unos minutos. Primero quiero revisarla.

—Muy bien, señor.

El droide regresa al asiento del conductor, haciendo a un lado una cortina de cuentas, y pronto la camioneta está avanzando a velocidad de ambulancia.

—¿Puedo abrir su paquete de primeros auxilios? —pregunta el hombre desde la parte trasera.

—Por supuesto, señor, yo ya no lo necesito.

El hombre rebusca en la caja, levantando objetos y sosteniéndolos a la luz.

—No hay desinfectantes en este paquete —dice.

—Lo siento, señor, me los bebí.

—¿Se los *bebió*?

—Por el contenido de alcohol.

Continúan en silencio por otros diez minutos. El hombre atiende a su colega con vendajes nuevos. Entonces se aclara la garganta y dice:

—¿Desde cuándo contrata androides el servicio postal, por cierto?

—Los androides son más eficientes y con mejor relación costo-beneficio, señor.

—Pero hay limitaciones… limitaciones cognitivas.

—No hay limitaciones, señor. Yo, por encima de todo lo demás, no soy realmente un androide.

—¿En serio?

—Así es.

—¿Y entonces qué es usted?

—Soy un hombre, señor. Un hombre hecho y derecho. Un gentilhombre. Un gran hombre. Un prohombre. Un hombre entre los hombres. Yo soy *el* hombre, señor.

El otro hombre se queda callado por unos momentos y luego dice:

—Usted parece terriblemente seguro de sí mismo.

—También soy el Mago, señor. Un conquistador. Y pronto seré el Rey.

El hombre medita en silencio mientras la camioneta corre por la oscuridad.

—¿Qué le pasó al otro tipo? —pregunta.

—¿Perdón?

—El vietnamita… D-Tox o como se llame.

—¿Por qué pregunta, señor?

—Ésta es su camioneta, ¿no?

—Lo es.

—¿Qué le pasó, entonces? Nos entregó algunos suministros hace unos días.

—Me temo que sufrió un ataque, señor. En un complejo al sur.

—¿Ataque? ¿Qué tipo de ataque?

—Uno tan violento que no puede ser transportado en un vehículo rápido.

—¿Y sólo tuvo un ataque violento? ¿Así nada más?

—Podría decirse que perdió la cabeza, señor.

El hombre lo piensa.

—Entonces usted va a Purgatorio a conseguir ayuda.

—Correcto.

—¿Y de *dónde* vino? ¿Cómo vino a dar al asiento del conductor?

—Estuve todo el tiempo en la camioneta.

—¿Como una rueda de repuesto?

—Supongo que podría decirse así, señor.

—¿Pero no sabe cómo orientarse?

—Sólo sé lo que he visto en estos mapas, señor. No estoy totalmente programado con indicaciones para este hemisferio, porque he estado trabajando en otro lugar.

—¿En el hemisferio sur?

—Así es. ¿Sería capaz de darme indicaciones ahora mismo? Deseo saber el mejor medio para entrar en Purgatorio.

El hombre se levanta y llega hasta un lado del asiento trasero. Luego examina los mapas iluminados.

—¿Ve esa carretera de ahí? —señala—. Ése es el Camino de los Lamentos. Si entra por esa intersección, ahí... puede llegar a las Puertas de Purgatorio.

El droide examina el mapa.

—Pero eso significa ir más allá de Purgatorio.

—No se puede entrar de otra manera. Las paredes del Cráter Störmer son de alta seguridad. Hay cámaras por todas partes. Armas automáticas con miras láser. Simplemente nos harán pedazos sin hacer preguntas.

—Ya veo. Entonces le agradezco por proporcionar esta información. Iré hacia esa intersección como usted dice. Entonces me dirigiré por el Camino de los Lamentos hacia Purgatorio. Ciertamente estoy contento de haberme detenido a recogerlo. Usted es una valiosa adquisición.

—No lo mencione.

—Ahora puede regresar con su sexy colega y seguir atendiéndola. Déjeme a mí lo demás. Nos llevaré a Purgatorio y me aseguraré de que ella reciba la mejor atención médica posible. Esto es en agradecimiento por su servicio señor.

—Bueno… gracias.

—No, gracias a *usted*, señor. Me ha proporcionado una excelente oportunidad para mostrar cómo quiero recompensar el buen servicio. No lo olvidaré. Y espero que su colega sobreviva para que usted pueda cogérsela a gusto, si no se la ha cogido ya.

El hombre calla y la camioneta postal se precipita como una ambulancia a través de la noche lunar.

42

Justus necesita llegar a la Base Peary. En el andén de salidas de Pecado requisa una patrulla presurizada sin mucha dificultad —los bombardeos tienen distraído a todo el mundo—, pero nunca ha estado al volante de una. Desde fuera, aparte de los adornos luminosos de color azul, se ve básicamente igual que cualquier vehículo estándar lunar para todo terreno. Pero una vez dentro, Justus encuentra un tablero de control más complejo que cualquiera que se haya topado en la Tierra. Sin embargo, le parece que ha visto bastante ya, en viajes con Dash Chin y otro, para aprender el resto sobre la marcha. Así que se ata el arnés, activa el sello de presión y realiza los procedimientos de seguridad. Pone la unidad de calefacción exterior al máximo, verifica que el modo de terreno sea "asfalto", gira un par de diales y enciende el motor. El vehículo empieza a zumbar. Justus espera unos pocos segundos antes de apretar, experimentalmente, el pedal. Y con una ligera sacudida y un choque de giroscopios, el vehículo se mueve. Sale de la bahía de estacionamiento, a través de las esclusas, y al suelo del Cráter Störmer.

La oscuridad es inmensa: una fuerza aplastante. La temperatura es de -112° C. Los caminos se tuercen entre las antenas de radar y forman un laberinto serpenteante. Justus ni siquiera está seguro de la ruta apropiada y debe seguir sus instintos por un tiempo, avanzando más o menos hacia el norte con la esperanza de estar en el curso correcto. Pero cuando los discos de luz sin haz de sus faros danzan en la parte trasera de un autobús de pasajeros, sabe que está en el camino correcto.

Sin embargo, parece casi inconcebible que pueda salir de Purgatorio sin ser detenido por los gorilas de Brass, tal vez, o por el propio DPP. A menos que realmente los haya sorprendido con la guardia baja. O a menos que ellos tengan alguna razón para *dejarlo* escapar... temporalmente. Tal vez lo matarán cuando salga del cráter sólo para decir que estaba huyendo.

Así que cuando los encargados del centro de procesamiento exterior simplemente le indican que pase, y los alguaciles con sus bastones luminosos lo dirigen hacia la esclusa de aire, no sabe si sentir alivio o alarma. Pone el vehículo en neutral detrás de un minibús que lleva lo que parece un equipo indio de cricket. Su pie golpea inquieto el suelo. Entonces las luces verdes empiezan a girar, las puertas se separan y el minibús arranca. Justus mueve su pie y aprieta gentilmente el pedal. Se acerca a la salida. Un cartel puesto sobre ella destella constantemente:

ESTÁ DEJANDO PURGATORIO.
SUS RECUERDOS SON EL PARAÍSO.

Y entonces está afuera. De vuelta en el Camino de los Lamentos. Echa un último vistazo a la pantalla retrovisora, que muestra cómo se cierran las puertas iluminadas, y entonces rebasa al minibús y toma la primera vuelta con el acelerador a fondo. En instantes el gran muro anular de Störmer queda tras él.

Pero aún hay mucha oscuridad por delante para ponerse complaciente. La única iluminación proviene de reflectores y alguna farola ocasional. Desde atrás, las gigantescas estatuas de Dante son visibles sólo como siluetas contra las estrellas. Autobuses turísticos pasan deprisa junto a él. Tractores y remolques. Camiones refrigerados. Una camioneta postal de color rojo brillante. Las luces de los vehículos que vienen no se ven difuminadas por una atmósfera y no hay sonido en absoluto: para un conductor lunar neófito es desconcertante y vertiginoso, y Justus, aferrado al volante, hace esfuerzos para no distraerse.

Conduce por horas sin parar. Corta las curvas, salta desde las crestas y sigue corriendo, más rápido de lo que nunca ha conducido. Y cuando finalmente considera detenerse a descansar —su pierna derecha se ha dormido y su estómago ruge— empieza a desconfiar de las luces de color naranja brillante que parecen abrazar el horizonte tras él. Tal vez alguien lo está siguiendo. Tal vez alguien va a echarlo fuera del camino: a embestirlo para que atraviese el muro de retención y caiga al desierto lunar. *Crash, bang*, un accidente terrible. Estas cosas pasan en la Luna.

Así que enciende la torreta de policía, aprieta la mandíbula y empieza a escurrirse por entre los vehículos que tiene adelante. Pero fracasa en dejar atrás las luces anaranjadas. Muchas veces, cuando cree que finalmente ha podido sacudírselas, están otra vez ahí, justo en medio de la pantalla retrovisora. Y entretanto él se pone peligrosamente aturdido, adolorido y sediento. Hay buenas posibilidades de que quede exhausto y entonces choque.

Así que se dirige al estacionamiento más cercano, coloca la patrulla apuntando hacia la carretera y espera que los faros anaranjados aparezcan. Sabe que es una locura: su única arma es su zapper, y en todo caso la superficie lunar no es sitio para un tiroteo, pero *necesita* encarar al conductor. Aunque eso ocasione que le lancen un cohete a través del frente de su vehículo, perforándolo como a una burbuja de jabón.

Y ahí están, los faros anaranjados, doblando la última curva. Justus empieza a rebuscar su traje espacial de emergencia.

Ahí están, yendo directo hacia él. Justus mete las piernas en el traje.

Ahí están y parecen *acelerar* a medida que se acercan. Justus, desesperado, cubre su torso con el traje.

Y ahí están...

... y pasan deprisa a su lado.

Derecho por el Camino de los Lamentos, como si Justus no existiera. Un camión de Coca-Cola®. Un conductor con una gorra roja al volante, limpiándose la nariz con la manga.

Justus deja salir un suspiro. Se queda sentado por unos minutos, recobrando la calma. Se desprende de su traje espacial. Toma una lata de refresco de uva del refrigerador y aplaca su sed. Y en poco tiempo ha vuelto al camino, fresco y vivo.

Unas horas después llega a la región polar de luz oblicua, sombras alargadas y terreno gris y desteñido. El sol es visible en el horizonte. La temperatura se eleva a 40° en segundos. Y las señales en el camino se vuelven más prometedoras:

Base Peary 350 km

Base Peary 250 km

Base Peary 200 km

Justus ve una fila de autos estacionada y recuerda algo acerca de un punto de despedidas. O de recepción, según la dirección en la que se esté yendo. El último o el primer vistazo de la Tierra. De hecho, él vislumbra un poco del gran orbe azul, cincuenta veces más grande que la más brillante Luna llena, antes de devolver su mirada al camino.

Base Peary 50 km

Base Peary 20 km

Base Peary 10 km

Ahora está en las afueras. Ve la pared de desechos metalúrgicos. El equipo de la cantera. Las antenas de radio y las torres de perforación. La montaña rusa del cañón de rieles.

Hay un embotellamiento, justo como el de Purgatorio, pero Justus enciende su torreta y se pone a propósito en el carril equivocado, para rebasar al camión de Coca-Cola® y entrar en la esclusa segundos antes de que cierre.

Aún con vida. Y decidido a no desperdiciar el tiempo.

La Base Peary está llena de olores atrapados: sudor, líquido limpiador y aceite quemado. Justus va directo a la oficina de la Autoridad Portuaria en la plaza principal. Hace semanas, cuando llegó, conoció a un par de los oficiales locales y sabe que muchos de ellos son policías terrestres no lo bastante sucios para poder entrar en Pecado.

—¿Puedo conseguir una línea segura para el Polo Sur desde aquí?

—Claro.

—¿Y una línea a la Tierra?

—¿Es una emergencia?

—Señorita, es la emergencia más urgente de mi vida.

Minutos después está llamando al teléfono de su exesposa, usando un número especial proporcionado por el Programa de Protección de Testigos. Pero ella no contesta. Llama cuatro veces en rápida sucesión —eso suele bastar para que ella ceda—, pero la llamada se desvía siempre a una cuenta anónima de correo de voz. Por un momento él se pregunta si ya habrán llegado hasta ella, o si sólo es que ella se dio cuenta de que es él por el prefijo lunar y está, tercamente, ignorándolo. Entonces se asoma a la ventana y ve todo Estados Unidos a oscuras: probablemente sólo está dormida.

Deja un mensaje muy sentido en el correo de voz.

—Paz... por favor, escucha. Ya sé que prometí no volverte a llamar, pero, por favor, escúchame, ¿sí? Quiero que te lleves a Ruby y se escondan. Quiero que se vayan de inmediato. Aquí están pasando cosas... No puedo decir qué, pero ustedes podrían estar en serio peligro. Me duele mucho decirlo, porque tú sabes lo que he hecho para evitar que eso volviera a suceder... pero aquí está. Escóndanse. Ya sabes dónde. Y dile a Ruby que la quiero. No hay nadie a quien quiera más. Por favor, dile eso. *Por favor*. Eso es todo.

Está sollozando cuando cuelga. Porque se le ocurre que simplemente por haber huido de Purgatorio —simplemente por estar vivo— las está poniendo en peligro. Está de nuevo donde comenzó, pero sin ningún lugar a dónde huir. Es como si le hubieran echado el ácido a la cara otra vez.

Luego llama al Polo Sur.

—Justus... justo el hombre con quien quería hablar —el oficial de la Autoridad Portuaria al que llamó el día anterior, un tipo fastidioso llamado Deke Hendricks, un viejo colega de Reno—. Te iba a llamar, pero me dijiste que esperara hasta que tú lo hicieras.

—¿Fuiste con Seidel?

—No en persona, pero había un par de tipos en las cercanías. Y no te imaginas lo que encontraron.

—Te escucho.

Hendricks tiene el feo hábito de retener información importante como si fuera un escritor de novelas de suspenso. Largamente, recuenta el viaje entero de los policías al Cráter Seidel, su dificultad para encontrar algo en las tinieblas y el descubrimiento sorpresivo de huellas de zapatos en el regolith.

—Así que siguieron las huellas hasta volver al laboratorio y, puta madre, Justus, deberías haber visto las imágenes que mandaron. Dos cuerpos hechos pedazos como muñecos de trapo. Uno de los policías en el lugar, Skouras, vomitó en su casco. Yo casi vomité también, de sólo ver las fotos. Pero hubo un superviviente. Cuando revisaron encontraron un compartimiento de emergencia en el almacén y este tipo se había encerrado allí con comida y agua. Un roboticista japo...

—¿Hikaru Kishimoto?

—Ah, ¿lo conoces?

—Conozco el nombre. Por favor, continúa.

—En todo caso, resulta que a este latero y a sus amigos les habían pagado para reprogramar a un androide de Purgatorio. Todo muy secreto y peligroso. Se supone que tenían que borrar...

—¿A Leonardo Black? —pregunta Justus.

—¿Qué?

—¿El androide se llamaba Leonardo Black?

356

—¿Eso también lo sabías?

—Apenas me estoy enterando ahora, créeme… Por favor, sigue.

—Bueno —dice Hendricks—, tuvieron que borrar la mayor parte de la memoria y los circuitos conductuales del tal Black y reemplazarlos con otros nuevos. Las reglas para el éxito de Fletcher Brass, ¿puedes creerlo?

—¿El Código Brass?

—¿El qué? Oye, parece que tú sabes más de esto que yo.

—Te aseguro que no sé todos los detalles.

Hendricks suena un poco inseguro ahora:

—Este latero tenía la tarea de borrar los inhibidores del droide: peligroso, sin duda, pero pensaban que tenían puestas las salvaguardas adecuadas. El único problema fue que el androide resultó demasiado listo para ellos. Esperó hasta que estuvieran descuidados y entonces se soltó… El latero tuvo suerte de salir con vida.

—¿Y qué pasó con el androide?

—Es un fugitivo… El latero cree que podría estar yendo a Purgatorio.

—¿Purgatorio?

—Eso es lo que dice. Según él, el droide está programado para mandar, y para mandar como un CEO despiadado, así que ése es el lugar para hacerlo… Tiene sentido. Incluso tenían un traje de color latón listo para él, y le iban a cambiar el nombre a Leonardo Brass. ¿Puedes creerlo?

Justus asiente para sí mismo.

—Entonces ¿un androide homicida está en camino hacia Purgatorio?

—El latero ese dice que no se detendrá ante nada, suponiendo que pueda encontrar el camino y recargar sus baterías.

—¿Han hecho algún intento de rastrearlo? ¿Al androide?

—Es lo que estoy tratando de organizar ahora. Pero tiene casi cuatro días de ventaja, y nuestra autoridad no llega más allá del ecuador. Además, la línea de comunicación con la Cara

Oscura está en reparaciones. Yo iba a llamar a la Base Peary para ver si podía coordinar algo… incluso sin tu permiso.

—Yo me encargo. Estoy en Peary en este momento.

—¿No estás llamando desde Purgatorio?

—Es largo de explicar.

Hendricks se ríe por lo bajo.

—Bueno, también querrás avisar a Purgatorio, amigo. Porque si el droide ese ha encontrado el modo de llegar hasta allá y nadie lo detiene… mierda, podría ser que les cayera una fea sorpresa.

—Lo haré también.

Justus cuelga y mira a lo lejos. Piensa en su hija. Sus responsabilidades como policía. El valor de su propia vida. Y por último piensa en Bonita Brass… En todo lo que quería lograr y nunca logrará. Y luego sus ojos se vuelven a enfocar en un cartel turístico del eclipse que viene: la sombra de la Luna es sólo un punto pequeño, como una pupila, en el globo azul de la Tierra, y el planeta hogar se ve como un gigantesco globo ocular flotando en el espacio. Tiene un lema:

EL OJO DEL MUNDO TE ESTÁ MIRANDO

Media hora después Justus está de regreso en la patrulla, a toda velocidad, por el Camino de los Lamentos.

43

Según todas las evidencias disponibles, Decimus Persione no es un loco. En círculos científicos se le conoce como un sismólogo altamente respetado y un analista de datos único, sin inclinación a hacer predicciones apresuradas. También es un hombre que trata su carrera como una especie de vocación sacerdotal. No hay nadie, dicen, que haya viajado tan lejos, ni estudiado tanto, para entender el temperamento del planeta interior. Fue Persione quien predijo el gran terremoto de Estambul —con precisión de media magnitud y varios días de diferencia—, calculado, sólo por curiosidad académica, desde medio mundo de distancia. Desde entonces su reputación se ha visto incrementada por artículos académicos, expediciones científicas y conferencias muy bien recibidas. Así que Decimus Persione no tiene verdadera necesidad de estar en la Luna. Tiene credibilidad suficiente para estudiar los datos, si desea estudiarlos, desde la comodidad de su propia oficina. No necesita pasar por todos los agotadores entrenamientos y privaciones de una misión lunar. Y sin embargo, cuando se dio la oportunidad, él la aprovechó con un entusiasmo sorprendente y hasta descarado. Y fue tan convincente su explicación —que al estudiar la sismología de la Luna *in situ* adquiriría un entendimiento aún mayor de procesos similares en la Tierra— que nadie lo cuestionó, ni siquiera su leal y modesta esposa.

Pero la verdad es que Decimus Persione está secretamente enamorado —o más exactamente, enculado— con Akahi Nawahine, su colega y antigua alumna, considerablemente más joven. En resumen, está desesperado por cogérsela. Así que cuando supo que Nawahine había ganado uno de tres lugares en la misión de estudio lunar, solicitó de inmediato el puesto superior de la misma y usó toda su influencia administrativa para obtenerlo. Porque no iba a dejar que ningún otro macho calenturiento —o hembra, para el caso— pasara nueve meses en un AIC (ambiente aislado y confinado) con el objeto de su veneración sexual.

Resultó que Nawahine tenía ya un compañero, una especie de estrella del atletismo, pero después de conocer al cabeza hueca (en una fiesta de despedida) Persione se sintió aún más confiado de poder ganar a su princesa polinesia. Y luego, cuando el tercer miembro de la expedición tuvo que retirarse apenas dos días antes del lanzamiento (debido a un súbito brote de neumonía), le pareció a Persione que aquello era prueba de que Nawahine estaba *destinada* a ser suya. Después de todo él no está en mala forma. Es rudamente atractivo. Se conduce con un aire de gran autoridad. Y en el pasado, estudiantes atractivas se le ofrecieron frecuentemente. Así que, en definitiva, no era algo tan distinto de predecir un terremoto: haciendo a un lado ciertos grados de error, un desplazamiento de las capas tectónicas parecía inevitable.

Y durante los primeros meses, Persione siguió su plan al pie de la letra: no hizo avances, mantuvo una estudiada distancia y dejó que la naturaleza siguiera su curso. Pero Nawahine parecía tan contenta con este arreglo tan frustrante que él comenzó a hacer comentarios que hubiera esperado no fueran necesarios: reconocía sentirse solo, le aseguraba que era discreto y hasta la elogiaba por su belleza.

—Ahora puede no haber sol en el cielo —le dijo durante

un largo periodo de noche lunar—, pero siempre te tendré a ti.

Ella simplemente se rio, como si él estuviera bromeando.

Con el tiempo, la dolorosa abstinencia, combinada con la frustrante proximidad de su cuerpo magnético —ella mantiene un físico estupendo haciendo ejercicio regular, en cierto modo una necesidad en la gravedad lunar—, lo hizo volverse más audaz.

—Hay una mejor manera de mantenerse en forma —le dijo.

—¿Y cuál es?

—Creo que sabes a qué me refiero.

—Voy a fingir que no escuché eso.

Poco después, él dejó caer sus pantalones "accidentalmente" en presencia de ella. Y frotó contra ella "accidentalmente" una leve erección. Y siempre que le hablaba la miraba con ojos ardientes, como si sólo con eso pudiera encender fuego en su interior. Pero ella no cedía. Ella era imposible. Era cruel. Él comenzó a despreciarla tanto como la adoraba.

Y entonces él le pegó. No sabe todavía qué le pasó: claustrofobia, tal vez, o algún efecto psicológico de la Nocturnidad. Todo lo que sabe es que cuando ella volvió a rechazar sus insinuaciones, él, súbitamente, no pudo tolerarlo: su aire de desdén. ¿Cómo podía ser tan delicada esa perra? ¡Después de ocho meses juntos! ¡Como si no pudiera darse el lujo de entregarse, por unos pocos minutos, para satisfacer la ardiente necesidad de él!

—Llegó la nueva noche —dijo él.

—Así es —ella estaba arrodillada, ensamblando un instrumento sísmico.

—Va a ser nuestra última noche completa aquí.

—Supongo.

—¿Sabes? Estoy pensando en divorciarme cuando regresemos.

—Qué triste.

—¿Por qué?

—Pensé que amabas a tu esposa.

—No tanto como a ti.

Ante lo cual ella suspiró.

—Decimus… Pensé que había hablado claro. Pensé… —pero ni siquiera pudo terminar la frase. Sólo sacudió la cabeza, sin molestarse en levantar la vista. Y siguió ensamblando el maldito instrumento.

Así que él le pegó. Tenía una linterna con cuerpo de titanio en la mano y la usó para golpearla en un lado de la cabeza. Ella se estremeció por unos segundos y luego cayó al suelo, sangrando por una herida encima de su oreja.

Por un largo rato Decimus Persione simplemente se quedó mirándola. No podía creer lo que había hecho. Era completamente impropio de él. Y de pronto un futuro terrible y oscuro se abrió ante él… uno en el que era despojado de todo su prestigio y todos sus privilegios por una sola acción impulsiva, un solo error momentáneo… y se puso a rebuscar frenéticamente en su mente, en busca de una salida.

Recargadas contra la pared de su refugio había barras estructurales, empleadas para suspender sismófonos en el interior de agujeros de perforación, y se le ocurrió que podría ser concebible que él la hubiera golpeado en la cabeza con ellas por accidente. Pero ¿qué pasaría si Nawahine recordaba algo de su intercambio antes del golpe? Se preguntó si no sería mejor que ella simplemente muriera. Pero entonces, por supuesto, habría una investigación forense, que probablemente descubriría irregularidades en su historia. Así que al final decidió que su mejor opción era tratar de salvarla, hacer todo lo que estuviera en su mano para lograrlo, y preocuparse después por las consecuencias. Si todo salía bien y la historia de las barras caídas no era cuestionada, podría hasta obtener algo de gratitud tardía de ella. Tal vez podría quedarse al lado de su cama y tomar su mano, mantenerse allí día y noche… Eso podría ser el comienzo de algo.

Así que aquí está ahora, en la parte trasera de la camioneta postal, intentando ver el lado positivo de todo, pero tremendamente preocupado por las nuevas complicaciones. Se sintió mortificado cuando el androide le preguntó si quería tener sexo con Nawahine, y aún no puede estar seguro de si el droide escuchó acerca de él, o si leyó algo en su lenguaje corporal. O tal vez es sólo que algo anda mal con el androide... En efecto, ha dicho cosas extrañas. Además, hay algo de materia en su nuca que parece ser sangre coagulada. Y aunque en circunstancias normales eso sería suficiente para ponerlo en alerta o incluso llevarlo al pánico, Persione se pregunta ahora si sería una oportunidad: si de alguna manera podría culpar a un androide fuera de control de la herida de Nawahine. Al mismo tiempo, no quiere lidiar con un androide fuera de control... no sabría por dónde empezar. Sin embargo, cuando ve un martillo en una caja de herramientas arrastra la caja entera subrepticiamente hasta dejarla a su alcance, sólo por si acaso.

Llegan al Camino de los Lamentos.

—Doy vuelta al suroeste desde aquí, ¿no es así? —pregunta el droide.

—Así es. Y puedes encender tu torreta... esto es una emergencia.

—Lo haré, señor. ¿Cómo está su acompañante femenina?

—Sin cambios.

—Estoy muy preocupado por ella, señor. Ella es una ciudadana físicamente atractiva en una situación peligrosa. No escatimaré tiempo ni dinero para salvarla.

—Le agradezco.

Una hora después la camioneta postal se une a un tropel de vehículos que intenta entrar en Purgatorio. El embotellamiento parece mayor de lo normal —al menos dos kilómetros de longitud— y por unos minutos el droide parece satisfecho de esperar en la fila. Pero, por fin, Persione —quien se pregunta brevemente si Nawahine podría expirar durante la demora y él culpar a fuerzas más allá de su control— lo alecciona. En caso de que se esté grabando.

—Como vehículo de emergencia, tenemos permitido conducir en el carril contrario —dice.

—Gracias por su consejo, señor. Así lo haré.

El droide se cambia de carril y en un par de minutos están ante las puertas, donde se les redirige automáticamente a una entrada lateral. Robots de vigilancia con escáneres ópticos se arremolinan a su alrededor antes de darles su visto bueno. La esclusa se abre y pasan a un área de revisión.

Dentro de la camioneta, Persione ve el mismo tipo de guardias con pecho de barril y cara redonda que observó en su primera visita a la Cara Oscura. Parecen un poco distraídos —agotados o algo así—, pero no tanto como para no registrar la apariencia del androide con algún regocijo.

—¡Hey, muchachos, miren! Es Leonardo Black.

—¡Carajo! ¿Qué hace aquí, señor Black?

—¿Qué hace en una camioneta postal?

—Diga algo divertido, señor Black.

Evidentemente los guardias conocen al androide por alguna razón. Pero éste, al salir de la esclusa de aire, no parece reconocerlos.

—¿Por qué me llama señor Black, señor?

—Ése es su nombre, ¿no?

—Yo soy el Mago.

Hay risas por todo el lugar.

—Lo que usted diga, señor Mago. ¿A quién trae en la camioneta?

—Hay una joven extremadamente atractiva en la camioneta, señor, que necesita tratamiento de emergencia. Parece que está mal de la cabeza.

Un par de guardias se apresuran a inspeccionar de cerca. Dentro de la camioneta, Persione se gira para poder ver a Nawahine. Le da palmaditas en las mejillas y hace su mejor esfuerzo para verse profundamente preocupado.

—Por favor, permítannos pasar —continúa el droide—, para que yo pueda llevarla personalmente al hospital.

Uno de los guardias llama por sobre su hombro:

—José, llama a la enfermera, ¿quieres? Tenemos una herida acá.

El droide frunce el ceño.

—¿Una enfermera?

—La enfermera la revisará.

—Pero la dama necesita ir directo al hospital, señor. Sus heridas podrían ser severas.

—Tal vez, pero nadie va a pasar a Pecado en este momento.

—Pero necesito llevarla al hospital urgentemente.

—Hubo un par de ataques terroristas hace unas horas. Siete personas fueron hechas pedazos.

—Ése no es mi problema, señor.

—Tal vez no, pero sí es nuestro problema. Por cierto, ¿qué estabas haciendo fuera de Purgatorio, Black? ¿Brass te envió a una misión o algo así?

—Tomé este vehículo en una emergencia.

—José —llama el guardia—, cuando salgas de la línea llama al Kasr. Ve si alguien confirma qué está haciendo Leonardo Black aquí afuera.

El androide está disgustado.

—No estoy seguro de entender, señor, por qué insiste en llamarme señor Black. ¿Me va a dejar pasar, o tendré que tomar medidas?

—¿Qué te pasa, Black? Para ser androide eras bastante cool. ¿Tuviste un cortocircuito?

—No tengo un cortocircuito, señor, sino que estoy muy enojado.

El guardia sonríe y mira a uno de sus compañeros.

—Aquí el señor Black está enojado.

—En verdad lo estoy. Tengo aquí una excelente oportunidad en relaciones públicas, pero usted se empeña en obstruirme. ¿Cuál es su nombre, señor?

—¿*Tú* me estás preguntando mi nombre?

—Tengo todo el derecho de preguntarle su nombre.

—¿Qué vas a hacer? ¿Reportarme con el señor Brass?

—Sólo le estoy recordando, señor, que usted responde a fuerzas más elevadas. Usted no parece entender cuál es su sitio.

A Persione, todavía en la camioneta postal, le parece como si el guardia tratara de averiguar si el androide habla en serio, si viene acaso con autorización de nivel máximo. Pero al final no se rinde.

—No me importa a qué fuerzas elevadas crees que respondo, Black. Sé lo que estoy haciendo. Ahora quédate en ese lado y espera.

—No me haré a un lado, señor. Soy demasiado grande para esperar.

—Ah, ¿demasiado grande?

—Lo soy, señor. Y no voy a tolerar esta locura burocrática. Por favor, déjeme pasar o usted será responsable por lo que haga a continuación.

—Un momento, Black, ¿me estás *amenazando*?

—No, señor, los estoy amenazando a todos.

—¿Ah, sí? —dice el guardia, que empieza a enfurecerse—. ¿Y qué estás planeando hacer?

—Tengo aquí un gran cuchillo —Persione no puede ver bien desde atrás, pero parece que el droide está sacando algo del interior de su saco—, y no dudaré en usarlo.

Los guardias lo miran por un segundo y sus ojos se agrandan. Entonces el droide levanta el cuchillo: una cosa de aspecto maligno, como salida de un matadero, y los guardias tiran todo lo demás y alcanzan sus propias armas.

—¡BAJA ESO!

—¡SUÉLTALO!

—¡SUÉLTALO YA!

Los guardias se separan, asumiendo poses defensivas, y dan la impresión de vivir por momentos como éste. Entretanto, una enfermera —vestida con un uniforme de caricatura— ha entrado, para volverlo todo más extraño. El droide está inmóvil, con la espalda contra la camioneta postal.

—¡DIJE QUE BAJES EL ARMA! —los guardias le apuntan con sus zappers.

—No lo haré, señor, a menos de que me dejen entrar en el hospital.

—¡BAJA EL ARMA! ¡YA!

—Estoy preparado para usarla, señor.

Dentro de la camioneta, Decimus Persione observa la escena con una mezcla de fascinación y miedo. Puede prever, con todos sus instintos sismológicos, que se avecina una erupción. Pero justo cuando empieza a preguntarse si eso podría representar de algún modo una ventaja para él, escucha un gemido y ve a Nawahine agitarse a sus pies.

—¿ME OÍSTE? ¡SUELTA ESA COSA AHORA!

—Estoy siendo perfectamente razonable, señor.

Y ahora Persione no sabe qué hacer. Porque si Nawahine recuerda, y lo acusa… bien, sólo pensarlo es insoportable.

—¡SUÉLTALA O TE QUEMAMOS!

—Sólo se harán daño a ustedes mismos, señor, si actúan con imprudencia.

Pero Decimus Persione ve de pronto —o, más exactamente, siente— que hay una salida después. Si puede hacer algo positivo en la emergencia, si puede rescatarlos a todos, habrá tanta gratitud que nadie lo cuestionará. Y si falla… si falla no importará nada.

Así que extiende la mano sobre Nawahine y levanta el martillo. Se levanta de su asiento y se acerca a las puertas de la esclusa, que están abiertas. Se acerca, tan en silencio como puede, por detrás del androide desprevenido. Y levanta el martillo, listo para romper con él su nuca.

—¡CINCO SEGUNDOS O TE FREÍMOS!

—Cinco segundos, señor, o empiezo a matarlos a todos.

Persione puede ver que los guardias desean que lo haga, que golpee con el martillo. Pero él vacila. Una ola de culpabilidad lo cubre —el recuerdo del golpe con la linterna que le dio a Nawahine— y flaquea: su mano tiembla.

—¡SUÉLTALA Y RÍNDETE YA!

—Ni siquiera sé cómo deletrear eso, señor.

Entonces la culpa de Persione desaparece abruptamente, reemplazada por un torrente de asco. Siente que puede hacerlo después de todo. Debe hacerlo. Así que levanta el martillo y se prepara para golpear.

—*¿Qué está pasando?*

Es la voz de Nawahine, que se levanta de su sueño, y Persione se da la vuelta por reflejo, culpable, para callarla antes de que sea demasiado tarde.

44

Poco después de que Justus se graduara de la academia de policía, convenció a un adolescente histérico de no suicidarse y recibió su primera medalla al mérito. Unos años después negoció con un hombre que amenazaba volar a un grupo de niños de escuela, y aunque no llegó lejos —tiradores de la policía mataron al hombre de un disparo en la cabeza— recibió una medalla al valor. Algún tiempo después, en Las Vegas, fue enviado al penthouse en el que un magnate de casinos, borracho, acababa de dispararle en la pierna a una prostituta y amenazaba con matar a otras dos. Le tomó a Justus treinta minutos liberar a las trabajadoras sexuales y desarmar al magnate. Debía haber recibido una medalla al valor por eso, pero el magnate, que tenía mucho poder en Las Vegas, no quería que el incidente se divulgara más de lo necesario, por lo que todo lo que Justus recibió fue una canasta de regalos, un pase de fin de semana al penthouse del casino y un boleto para un espectáculo de magia. Lo cual devolvió de inmediato.

—¿Cuánto tiempo ha estado allí? —pregunta ahora. Están en una oficina junto a la sección de revisiones.

—Dos, tres horas.

—¿Cuáles son sus exigencias?

—Salir. Llevarse a la chica con él.

—¿Está dañado?

—¿Mentalmente?

—Físicamente. ¿Lo zapearon?

—Con todo lo que teníamos.

—¿Y qué pasó?

—Sólo le alborotamos el pelo.

—¿Probaron con municiones normales?

—Le metimos tres o cuatro balas.

—¿No le dieron a los centros de control?

—No sabemos dónde están. Necesitamos planos. Se supone que esto no pasa con un latita.

—No —dijo Justus—. Se supone que esto no pasa con un latita.

Justus sabe que debe parecer siniestramente tranquilo ante los demás. Pero él esperaba que esto pudiera acabar así. A todo correr por el Camino de los Lamentos, solo en el vehículo policial, tuvo mucho tiempo para reflexiones sombrías. Y para reunir todo lo que sabía. E imaginar lo que iba a suceder si no alcanzaba Purgatorio antes que el droide.

—Voy a entrar —dice.

—¿Seguro? —los policías y oficiales (los que sobrevivieron) se miran unos a otros.

—Alguien tiene que hacerlo.

—Pero va a necesitar apoyo, ¿no?

—¿Por qué?

—¿Sólo usted? ¿Ahí dentro con esa cosa?

—También hay una dama dentro, ¿no?

—Sí, pero...

—Sólo denme un comunicador. Esperen mis instrucciones. Y despejen una ruta hacia las puertas internas.

Ahora los policías están realmente confundidos.

—¿Va a ir a Pecado?

—Sí.

—¿Con él?

—Veremos qué pasa.

—Pero allá afuera hay motines… Por eso no podían mandar refuerzos. La gente está vuelta loca por la muerte de Bonita.

—Claro que lo está —dice Justus, y sonríe—. Nada más tengan listo un vehículo. Y abran esas puertas. Estamos perdiendo tiempo.

Justus, sin preocuparse de parecer medio loco, va a la puerta de seguridad, semejante a un mamparo, y espera a que se encienda la luz verde. Uno de los policías más jóvenes, auténticamente preocupado, le pregunta si no quiere un chaleco antibalas.

—¿De qué me serviría?

—¿Pero entonces no va a protegerse? ¿O a llevar un arma?

Justus no contesta.

Entonces la luz empieza a girar y él avanza al interior. La puerta se cierra tras él con un chasquido.

El área de revisión parece una zona de guerra. Justus se permite absorber una rápida impresión —Leonardo Black está de pie delante de una camioneta postal y una luz roja de emergencia da vueltas vistosamente—, pero por el momento no mira directamente al androide.

Se acuclilla junto al cuerpo más cercano —inmóvil, feamente mutilado— y le toma el pulso.

—¿Quién es usted, señor?

—Un segundo.

Justus va hasta el segundo cuerpo. Pone dos dedos sobre su arteria carótida.

—Pregunté quién es usted, señor.

—Dije que un segundo.

Justus va al tercer cuerpo.

—¿Está buscando señales de vida, señor?

—Ajá.

—No hay necesidad, señor. Todos están muertos.

Justus va al cuarto cuerpo.

—Le aseguro que están muertos, señor.

—Te oí.

Justus va al quinto cuerpo.

—Me ofende, señor, que no me crea.

—Nunca dije que no te creyera.

—¿Entonces por qué los está revisando?

Justus va al sexto cuerpo.

—Espero que esto no sea una especie de truco, señor.

—Nop.

Justus va al séptimo cuerpo: un hombre de piel oscura tendido a los pies del androide.

—Puedo lastimarlo si trata de engañarme, señor. Puedo romperle el cráneo como si fuera un huevo.

—Ajá.

—Puedo pegarle tan fuerte que su sombra empezaría a sangrar.

—Ajá —Justus, tras haber terminado con los cuerpos, se yergue al fin y mira al androide a los ojos—. Estrecha mi mano si quieres —dice—. Apriétala tanto como puedas.

El droide está chamuscado en los lugares donde recibió los rayos de zapper. Partes de su traje están quemadas. Tiene manchas de sangre en la cara y la camisa. Hay un agujero de bala en la base de su cuello. Tiene en alto el cuchillo de carnicero, listo para golpear. Pero ahora parece confundido.

—¿Estrechar su mano, señor?

—Ya sabes… Hombre a hombre.

Justus no puede estar seguro, pero recuerda haber leído algo similar en una de las guías de negocios de Brass: *Puedes saber más de un hombre con un solo apretón de manos, y con verlo directamente a los ojos, que con mil comidas de negocios.*

Y Black, aunque hace una pausa muy larga —parece intrigado por las quemaduras faciales de Justus, que son aún peores que las suyas—, finalmente parece entender. Asiente. Pasa con calma el cuchillo a su mano izquierda —la hoja tiene restos de carne y cabello pegados— y tiende la mano derecha. Y los dos se dan la mano. Firmemente. El androide, de hecho, se inclina hacia delante para mirar los ojos de Justus. Y éste le devuelve la mirada, sin parpadear.

—Muy bien, señor. Creo que usted es un hombre de palabra.

—Lo soy.

—Pero aún no me ha dicho quién es.

—¿Te molesta?

—¿Me molesta? —pero Justus ya está caminando a la camioneta postal. Dentro, una atractiva mujer polinesia está tendida entre los asientos.

—¿Está bien, señorita?

—Estoy bien...

—¿Está lastimada?

—Creo que sí. No estoy segura.

—¿Puede aguantar un poco más?

—Puedo aguantar.

—No se mueva, no llame la atención y la sacaremos de aquí tan pronto sea posible.

El androide está molesto.

—¿Por qué está hablando con la mujer sexy, señor?

—Necesito asegurarme de que esté bien.

—No está bien, señor. Necesita ser llevada a un hospital.

—Ajá. Entonces la llevaremos.

—¿*Llevaremos*, señor? Yo soy quien la salvó.

—Eso oí.

—Conduje la camioneta a máxima velocidad por más de doscientos kilómetros.

—Eso oí también.

—Así que *yo* la llevaré al hospital.

—Está bien.

—No me quitarán la gloria.

—Me parece justo. Te ayudaré.

—¿Usted me ayudará?

—Ya le he ordenado a los demás que alisten una ambulancia. Están abriendo un camino ahora mismo. No deben tardar.

El androide frunce el ceño.

—No quiero usar una ambulancia, señor.

—Está bien.

—Quiero conducir la camioneta postal.

—Está bien.

—¿No se va a atravesar en mi camino, señor?

—A mí me da lo mismo.

Black, desconcertado, mira a Justus de arriba abajo.

—Bueno, señor, debo decir que me impresiona su actitud. Ciertamente no es como los otros.

—Tal vez no —dice Justus—. ¿Te molesta si te hago algunas preguntas? ¿Mientras esperamos?

—¿Qué clase de preguntas, señor?

—Preguntas de procedimiento. Soy un teniente de policía.

—No va a arrestarme, ¿o sí, señor?

—No.

—Lo puedo romper si lo intenta.

—Estoy seguro de que es verdad.

—Puedo estrangularlo con una mano.

—Ajá.

—Puedo rebanarlo como teppanyaki...

—Estoy seguro de que puedes. Pero igual voy a hacer las preguntas. Tú decides si respondes o no.

El droide lo piensa por unos momentos y luego asiente.

—Muy bien, señor. Pero no intente hacer ningún truco.

—No habrá trucos.

—Si trata de cogerme, yo me lo cogeré por detrás.

—Ajá. ¿Puedo empezar con tu nombre?

—No tengo nombre, señor.

—¿El nombre de Leonardo Black significa algo para ti?

—No, señor.

—¿Ha oído hablar del proyecto Dédalo?

—No, señor.

—¿Eres un androide?

—Soy un hombre, señor.

—¿Qué clase de hombre?

—Un conquistador, y pronto seré un rey.

—¿Sabes de dónde vienes?

—Vengo de todas partes, señor.

—¿El nombre Santa Helena significa algo para ti?

—No, señor.

—¿Y qué hay de Seidel?

—Creo que es un cráter a unos dos mil trescientos kilómetros de aquí.

—¿Recuerdas a los técnicos de allá?

—Recuerdo a unos mediocres entrometidos.

—¿Los mataste?

—Sí, señor.

—¿Recuerdas alguna existencia antes de los mediocres? ¿Antes de tu largo viaje para acá?

—¿Qué más habría que recordar, señor?

—¿Has oído de Leonardo Brown, Leonardo Grey y Leonardo White?

—No, señor.

—¿Fletcher Brass?

—Sí —dice el droide—. He oído antes ese nombre.

—¿Dónde?

—Un hombre me lo mencionó.

—¿Cuál hombre?

—No sé su nombre, señor. Golpeé su cabeza contra una pared.

—¿Cuándo pasó eso?

—Hace setenta y tres horas.

—Setenta y tres horas —Justus piensa por un momento—. Entonces ¿también has matado a otros? ¿Entre los técnicos y las personas de este cuarto?

—Sí, señor.

—¿Cuántos?

—No los conté, señor.

—Haz un cálculo.

—Cuarenta y tres.

—¿Cuarenta y tres personas? ¿Has matado a cuarenta y tres

personas? ¿Aparte de las siete de aquí?

—¿Eran personas, señor?

—Si no eran personas, ¿qué eran?

—Alimañas. Estorbos. Obstáculos en mi ruta hacia al destino.

—Ajá —para Justus, es aún peor de lo que imaginaba. Pero se pregunta por qué está sorprendido. Por un momento cree ver chispas de color latón en los ojos del droide—. Unas pocas preguntas más.

—Me estoy cansando de sus preguntas, señor.

—Bueno, las haré de todos modos. Ignóralas si quieres.

—Muy bien, señor.

—¿Qué se hace con las hierbas?

El androide parece momentáneamente estupefacto —sólo una sonrisa inexpresiva—, pero luego parece comprender. Incluso aprobar lo que escucha.

—¿Qué se hace con las hierbas? —dice—. Matarlas antes de que echen raíz.

—¿Qué se hace con los obreros?

—Se les da palmaditas en la cabeza de vez en cuando. Y se les pone a dormir cuando sea necesario.

—¿Cómo debe enojarse un hombre?

—A menudo. Y bien.

—¿Qué sentido tiene ponerse en los zapatos de alguien más?

—Ninguno, a menos que sus zapatos sean mejor que los míos.

—¿Y cómo se deletrea "rendirse"?

—¿Rendrise? ¿Rresnide? —el androide parece irritado—. Ni siquiera puedo deletrearlo, señor.

—Bien —dice Justus—. ¿Sabes de dónde vienen tus respuestas?

—Vienen de mí.

—¿No estabas citando a nadie?

—Me estaba citando a mí mismo.

—Entonces, una última pregunta, si no te molesta.

—Me estoy impacientando, señor.

—Yo también, por ti. Pero una pregunta final para un profeta y un sabio... para un rey como tú.

—Hágala rápido, señor.

—Un científico loco construye un monstruo con partes de cuerpos. El monstruo sale al bosque y mata a una niña. ¿Quién es el culpable? ¿El científico loco o el monstruo?

—La respuesta a esa pregunta es obvia, señor.

—¿Lo es?

—Por supuesto, señor... No es del científico ni del monstruo.

—¿Entonces quién es más responsable?

—La niña del bosque.

—*¿La niña del bosque?*

—Por no protegerse adecuadamente, señor.

Justus, asintiendo, ya no duda. Todo lo que sospechaba, mientras conducía por el Camino de los Lamentos, es verdad. Se siente validado. Se siente justo. Siente una fiera determinación.

—Abran las puertas interiores. La esclusa —está hablando por su comunicador—. Vamos a pasar.

El androide interviene:

—¿Ya vamos a Pecado?

—Así es.

—Pero primero debemos parar en el hospital.

—El hospital está en Pecado. Ésa será nuestra primera parada. Luego te acicalaremos. Hay algunas personas que quiero que conozcas.

—No voy a tolerar más retrasos, señor... Estoy impaciente por cumplir con mi destino.

—Una de las personas que tengo en mente *es* tu destino.

El droide se ve desconfiado.

—Esto no es un truco, ¿verdad, señor?

—No es un truco.

—Todavía lo puedo matar, señor.

—Sip.

—Puedo darle un rodillazo tan fuerte que lo haga vomitar su...

—Sí, sí. Podemos estrecharnos la mano otra vez, si gustas.

El droide vacila y luego mira a Justus a los ojos. Profundamente. Y otra vez parece gustarle lo que ve.

—No —dice finalmente—. No será necesario, señor. Creo que usted es un hombre honesto.

Diez minutos después están en la esclusa de aire, sentados lado a lado al frente de la camioneta postal, y aguardando a que las puertas exteriores se abran.

—¿Sabe? —dice el androide—, ha sido un placer hacer negocios con usted, señor. Si tan sólo todos los hombres fueran tan razonables como usted, no habría malgastado mucho tiempo valioso.

—La carga de los reyes es soportar los actos de los bribones y los tontos, Su Majestad.

—Tiene razón. Tiene toda la razón. ¿Cuál es su nombre?

—¿Mi nombre?

—Siempre me aseguro de recompensar a aquellos que me ayudan en mi camino. ¿Cuál es su nombre, buen señor?

Justus lo piensa por unos segundos y ríe por lo bajo.

—Mi nombre —dice— es Justicia.

Las puertas se abren al vacío lunar.

45

A las 0830 en el Kasr, Fletcher Brass emerge desnudo de su baño —un baño más grande que la mayoría de las residencias de Pecado— y va a su dormitorio secundario, esperando encontrar su vestimenta formal dispuesta sobre la cama. Pero no hay nada.

—Grey —grita, con su voz retumbante y señorial, pero no hay respuesta. Se pregunta qué estará haciendo el androide.

En realidad, ha sido bastante difícil últimamente funcionar con sólo un androide. En ausencia de Leonardo Black, Grey ha tenido que llevar a cabo todas las tareas domésticas usuales, ser un guardaespaldas personal e ir por la ciudad como representante de relaciones públicas. Brass sabe que debería tener más sirvientes —incluso un humano o dos—, pero ha llegado a confiar en los androides de forma implícita. Es una ilusión, por supuesto, porque sabe muy bien que los robots pueden ser programados para traicionar, pero según su experiencia los humanos *siempre* están programados para traicionar. Y engañar. Y robar. Y propagar chismes. Y vender secretos. Sólo aceptando la naturaleza humana, y abrazándola, Fletcher Brass ha podido llegar tan lejos como lo ha hecho.

Ahora se da la oportunidad de admirar su cuerpo en un espejo de cuerpo entero. Hombros anchos, pectorales pronunciados, abdominales bien definidos, caderas libres de grasa, un bronceado resplandeciente, pelo en pecho brillante y de color latón. Sus cirujanos han hecho una labor increíble. Excepto quizá por una cicatriz visible sobre el pubis, nadie podría decir que se ha sometido a cuarenta y dos cirugías estéticas. Mujeres —muchas mujeres— le han dicho que podría representar fácilmente a un hombre de cuarenta, bien tonificado por el gimnasio. Cuando hace el amor —lo que es raro, porque simplemente ya está cansado de todo aquello— pasa mucho de su tiempo admirando su físico incomparable en los espejos. Lo hace sentirse como un marica, pero no lo puede evitar: no es muy distinto que apreciar un Mustang bien preservado.

Se envuelve en un camisón de satén y decide que es mejor comer antes de vestirse. Camina por un pasillo decorado con intrincados bajorrelieves babilónicos y entra en el gran comedor, una cámara inmensa con techo artesonado de latón, arañas de cristal y una mesa pulida de palo de rosa tan larga como una pista de boliche. Aquí llama una vez más a Grey, otra vez sin éxito. Va al montacargas, aprieta un botón y encuentra en el interior una bandeja para desayuno hecha de latón. La lleva a la mesa, se sienta y levanta la tapadera para encontrar un plato humeante de gruesas rebanadas de tocino, huevos poché, salsa holandesa, foie gras, café negro sin endulzar y su vaso habitual de jugo Zeus púrpura, su licuado de vitaminas favorito. Ha descubierto que siempre es mejor dirigirse a multitudes quejosas con el estómago satisfecho.

Ahora mismo puede escuchar a los pecadeños que se congregan afuera del Kasr para su discurso de la mañana. Llegan más temprano de lo esperado y parecen estar coreando algo. Es la primera vez que Brass los ha convocado para un anuncio general en más de un año, y no se hace ilusiones de que vaya a ser fácil. Ni siquiera espera ser bien recibido. Pero tiene confianza en que él —y sólo él— tiene el carisma para lograrlo. Es por eso que no ha delegado la tarea a aquel actor asesino. Simplemente no puede contar con que nadie más finja la mezcla precisa de aflicción, rabia, sospecha y resolución.

Aflicción porque su hija, junto con varios otros convocados a una reunión de emergencia, fue asesinada.

Rabia contra las fuerzas misteriosas que cometieron esa atrocidad.

Sospecha —y esto requerirá mucha habilidad de su parte— para implicar que su hija no era completamente inocente. Que por estar coludida con elementos criminales y disidentes políticos, fue o bien asesinada por otros conspiradores o víctima de una explosión mal programada.

Y resolución: que Purgatorio sobrevivirá pese a todo. Sangrará, pero sobrevivirá. Más fuerte que nunca, en realidad, y listo para encarar un nuevo amanecer.

Brass se propone ser vago con respecto a los detalles de ese nuevo amanecer. Su expedición a Marte procederá según lo previsto —es demasiado importante para ser pospuesta ahora—, pero los acontecimientos sin precedentes de los últimos días lo han convencido de que una mano de hierro es necesaria para reemplazarlo mientras esté lejos. Sólo su propia mano de hierro, dirá, ha mantenido unido a este territorio tan inestable durante tanto tiempo. Y respecto de la identidad de esa mano de hierro, él ha pensado mucho en el asunto y hará un anuncio oficial en pocos días.

No se ha comido la mitad del tocino —que corta en trozos digeribles y moja en la yema de huevo, como es su costumbre— cuando escucha el eco de pasos y ve a Leonardo Grey entrar en el comedor, con aspecto extrañamente inquieto. Brass no alcanza a entenderlo del todo, pero el droide se ve más *pálido* que de costumbre. Aunque eso, claro, debe ser producto de su imaginación.

—¿Se encuentra bien en esta mañana, señor? —dice Grey con su acento refinado.

—Bastante bien —responde Brass, mientras sorbe un poco

de jugo—. Pero ¿dónde has estado, Grey, que no me preparaste la ropa?

—Tuve que salir, señor. Me disculpo profusamente.

—¿Por qué tuviste que salir?

—Me llamó el teniente Damien Justus, señor.

—¿Justus? —Brass frunce el ceño—. Pensé que estaría huyendo.

—Puede que lo haya hecho, pero ya está de regreso en Pecado.

—¿De verdad? ¿Volvió?

—Así es, señor.

Brass se pregunta si los planes que tenía listos —un asesino iba a matar a Justus en Doppelmayer, implicando a fuerzas de la Tierra— serán necesarios después de todo.

—Bueno, ¿qué quiere?

—Ha pedido una audiencia urgente con usted, señor.

—¿Quiere verme *otra vez*?

—Sí, señor.

—Entonces puede esperar hasta después del discurso... si me da la gana verlo entonces.

—Él ha pedido una audiencia con usted ahora, señor.

Brass deja de sorber.

—¿Me estás diciendo que está *aquí*?

—En este momento está en su sala de estar, señor.

—¿Lo dejaste entrar?

—Lo escolté todo el camino desde su casa.

—¿En serio? Es muy complaciente de tu parte, Grey.

—Usted dijo que debía darle toda mi cooperación, señor.

—Mmm... bueno, a veces puedes llegar demasiado lejos, ¿sabes?

—Me disculpo, señor.

—Una vez tuve que elegir entre Leonardo Brown y tú, ¿sabes? Y te elegí a ti porque te *veías* más distinguido. Y porque pensé que habías logrado un mejor entendimiento de mí. Pero ahora me haces dudar.

—Trataré de hacerlo mejor en el futuro, señor.

—Mmm… —Brass disfruta humillar a Grey, pues considera la humillación una forma de motivación, pero con Leonardo Brown destruido ya no puede lograr gran cosa hablando de rivalidad. Así que suspira—. Bueno. Que pase el cabrón.

—Muy bien, señor.

Grey empieza a girar, pero Brass añade:

—Y quédate cerca de mí mientras él esté dentro.

—Ésa es mi intención, señor.

—Asegúrate de que guarde su distancia. Dudo que intente nada, pero nunca se sabe. Si hace cualquier movimiento brusco, ya sabes qué hacer.

—Creo que estoy equipado adecuadamente, señor.

Brass, mientras mira a Grey salir del cuarto, encuentra aún algo extraño en el androide. Algo peculiar en cómo se conduce o en su actitud. Suena casi insolente. Como si algo le hubiera pasado de la noche a la mañana. Pero no piensa más en ello. Se mete el resto del tocino en la boca y mastica deprisa, para darse una buena dosis de proteínas antes de la confrontación.

Está tragando ayudado por unos pocos sorbos de jugo cuando Grey regresa, trayendo a Justus, totalmente uniformado, al comedor. Brass observa mientras el droide señala al teniente una silla de alto respaldo al otro lado de la mesa —a unos veinte metros de distancia— y luego camina discretamente hasta tomar un sitio al lado de su dueño. Pero Justus no se sienta, del mismo modo que Brass no se molesta en levantarse. Sólo mira a su alrededor, apreciando la gran magnitud del recinto y toda su decoración, y finalmente dice algo que suena como:

—La sátira no funciona, ¿verdad?

Brass sacude la cabeza y dice:

—¿Disculpe?

Justus dice más alto:

—Dije que la sátira no funciona, ¿verdad?

—Eso pensé que había dicho. ¿Qué quiere decir?

—Es sólo una observación. Cuando los caricaturistas satirizan la vida de los ricos y los poderosos, con frecuencia dibujan a algún billonario malvado sentado en un castillo, comiendo caviar y lenguas de colibrí. Algo así está pensado para parecer excesivo: una exageración, un absurdo. Pero los ricos y los poderosos no lo ven así. Todo lo que ven es un patrón que debe ser alcanzado. Así que es claro que la sátira no funciona.

Brass está aún más desconcertado por la actitud del teniente de lo que lo está por la de Leonardo Grey. No es que Justus no haya sido irrespetuoso antes —el día anterior se despidieron después de un auténtico torrente de veneno— pero esto es algo totalmente nuevo. Justus ahora es irrespetuoso con un tinte de burla. Es casi como si creyera tener la ventaja.

—Tome asiento, teniente, antes de que le gane la ironía. Le ofrecería un café, pero no quisiera ponerlo más alterado de lo que parece estar.

—Está bien. Me comí medio paquete de BrightIze™. Normalmente no hago cosas así, sin embargo ha sido una noche larga.

—¿Ha estado activo?

—Se podría decir.

—¿Cómo está su hija? —pregunta Brass.

Espera que Justus se encienda. O que lo mire con odio. En cambio, el teniente sonríe y mueve una silla para sentarse.

—Creo que va a estar bien —dice, mientras se sienta—. Es por eso por lo que vine, en realidad.

—¿Sí? —Brass levanta una ceja, haciendo su mejor esfuerzo para parecer indiferente.

—Sí. Después de todo, vine a Purgatorio para proteger a mi hija, indirectamente. Y cuando usted me movió el piso de aquella forma pensé que no tenía nada que perder.

—Otra vez presume usted, teniente… No lo esperaba. Nada en su perfil sugería que fuera usted presuntuoso. O desmedido.

—No soy ni una cosa ni la otra. Pero cuando usted la amenazó…

—¿Quién dice que yo la amenacé?

—Reconozco una amenaza cuando la escucho.

—Entonces le sugiero que reproduzca nuestra conversación en su memoria y escuche otra vez lo que dije. Porque nunca hice una amenaza. Nada de eso. Y hubiera aclarado ese punto ayer si me hubiera dado oportunidad de responder. De hecho, mi única intención al mencionar a su hija era hacer un paralelo entre los dos. Usted tiene una hija, igual que yo.

—Una hija a la que ordenó asesinar.

Ahora Brass se siente libre de parecer completamente indignado:

—Eso es repugnante, teniente. ¿Qué gana con semejantes acusaciones absurdas? —Justus se encoge de hombros—. Si no ha sido despedido ya —sigue Brass—, considérese despedido desde ahora. Esto es ridículo. ¿Quién se cree usted que es?

—Sólo soy un policía honesto. O era.

—¿Un policía honesto, o incompetente? ¿Cómo tiene el *descaro* de decir que ordené el asesinato de mi hija? ¿Tiene la más mínima prueba?

—No personalmente. Sólo sé que Leonardo Brown, el valet de su hija, aceptó la entrega de un explosivo de alto poder en su puerta principal y luego lo llevó al interior. Si estaba siguiendo instrucciones, o si sabía lo que estaba haciendo... no lo he podido determinar. Y estoy seguro de que nunca podré hacerlo. De hecho, estoy seguro de que toda la evidencia disponible implicará a la misma gente que murió en la explosión. Es lo que pasa en Estados corruptos con agencias de procuración de justicia corruptas. Lo único que lamento es que me negué a verlo desde el principio. Porque necesitaba desesperadamente creer que había una salida. Y porque quería vivir *donde fuera* que no me convirtiera en un peligro para la vida de mi hija.

—Qué conmovedor. Pero aún no me ha explicado cómo llegó a esa teoría ridícula.

Justus sonríe. Y aunque a Brass no le gusta —el descaro, la insolencia— siente el impulso de escuchar al hombre.

—¿Sabe?, señor Brass, he tenido doce horas muy interesantes. O catorce horas, las que sean... Ya no estoy seguro. Primero, conduje hasta la Base Peary y llamé al Polo Sur. Luego conduje en la noche hasta Purgatorio. A toda velocidad. Llegué a las puertas alrededor de las tres de la mañana. Pero al principio me costó entrar. Pasaba algo en la sección de revisión. En fin, para no hacer el cuento largo, me abrí paso a la fuerza y lo que vi era un completo caos. Al parecer un androide había llegado y exigido acceso a Pecado. Y cuando no lo obtuvo se desquició. Mató a todo el personal de seguridad, a una secretaria, a una enfermera y a una de las personas que habían estado con él en una camioneta. La única sobreviviente era una mujer que el droide llevaba a un hospital. Había sangre por todos lados. Miembros arrancados. Siete personas muertas en total.

Brass está genuinamente consternado:

—No se me informó de eso...

—Claro que no. ¿Quién querría interrumpir su sueño? ¿Cuando tenía por delante un día tan complicado?

—Ése es otro comentario desagradable, teniente. Por supuesto que hubiera querido ser informado. ¿Quién era este androide? ¿De dónde venía?

—¿Está seguro de que quiere saber?

—¿Y qué significa *eso*?

Justus vuelve a sonreír.

—Bueno, mire, señor Brass, parece que usted ya *conoce* a ese androide. Es uno de los suyos. Trabajó para usted. Ciertamente usted no sabía que estaba suelto... Una de las desventajas, supongo, de estar tan ocupado y distraído es que no puede estar al tanto de todo. Pero seguro que sabía de él. Usted fue quien ordenó que lo reprogramaran, de hecho. Intentó mantenerlo en secreto, y lo habría logrado si todo hubiera salido bien. Pero los técnicos cometieron un error. Cargaron en el androide la filosofía corporativa psicópata de usted *antes* de que los inhibidores apropiados pudieran activarse. Y él se volvió loco. Quedó fuera de control. Igual que usted ha estado fuera de control durante décadas, señor Brass... excepto que usted, casi siempre, ha logrado salirse con la suya. Ha usado todo su poder e influencia para salirse con la suya. Y sin embargo, aquí estamos.

Brass nunca se ha sentido más inquieto. Es raro que sea el último en saber algo, y aún más raro que no sepa cómo reaccionar. Parte de él quisiera explotar y salir corriendo, como una estrategia defensiva. Pero siente que no es lo apropiado. Además, no le gusta el modo en que Justus le está comunicando todas estas noticias... como si no le importara su propio destino o, peor, como si no tuviera razón para preocuparse.

—Esto es absurdo —logra decir Brass otra vez. Pero aprieta en sus manos el cuchillo y el tenedor como si fueran armas—. Espero que se dé cuenta de lo absurdo que suena.

—¿Absurdo? —dice Justus—. Usted no deja de decirlo. Claro, probablemente me habría parecido absurdo a mí también hasta que llegué a Purgatorio. Hasta anoche, cuando oí la historia de Leonardo Black. Hasta hace unas horas, de hecho, cuando yo mismo hablé con Black. Hablé con él tal como usted prefiere que la gente le hable. Porque él es usted, en cierto modo... su alma podrida. Así que no fue difícil poner en su sitio las últimas piezas de su gran plan. Ahora, si gusta, le puedo decir... lo que debía pasar, al menos.

Brass no puede decidir qué responder. Así que Justus continúa:

—Usted no confiaba en nadie para tomar su sitio mientras estaba ausente en la expedición a Marte. No en sus asociados, ni en sus jefes de departamento, ni en el actor que se hace pasar por usted, y ciertamente tampoco en su hija. Así que se le ocurrió la brillante idea de que lo supliera un androide: Leonardo Black. Su guardaespaldas. Lo iba a hacer un representante de usted, sólo que más poderoso físicamente. Y él iba a gobernar este lugar como un tirano. Iba a tomar todas las decisiones despiadadas, a despedir a la gente, a matar si era necesario. Pero para abrir paso a ese nombramiento usted quería crear un poco de caos: quería hacer que se viera como si las circunstancias justificaran la llegada de un tirano. Y de cualquier manera quería deshacerse de los que usted temía que quisieran hacerse del poder. Iba a matar dos pájaros —o tres, o diez, los que fueran— de una pedrada. Así que puso a trabajar a sus asesinos, con la plena cooperación del DPP: crímenes políticos que jamás serían resueltos porque la evidencia crucial sería borrada, contaminada o falsificada. Y eso hubiera funcionado también, pero la mitad de los implicados en el DPP eran demasiado holgazanes para hacer bien su papel. Y por supuesto hubo otros que sabían más de lo que usted pensaba. Personas igual de despiadadas y astutas que usted. Personas que usted pensaba estar moviendo como peones pero que, de hecho, lo estaban moviendo a *usted*. "No juegues al ajedrez, juega a la gente." ¿No es ésa una de sus leyes? Bueno, a veces el maestro debe tener cuidado de sus aprendices.

Brass vuelve a sentir que lo toman desprevenido. Y, peor aún, Justus se limita a mirarlo, esperando una respuesta. Así que se ríe por lo bajo con incredulidad.

—De nuevo no tengo idea de lo que está diciendo.

—Hablo principalmente de su hija, señor Brass. ¿Recuerda? ¿Aquélla en la que confiaba menos que en cualquier otro? ¿La que planeaba encerrar primero... encerrarla tras haberla inculpado de las muertes, claro, hasta que...?

Brass, aprovechando el momento, no puede evitar interrumpir:

—¿Realmente no tiene idea, teniente? —dice—. ¿De veras es tan ingenuo? ¿*De veras?* No tenía intenciones de encerrar a mi hija mientras estaba fuera... *porque ella iba a venir conmigo.*

Esto silencia a Justus —su cara de estrella de mar ha quedado en blanco— y Brass lo aprovecha al máximo.

—Así es. *Ella iba a venir conmigo.* A Marte. Le puede preguntar a la señorita Powers, si quiere. Mi hija iba a venir conmigo. Eso no lo sabía, ¿verdad?

Justus hace una pausa.

—Y la propia Bonita, ¿lo sabía?

—No, teniente. *Claro que no lo sabía*. Porque la iba a llevar *contra su voluntad*. Me la iba a llevar por su propio bien.

—¿La iba a secuestrar?

—Llámelo como quiera. Porque no iba a dejar que mi hija, mi propia carne y sangre, se convirtiera en el blanco de truhanes y asesinos. Y eso es exactamente lo que hubiera pasado si se hubiera quedado aquí... porque igual que usted ella era *ingenua*. No hubiera durado *ni dos semanas* como líder de Purgatorio.

—Creo que su hija hubiera tenido algunas cosas que opinar al respecto.

—¿Eso cree? ¿Y qué importa ahora?

—¿Porque usted ordenó su asesinato?

—No. No ordené nada parecido. Otra vez se equivoca. No tengo idea de quién la mató. Por Dios, ¿cree que me *alegra* que haya muerto?

—Bueno, seguro que no sonaba tan feliz con ella ayer, cuando pensó que intentaba culpar de la muerte de los frondistas a...

—*Pero eso no quiere decir que la haya matado. ¿Mataría usted a su hija?* Claro que no. Igual que yo *nunca* mataría a mi *propia* hija.

—¿La secuestraría pero no la mataría?

—La hubiera secuestrado para *salvarla*. ¿No ve la diferencia?

Justus hace una pausa y luego suspira.

—No, señor Brass. Usted miente.

—¿Qué? ¡Cómo se atreve a decirme que miento!

—Me atreveré a decirle lo que yo quiera. No respondo a usted ni a nadie. Ya no soy un oficial de policía, ¿recuerda? Así que le diré lo que *sí sé*: los hechos. Puede haber pensado en secuestrar a Bonita en algún momento, pero cuando supo de sus otros planes cambió de parecer. Y ordenó su asesinato.

—*No tiene pruebas de eso.*

—¿Necesito pruebas todavía? El silencio es la respuesta, ¿recuerda? En su caso, todo lo de usted es la respuesta. Su historia. La razón por la que está aquí en la Luna. La cadena de muertes y vidas rotas que ha dejado tras de sí. Su narcisismo. Su egomanía. Los frondistas. Sus planes para que un androide asesino lo reemplazara. Sus malditas leyes. *Y la forma en la que amenazó a mi hija.* No, señor Brass, en su caso no *necesito* pruebas. Porque todo lo que ha hecho es prueba suficiente. Pero hay más.

Justus se ha puesto de pie ahora y afuera se oye el sonido de una explosión: la multitud que crece parece haber detonado cohetes. O dinamita. O algo así.

—¿Sabe?, señor Brass, usted ha estado tanto tiempo lejos de todo, allá en su base de cohetes, que ni siquiera se ha dado cuenta de lo débil que se ha vuelto su red de apoyo. Usted es el líder que se encierra detrás de lacayos y lamebotas, sin darse cuenta de que ellos son los primeros en huir cuando el viento cambia de dirección. Pues bien, yo averigüé todo al respecto en las últimas veinticuatro horas, más o menos. Cuando fue claro que usted había ordenado la muerte de Bonita Brass, y Leonardo Black empezó su pequeña masacre. Encontré a algunas personas y supe otras cosas más. Quedé sorprendido, aunque no sé por qué. Porque usted ha ido demasiado lejos esta vez, y nunca tuvo el control tan firme como creía. Ha sido manipulado. Le han hecho jaque mate. Y le espera una fea sorpresa… mucho más pronto de lo que cree. Como padre, debería estar muy orgulloso.

Justus se gira y empieza a caminar hacia la salida, pero Brass se levanta de un salto, arrojando sus cubiertos al plato del desayuno.

—¿Y qué carajos se supone que significa eso?

—Adiós, señor Brass.

—Le pregunto que qué carajos significa eso —Brass camina a un lado de la mesa—. ¡CONTÉSTEME! —está lívido—. ¡CONTÉSTEME, PUTO CARA DE ESTRELLA!

Pero sólo ante la puerta —a unos treinta metros de distancia— Justus se vuelve a mirarlo. Con una expresión insufrible en su cara desfigurada.

—No, señor Brass. He tomado mi decisión. He hecho un trato, en realidad. Era usted o yo. Y pienso, por el bien de mi hija, que es mejor que sea usted —tiende la mano a la puerta, pero de pronto se vuelve—. Se me acaba de ocurrir. Un pequeño mensaje... un arte que he aprendido desde que llegué aquí.

Brass echa humo.

—¿Y ahora de qué diablos está hablando?

—En este caso, es sólo una observación. Es libre de estar de acuerdo con ella o no. Pero me parece que, incluso después de todo esto, incluso después de lo que le he dicho ahora, usted sigue estando al mando. Usted es aún el Número Uno. Usted es aún el Patriarca de Purgatorio, ¿no es así?

—Con un carajo, ¿está bromeando?

—Sólo pregunto. Éste es su reino, ¿no?

—Le digo, ¿está bromeando?

—Así que usted es el Rey.

—Sí, yo soy el Rey, carajo.

—Usted es el Mago.

—¡Soy *todo lo que usted no es*, pedazo de mierda! ¿Qué significa todo eso?

Justus sólo ríe por lo bajo.

—Adiós, señor Brass —y sale, dejando que la puerta se cierre tras él.

Brass se queda en su sitio, furioso, preguntándose qué hacer y escuchando a la multitud afuera, cada vez más escandalosa. Luego intenta darse la vuelta, sólo para salir de allí. Pero de pronto algo lo retiene.

Brass, indignado, no puede creerlo. No se puede mover. Algo lo ha tomado por atrás... por el cabello.

Lucha pero quien lo agarra es fuerte. Y ahora lo inclina hacia delante... por la cabeza.

Se mueve, se retuerce y levanta la vista, furioso, y ve que es Leonardo Grey, con una sonrisa maligna, quien lo ha aprisionado.

Pero los ojos del androide no son grises. Son *negros*. Y tiene un cuchillo aterrador, con una hoja de treinta centímetros de largo, en su mano derecha.

—Serás un verdadero conquistador —sisea el droide— cuando sostengas en alto la cabeza del rey.

Brass intenta levantar las manos, pero la hoja ya está abriéndole el cuello.

46

Black apenas ha terminado el trabajo cuando Justus alcanza el vestíbulo del tercer piso. Avanza a través de la gran cámara —pilares de latón, piso de parquet, un muro esculpido lleno de rostros barbados— cuando escucha una voz desde las sombras.

—Bienvenido al Lado Oscuro, teniente.

Justus se detiene. Reconoce la voz de inmediato. Pero espera que sus ojos se ajusten antes de responder:

—No sabía que usted iba a estar aquí —dice.

—No me lo habría perdido por nada del mundo.

—Igual es un momento de tristeza, ¿no es así?

—El rey debe morir para que viva el país... Lo dijo Robespierre.

—¿Ahora está citando a Robespierre?

—¿Por qué no? Fue nuestra primera revolución.

Ella sale a una franja color cobre de luz de día. Desde que se vieron hace unas horas, se ha arreglado y está vestida de blanco y negro clerical: chaqueta, falda plisada, blusa y corbata de seda negra. Y se ve que quiere hablar en serio. Es como una versión femenina de Leonardo Black, antes de que se disfrazara de Leonardo Grey.

—Quiero decir que él era su padre.

—Al tratar de asesinarme, puso fin bastante rápido a mis responsabilidades como hija, ¿no cree usted?

Justus no está seguro. No duda de que Brass haya ordenado la explosión, pero aún no está convencido de que su hija no haya filtrado a propósito sus propios planes controvertidos con el fin de volver inevitable un atentado así. Un intento de asesinato que, según resultó, ella logró evitar por puro milagro "fugándose a la conferencia secreta en el Borde del Pecado". Dejando a su propia doble —una prostituta alterada quirúrgicamente llamada Harmony Smooth— para suplirla en Ishtar. Y para volar en pedazos.

—¿Por qué siento que usted ha estado planeando esto durante años? —pregunta él.

—Porque así es. Y más tiempo del que usted cree.

—¿Desde cuándo?

—Desde el suicidio de mi madre. ¿Sabe lo que me dijo mi padre cuando la abandonó? Dijo: "Cultiva tu rencor por mí. Te hará llegar lejos". Y en nombre de mi madre, he llegado lejos por ese rencor.

Justus sacude la cabeza.

—¿De tal palo, tal astilla, entonces?

—No me ofenda, teniente. No veo mucho arrepentimiento en sus ojos ahora que ha hecho lo que hizo... retorcer la ley.

—Hice lo que tenía que hacer.

—Los dos lo hicimos. Dejamos que el negocio siguiera su curso y que el Código Brass se encargara de sí mismo. Simplemente no nos atravesamos.

—Es un modo de interpretarlo.

Pero Justus no está disfrutando del tono cínico de la conversación, especialmente cuando un hombre acaba de ser brutalmente asesinado en el cuarto de junto. Así que se dirige a las escaleras.

—Debe saber que puede quedarse aquí —dice ella, llamándolo—. Vamos a necesitar a un nuevo jefe de policía.

Justus la mira.

—¿Realmente cree que *querría* quedarme aquí? ¿Después de todo esto?

—¿Y realmente cree que será seguro… para su hija… si regresa a casa?

—Espero que no sea una amenaza.

—Usted *sabe* que no lo es. ¿Quién cree que soy?

Me lo pregunto, es lo que Justus quisiera decir. Su comportamiento, desde la reunión secreta que tuvieron, muy arriba de las multitudes que empezaban a agitarse por su supuesta muerte, ha sido gélido. Lo que podría ser una reacción natural a los atentados, o podría ser su verdadera personalidad. Sea cual sea el caso, ella no actúa como alguien cuyos aliados más cercanos acaban de ser eliminados. Actúa como alguien preparado para sacrificar a sus amigos, si en verdad lo *eran*, para lograr sus propios fines políticos. Justus se pregunta si ella no habrá sabido que una bomba sería plantada en su oficina. Y si no sabía que su doble iba a morir… si no lo habrá *planeado* así, para ayudar a provocar una revolución. Incluso debe considerar la posibilidad de que ella, hace largo tiempo, hubiera *arreglado* que Leonardo Black fuese programado mal en la base de robótica de Seidel, e incluso *esperado* que el androide viniera en busca de su rey.

—No estoy seguro de quién es usted —replica él, sin parpadear—. Y no estoy seguro de que quiera saber.

—No le estoy pidiendo que escriba mi biografía, teniente. Sólo le pido que se quede. Que sea parte de esto.

—Entonces no me conoce muy bien.

—Leí su reporte psicológico.

—¿En serio?

—Dice que usted reprimía un alto nivel de resentimiento.

—Eso es interesante.

—También dice que usted estaba en el borde de la personalidad obsesiva. Sugiere un complejo de culpa.

—Eso es aún más interesante.

—Mire, todos tenemos nuestros lados oscuros, teniente... No voy a cuestionar por qué un hombre como usted se convierte en policía. Pero es justo decir que lo conozco mejor de lo que cree.

—¿Ah, sí? —Justus empieza a sentirse molesto—. Entonces tal vez no conoce a su *gente* tan bien como cree. O lo que le espera.

—¿Qué significa eso?

Él tuerce la cabeza.

—Cuando la mafia se entere de esto... que usted no murió después de todo... no va a quedar tan contenta. A nadie le gusta que lo engañen.

—Les encantará. Incluso si sospechan que fueron burlados.

—¿Cómo está tan segura?

—Conozco a mi gente. Cuando sepan la verdad quedarán extasiados.

—¿Y exactamente cuándo planea revelar la verdad?

—¿Por qué cree que estoy aquí?

Justus ríe por lo bajo. Oye a la multitud afuera, cada vez más escandalosa y enojada... Los aplausos y las consignas estremecen los muros del Kasr.

—¿Está planeando tomar el poder de inmediato?

—¿Por qué no?

—Me pregunto qué pensará de eso el Rey.

—Usted sabe que el Rey no es siempre el que reina. De hecho, yo diría que es raro el rey que realmente está al mando en estos días. Aunque crea estarlo.

—¿Entonces va a estar al lado de Leonardo Black? ¿El Rey Leonardo Primero? ¿Lo va a dejar creer que él es el Mago?

—Hasta que esté lista para tomar yo misma el mando.

—Entonces usted es más astuta de lo que pensé. Más astuta que su padre.

Ella lo mira.

—Teniente, mire, no crea por un segundo que es fácil para mí. Pero lo he pensado. He estudiado las revoluciones de la

Tierra. Y lo que he visto es que cuando una población inestable es liberada de la tiranía pasa por varias etapas diferentes. Euforia primero, luego esperanza, luego confusión e incertidumbre y finalmente, con demasiada asiduidad, desilusión y desánimo. Lo que en muchos casos lleva a más caos. Porque, con frecuencia, la gente a la que le sueltan las cadenas no sabe qué hacer. No saben en quién confiar. Así que debe haber una transición cuidadosamente calibrada, durante la cual habrá aún erupciones de anarquía... *Muchas* erupciones. Y es por eso que voy a necesitar una fuerza policiaca muy dedicada y leal. Primero que nada, para cazar a los asesinos empleados por mi padre.

—Por lo que entiendo, hay muchos en el DPP que fueron secretamente leales a usted todo el tiempo. ¿Qué hay de Dash Chin? ¿Es uno de los suyos? ¿O Prince Oda Universe? ¿Por qué no nombrarlo jefe a él?

—No sea ridículo. No hay nadie mejor para el trabajo que usted.

—Pero apenas acabo de fallar en hacer cumplir la ley... Usted lo dijo.

—Y espero que vuelva a hacerlo, hasta que hayamos puesto todo en orden.

—Eso me haría igual al jefe Buchanan.

—No, sería completamente diferente. Porque estaría trabajando para mí.

—Y el Rey Leo.

—No. *Para mí.*

Justus lo piensa por dos segundos exactos.

—Olvídelo —dice—. No me puedo quedar. Ya no.

—¿Por qué no? ¿No dijo que creía en Redención?

—En la redención, sí, pero... —y se detiene, al darse cuenta de que ella lo ha engañado—. Lo siento, pero tendrá que hacerlo sin mí. Seguro que se las arreglará.

—Y yo estoy segura de que usted podría arrepentirse. Aquí es donde usted debe estar, y lo sabe. Usted fue *hecho* para el Lado Oscuro. *Dios* lo ha traído.

—¿Ahora es *Dios*?

Ella intenta sonar humilde:

—Bueno, a veces dejo que Él también crea estar al mando.

Justus agita la cabeza, esta vez definitivamente, y continúa su camino hacia las escaleras. A la mitad del descenso ve a Leonardo Grey que sube, como un mayordomo, con un traje negro recién lavado.

—Las ropas reales —dice Justus.

—¿Disculpe, señor?

—No importa. Tal vez él lo haga príncipe, por su participación en el golpe.

—¿Disculpe, señor?

—Nada —dice Justus.

En la planta baja hay gran alarma: los empleados del palacio no saben si los pecadeños romperán la barrera y entrarán en el Kasr. Tal vez, piensa Justus, la decisión de Bonita de hacer acto de presencia pronto es sabia.

Los guardias le dicen que debe esperar hasta que todo esté despejado, pero él insiste en salir de inmediato. Así que se le conduce por los jardines hasta el muro de contención, que parece a punto de caer bajo la presión, y con una ráfaga del cañón de agua se le permite cruzar las puertas de seguridad.

Primero la multitud parece deseosa de caerle encima, pero tan pronto se dan cuenta de quién es empiezan a vitorearlo:

—¡JUSTICIA! ¡JUSTICIA! ¡JUSTICIA!

Unos pocos le ruegan que les dé noticias del interior del Kasr. Él trata de responder —"Esperen y verán"—, pero no puede hacerse oír sobre el clamor general. Así que empieza a abrirse camino entre la masa. Ve letreros recién pintados que dicen MUERTE A BRASS y EJECUTEN A BRASS. Ve a pecadeños manchados de sangre y agitando miembros con restos de uniformes del DPP... tal vez trozos del jefe Buchanan y de los policías de su propio equipo de investigación. Ve un trozo de la portada de la *Tableta* de la mañana: CAOS EN PECADO.

Pero no puede avanzar mucho, por más que trata, y está a

punto de darse por vencido cuando un silencio súbito desciende sobre la multitud. Él los mira voltear hacia lo alto del Kasr. Y se da la vuelta.

Allí, en el balcón imperial, Leonardo Black ha aparecido: lleva el traje negro, pero todavía tiene el pelo pintado. Sonríe enfáticamente. Hasta donde puede parecerlo un androide, se ve *triunfante*. Observa a las multitudes en silencio por unos segundos, como saboreando la gloria, y de pronto levanta su mano derecha. Está sosteniendo algo, como una linterna.

Es la cabeza cortada de Fletcher Brass.

La multitud no sabe cómo tomarlo. Quieren vitorear pero no están seguros de qué es lo que pasa. No alcanzan a reconocer quién es, y desde lejos no pueden estar seguros de a quién pertenecía la cabeza. Así que los murmullos de confusión se van apagando. Hasta que cesan por completo y dan lugar a exclamaciones de asombro.

Justus, que ha aprovechado la confusión para ganar algo de terreno, vuelve a mirar hacia atrás. Y ahora ve que la propia Bonita Brass ha aparecido en el balcón. Está allí de pie por un momento, y luego se acerca al lado del Rey Leo, toma su mano libre y la levanta victoriosamente. Y sonríe —*resplandece*— como una primera dama en una celebración de victoria.

Y de nuevo la multitud no sabe cómo responder. Están lidiando con dos engaños sorpresivos a la vez: Bonita Brass no está muerta y un golpe de Estado se ha realizado sin su conocimiento. Justus, de hecho, se pregunta si ella ha ido demasiado lejos, y si la mafia responderá con furia. Pero luego, al verla allí en el balcón del Patriarca, tan orgullosa y exultante, los pecadeños, arrebatados, empiezan a *creer*. Estallan en vítores espontáneos. Gritan su aprobación. Y despacio empiezan a corear:

—¡BONITA! ¡BONITA! ¡BONITA! ¡BONITA! ¡BONITA!

El cantico sigue a Justus por las calles casi vacías de Pecado, donde sólo hay unos pocos nativos y turistas confundidos, y hasta el estacionamiento de vehículos, donde tiene suerte y encuentra a alguien que maneje la esclusa. Y todavía resuena en sus oídos cuando se encamina a la interminable noche lunar, en su camino hacia el borde exterior de Purgatorio y más allá.

Pero no está exactamente seguro de lo que está haciendo. Tiene la idea de que tal vez podría encontrar algún trabajo en la Base Peary, pero no sería mejor que recibir un sueldo de Purgatorio. Y no va a acercarlo a su hija, ni va a hacer su vida más segura. Considerando lo que sabe, podría incluso ponerla en mayor peligro. Así que ¿adónde va? Todo lo que sabe es que necesita expresar su repugnancia dándole la espalda a toda la podredumbre, el engaño, la mendacidad, el cinismo, la crueldad y la santurronería de Pecado. Y la muerte —el *asesinato*— en el que él mismo se ha involucrado.

Pensaba estar por encima de todo aquello y estaba equivocado.

Pero al mismo tiempo, es consciente de que está a poquísima distancia de cambiar de parecer. Porque no le gusta darse por vencido. Y, pese a todo el horror, debe admitir que Purgatorio le ofrecía una rara sensación de tener un propósito: una oportunidad para continuar la pelea, la guerra interminable contra la corrupción que fue obligado a dejar inconclusa en la Tierra. Este lugar puede ser un vertedero, pero eso sólo significa que hay mucho más placer en limpiarlo. Nat U. Reilly tenía razón, después de todo.

Está a la mitad del camino al borde exterior, sumido en estos pensamientos, cuando súbitamente las luces de un vehículo presurizado aparecen delante en el camino. Toma la curva a una velocidad ilegal —debe ir al menos a ochenta kilómetros por hora— y parece en un momento ir derecho hacia él. Justus debe virar bruscamente a la izquierda, hacia el polvo lunar, sólo para evitar el choque. Y cuando el vehículo pasa a su lado —sin reducir la velocidad, sin reconocer siquiera su presencia— observa a la luz de sus faros que es un vehículo de seguridad, probablemente conducido por oficiales de aduana ávidos de participar en los acontecimientos cruciales de Pecado.

Justus, con sus ruedas medio enterradas en regolith, pasa unos momentos llenándose de rabia. Podría haber sido herido o incluso muerto. Pero hay más que eso. Está el instinto invencible del policía de hacer cumplir la ley. De atrapar al delincuente, sin importar quién sea, antes de que un inocente resulte lastimado. ¿Qué tal que conducen así a través de las calles de Pecado? ¿Qué pasa si golpean a un peatón? Y Justus se da cuenta repentinamente que éste es el momento que había estado esperando. Esto no pasó *sin motivo*.

Así que gira el volante, levantando polvo lunar, y regresa a la carretera. Empieza a perseguir al vehículo utilitario, con sus luces azules destellando.

Lado oscuro/Cara oscura, Purgatorio/Santuario, Pecado/Redención, Brass/Black, Justus/Justicia.

Así es: Dios —o alguien— lo ha convocado.

Agradecimientos

La escritura de este libro no habría sido posible sin la serie Springer Praxis de libros sobre la Luna, y en especial *The Moon: Resources, Future Development and Settlement* (varios autores); *Lunar Outpost: The Challenges of Establishing a Human Settlement on the Moon* por Erik Seedhouse; *Turning Dust to Gold: Building a Future on the Moon and Mars* por Haym Benaroya; *The Far Side of the Moon: A Photographic Guide* por Charles Byrne; *Exploring the Moon: The Apollo Expeditions* por David M. Harland, y *Lunar and Planetary Rovers: The Wheels of Apollo and the Quest for Mars* por Anthony Young (véase http://www.springer.com/series/4097).

También consulté *The Lunar Base Handbook* por Peter Eckart; *Return to the Moon: Exploration, Enterprise, and Energy in the Human Settlement of Space* por Harrison Schmitt; *Welcome to Moonbase* por Ben Bova; *Lunar Bases and Space Activities of the 21st Century*, editado por W. W. Mendell; *Moonrush: Improving Life on Earth with the Moon's Resources* por Dennis Wingo; *The Once and Future Moon* por Paul D. Spudis; *The Moon: A Biography* por David Whitehouse; *The Exploration of the Moon* por Arthur C. Clarke; *A Man on the Moon: The Voyages of the Apollo Astronauts* por Andrew Chaikin; *The High Frontier: Human Colonies in Space* por Gerard K. O'Neill; *Space Enterprise: Living and Working Offworld in the 21st Century* por Phillip Harris; *From Antarctica to Outer Space: Life in Isolation and Confinement* (varios autores); *The Development of Outer Space: Sovereignty and Property Rights in International Space Law por* Thomas Gangale; *Expedition Mars* por Martin J. L. Turner; *The Case for Mars: The Plan to Settle the Red Planet and Why We Must* por Robert Zubrin; *The Hazards of Space Travel: A Tourist's Guide* por Neil Comins; *Rare Earth: Why Complex Life Is Uncommon in the Universe* por Peter D. Ward y Donald Brownlee; SETI *2020: A Roadmap for the Search for Extraterrestrial Intelligence* (varios autores); *Beyond Contact: A Guide to* SETI *and Communicating with Alien Civilizations* por Brian S. McConnell; *Beyond Human: Living with Robots and Cyborgs* por Gregory Benford y Elisabeth Malartre; *Future Imperfect: Technology and Freedom in an Uncertain World* por David D. Friedman; *2025: Scenarios of US and Global Society Reshaped by Science and Technology* (varios autores); *The Edge of Medicine: The Technology That Will Change Our Lives* por William Hanson; *21st-Century Miracle Medicine: RoboSurgery, Wonder Cures, and the Quest for Immortality* por Alexandra Wyke; *Merchants of Immortality: Chasing the Dream of Human Life Extension* por Stephen S. Hall, y *Body Bazaar: The Market for Human Tissue in the Biotechnology Age* por Lori Andrews y Dorothy Nelkin.

Todos los errores y exageraciones son, casi con seguridad, míos.

Gracias también a Ariel Moy; Peter Roberts; Stephen Clarke; Thomas Colchie; David Scherwood; Brit Hvide, Sarah Knight, Amar Deol, Jonathan Evans y Molly Lindley de Simon & Schuster; Michelle Kroes de CAA; y mi agente, David Forrer, de InkWell.

Esta obra se imprimió y encuadernó
en el mes de marzo de 2017,
en los talleres de Impregráfica Digital, S.A. de C.V.,
Calle España 385, Col. San Nicolás Tolentino,
C.P. 09850, Iztapalapa, Ciudad de México.